KB065605

독자들이 리뷰한 이묵돌과 그의 단편

내가 글을 읽게 만드는 유일한 작가. - 김지*

완벽한 유혹자. - 강*수

글로 사람 때리시는 분. - 신*

어쩜, 어려운 말이 하나 없는데도, 이렇게 가슴을 흔들까. - 백*혜

가끔 술을 마시고 읽을 때가 있습니다. 그럴 때마다 아프다기보단 아리다는 표현이 더 알맞을 만한 글들을 많이 쓰신다는 생각이 듭니다. 아린 감정을 느낄 수 있게 해 주셔서 참 고맙습니다. - 심*보

묵돌의 글에는 힘이 있다. - 최*룡

묵돌 형 글 보면 인지하지 못하고 있었던 마음 속 깊은 생각들을 저릿하게 건드리는 느낌이라 너무 좋아요. 묵돌 님의 글이 좋은 글이라고 느끼게 된 이유에는 마음에 남는 예쁜 표현들보다, 보면서 마음 깊숙이 와닿게 되는 글의 내용 덕분이 아닌가 싶습니다. 사람의 감정을 이렇게 깊이 파고들 수 있는 글의 내용, 전개 등은 경험으로밖에 얻을 수 없는 것이라는 생각이 들긴 하네요. - 채수*

댓글로는 도저히 내가 이 글을 보고 느낀 감정을 설명할 수가 없다. - 신*윤

항상 생각할 시간을 주는 묵돌의 시간이 너무 즐겁습니다. - 이*현

어째서 이 글을 읽고 더 슬픈 사람이 되고 싶어지는 걸까. - 박유*

지탱하고 버티고 마음에 안정감을 줘서 좋아요. - 김지*

이런 글을 보는 건 처음이고, 이런 기분을 느끼는 것도 처음이다. -권*석

글자 하나하나 소중하게 다룬 게 보인다. - 김*찬

덕분에 요즘 충분히 슬퍼할 수 있는 것 같습니다. - 고다*

묵직하니 아프기까지 하다. - 김*진

처음과 끝을 읽는 내 태도가 완전히 달라지는 글. - 김*영

암울한 글도 이렇게 좋을 수가 있구나. - 이*훈

공감이 안 된다고 하면 그거는 진짜 거짓말일 것 같다. - 박*민

담백하게 써내려가다가도 어느샌가 깎이고 깎여 날카로운 가시처럼 박히는 매력이 있다. - 김동*

문제가 담담하기에 더 슬프다. - 이*형

너무 정곡을 찔러서 불편할 정도다. - 이*경

우리가 무심코 흘려보내는 것들에 대하여. - 김*준

현 시대상을 고스란히 보여주는 단편. - 유재*

정말이지 활자 맛집. - 강재*

재밌어서 우는 중. - 박주*

신선하다 못해 싱싱하다. - 김지*

이 글이 존재하며 공감받는 이유를 우리는 알지만 제대로 설명할 수 있는 이는 많지 않죠. - 인*승

얇은 줄타기 오지게 하는 글. - 김*원

짧고 강렬해. 항상 짜릿하다. 글 볼 때마다. - 김*빈

주황색 파스텔톤 같은 따스함. - 이건*

진짜 글로 표현한 상황 하나 하나가 다 상상이 돼. - 장서*

용산 아이맥스급 몰입도를 보여주는 글솜씨. - 송인*

묵돌을 교과서로. - 서민*

묵돌의 글을 시작으로, 많은 사람들이 '어? 나 난독 아닌가 봐' 할 수 있게 되는 꿈. - 장형*

묵돌 님 글 보면 항상 묵직한 돌을 껴안는 느낌입니다. 마음이 무거워지는데 이걸 쉽게 놓기보다는 이 마음을 통해 노력해 보겠습니다. - 김*훈

글을 엄청나게 잘 쓰는 것보다, 괜찮은 글을 꾸준히 쓰는 것이 가장 어려운 일인데 묵돌은 차근히 그 길을 성공적으로 걸어 나가고 있는 것 같다. - 유*
(『사랑하기 좋은 계절에』 리뷰 중)

축구보다 야구에 가깝다. 한페이지 한페이지 거를 타선이 없다. - 송*엽(『역마』 리뷰 중)

글을 봤지만 영상을 본 느낌. - 권정*

어디다 가둬 놓고 만두만 먹이면서 글만 쓰게 하고 싶다. - 정연*

귀에 때려 박히는 글이다. - 권*상

숨도안쉬구다읽었다. - 김*진

기분이 나쁜데 힐링된다. 신기한 작가다. - 김*진

매번 보지만 매번 새로워. - 이혜*

어지럽다. - 구*모

산삼이다 이작가. - 김*음

벙쪄서 말이 안 나온다. - 이*호

아니 94년생이었다고? - 김우*

대단해. 그저 대단해. - 이*헌

재능과 노력의 시너지 효과. 재능 있는데 노력하고 즐기면 못 이김. - 유*

나도 이목구비 달리고 손 있는데 이런 글 왜 못 쓰냐 ㅋㅋ - 이규*

이유는 모르겠는데 빨려 들어가네. - 서*우

역겨울 정도로 잘 쓴다. - 노*식

진짜 볼 때마다 푹 빠져서 읽게 된다. - 김*름

이 사람 글 읽다 보면 공부 못 함. - 박*민

아니 어떻게 해야 글만으로 더보기를 누르게 할 수 있는 겁니까;;; - 이은*

내가 이 사람 구독하려고 페북을 못 끊어. - 자*

요즘 페북은 묵돌만 보면 된다. - 전*호

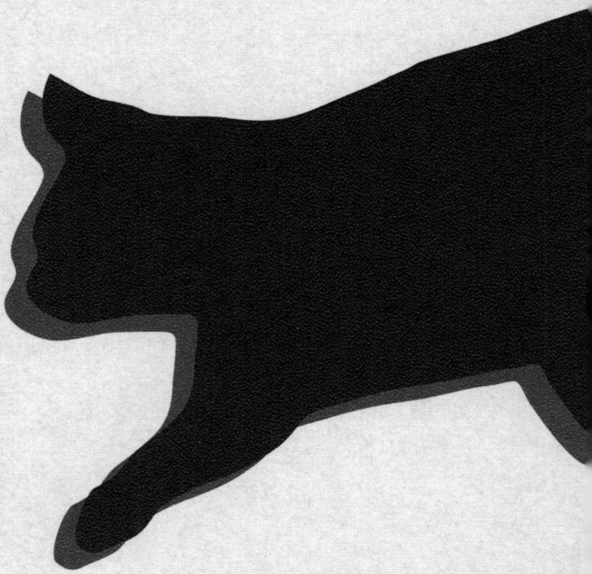

시간과 장의사

Time and undertaker

이묵돌 단편선 01

차례

2부, 비가 올 땐 무슨 생각을 하나요?

3부, 운명의 발견

4부, 시간과 장의사

미공개 단편 — 상실 3부작

1

"1994년 11월 16일, 창원에서 외동아들로 출생. 다섯 살, 아버지가 가스 흡입으로 사망. 이후 외가가 있던 대구로 이사. 여덟 살, 어머니가 알코올 중독으로 정신병동에 입원. 3년간 외할머니 밑에서 성장. 열한 살, 퇴원한 어머니와 함께 한부모가정이자 기초생활수급자 세대로서 10년 간 정부 보조금으로 연명. 열일곱 살, 인문계 고등학교에 턱걸이로 입학. 1학년 때 집단 따돌림 및 학교폭력 경험. 스무 살, 서울 모 대학 경영학과에 입학. 생활고로 인해 아르바이트를 전전하다 학사경고 처분. 징병신체검사 결과, 중증 우울장애와 성인 ADHD로 4급 판정. 스물한 살, 휴학 직후 일용직 현장을 전전하다가 대학 자퇴. 취미로 인터넷에 글을 쓰기 시작. 스물두 살, 인터넷에 올리던 글이 반짝 인기를 얻은 것을 계기로 콘텐츠 기반 스타트업에 스카웃. 스물세 살, 도덕성 결여 문제로 퇴사. 첫 번째 자살 시도 후 프리랜서로 전환. 출판에 뛰어들어 일 년간 책 네 권을 출간. 스물네 살, IT 회사를 창업해 대표가 됨. 모 벤처 캐피탈로부터 억대의 투자 유치. 바다에 뛰어들어 두 번째 자살을 시도했으나 실패. 스물다섯 살, 재정난으로 인해 회사를 정리. 몇 달간 빚을 청산한 직후 수면제 과다복용으로 세 번째 자살을 시도했으나 실패. 다섯 번째 책 출간. 스물여섯 살 현재, 집에 틀어박혀 장편 소설을 작업하던 중, 빈털터리가 된 나머지 이 같은 이력서를 씀……."

면접관은 이쯤에서 안경을 벗고 이력서를 테이블에 내려놓았다. "대체 무슨 생각으로 이따위 이력서를 쓴 거요?"

"돈이 없어서 곧 굶어 죽을 지경이거든요. 이제라도 제대로 살아 보려고 합니다." 내가 말했다.

"아니, 어떻게 이런 개뼈다귀 같은 인간이 들어온 거야?"

"글쎄요. 어쩌다 보니……."

"제길. 이거야, 더 말할 것도 없군." 면접관이 말했다. "불합격!"

"당신 같은 인간은 사회로 튀어나오지 말고, 집에 틀어박혀 글이나 쓰시오." 다른 면접관이 말했다.

"그거 좋죠." 내가 대답했다.

<이력서>

13

2

"어째서 가만히 있습니까? 특별하게 살길 바라면서 왜 평범하게 노력합니까?"

"아무 노력 할 필요 없어요. 그동안 잘해 왔잖아요."

"허구한 날 시간을 낭비한 주제에, 다른 사람과 똑같은 대우를 받고 싶다고요?"

"세상에 쓸모없는 사람은 없어요. 당신은 그저 때를 만나지 못했을 뿐이고."

"남들과 차별화된 뭔가가 하나는 있어야 할 거 아닙니까? 나이를 그만큼 먹었으면."

"너는 너 자체만으로도 특별하고 소중한 존재야."

"보기 싫은 건 둘째치고, 자기관리가 전혀 안 되는 사람처럼 보여요. 그런 사람을 누가 좋아할까요?"

"먹고 싶은 걸 왜 참아야 하죠? 맛있는 거 다 먹고 살기에도 짧은 인생인데요."

"남는 돈으로 저축하는 게 아니라, 저축하고 남은 돈을 쓰는 겁니다."

"빚을 내서라도 해외여행을 가세요. 세상이 얼마나 아름다운

지는 젊을 때 봐야 하니까요."

"남들이 대외활동하고, 학점관리할 때 당신은 뭘 하고 다녔나요?"

"패기 있게 살아라! 다른 사람들과 똑같은 사람이 되지 마!"

"하기 싫은 일도 할 수 있어야 하고, 하고 싶은 일도 참을 수 있어야 합니다. 그래야 어른 아닙니까?"

"하고 싶은 건 전부 하세요. 왜 고민 같은 걸 합니까? 원하는 대로 살다보면 길이 생기는 법이라니까요."

"제멋대로 살았으면 책임 정도는 질 줄 알아야지."

"어쩌면 우리는 삶에서 너무 많은 책임을 지고 사는지도 몰라요."

"이왕 태어난 거 큰 물에서 놀아야 할 것 아닙니까? 중소기업이나 다니고, 공무원 시험이나 준비하는 데 쓸 건가요?"

"대한민국에 일자리가 없다는 건 순 거짓말이에요. 당장 아무 중소기업, 스타트업에 가 봐요. 일손 부족한 곳 천지입니다. 젊은 사람들이 죄다 대기업 취직에 미쳐 가지고……."

"잘 모르겠으면 이것저것 참고해서 쓰든가 해야 할 거 아냐? 일이 장난도 아니고. 다 정해진 절차라는 게 있는 건데."

"너무 밋밋하고 개성이 없어. 젊은만큼 좀 호방하고 열정적인 뭔가를 보여 줄 순 없나? 맨날 똑같은 결과물만 내놓으면 기계와 다를 게 뭐야?"

"너도 이제 나이가 서른이다. 언제까지 그렇게 철없이 살래? 부모님 위해서라도 정신 좀 차려야지."

"여러분은 이제 겨우 서른 살 밖에 안 됐습니다. 가장 늦었다고 생각할 때가 가장 빠를 때예요. 도전을 멈추지 마십시오."

"기회라는 건 몇 번 찾아오지 않습니다. 왔을 때 꼭 붙잡고 놓치지 마세요."

"기회는 스스로 만들어내는 거야. 네가 가만히 있는데 누가 갖다주는 게 아니라고."

"약해지지 마세요. 누구도 울고 있는 당신을 위해 슬퍼해 주지 않습니다."

"슬플 땐 울어도 돼. 스스로의 감정에 솔직해질 줄 알아야 한단다."

"그렇게 살 거면 왜 살아? 차라리 죽는 게 훨씬 낫지. 주위 사람들한테 민폐 아니냐고."

"당신은 사랑받기 위해 태어난 사람입니다. 부디 계속해서 살아 주세요……."

열탕에서 빠져나올 무렵이었다. 청년은 별안간 현기증이 몰려와 어지러웠다. 두세 걸음쯤 휘청거리며 걸어가다가, 이내 목욕탕 돌바닥에 쓰러져 죽었다. 사인은 심장마비였다.

<90년생의 의문사>

3

이탈리아 유학 당시 종훈은 커피에 푹 빠져 지냈다. 하숙하던 건물 아래층에는 자그마한 카페가 자리잡고 있었는데, 낡고 초라한 외양과 달리 내부는 퍽 고즈넉했다. 종훈은 입맛이 없을 때마다 카페 구석진 자리에 앉아 에스프레소와 비스킷 몇 개로 끼니를 해결하곤 했다.

카페 주인은 안토니오라는 이름의 이탈리아인이었다. 서양인치곤 작은 키에 무성한 턱수염이 인상적인 남자였는데, 워낙 하얗게 센 머리 때문에 이제 겨우 오십 줄에 접어든 사람이라곤 믿기지 않았다. 원두를 갈거나 샷을 내릴 때가 아니면 테라스 자리에 앉아 신문이며 두꺼운 책을 펴 놓고 읽는 모습이 전부였으며, 먼저 말을 꺼내는 일은 거의 없었다. 딸 루시가 아니었다면 주택가 골목 한가운데 작게 나 있는 그 카페는 도서관보다도 조용했을 터였다.

루시는 붙임성이 좋고 이야기하길 좋아하는 열일곱 살 소녀였다. 동글동글한 인상에 길게 자란 금발머리를 한 줄기로 땋고 다녔고, 웃을 때마다 패이는 보조개가 귀여웠다. 그런 루시와 함께 커피를 홀짝이며 대화하는 시간이 없었더라면, 종훈의 유학생활은 패배감과 함께 일찌감치 마무리됐을는지도 모른다.

아무튼 그런 루시의 권유로 지역 커뮤니티에서 운영하는 바리스타 클래스에 등록했던 것은 종훈의 삶에 많은 변화를 가져왔다. 원래부터 흥미가 없었던 대학 공부는 잠깐 접어놓고, 한동안 커피 공부에 매진한 결과 덜컥 자격증까지 취득해 버렸다. 비록 작은 규모였지만 바리스타 경연대회에 나가 종합 3위를 차지하기도 했다.

그사이 성인이 된 루시는 토리노의 한 단과대학에 진학했다. 종훈은 루시에게 마땅한 작별인사조차 건네지 못한 것이 아쉬웠지만, 자신에게 새로운 꿈이자 목표를 갖게 해 준 그녀에게 감사의 편지를 남긴 뒤 귀국을 결정했다.

· · ·

도로를 둘러싼 노량진 학원가. 막 강의를 끝낸 수험생들이 골목골목으로 쏟아져 나왔다. 비교적 한산했던 거리는 금세 다음 행선지로 향하는 학생들로 가득찼다. 학생들 대부분은 이른 저녁식사를 위해 식당이 모여 있는 상가 방향으로 걷고 있었는데, 그 길목 왼편의 어느 건물 1층에서 며칠째 제법 큰 공사가 이뤄지는 중이었다.

"여기 공사는 대체 언제 끝난대냐? 얼마 전까지 강의도 안 들릴 정도로 시끄럽게 하더니." 공사 현장 곁을 걸어 지나던 학생 한 명이 운을 뗐다.

"몰라. 이거 그나마 저녁 때 공사하는 게 어디야. 그전엔 나 진짜 고혈압으로 뒤지는 줄 알았다니까." 곁에서 나란히 걷던 학생이 말했다. "원장이 구청에다가 민원 안 넣었으면 지금도 대낮에 계속 했을걸? 아니, 상식적으로 노량진에 학원들 쫙 깔려 있는 곳에서 공사를 그렇게 시끄럽게 하면 어떡하냐? 그것도 지들 덥다고 문도 활짝 열어놓고 했다더만."

"대체 뭐가 들어오는 거지? 학원은 아닌 것 같고. 인테리어 보니까 신경 좀 쓰는 거 같던데, 카페 같은 건가?"

"여기가 카페 자리는 아닌데."

"모르지, 뭐."

"걍 피씨방이나 생겼으면 좋겠다"

"피씨방은 무슨……. 1층에 무슨 피씨방이야?"

"뭐? 인천에 1층 피씨방 개많은데? 너 존나 인천 무시하냐? 어?"

"니 얘기만 들으면 인천 존나 이상한 도시라니까. 전에는 길에 뭐 말도 돌아다닌다며?"

"그건 컨셉이었고," 학생이 말했다. "이건 진짜라니까."

• • •

종훈은 거의 텅 비다시피 한 카페 내부를 눈으로 훑었다. 사람이 채워진 테이블은 단 하나뿐이었는데, 그마저 아침부터 아메리카노 한 잔을 시켜 놓고서 하루 종일 같은 자리에 책을 펴놓고 버티는 학생으로 매출에 큰 도움은 못됐다.

"피렌체 정통 에스프레소의 향을 느껴 보세요!"

매장 한 편에 세워진 엑스배너였다. 한 달째 장사가 시원찮아 매장 테라스 앞쪽에 세워 놨던 것을 '좁은 길에 학생들 통행이 불편하니 조치해 달라'는 구청 직원의 권고를 받고 나서는 가게 안쪽으로 옮겨 놓았다.

배너를 멍하게 응시하던 종훈이 한숨을 쉬었다. 내다버릴 생각도 안 한 건 아니었다. 그럼에도 좀처럼 손이 가질 않았다. 당장은 한푼이 아쉬운 상황이었다.

처음엔 안토니오처럼 여유롭게 책이라도 읽을까 했다. 그래서 『마시멜로 이야기』, 『넛지』 같은 자기계발서 두세 권을 사두곤 틈틈이 읽기를 시도했지만, 심적인 여유가 없어서인지 글자가 영 눈에 들어오질 않았다. 무리해서 장만한 고가의 커피머신이 눈에 밟혔기 때문이다.

종훈은 귀국하자마자 부모님을 설득하는 데 많은 시간과 노력을 들였다. 상가 보증금이며 인테리어 비용까지, 부모님의 도움 없이는 마련할 수 없었을 것이다. 그렇게 부모님을 조르고 싸운 것도 그때가 처음이었다. 그만큼 실력에는 자신이 있었다. 그간 한국에서는 구경도 못했을 커피를 내놓을 것이라고, 게다가 학원가에 있는 카페는 절대 망하는 법이 없다고 호언장담했다.

그러나 현실은 녹록지 않았다. 초기에는 손님이 너무 많을 것을 대비해 아르바이트도 세 명이나 구했지만, 학생들은 텅 빈 유리벽 너머로 힐끔거리며 지나갈 뿐 가게로 들어오지 않았다.

손님이 없으니 아르바이트는 한 명만 남긴 뒤 모두 잘라야 했고, 일손이 부족하니 영업 시간을 줄여야 했다. 영업을 짧게 하자 그나마 있던 매출 규모도 쪼그라들었다. 결국 매달 대출 이자를 갚기에도 벅찰 지경이 돼 버렸으니, 실로 완벽한 악순환이라 할 수 있었다.

"지훈아, 우리 카페는 왜 장사가 안 될까?" 종훈은 갓 교대하러 출근한 아르바이트를 보고 말했다.

"아, 사장님. 또 똑같은 말씀하시네. 전에도 대답했잖아요. 노량진에서 육천 원짜리 아메리카노를 누가 마시겠냐고요." 지훈은 아르바이트용 앞치마를 두르면서 말했다. "어차피 커피 값은 내릴 생각도 없으시면서."

"아메리카노가 너무 비싸면, 에스프레소를 마시면 되지. 에스프레소는 오천 원이잖아……." 종훈이 비굴한 목소리로 중얼거렸다.

"학생이 무슨 에스프레소를 마셔요? 안 그래도 여기 커피 취향 타는데 그걸 샷으로……. 말이 돼요?" 지훈이 어이없다는 듯이 대꾸했다.

"그건 지훈이 니가 잘 몰라서 그래. 피렌체에서는……."

"여긴 한국이에요, 피렌체가 아니라. 그 이탈리아 얘기는 달달 외웠어요, 저. 한번 읊어 봐요? 거, 이태리 사람들은 아침마다 에스프레소를 밥처럼……."

"아, 됐어. 누굴 놀리냐." 종훈은 지훈의 어깨를 툭 치며 말허리를 끊었다. "답답해서 그래, 답답해서. 오죽하면 아르바이트한테 이런 걸 묻겠어, 내가."

"음, 콘셉트를 좀 다양하게 하는 건 어때요? 여긴 종류가 샷 베이스밖에 없잖아요. 다른 데선 생과일주스에 스무디까지 파는데. 좀 시대착오적이지 않나요? 뭐, 알바하기는 좋지만."

"어떤 식으로의 다양화를 말하는 건데?"

"저 길 건너편에 카페 있잖아요. 최근에 장사 잘 되는데."

"큰 곳? 작은 곳?"

"작은 곳이요." 지훈이 대답했다.

"아, 그래?" 종훈이 멋쩍게 말했다. "왜 장사가 잘 되지? 별 거 없어 보이던데."

"신 메뉴를 냈거든요. 홍삼라떼라고."

"뭐?" 종훈은 아연실색했다. "커피에……홍삼을 넣는다고? 어째서?"

"글쎄요. 스태미나 보충용 아닐까요? 여기 노량진 학생들 다 원기가 부족한 편이니까. 맛도 생각보다 나쁘지 않더라고요. 좀 중독적인 뭔가가 있다고 해야 하나?"

"너도 마셨어?"

"네, 마셨죠. 저도 학생인데."

"제기랄, 그딴 걸 왜 마시는 거야? 심지어 그건 커피라고 할 수도 없잖아."

"시대가 어느 땐데 그런 말씀을 하세요? 이쯤 되면 커피의 재창조라고 봐야죠. 사람들은 늘 새로운 걸 원하잖아요. 우리도 그런 거 하면 되죠. 미원 사다 넣어서 다시다라떼 어떻습니까?"

"미원 넣는데 왜 다시다라떼인데?"

"그게 매력인 부분이죠." 지훈은 음흉하게 미소지었다.

"난 그렇겐 못 하겠어. 바리스타로서의 자존심이라는 게 있지……." 종훈은 못내 부들거리며 말끝을 흐렸다. "다른 방법은 없는 거야? 좀 더 본질적인 대책으로다가 말이야."

"본질적인 대책 찾다가 다 죽어요. 아니면 그냥 엄청 예쁜 여자애라도 한 명 구해 놓든가요."

"그게 커피랑 뭔 상관인데?"

"원래 잘 되는 카페는 커피랑 상관없이 잘 되는 법 아닐까요?" 지훈은 주머니에서 휴대폰을 꺼내들었다. "……건너편 큰 카페에 남학생들 엄청 들어차는 거 아시죠? 거기 오후 알바가 점장 딸이거든요. 걔가 이렇게 생겼어요."

"뭐야, 얘 무슨 모델이냐? 뭔데 이렇게 예뻐?"종훈은 지훈이 불쑥 내민 휴대폰 화면을 쳐다보면서 말했다.

"연예인 지망생이라던데요? 실물로 보면 더 장난 아니예요. 그냥 다른 행성 사람이라고 해야 하나? 얼굴도 엄청 작고……."

"그 카페도 갔었어?"

"네, 당연하죠. 저도 남자인데."

"근로기준법만 없었어도 넌 나한테 맞아 죽었어."

"그건 형법인데요. 근로기준법이 아니라……아야!"지훈이 외마디 비명을 질렀다. "와, 조인트 까고 원두 갈러 가는 것 봐. 사장님! 원두 안 갈아도 돼요! 다 팔리려면 한참 남았어요!"

"닥쳐."종훈이 말했다.

• • •

"가게 정리는 다 끝났니?"어머니가 물었다.

"네. 뭐, 별로 정리할 것도 없었어요. 업체 쓰니까 사흘도 안 걸리던데요."종훈은 길게 하품을 하며 대답했다. "하아, 피곤하다……. 근데 그건 왜 물어 보세요?"

"아니 그냥……. 아쉬워서 그러지, 이제 막 잘돼가던 차였잖아. 그대로 있었으면 대박쳤을 것을 왜 정리했나 싶고……."

"대박은 아니고 그냥 손익분기점이나 넘긴 거죠. 이번에 정리하면서 손해 안 본 게 어디예요. 그걸로 족해요, 저는."

"종훈이 너는 기쁘지 않아? 꿈을 이뤘잖아."어머니가 의아한 표정으로 물었다. "사실 엄마는 잘 모르겠어. 니가 왜 이탈리아에 다시 가는지도……. 한국에서 뭔가 더 할 순 없는 거니?"

"꿈 이룬 적 없어요. 카페 차려서 잘되는 게 꿈이라고 하긴 했는데, 막상 그렇게 되고 보니까 그냥 카페가 잘되는 건 의미가 없더라고요."

"그럼?"

"제가 노력해서 잘되는 게 의미가 있는 거였죠. 근데 아니었으니까."

"니가 노력을 안 했으면 어떻게 잘 됐겠어. 다 종훈이 니가 잘한 덕분이지. 그런 소리 하지 마라."

"……." 종훈은 어머니의 타박에 아무 대답도 하지 않았다. 그리고 방으로 들어가 절반쯤 싸 놓은 짐을 마저 정리하기 시작했다.

떠나는 날의 인천공항은 평소에 비해 한산했다. 종훈은 탑승 수속을 끝마친 다음 게이트 가까운 곳에 있는 의자에 앉았다. 주위에 있는 사람들은 대부분 휴대폰이나 앞에 놓인 텔레비전 화면을 바라보고 있었다.

마침 연예계 뉴스가 보도되는 중이었다. 젊은 리포터가 여자 아이돌 그룹의 멤버 한 명을 인터뷰하고 있었다. 좌측 상단에는 〈특별 인터뷰: '노량진 카페 여신' 아르바이트에서 아이돌 경연 우승까지?〉라는 자막이 조그마하게 붙어 있었다.

"그러니까, 방송에 나가고 나서 아르바이트하던 카페가 엄청 잘 됐다구요."

"아, 네. 하하……. 어쩌다 보니 그렇게 됐어요. 방송 때문인지는 잘 모르겠는데……." 귀여운 인상의 소녀였다. 리포터의 질문에 부끄러운 듯 입을 가리며 대답하고 있었다. "……아무래도 남자 손님이 많이 오긴 했던 것 같아요."

"혹시 사장님이 싫어하진 않았나요? 사람이 너무 몰려서 바빠 죽겠다든지."

"아뇨, 좋아하셨어요. 원래는 장사가 잘 안 되던 카페였거든요. 그래서 사장님이 걱정 많이 하셨는데……제가 어떻게든 도움이 돼 드린 것 같아서 기분 좋아하셨던 것 같아요."

"아하, 사장님이 좋아하셨구나. 그럼 혹시 사장님이 소혜 씨를 의식하거나 하진 않았나요? 아무래도 그때 아이돌 경연이 엄청 화제였잖아요. 유명세를 탄 뒤에 좀 더 잘해줬다거나, 시급을 올려 줬다거나."

"그런 건 없었어요. 당연히 시급은 안 올려 주셨구요……." 소혜가 대답했다. 리포터를 비롯한 방송 출연자들이 웃음을 터트렸다. "갑자기 손님이 많아지니까 이런저런 것들을 많이 시도하시긴 했던 것 같아요. 새로운 메뉴를 개발하신다든가 하는."

"우와, 어떤 메뉴를 개발하셨는데요? 아무래도 노량진이니까, 컵밥을 팔기 시작했다든가……그건 아니죠? 하하." 리포터가 너스레를 떨며 말했다.

"네, 그건 아니고. 좀 이상하긴 한데, 인삼라떼라고……."

"인삼라떼라구요?!" 화면은 휘둥그레진 리포터의 표정을 클로즈업했다. 동시에 모니터 하단에는 한껏 과장된 폰트로 〈인삼라떼?!〉라는 자막이 튀어나왔다.

"먹어보셨나요, 그거?"

"네, 저는 꽤 맛있었던 것 같아요. 좀 중독적인 맛이었는데, 사장님이 되게 커피에 조예가 깊으셨거든요. 이탈리아에서 바리스타 자격증까지 따신 분이라." 소혜가 대답했다.

"와, 이탈리아에서 배워 와서 인삼라떼를 만들다니……. 창의력이 대단하신 분이었네요." 리포터가 살갑게 맞장구쳤다. "그 인삼라떼는 지금 가도 마실 수 있나요? 소혜 씨가 맛있었다고 하니까 저도 먹어 보고 싶네요. 지금 텔레비전 보시는 분들도 똑같을 것 같은데요."

"아, 지금은 못 마셔요. 사장님이 가게를 정리하셨거든요."

"아아, 정말 안타깝네요." 리포터는 크게 탄식하며 말했다. "설마 소혜 씨가 그만두고 나서 카페가 망한 건가요?"

"그건 잘 모르겠어요. 아마 아닐 것 같은데……."

"그건 모르는 일이겠죠? 카페 사장님! 보고 계시면 소혜 씨한테 전화 한 통 넣어 주세요! 시급 올려 줄 테니까 돌아오라고! 어서!"

리포터가 호들갑을 떨었다. 소혜를 비롯한 화면 속 출연진들이 크게 웃었다.

웃음소리는 화면을 튀어나와 공항 게이트 앞까지 번져 왔다. 그런 가운데 오직 종훈만이 무표정한 얼굴로, 왼쪽 손목을 들어 시간을 확인했다. 이륙까지는 아직 삼십 분이 넘게 남아 있었다.

<Bittersweet>

저마다의 길, 15×15, acrylic on canvas, 2019. 8

4

오 년간 사귄 남자친구와 헤어진 뒤부터, 나는 취업 준비에
몰두했다. 경제적으로 어려웠다거나 집안에서 모종의 압박이
있었던 것은 아니다. 다만 전처럼 핑크빛 넘치는 연애나 하기에
나는 너무 나이를 먹었고, 학교까지 졸업한 이상 사회구성원으
로서의 역할을 찾아야 한다는 생각이었다.

그러나 한동안 자기소개서며 대외활동에서의 성과는 지지부
진했다. 글 쓰는 일에는 원래부터 소질이 없었거니와 처음 보는
사람들 앞에서 자신 있게 무슨 활동을 할 만한 인간도 아니었던
것이다. 나는 점차 자신감을 잃어갔고, 얼마지 않아 모든 바깥
활동을 끊고 집에만 처박혀 있었다.

일주일에 세 번, 장애아 보호 시설에서 하는 교육 봉사를 시
작한 것은 정말이지 우연스런 일이었다. 하루는 엄마가 초췌한
얼굴의 나를 마주 앉혀 놓고 말했다.

"조금 늦는다고 해서 너한테 뭐라 할 사람 없다. 쉬워 보이는
일부터 해 보는 게 어떻겠니? 뭐가 됐든 말이야."

그런 의미에서 교육 봉사에 참가하기로 한 것은 썩 괜찮은
선택이었다. 쉬운 일은 아니었다. 용돈이 궁했던 새내기 시절엔

중고등학생 과외도 몇 번 했지만, 지적장애를 가진 대여섯 살 꼬맹이들에게 언어의 기본부터 가르치는 일은 그와는 종류가 무척 다른 일이었기 때문이다.

보호시설은 집 앞 정류장에서 버스와 지하철을 번갈아 타고 한 시간은 가야 하는 거리에 있었다. 시설에서 일하는 사람들은 하나같이 친절했다. 또 내가 먼 길을 왔다는 것만으로 무척 대단한 일이나 해낸 것처럼 여기는 듯했다. 난 멋쩍은 기분으로 아주 사소한 일부터 적응해 나갔다.

어린 아이를 가르치는 일이나 사회봉사 활동에 나도 모르는 적성이 있었던 것일까? 어쩌면 그저 온종일 몰두할 만한 일이 필요했던 건지도 모른다. 이러나저러나 나는 교육 봉사라는 일에 빠르게 적응했다. 내가 맡은 아이들은 대개 일주일도 안 돼 제법 긴 문장을 말할 수 있었다. 좀 더 지나서는 삐뚤삐뚤한 글씨로 짧은 일기까지 쓰게 됐다. 소장은 날 더러 '현장 직원들이 세 달 동안 못한 일을 보름 만에 해냈다'며 치켜세웠다. 립서비스인 건 알았어도 조금 으쓱해지는 건 별 수 없었다. 봉사활동 기간 동안 나는 난생 처음 느껴 보는 보람으로 행복했으며, 어느 순간부턴 한 달이라는 시간이 너무 짧게 느껴지기도, 어떤 측면에서는 두렵기까지 했다.

그렇게 한 달간의 교육 봉사가 마무리 될 무렵이었다. 그동안 나는 조급했던 마음을 말끔히 게워 냈고, 잃어버렸던 자존감까지 조금쯤 회복할 수 있었다. 엄마는 내가 봉사를 시작한 뒤로 부쩍 안색이 좋아졌다며 뿌듯해하셨다. 실제로 나는 한결 나아졌다. 없으면 못살 것 같던 항우울제도 차츰 줄여나갔고, 거의 모든 일들을 내 뜻대로 해낼 수 있다는, 근거 없는 확신이 불쑥 솟구치곤 했던 것이다. 다만 교육 봉사가 끝난 뒤에는 대체 뭘 해야 할지, 또 마음 한쪽이 텅 빈 것 같은 기분이 드는 이유가 도대체 무엇인지는 여전히 알 도리가 없었다.

한편 그 와중에도 딱 하나 마음처럼 되지 않는 것이 있었다. 다은이는 중증 발달장애를 갖고 있던 일곱 살짜리 여자아이였는데, 또래는 물론 자기보다 훨씬 어린 아이들보다도 배우는 속도가 느렸다. 하기야 한 달 전과 비교하면 문장 구성이며 발음 같은 것들이 조금 나아지긴 했다. 하지만 발음이 비슷한 단어 몇 개를 여전히 구분하지 못했고, 음만 비슷할 뿐 완전히 뜻이 다른 단어를 갖다 쓰는 경우가 잦았다. 이를테면 머리를 '감다'가 아니라 '간다'라고 하고, 개가 '죽다'를 '줍다'라고 하는 식이었다.

단순히 발음만 헷갈린 거라면 별 문제도 아니었다. 기본적으로 발달장애를 가진 아이들이 명확하게 발음하는 일 자체도 드물었고, 말하는 당사자가 헷갈린다고 한들 듣는 사람이 잘 알아듣는다면 의사소통에는 지장이 없기 때문이다. 그러나 다은이는 발음만이 아니라 단어가 가진 의미 자체를 혼동하는 모양이었다. 그래서인지 같은 발음을 몇 번, 몇십 번 반복해 가르쳐도 다음 날이면 원래대로 되돌아오곤 했다.

내가 교육 봉사를 하는 마지막 날까지도 그랬다. 그날도 나는 몇 시간이나 다은이 곁에 붙어서, 단어 하나라도 제대로 가르쳐 주려고 안간힘을 쓰고 있었다. '오늘이 마지막인데 조촐한 송별회라도 해야지 않겠냐'는 소장의 말도 정중히 거절하고 말았다.

이런 내 마음을 아는지 모르는지 다은이는 여전히 똑같은 실수를 반복하고 있었다. 나는 견딜 수 없이 답답했다. 몇 번을 가

르쳐 줘도 형편없이 실패하는 모양이 나와 꼭 닮아 있는 것 같
아서.

"따까 줘요. 언니, 머리 따까 줘요." 다은이가 느닷없이 머리
를 풀어헤치고 말했다. 대번 알아들은 나는 다은이를 돌려 앉히
면서 말했다.

"우리 다은이, 그럴 때는 '따까 줘요'가 아니라요, '땋아 줘요'
예요. 언니가 말했잖아요?" 나는 다은이의 머리를 한 번 쓰다듬
었다. 그리고 어깨까지 내려오는 머리를 두 갈래로 나눠 잡은
뒤 번갈아 땋기 시작했다.

"따아 줘요? 으응……." 다은이가 웅얼거리며 대꾸했다.

"응. 땋아 줘요. '닦아 줘요'는 어디다 쓸까요? 우리 다은이가
화장실에서 발 씻고 나왔어, 그럼 수녀님한테 뭐라고 해요? 발
이 물에 젖었잖아요, 그럴 때 뭐라고 해요?" 나는 다은이의 머
리채를 어루만지며 물었다.

"발 따아 줘요."

"아니, 그때 '닦아 줘요' 해야지. 따라해 봐. '발 닦아 줘요.'"

"……따아 줘요, 발 따아 줘요." 다은이가 해맑은 표정으로
말했다. 그쯤해서 나는 손끝이 떨리기 시작했다. 또 한숨이 나
오는 대신 눈이 그렁그렁해지는 것을 느낄 수 있었다.

"다은아, 왜 이렇게 말을 못 알아들어? 그건 언니 온 첫 날에
가르쳐 줬잖아." 나는 울먹거리는 소리를 겨우 참아가며 말했
다. "언니는 내일 되면 이제 없어. 다신 안 온단 말이야……."

"언니, 울어?" 다은이가 고개를 조금 돌리며 물었다.

"아니, 안 울어." 내가 대답했다.

"미아내요. 다은이 미아내요……."

"아냐, 다은이 안 미안해도 돼. 언니가 잘못한 거야. 언니가 미안해."

나는 눈물을 참을 필요가 없었다. 비록 목소리가 파르르 떨리고, 눈망울이 흠뻑해지긴 했지만 눈물이 흐르지는 않았다. 안구건조증도 아닌데 무려 반 년 가까이 그랬다. 울고 싶지도 않았고, 울어서도 안 될 것 같았고, 무엇보다 울 이유가 없다고 생각했기 때문에.

"자, 머리 다 땋았다. 다은아, 어때? 예쁘지?" 나는 다 땋은 머리를 다은이 앞으로 돌려놓으며 말했다. 다은이 머릿결은 무척 좋았다. 땋을 때마다 귀찮기는커녕 기분이 좋아지곤 했다.

"예뻐! 예뻐요. 고마워요, 언니." 다은이가 호들갑을 떨며 말했다.

"고맙긴, 언니가 다은이한테 고마워. 한 달 동안 다은이랑 같이 있어서 너무 행복했어. 언니 없어도 잘 지낼 수 있지?" 나는 무릎을 꿇은 채, 다은이를 품에 꼭 껴안으며 말했다.

"음, 음……."

"다은아, 언니가 묻는 데 대답해야지. 잘 지낼 수 있지? 다은이가 잘 못 지내면 언니는 슬퍼."

"언니, 언니, 보나 언니."

"……그래, 보나 언니 여기 있어." 나는 조금 놀라서 대답했다. 다은이가 내 이름과 언니를 같이 붙여 부른 건 이때가 처음이었다.

"보나 언니……. 사람. 사람해요, 사람."

"에이, 다은이. 그럴 땐 사랑해요, 라고 해야지."

"사람해요."

"다은아, 사람이랑 사랑은 다른 거예요. 비슷하게 들리지만 달라요."

"으응, 몰르겠어요." 다은이가 머리를 흔들며 얼버무렸다.

"다은아, 사람은 언니랑 다은이 같은 거. 사랑은……아, 이걸 어떻게 설명하지? 음…….."

"보나 언니, 사랑?" 다은이가 날 빤히 올려다보며 물었다. "보나 언니, 사랑이에요. 사랑."

"아니, 아니야. 언니는 사람이야. 다은이가 언니한테 하는 게 사랑인 거고."

"사람? 사랑…….." 다은이는 고개를 좌우로 몇 번 흔들고 나서 다시 말했다. "보나 언니, 사랑이야."

"아니……. 뭐가 똑같은 거야? 사람이랑, 사랑이랑." 나는 대뜸 답답해져서 물었다. 다은이에게 확실한 대답을 기대했던 건 아니었다. 그럼에도 다은이는 음, 음, 하며 몇 초나 고민하더니 이내 말을 꺼냈다.

"슬퍼요."

"슬……뭐?" 나는 또 한 번 놀라서 되물었다. '슬프다'는 말은 전부터 몇 번 가르쳐 주긴 했지만, 다은이 스스로 먼저 말한 것은 처음이었다. "슬퍼요? 뭐가 슬픈데?"

"사람, 사랑," 다은이가 말했다. "없으면 슬퍼요. 둘 다."

"……"

나는 다은이의 말에 대답하기는커녕 움직일 수조차 없었다. 온몸이 돌처럼 굳어 버리기라도 한 것 같았다. 그대로 눈물이 흘렀다. 한두 방울이 뺨을 타고 목까지 흘러내리기 시작하더니, 이내 소나기처럼 우수수 쏟아졌다.

"보나씨! 무슨 일이에요? 왜 울고 있어요? 다은아, 언니한테 무슨 일 있었니? 다은아……."

그 순간 건넛방 아이들에게 책을 읽고 있던 소장이 뛰어 들어왔다. 내 어깨를 흔들며 무어라 말을 했지만 내겐 아무 소리도 들리지 않았다. 그저 보나는 참 눈물이 많아, 세상에 슬픈 일이 그렇게 많니, 하던 그 사람의 말이 불현듯 떠올라 몇 번이고 머리를 울릴 뿐이었다.

<이음동의어>

5

"승객 여러분께 불편을 끼쳐 드려 죄송합니다. 열차는 현재 긴급한 사고로 인해 운행을 중단했습니다. 상황이 정리되는 대로……."

열차는 한동안 멈춰 있었다. 몇몇 승객들은 안내방송이 다 끝나기도 전에 탄식하는 소리를, 또 양 손아귀로 머리를 감싸면서 욕지거리를 뱉었다.

만원이 된 열차 칸 내부의 공기가 밀도를 더해갔다. 그나마 앉아 있는 사람들은 사정이 나았다. 가뜩이나 늦은 출근길에서 일어난 사달이었다. 오랫동안 서 있었던 직장인들의 얼굴은 이미 울그락불그락해졌다.

"무슨 일 처리를 이따위로 해? 연착을 하면 명확하게 원인을 규명해서 얘길 해 줘야 할 것 아냐!"

정장 차림의 중년 남자였다. 참다못한 누군가 큰 소리를 치면, 군중은 기다렸다는 듯 원성을 높였다.

"기관실 어딨어? 기관사 데리고 와! 확 귀싸대기를 갈겨 버리게!"

"쯧쯧, 저런 것들도 공무원이라고 뽑아 놨으니……. 나라꼴이 어렵하겠어. 아주 그냥."

"돈 몇 푼 벌려고 나왔는데, 아침 일찍부터 이게 뭐야? 하다 하다 출근도 못하게 만들고. 씨발…… 아!"

별안간 발아래가 꿈틀거렸다. 열차가 움직이는 소리가 뒤따랐다.

"와, 드디어 가네. 드디어!"

열차가 슬그머니 앞으로 움직였다. 몇몇 사람들은 환호성을 터트렸다. 차체는 느린 속도를 유지하며 삼십 초쯤 전진하다가 다시 멈춰 섰다. 앞쪽 칸에 탑승한 사람들은 도착할 역 플랫폼에서 새어 나오는 불빛을 눈으로 확인할 수 있었다. 어느덧 다음 역이 코앞이었다.

"……죄송합니다. 열차는 현재 긴급한 사고로 인해……."

"지금 장난해?"

"뭐야, 왜 멈추는데? 왜? 왜 멈추냐고!"

"대체 뭐 하자는 거야, 지금!"

승객들은 전보다 더 흥분해서, 이제는 너나할 것 없이 고함을 내질러댔다. 이따금 아기 우는 소리가 들렸지만 워낙 큰 주변 소음에 묻혔다. 이 와중에 젊은 청년 하나가 임산부석에 앉아 있던 아주머니와 시비가 붙은 탓에, 서 있던 사람들이 물러나고 앞장서기를 몇 번이나 반복해야 했다.

"좀! 밀지 마세요!"

"앞에서 미는데 저보고 어쩌라고요!"

"싸우지 마세요! 지금 싸울 때입니까? 같이 뭔가 해결 방법을 찾든가 해야지……."

"이런 상황에서 우리가 뭘 할 수 있는데요? 어차피 기다리는 것밖에 못하는데!"

"그래도 서로 싸우지는 말아야 할 것 아닙니까?"

"존나 잘난 척하네, 씨발."

"야, 너 지금 뭐라 그랬어?"

"아무 말 안 했는데요."

"다시 말해 보라니까!"

혼란은 잦아들 기미가 없었다. 그러다 견디다 못한 남자 한 명이 곁에 있던 비상탈출 스위치를 때려 눌렀다.

"제가 볼 때는요, 이만 하면 비상 상황입니다. 바쁘신 분들은 먼저 문 열고 걸어서 가자고요." 남자는 사람들을 비집고 나간 다음, 열차 출입문을 양쪽으로 밀어 넣고 말했다. 어두컴컴한 지하 통로로부터 퀴퀴하고 시원한 바람이 불어 들어왔다. "옆쪽으로 붙어서 가면 금방 다음 역에 닿을 겁니다."

막상 이런 상황이 되자 뛰어내리는 사람은 얼마 없었다. 맨 처음에 문을 열고 내려간 남자를 포함하면 열 명 남짓이었다.

그나마 일행처럼 보였던 여자 세 명은 나간 지 얼마 되지도 않아 열차로 되돌아왔는데, 누구 할 것 없이 얼굴이 창백해져 있었다. 그중 한 명은 돌아오자마자 기절한 것처럼 바닥에 뒹굴었으며, 또 한 명은 말도 없이 울음을 터트리는가 하면 나머지 한 명은 넋이 나간 표정으로 입술을 파르르 떨었다.

"무슨 일 있었어요? 왜 그래요?" 출입문 주위에 있던 사람 하나가 물었다.

그녀들은 아무 대답도 하지 않았다. 주저앉아 있던 여자만이 고개를 절레절레 흔들어 보였을 뿐이다.

열차가 다음 역 플랫폼에 도착한 건 이십 분이 더 지났을 즈음이었다. 스크린도어가 열리기 무섭게 도중에 되돌아왔던 세 명의 여자를 포함한 거의 모든 승객이 우르르 빠져나갔다.

열차는 오 분 동안 역에 머물러 있었다. 내부에는 종점까지 가는 몇 명의 승객만이 남았다. 스크린도어는 시험 삼아 열렸다 닫히길 반복하다가 완전히 닫혔다.

열차가 종점을 향해 출발하고, 얼마지 않아 역내 미화원 한 명이 걸어 다가왔다. 미화원은 스크린도어에 남은 핏자국을 물걸레로 쓸어 닦았다. 소름 돋는 비린내가 코를 찔렀다.

• • •

스크린도어에 이상이 있다는 사실은 그날 첫 차가 운행되기 전부터 보고된 사항이었다. 원인 파악 및 고장 수리를 위해 정비업체 직원 두 명이 파견됐고, 그중 한 명의 시신이 승강장 맨 끝 부근에서 알아볼 수 없는 형체로 발견된 것이다. 사망한 청년은 불과 며칠 전에 스무 살 생일을 맞은 참이었다.

당시 기관사는 안내방송을 거의 하지 않았다. 탑승객들의 충격과 동요를 최소화하기 위해서였다. 다만 본인은 그날 이후 심각한 트라우마를 겪게 됐으며, 몇 번의 시도에도 불구하고 번번이 열차 운행에 실패했다.

김 씨는 퇴직한 뒤에도 극심한 우울증, 불면 증상과 악몽에 시달렸다. 오래도록 정신과 치료를 받았지만 차도가 없었다. 나아지기는커녕 얼마 전부턴 '알 수 없는 목소리가 들린다'며 환청에 의한 고통까지 호소하는 지경이었다.

"그 목소리가 뭐라고 말하던가요?" 의사가 물었다.

"……모든 게 당신 잘못이야, 너 때문이야, 라고요."

"계속?"

"네, 계속." 김 씨가 말했다.

"거기 그 청년이 있는 걸 모르셨다면서요?"

"몰랐습니다."

"그런데 왜 당신 잘못이라고 할까요? 청년의 목소리가요."

"그 젊은이가 아니에요."

"그 청년이 아니라고요?" 의사는 의아한 얼굴로 되물었다. "그럼 누가 말하던가요?"

"사람들이요."

"사람들?"

"네, 열차 안에 타고 있던 사람들."

"그 사람들이 왜 기관사를 탓하나요? 잘못한 게 하나도 없는데."

"그거야 출근을 못 했으니까요." 김 씨는 고개를 떨군 채 대답했다. "제때 못 갔으니까. 가야 할 곳에."

"그건 우리도 다 똑같은데요, 뭘. 승객 분들만 그런 게 아니라. 환자분도. 그리고 청년도."

"네. 너무 빨리 가 버렸어요."

"어디로요?"

"종점에……."

김 씨는 더 이상 말을 잇지 못했다. 그런 김 씨에게, 의사는 신경안정제와 수면제를 처방해 돌려보냈다.

<지각출근, 조기퇴근>

39

6

　나는 우리나라의 모든 동네마다 대훈이 형 같은 사람이 꼭
한 명씩 있었을 거라 확신한다. 물론 내가 모든 동네에서 태어
나 성장해 본 경험이 있는 건 아니다. 다만 우리나라에서, 우리
나라 사람들과 함께 유년시절을 보내며 성장한 남자들은 단 한
명도 빠짐없이 '형' 또는 '형아'라 부르게 되는 존재를 만나게
된다. 심지어 나 같은 외동아들조차도.

　누구나 어렸을 땐 아버지만큼 커 보이는 존재가 없다고들 한
다. 아주 어렸을 때부터 어머니하고만 살아온 나로서는 영 와 닿
지 않는 말이지만, 대훈이 형이 내게 보여 줬던 위대함의 편린들
이 대충 비슷한 느낌 아니었을까 생각해 본 적은 있다. 뭐 그 시
절 아이들에게 자신보다 나이도 많고, 키도 크고, 게임도 잘하
고, 만화방에 있는 책을 대부분 알고 있고, 항상 나보다 큰 포켓
몬 딱지를 갖고 있고, 포트리스와 크레이지 아케이드 레벨이 높
은 형이라면 기실 아버지보다도 위대한 존재나 다름없었다.

　나뿐 아니라 우리 동네에 사는 모든 또래 아이들의 우상이었
던 대훈이 형은 늘 모자를 쓰고 다녔다. 그리고 나와 서너 살 차
이밖에 나지 않았는데, 내 기억이 희미한 것이 아니라 우리 동

네 아이들 가운데 누구도 대훈이 형의 나이를 정확하게 알지 못했다. 또래에 비해 키가 큰 편은 아니었지만 유독 골격이 좋고 힘이 셌으며 몸이 날쌨다. 그래서인지 학교에서 패싸움을 하다가 1년 또는 2년을 꿇었다는 소문도 있었고, 어떤 아이는 대훈이 형이 소년원에 다녀왔다더라는 이야기를 하기도 했다. 단 그렇다고 해서 대훈이 형에 대한 우리의 경외심이나 존경 같은 것이 희석되는 일은 없었다. 오히려 김대훈이라는 존재를 더 신비롭고 불가사의하며 수수께끼 같은 사람으로 만들었다면 한층 정확한 표현이 될 것 같다.

나는 대훈이 형으로부터 많은 것을 배웠다. 대부분 나쁜 것이었지만 가끔은 좋은 것도 있었다. 나는 철권태그의 붕권과 십단 콤보 커맨드를, 텐가이의 숨겨진 사무라이 캐릭터를 뽑는 방법과 메탈슬러그의 숨겨진 스테이지로 가는 길을, 스타크래프트의 한국어 패치 방법과 GBA 에뮬레이터를 다운로드하는 곳을 모두 대훈이 형에게서 배웠으며, 미성년자 신분으로 할 수 없었던 게임에 '주민등록번호 생성기'라는 프로그램을 써서 성인 아이디를 하나 만들어줬던 것도 대훈이 형이었다. 덕분에 나는 〈카르마 온라인〉이며 〈서든어택〉같이 피가 질질 나오는 FPS 게임을 친구들과 함께 할 수 있었다.

그 동네에 사는 모든 열 살짜리 남자아이들은 돈이 없었다. 그러나 바깥에서 하루 종일 놀다 보면 배가 고프기 마련이었고, 저녁때가 다 됐다고 집에 돌아가거나 보습 학원이며 태권도 도장을 간답시고 중도 이탈하는 녀석들은 의리 없는 놈 취급을 받았다. 다행히 다니던 학원도, 날 찾는 부모님도 없었던 나는 대훈이 형과 가장 늦게까지 함께 있곤 했다. 그럼 대훈이 형은 날

데리고 동네 가장 가까운 피씨방에 데려가 두 시간 넘게 게임을 같이 하다가, 열 시가 넘어갈 즈음에 '돈은 내가 낼 테니까 넌 집에 가라'며 날 보내는 것이다. 대훈이 형이라고 한들 누군가의 돈을 대신 내 줄 만큼 사정이 좋은 것도 아니었는데 말이다.

대훈이 형의 부모님은 만난 적도, 소식을 들은 적도 없다. 늙은 할머니가 같이 살더라는 소문도 있었지만 직접 본 사람은 아무도 없었다. 가을운동회 당시 6학년 계주 선수로 뛸 때에도, 대훈이 형은 2등으로 경주를 마치자마자 근처 친구들에게로 갈 뿐 부모님은 보이지 않았다. 그때 나는 어머니가 싸 온 김밥을 우걱우걱 집어먹고 있었는데, 흙먼지가 가득 묻은 얼굴로 운동장 주변을 배회하는 대훈이 형의 모습이 무척 외로워 보였던 기억이 난다. 나 따위야 위로는커녕 방해만 될 것 같아서, 감히 말 한마디 걸 수 없을 것 같은 느낌의 고독이었다.

아무튼 나를 포함한 동네 아이들은 대훈이 형의 부모님에 대해 묻지도, 궁금해하지도 않았다. 뭐라 정해진 건 아니었으나 서로 약속이라도 한 것처럼 항상 그랬다. 가끔 어디서 어떻게 사는 양반인지 참 희한하다 싶을 때도 있긴 했지만, 부모님의 유무 따위야 아무래도 상관없었다. 대훈이 형은 대훈이 형이고, 우리에게 신이자 영웅이나 다름없는 존재였으므로. 나는 정말 대훈이 형을 위해서라면 도둑질이라도 할 수 있었고, 다른 아이들도 마찬가지였을 것이다. 그러나 대훈이 형은 자신이 도둑질해 온 것을 우리에게 나눠줬을지언정 우리에게 뭘 훔치라고 시킨 적은 단 한 번도 없었다.

지금의 어른들에게서도 찾아보기 힘든 의리라는 것이 중학생도 채 되지 않은 아이들에게 있었다고 하면 참 신기한 일이다. 한 번은 이런 일도 있었다. 학교에서 꽤 떨어진 곳에는 작은 규모의 청소년 수련관이 있었다. 나와 대훈이 형을 포함한 대여섯 명 정도의 무리는 어느 날 수련관 뒤꼍에 있는 공터에서 라이터를 가지고 놀고 있었는데, 겨울이 다가와 바짝 말라 있는 잔디에 불이 옮겨 붙으면서 엄청나게 번지기 시작했던 것이다. 공터 뒤에는 건넛마을까지 이어지는 언덕이 있었기 때문에 하마터면 엄청난 화재가 될 뻔했다. 다행히 '불이야!' 하는 소리에 곧 동네 어른들이 뛰어나와 큰 불이 되는 일은 없었다.

그러나 우리는 다음 날 교장실에 함께 불려 가 상담을 받을 수밖에 없었다. 그 자리에는 날 비롯한 다른 아이들의 부모님들이 모두 와서 심각한 얼굴을 하고 있었는데, 대훈이 형 만큼은 혼자 의자에 쭈그려 앉아 있었다. 그 아이들 무리 가운데 혼자 6학년이었던 대훈이 형은 자연스럽게 그 방화 사건의 주범처럼 취급됐다. 두둔하는 사람은 아무도 없었다. 심지어 본인조차도 별 수 없다는 표정으로 앉아 처분을 기다리고 있는 눈치였다. 재밌겠답시고 실실 웃으며 잔디에 불을 붙였던 내 친구 녀석은 아버지 뒤에 숨어서 질질 짜기만 할 뿐이었다.

대훈이 형은 한 마디 변명도 없이 전학 처분을 받아들였고, 동네에서 버스로 10분 정도 거리에 있는 학교로 떠나버렸다. 그 시절 버스로 10분이라고 하면 지구 반대편이나 마찬가지였다. 그 뒤로 대훈이 형은 동네 슈퍼 근처에서 아주 가끔 모습이 보일 뿐 예전처럼 함께 노는 일은 없었다. 대훈이 형이 중학교에 들어간 뒤로는 소식조차 거의 들을 수 없었다. 내가 중학생이 될 즈음해서 '저 멀리 공단 근처에 있는 실업계 고등학교에 갔다더라'하는 소문이 돌아다니긴 했지만 딱 그 정도였다.

중학교에서의 내 성적은 좋은 편은 아니었다. 다만 집 근처 인문계 고등학교에 무난히 진학할 정도는 됐던 모양이다. 그렇게 막 고등학생이 돼서, 헐렁한 남색 교복을 걸친 채 돌아다니던 시절도 있었다. 그때 나는 야간 자율학습을 빼먹고, 학교로부터 멀찍이 떨어진 곳에 있는 한 오락실에서 철권을 하고 있었다. 철권태그는 당시로서도 엄청난 고전게임이라서 나 아니면 하는 사람이 거의 없는 게임기였다. 가끔 건넛자리에서 근처 학교의 조무래기가 도전하는 일은 있었지만 심심하면 철권으로 시간을 때웠던 내 상대는 못됐다. 그런데 그날은 누가 나와 완전히 똑같은 조합으로 태그를 구성하더니, 날 완전히 농락시키며 완승을 거둬간 것이다.

나는 500원짜리 동전을 더 넣어 가며 몇 번씩 재도전했지만 번번이 패배했다. 상대는 나와 같은 기술을 나보다 더 능숙하고 완벽한 타이밍에 구사했고, 심지어 내가 모르는 기술까지 몇 개 써가며 날 쓰러트렸다. 도저히 넘을 수 없는 벽 같았다. 철권을 하면서 그런 기분은 오랜만이었다. 그렇게 오락실 의자에 앉아 망연자실한 표정으로 리플레이를 지켜보는데, 건너편에서 대뜸 대훈이 형이 돌아 나오는 것이다. 얼굴과 옷이 많이 변하긴 했지만 여전히 모자를 쓰고 있었고, 까무잡잡한 인상만큼은 예전과 똑같아 금방 알아볼 수 있었다.

대훈이 형은 날 보자마자 대뜸 웃으면서 "하나도 안 늘었네……드가서 공부나 해라."라고 한마디 던졌다. 그리고 예전처럼 내 뒤통수를 한 대 치곤 오락실에서 돌아나갔다. 그날 밤 나는 어렸을 때만 해도 그렇게 아팠던 대훈이 형의 손이 하나도 아프지 않았던 것을, 엄청나게 거대하고 단단해 보였던 몸집이 사뭇 왜소하게까지 보였던 것을 떠올리며 복잡한 감상에 젖어들었다.

다시 대훈이 형을 보게 된 것은 그로부터 몇 년의 시간이 더 지난 뒤였다. 나는 고등학교 생활을 무난하게 끝마치고 서울에 있는 한 대학에 진학했다. 그렇게 상경한 뒤로는 세 번째 학기를 끝마칠 때까지 집으로 돌아가지 않았는데, 두 번째 여름학기가 끝난 직후에는 퍽 괜찮은 학점에 장학금도 받았겠다 해서 일주일 정도 내려가 고향의 부모님과 친구들을 만났다. 그리운 얼굴들을 보는 건 내 생각보다 훨씬 큰 위안이 되는 일이었다.

코나 질질 흘리고 다니던 동네에 어느새 대학생이 돼 돌아와서는, 같이 학교 담이나 넘어 다니던 친구들과 술을 마시고 있으려니 옛날 생각이 물씬 났다. 그러다 '예전에 갔던 피씨방이 아직 그 자리에 있는 것 같은데 같이 가자'는 친구의 제안에 새벽이 다 된 시간에 함께 비틀거리며 밤거리를 나섰다. 십오 분쯤 걸어가자, 예전 그 익숙한 장소에 간판과 이름만 바뀐 피씨방이 그대로 있었다. 나와 친구는 "컴퓨터 사양도 예전 그대로면 곤란한데" 따위의 농담을 하며 기어들어가 컴퓨터를 켰다.

피씨방 풍경은 많이 변해 있었다. 시간당 500원이었던 요금은 세 배나 뛰어 있었고, 100원짜리 말린 쥐포와 새우탕밖에 없었던 간식 코너는 없어지고 봉지라면과 인스턴트 볶음밥 같은 음식을 직접 조리해 주는 가판대가 새로 생겼다. 따뜻한 국물이 생각난 나는 주문 콘솔로 계란 추가한 봉지 라면 하나를 주문했다. 원체 거나하게 마셨으니 그렇게라도 해장을 해야겠다 싶었다.

그동안 자존심을 건 파이썬 한 판이 이어졌다. 내가 폭풍 같은 4드론으로 친구를 절벽 끝까지 몰아넣고 있을 무렵이었다. 삼십 대쯤 돼 보이는 알바가 직사각 모양의 나무 접시에 끓인 라면과 단무지 몇 개를 담아 내 키보드 앞에 고이 놓았다. 덕분에 마우스가 꼬인 나는 "아아!" 하고 작게 짜증을 냈다. 그러자 알바는 순간 흠칫, 하는 소리를 내더니 "죄송합니다, 맛있게 드세요……." 하고 내 곁을 떠나 카운터로 돌아갔다.

한순간의 실수로 인해 쉽게 가져갈 수 있었던 게임을 놓쳤다. 아무렴 게임이야 질 수 있는 거지만, 게임 도중 알바에게 벌컥 짜증냈던 일이 못내 마음에 걸렸다. 그래서 멋쩍게나마 사과할 요량으로, 덤터기 쓴 피씨방 요금도 계산할 겸 카운터로 향했다. 카운터에는 아무도 없었다. 나는 옆에 있는 나무 책상에 홀로 걸터앉아 기다렸다.

3분쯤 지나자, 더벅머리에 부쩍 살이 붙은 대훈이 형이 카운터로 돌아왔다. 이렇게 기분 좋은 날에 돈이야 중요한 문제도 아니었다. 그저 카드가 습관이 된 탓에 현금이 하나도 없었을 뿐이다. 대훈이 형은 내 얼굴을 물끄러미 쳐다봤다. 우리는 서로 모른 척했다. 언젠가 약속이라도 한 것처럼.

나는 지하에 있는 피씨방에서 계단을 걸어 올라왔다. 친구들은 건물 바깥에서 담배를 피우고 있었다. 날 보던 한 친구는 담배 한 개비를 꺼내 내밀었고, 동시에 그 옆의 친구가 라이터를 건넸다. 왼손으로 바람을 막으면서 담뱃불을 붙이고 있으려니, 방금 담배를 건넨 친구가 대뜸 "얼마 나왔어?" 하고 물었다. 나는 모른다고 대답했다.

"뭐? 왜 모르는데? 한 5만 원 나왔냐?"

"아니," 내가 대답했다. "그냥 가라고 하던데."

"하긴, 그렇겠지." 친구가 대답했다.

담배는 금방 필터 가까이 타 버렸다. 난 한 모금 깊게 빨아 마신 다음, 그대로 쪼그려 앉아 바닥에 비벼 껐다. 새벽녘 꺼진 밤하늘 위로 연기가 피어오르다 말았다. 우리는 곧 헤어져 각자 집으로 돌아갔다. 오래전에 건넛마을로 이사 갔다는 친구는 택시를 탔고, 멀지 않았던 난 걸어서 가기로 했다. 하늘은 아직 어두컴컴해서 해가 뜨려면 아직 두세 시간은 남은 모양이었다.

<나의 프로메테우스>

7

내가 그 노인을 처음 봤던 것은 강남역 5번 출구로 나가는 길목을 지나면서였다. 노인은 차가운 돌바닥에 머리와 사지를 처박고 있었다. 하얗게 센 머리카락은 무슨 일 때문인지 무더기로 뽑혀 듬성듬성 더러운 두피가 드러났고, 그 위에는 얼핏 희한하게 미 대륙을 닮은 검은색 반점이 도드라져 있었다.

강남역 5번 출구 앞에는 높고 가파른 유리 빌딩이 많았다. 5번 출구로 매일같이 드나드는 수만 명 가운데에는 국내 유수의 대기업, 재벌 기업의 강남지사에 근무하는 직장인, 위워크나 위워크를 따라 만든 공유 오피스로 출근하는 유망 스타트업의 젊은 개발자나 디자이너들, 그리고 이들에게 매일 일용할 아메리카노며 베이글이며 리코타 치즈가 든 샐러드나 해산물과 와인을 듬뿍 넣은 파스타를 해 먹여야 하는 직원들도 있었다.

다만 이 가운데 그 노인에게 값싼 연민 이상의 눈길을 주는 사람은 한 명도 없는 모양이었다. 내가 근처에서 미팅을 끝내고 내려오는 한 시간 남짓한 시간 동안, 노인 앞에 놓인 추파춥스 깡통에는 기껏해야 십 원짜리와 오십 원짜리 동전 몇 개가 쓰레기처럼 버려져 있었을 뿐, 눈에 띌 만한 변화랄 것이 없었다. 나는 어쩐지 두려운 마음으로 만 원짜리 한 장을 꺼내 깡통에 넣은 뒤 지하철을 타러 내려갔다.

지하로 반 칸 정도를 더 내려가면 백화점식 조명이 길게 뻗어 신분당선으로 이어지는 상가가 있다. 상가에서는 유기농 야채며 비싼 쇠고기를 몇 점 넣었다는 이유로 한 줄에 오천 원을 넘게 받는 김밥집이 있었고, 버터나 잼 또는 생크림을 바른 도넛을 커피와 함께 묶어 파는 프랜차이즈 같은 것들이 있었다. 그래서인지 역사로 통하는 입구 언저리부터 음식 냄새가 진동을 했다. 거의 하루 종일 그 앞에 앉아 있는 노인이 그 냄새를 맡지 못했을 리도 없다. 나는 내가 준 만 원으로 왜 그런 음식들을 사서 요기를 하지 않는지, 옆으로 보이는 앙상한 광대뼈와 낡은 바지와 싸구려 신발 사이로 드러나 있는 깡마른 발목을 보며 다소 겸연쩍었다. 그러나 내가 할 수 있는 일이라고는 노인이 눈에 밟힐 때마다 지갑에서 만 원짜리 지폐 하나를 꺼내 넣음으로써 값싼 동정심을 달래는 것밖에 달리 없었다.

일주일쯤 지난 어느 날이었다. 5번 출구 쪽에 다시금 일이 있어 지나갈 일이 있었는데, 노인이 늘 있던 그 자리에 그대로 엎드려 있었다. 나는 기척을 최대한을 줄여 다가가서, 아주 조심스럽게 깡통을 들여다봤다. 깡통 안에는 수북이 쌓인 십 원, 오십 원, 백 원짜리 동전들 위로 만 원짜리 지폐가 대여섯 장 정도 나풀거리고 있었다. 나는 한결 나은 마음으로 역을 빠져나오면서, '저 양반, 오늘은 수확이 꽤 괜찮은 걸. 근처에 괜찮은 밥집이라도 가서 배불리 먹으면 좋으련만.' 하고 생각했다.

내가 일주일 동안 강남에서 보던 일이 마무리된 날이었다. 관계자들과 밤늦게까지 회식을 하다가, 자정이 다 될 무렵에서야 지하철역 입구로 비틀거리며 걸어가고 있었다. 오랜만에 마신 술로 꽤 거나하게 취했고, 막차가 끊겼을 거란 생각은 미처 하지 못했다.

강남역 5번 출구는 회식장소에서 도보로 십 분 정도 되는 거리에 있었다. 나는 입도 텁텁하고 머리도 띵한 나머지 좁은 골목으로 가는 것에 적이 답답함을 느꼈다. 그래서 강남역이 멀리 보이는 큰길로 빠져나와 돌아 걷고 있었는데, 저 멀리 오번 출구가 보여야 할 곳 앞으로 난데없이 점멸하는 불빛이 있는가 하면 사람들 십수 명이 웅성거리는 소리가 흘러나오고 있었다. 나는 무슨 행사라도 하고 있겠거니, 강남역이라면 하루 이틀도 아닌 일이므로 대수롭지 않게 생각하며 계속 걸어갔다.

2분쯤 더 걸어가자, 스무 명 정도의 젊은 남녀가 출구 주위를 원형으로 둘러싸며 무언가를 내려다보는 모습이 보였다. 빨간색과 파란색으로 오가던 조명은 경찰차 위에 달린 것이었다. 형광색 조끼를 입은 경찰이 구경하던 인파를 제지하면서, '다른 출구로 돌아서 가라'며 소리를 몇 번 질렀고, 사람들은 조금 구시렁대면서 걸음을 옮겼다.

사람들이 하나둘 떠나자, 젊은 경찰 한 명은 '폴리스라인-출입금지'라 쓰인 노란색 테이프를 출구 주위에 두르기 시작했다. 수사 드라마에서나 볼 수 있었던 물건이었다. 나는 조금 의아한 기분이 들어서, 테이프를 두르던 경찰에게 다가가 '무슨 일이 있었느냐'고 물었다. 그러자 젊은 경찰은 "아, 별 건 아닙니다. 지하철 나오는 출구 쪽에 변사자가 있었거든요." 하고 대답했다.

"변사자라고요?" 나는 깜짝 놀라 다시 물었다. "큰일이네요.

이렇게 사람이 많이 다니는 곳에서 그런 일이⋯⋯. 용의자는요? CCTV에 잡혔습니까?"

"용의자는요, 그냥 혼자 죽은 겁니다. 강남역 인근에서 구걸하며 노숙하던 노인인데, 바닥에 엎드린 채 죽어 있던 걸 지나가는 시민이 발견했어요. 시체에서 웬 썩은 내가 진동하기 시작해서⋯⋯. 정확한 건 조사를 해 봐야겠지만, 아마도 세균 감염이나 지병 때문인 걸로 보입니다."

"아⋯⋯." 나는 무슨 말을 해야 할지 알 수 없었다. 난데없이 술이 깨서 불어오는 바람이 차게 느껴졌다.

"아무튼, 걱정하시는 것처럼 칼부림이 나거나 한 건 아니니까요. 안심하고 가셔도 됩니다. 생각보다 이런 일이 꽤 있습니다. 저들끼리 싸우다 죽기도 하고요. 일반 시민 분들한테 심려 끼치지 않게 해야 하는데, 오늘처럼 난데없는 경우는 저희로서도 한 소리 들어먹게 생겼네요." 경찰이 자못 익숙한 듯 말했다. 나는 폴리스라인 너머로 웅크린 사람 정도 크기의 무언가가 검은 봉투에 씌워진 것을 볼 수 있었다.

다음 날, 나는 늦게 일어났다. 간만에 마신 술 때문인지 두통이 일었다. 정수기에서 미지근한 물 한 잔을 가득 채워 한 컵을 그대로 들이켰다. 그랬더니 기분이 한결 나아져서 소파에 기대 누워 TV를 켰다. 오래된 영화의 재방송, 손흥민의 시즌 몇 번째 득점 장면, 이월 상품을 비싸게 파는 홈쇼핑 채널을 하릴없이 돌려 보다가 끝내는 뉴스를 틀어 놓았다. 콩나물 해장국과 뼈 해장국 사이에서 고민하던 사이 '어제의 사건사고'가 보도되고 있었다. 아나운서는 아주 정확한 목소리로, '전날 강남역 인근에서 생활하던 노숙인 한 명이 숨진 채 발견됐습니다. 다행히

타살이나 사고가 있었던 정황은 드러나지 않았습니다. 경찰 측은 노숙인이 오랫동안 앓고 있던 질병으로 인해 사망한 것으로 보이며, 향후 지하철역 인근의 위생 관리에 더욱 심혈을 기울일 것이라고 전했습니다' 하고 보도했다. 무척 짧은 보도였다. 난 머리가 깨질 듯이 아팠다.

<아웃포커스>

8

"결국은 노력을 안 한 것 아냐? 사지 멀쩡하고, 적어도 끼니 걱정 없고, 교육 기회도 분명 있었지. 고액 과외가 없어서 대학에 가지 못했다는 얘길 하려는 것은 아니지? 그저 가난하다고 해서 말야."

마주 앉은 남자는 확신에 찬 목소리로 말했다. 포마드로 가지런히 올린 머리카락에 술집의 흰색 조명이 미세하게 반사되고 있었다. 나는 말없이 소줏잔을 들어 입에 털어 넣었다. 소주는 몇 년이 지나도 그대로 쓴 맛이었다.

"뭐야? 수긍 못하겠다는 표정인데?"

"네, 솔직히 말하면 그렇죠." 내가 말했다.

"아하, 네가 고생을 많이 했다는 건 인정해. 그걸 내가 모르는 바는 아니야. 그런데,"

남자가 무안한 척을 하더니 말을 잠시 끊었다. 나는 곧 불쾌한 말이 다가올 것을 알았다. 다만 마땅히 벗어날 도리도 없었기 때문에, 잠자코 잔을 채우고 있었다.

"내가 옵션이 더 많았다는 것은 인정해. 뭐, 학원도 다녔고, 꽤 비싼 과외도 받을 수 있었고, 어머니 권유로 입시 컨설팅 같

은 걸 받기도 했어. 그러나 그뿐이야. 이런 것들은 몇 가지 옵션
이 추가된 것뿐이고, 실질적인 노력 없이는 아무짝에도 쓸모가
없는 것들이지. 내가 노력을 하지 않았으면 과연 서울대에 갈
수 있었을까? 내 아이큐는 기껏해야 백십 정도야. 평균보다 좋
기는 하지만 타고난 천재는 아니라고. 그런데, 네가 말하는 흙
수저들도 노력 자체는 할 수 있었다는 걸 얘기하는 거야. 단순
한 거지. 적어도 필요조건은 갖추고 있었던 거야……. 흙수저가
흙수저인 이유는, 네가 말한 것처럼 부의 재분배가 제대로 이루
어지지 않은 이유도 있어. 그건 사실이지. 그렇지만 흙수저 녀
석들이 피씨방과 당구장에 갈 때 내가 학원에서 수학 문제를 풀
고 있었던 것도 사실이야. 그런 놈들이 성인이 돼서는, 정당히
노력해서 명문대에 진학한 사람들에게 과도하게 징징대는 것도
사실이라고. 단순한 얘기란 말야."

"당연히 인정하죠, 그런 건. 어찌됐건 사실이니까요. 제가
봐 왔던 녀석들도 그랬으니까."

나는 말을 끝마치자마자 잔을 한 번 더 들어 마셨다. 남자는
양손바닥을 무릎에 대고 점잖은 자세를 하더니, 입꼬리를 올려
능숙하게 웃어 보였다.

"그래, 그래. 내가 널 인정하는 이유도 바로 그런 부분인 거
야. 넌 인정할 줄 안단 말이야. 흙수저라고 해서 다 똑같은 놈들
만 있는 건 아니거든. 너처럼 그런, 진흙 속의 진주라는 게 있는
거지. 진주는 제 아무리 흙 속에 있어도 진주인 거야. 만약에 네
가 나 같은 상황이었다면 너도 서울대를 갈 수 있었을 거야. 그
게 너로서는 아쉬움이 있을 수도 있겠지. 아무렴, 네가 다니는
학교도 물론 좋은 학교지만 말이야, 우리 사회가 서울대라는 타

이틀에 주는 의미가 좀 크냔 말이야. 놓치기 아쉬운 것이면서
도⋯⋯. 일종의 책임감이랄까, 그런 걸 느껴. 특권이라는 게 없
다고 하면 순 거짓말이지. 단지 서울대 출신이라고 해서 이토록
많은 특권을 누리는 건 나도 잘못됐다고 생각해. 결국 우리가
해야 할 일이겠지. 차츰 특권을 내려놓으면서, 평등한 사회를
만들어가는 일 말이야⋯⋯."

남자의 장광설은 좀처럼 멈출 기미가 보이지 않았다. 나는
그 자리에 앉아 들으면서, 때로는 귀로 흘려버리면서, 또 때로
는 속으로 울고 웃기도 하면서 몇 잔의 소주를 더 마셨다. 남자
는 그럴수록 신이 나서, 더 크고 즐거운 목소리로 말을 이어가
는 것이었다.

"그런데 참, 완전히 평등한 사회라는 게 있을 수 있느냐, 그
런 건 솔직히 의문이 들어. 메가스터디 회장이 그랬거든, 공부
는 유전자라고. 나도 어느 정도는 그렇게 생각해. 노력하는 유
전자, 수학 문제를 잘 푸는 유전자, 다 따로 있는 거지. 만약에
모든 사람이 동일한 환경에, 완전히 동일한 교육을 받게 되더라
도 명문대에 가는 사람과 지방대에 가는 사람은 그대로 나뉠 거
야. 어느 정도는 결정이 돼 있거든. 당장 나만 해도 양쪽 부모님
이 서울대 출신이고, 내 누이동생도 이번에 일팔 학번으로 우
리 학교에 입학했지. 한편 지방대 출신에, 심지어는 고졸인 부
모 사이에서 자란 사람은, 너처럼 돌연변이가 아닌 이상 지방대
에 가거든. 이건 절대 우연이라고 할 수 없어. 슬픈 얘기지만, 그
냥 정해져 있는 거야. 문제가 있다면 공부 따위에 너무 많은 가
치와 특권을 부여한 우리 사회 쪽에 있는 거겠지. 그저 운 좋게
유리한 유전자를 타고난 사람을 욕해선 안 되는 거라고 생각해.

내가 노력해 얻은 것들을 모두 상속된 재산인 양 이야기하면서……. 안 그래? 그럼 나도 기분이 나쁠 수밖에 없잖아?"

"그래서 결론이라고 하면?"

"아, 그래, 내가 말이 길었네, 넌 너무 길게 얘기하는 걸 안 좋아했지? 결론이라고 하면, 그렇지, 흙수저를 흙수저로 만드는 건 실상 유전자라는 거야. 적어도 공부가 중요한 지금 사회에서는……. 어때?"

"아뇨."

"뭐?"

"아니예요."

나는 가능한 한 단호하게 대꾸했다. 남자는 잠시 말문이 막힌 모양이었다. 나 역시 분위기를 깼다는 느낌에 술기운에도 기분이 좋지 않았다.

"아니……. 뭐가 아니라는 거야? 다른 생각이 있으면 얘길 해 봐."

남자는 손짓으로 어디 한번 해 보라는 시늉을 하며 말했다. 나는 말을 시작하기 위해 소주 한 잔이 더 필요했다. 술은 더 이상 쓰지 않았다.

"선배님이 살았던 동네는 밤길이 밝았나요?"

"뭐? 갑자기 무슨 소리야?"

"밤늦게 집에 돌아오는 길이 밝았냐구요."

"음. 꽤 밝았던 것 같은데. 애초에 집과 학교가 멀지 않았어. 아, 솔직히 말하면 잘 기억이 안 나. 어머니가 그 짧은 거리를 매일같이 차 끌고 데리러 오셨거든. 그렇게 치면 차에 불을 켜고 오진 않았으니까, 밤길은 어두운 게 되나?"

남자는 지나치게 유난을 떨며 말했다. 나는 소주 한 잔을 더 마셨다. 별안간 입에 단맛이 돌았다.

"……제가 살던 동네는 밤길이 엄청 어두웠어요. 아주 좁은 골목길에 주황색 가로등이 그야말로 드문드문 서 있었죠. 불빛이 아슬아슬하게 닿지 않는 간격을 걷고 있으면 앞이 하나도 보이지 않아서, 누가 날 때리고 가도 모를 만큼 깜깜했어요."

"그것 참 힘들었겠군." 남자가 기계적으로 말했다.

"제 옆집에는 저보다 한 살 많은 누나가 살고 있었어요. 제가 다니던 학교랑 방향이 비슷해서 등굣길에 가끔 만나곤 했는데, 어느 순간부터 아예 보이지 않더라구요. 한 달 정도가 지나서 다시 마주쳤는데, 부쩍 말이 없어진 느낌이 들었죠. 일주일 뒤에야 동네에서 도는 소문을 들었어요. 그 누나가 집에 돌아오는 길에 강간을 당했다구요. 가해자를 법정에 세우네 마네, 그럴 것도 없었죠. 아무것도 보이질 않았으니까. 가로등도 뜸한 길에 CCTV 같은 게 있을 리도 없고……. 온몸에 타박상은 물론이거니와 몸속까지 다쳐서 한 달 동안 병원 신세를 지다 온 거예요. 전학도 생각했다던데, 그 근처에 여고라곤 딱 한 곳밖에 없었어요. 그래서 한 달이 지나서, 자신이 강간당했던 그 등하굣길을 다시 오다니게 된 거죠."

"음."

"뭐, 대충 그랬어요. 등굣길에도, 동네의 흔한 골목에도 스프레이로 '섹스'라고 써놓은 걸 열두 번은 넘게 볼 수 있었구요. 동네 자체가 그랬죠. 제가 고등학교에 입학할 때, 어머니는 인문계 고등학교에 진학한 것이 자랑스럽다면서, 졸업만 잘하고 공장에 취직하라고 했죠. 기왕 인문계를 나왔으니 사무직이면 더 이상 바랄 것도 없다고. 더울 때 시원하게 일하고, 추울 때 따뜻하게 일하는 것이 그만이라고요. 제가 서울에 있는 대학에 간다고 하니 온 동네에 소문이 났어요. 서울의 대학은커녕 사년제 대학에 가는 것도 흔한 일이 아니었거든요. 나더러 독한 놈이라느니, 저렇게 고생해서 빠져나가 봤자 고꾸라질 거라느니, 오르지도 못할 나무를 왜 거들떠보냐는 식으로 별 얘기를 다 하고 다녔죠."

"…… 듣고 있어."

"그래요, 유전자가 영향을 미친다는 것도 인정합니다. 단지, 흙수저를 흙수저로 만드는 것은, 단순히 유전자나 끼니 굶는 사람의 비율이나 학군 같은 것이 아니라, 바로 그런 종류의 정신이에요. 우린 딱 이 정도가 어울리고, 분수를 아는 것이 미덕이고, 머나먼 꿈은 가지는 것만으로도 죄가 되는 거요……. 선배님의 집안에서 서울대가 당연하게 여겨지듯이, 제게 당연하게 여겨진 것은 가난과 주제 파악이었어요. 그래서 저는, 선배님과 제가 같은 종류의 사람이라고 생각지 않습니다. 처한 환경에서 당연히 해야 하는 것을 한 사람과, 당연히 할 수 없다고 생각되는 것을 한 건 결과가 비슷할 뿐 완전히 다른 영역에 있다고 생각하거든요. 그건 절대적인 노력의 양 같은 것으로 비교할 수 없는 거예요. 선배님. 사람은 모든 것을 가질 순 없어요. 제 말은, 저희로부터 가난마저 앗아가지 마시라구요……. 많이 취했네요, 전 이만 가겠습니다. 조심히 들어가세요……."

나는 그대로 자리를 털고 일어나 가게를 나왔다. 밤공기가 무척 차가워 코로도 입김 비슷한 것이 나왔지만, 워낙 많이 마신 탓에 추위는 느끼지 못했다. 난 큰 길가에서 택시를 잡아타고 정신을 잃었다.

　다음 날 나는 자취방 침대에서 일어났다. 머리가 지끈지끈 아파서 한동안 더 누워 있다가, 문득 휴대폰을 들어 시간을 확인했다. 시간은 오전 열한 시 이십칠 분이었고, 엄마에게 부재 중 전화가 세 건 와 있었고, 학사지원팀에서 웹 발신 메시지가 두 건, 어제의 선배로부터 장문의 카톡이 한 건 와 있었다. 나는 눈을 질끈 감았다가 몸을 일으켰다. 찬장에는 컵라면이 두 개 남아 있었다. 난 컵에 따뜻한 물을 부은 뒤, 기다리는 마음으로 엄마에게 전화를 걸었다. 반지하 단칸방에 한겨울의 햇빛이 스며들어 왔다.

<불가침조약>

9

"솔직히 이 삼촌은 안타까워. 네가 학교 다닐 때 얼마나 공부를 잘했냐? 그 좋은 대학 들어가서 졸업할 때만 해도 내가 그랬다고. 우리 조카가 공부머리하며 눈동자까지 똘망똘망한 게 꼭 날 닮았다고 동네방네 자랑했다니까." 삼촌은 식당 건물 뒤꼍의 화단에 걸터앉으며 말했다. "변호사나 판검사……적어도 의사가 될 줄 알았는데 말이야. 기자 나부랭이나 하다가 백수가 될 줄 누가 알았겠냐고. 여기 촌구석 식당까지 알바나 뛰러 올 줄은 더더욱 몰랐지. 참 세상 모를 일이라니까!"

"에이, 말씀을 뭐 그렇게 하세요. 백수가 아니라 이직하는 거라니까요. 다른 언론사로……." 나는 멋쩍게 대꾸했다.

"야, 임마! 뭔 말을 그렇게 하기는? 안타까워서 그런 거 아냐. 그러게 삼촌 말대로 좀 유망하거나 기반이 탄탄한 방향으로 갔어야지. 그런 머리를 쓸데없는 기사 쓰는 데나 낭비해서 기레기 소리나 듣고……. 형님이 얼마나 속 터져 했어? 뭘 저지를 거면 걱정하는 부모님 생각도 좀 해 가며 저질렀어야 하는 거 아니냐?"

"그게 뭐 그렇게 될 줄 알았나요? 애당초 그런 의도로 낸 기사도 아니었고."

"어휴, 이걸. 대꾸라도 안 하면……." 삼촌이 못내 담배를 꼬나물었다.

"의대는 성적이 안 됐고, 법대는 이제 로스쿨을 가야 하는데, 그게 돈이 한두 푼 드나요. 어정쩡한 각오로 돈 낭비할 바에야 그냥 뜻 있고 하고 싶은 거 하는 게 맞다고 생각했어요."

"말이야 바른 말이지. 고등학교도 못 나온 내가 너랑 말싸움 해 가지고 체급이 되겠냐?"

"그래도 삼촌보다 말 잘하는 사람 별로 못 봤어요. 기자 나부 랭이 하면서도."

"또, 또. 입에 발린 말 하고 있어. 안 그래도 일당은 알아서 챙 겨 준다니까?"

"네. 알겠습니다."

"참 내. 사회 나와서 애가 더 약아지기만 했지……. 언제 밥 값할래?"

"밥값이라뇨? 저 놀고 있는 거 아니예요. 퇴직금도 받았고, 실업급여도 꼬박꼬박 나오는데……그냥 집에 있기 갑갑해서 일 이라도 하러 나온 거죠." 어쩐지 나는 변명하듯이 말했다. 절반 은 거짓말이었다.

"제기랄. 자기 밥값하면서 산다는 게 다 뭐냐? 니가 기자생 활하면서 뭘 느꼈는지는 내가 잘 모르겠는데. 어디서 꼭 최고가 될 필요는 없어. 반드시 큰 물에서 놀아야 하는 것도 아니란 말 이야."

"용 꼬랑지보단 뱀 대가리가 돼라, 뭐 그런 얘기죠?"

"얼씨구! 뱀 대가리는 아무나 되는 줄 아냐? 대부분은 뱀 대가리도 못 돼. 뱀은 지가 보고 지가 판단해서 잘 먹고라도 다니지. 까 놓고 보면 팔 할이 그냥 피라미야. 어디 동네 고인 개울에서나 허우적대다가 죽는 게 고작 아니겠냐?"

"무슨 말씀이신지 잘 모르겠는데요, 저는."

"……결론은, 그래. 자기 분야에서 먹고살 만큼만 하라는 거야. 네가 등에 업고 있거나, 나중에 업게 될 것들을 책임질 수 있을 정도로만 말이야. 그게 내가 생각하는 '밥값'이야. 너야 기자회견도 다니고, 국회인지 뭔지도 드나들고, 여기저기 대단한 사람들 많이 봐 왔겠지?" 삼촌은 말을 끝마치고 담배를 한 모금 했다.

"스스로 대단하다 하는 사람은 꽤 많이 봤죠." 내가 말했다.

"나는 그런 사람들 신경도 안 써. 퍽이나 대단해, 그게? 정말로 대단한 건 자기가 책임질 수 있을 만큼의 기반을 다져서, 어떻게 하루하루를 버텨가는 사람들이야. 그렇게 일 년을 버티고, 십 년을 버티고, 그래서 우리 예쁜 딸 등록금까지 내 줄 수 있는 사람들이 훨씬 대단해. 사람이 꼭 큰물에서 놀 필요 있나? 우리가 태생이 피라미라고 쳐. 그런 주제에 큰물에 나가면 어떻게 되겠어? 무지막지하게 큰 잉어든 가물치든 하여튼 뭐가 됐든 더 큰 놈들한테 잡아먹힐 뿐이지. 주제파악 못하는 대가라는 건 바로 그런 거야. 나도 봐라, 쓸데없이 주식놀음 해 보겠답시고 설쳤다가 아직까지 빚이 일억인가 남아 있어. 그나마도 이 가게 하면서 꾸준히 갚아 와서 그 정도 남은 거지. 나는 붕어로 태어난 주제에 잉어만큼 클 수 있을 줄 알았던 거야. 나 따위도 큰물에서 놀면 알아서 큰놈이 될 줄 알았던 거라고."

"좀 슬픈 얘긴데요, 그건."

"……용의 머리? 웃기지 말라고 해. 붕어에겐 붕어의 삶이 있는 거야. 바다가 아니라 작은 개천에도 물고기는 사는 법이고. 그게 잘못은 아니잖아? 너 보기엔 그럴 수 있겠지. 그렇게 생각할 수도 있어. 내가 이 나이 먹고 식당이나 하는 주제에 허세 부린다고. 안 그러냐?"

"그런 생각한 적 없어요. 저는 단지……," 나는 또 다시 변명하려 들었다.

"됐어! 조카가 삼촌을 어떻게 생각하든 그건 니 자유지. 그런데 그거 알아? 여기 동네 식당 중에 우리가 제일 잘 나간다는 거. 우리 식당이 이 동네 정육식당 중에서도 제일 잘 나간다니까. 못 믿겠으면 지나가는 아저씨 잡아서 물어봐도 돼. 하긴 제일 잘 나간다고 딱 꼬집어 얘긴 할 수 없어도……. 나름 단골도 많고, 매달 종업원들 월급 안 밀리고, 원가 다 빼고 따져도 남은 돈으로 가끔 여행도 다니지. 올해는 와이프랑 딸이랑 같이 강릉도 가고, 거기서 몇만 원짜리 대게도 사먹었어. 다른 게 행복이 아냐. 그런 게 행복인거지. 나는 그런 행복이 얼마나 소중한지 알고 있어. 그저 너무 늦게 알게 됐을 뿐인 거야. 그러니까……." 삼촌은 앉아 있던 곳에서 몸을 일으켰다. 반쯤 탄 담배꽁초는 바닥에 비벼 껐다. "너는 너무 늦게 깨닫지 않았으면 하는 거야. 네가 어느 정도의 그릇인지. 너무 너를 과대평가 하느라, 강박적으로 꿈과 이상을 쫓아가느라, 뭐가 널 정말 행복하게 하는지를 잃어버리지 않았으면 하는 거라고. 내 말 알겠어? 이것마저 꼰대라고 여기면 더 말 안 하고."

"그렇게 생각한 적 없어요." 나는 퍽 진지하게 대답했다. 그런 느낌을 주고 싶었다. "진심으로 절 걱정해 주셔서 그런 말씀하시는 거 알아요. 고마워요, 삼촌."

"그래, 그럼 다행이고……. 이제 일하러 들어갈까?" 삼촌은 손에 묻은 담뱃재를 툭툭 털었다.

"네." 내가 말했다. 가게 밖으로 해가 지고 있었다. 공사현장이 하나둘 정리되는 시간에 맞춰서, 우리는 막걸리 재고를 확인하고 테이블을 세팅하기 시작했다.

나는 삼촌의 식당에서 한 달 반쯤을 더 일하다가, 서울 소재의 한 경제신문사에 기자로 들어갈 수 있었다. 이 때 '일 다 가르쳐놨더니 다시 글이나 쓰러간다'면서 궁시렁대던 삼촌은 재취업 기념이랍시고 최신형 노트북을 선물로 보내 왔다.

그로부터 일 년 쯤 지난 어느 날이었다. 나는 삼촌의 부고를 전해 듣자마자 반차를 냈다. 빈소에는 사람이 많지 않았다. 초췌한 인상의 숙모 그리고 올해 막 열 살이 된 여자아이가 상복을 입고 조문객들을 맞이했다.

내 사촌동생은 친부의 죽음을 이해하기에 너무 어렸다. 어디하나 슬픈 기색도 없이 그저 엄마가 시키는 대로 꾸벅꾸벅 인사나 하기 바빴다. 그럼에도 어른들은 사촌을 두고 '에고, 이 불쌍한 것' '어린 것이 가엾게도' 하며 저마다 눈을 글썽이곤 했다. 당장 그 아이가 느끼지 못하는 슬픔이라는 것이 일종의 빚이며, 어쩌면 평생에 걸쳐 갚아야 한다는 사실을 알고들 있다는 듯이.

믿고 싶지 않았지만, 결국 삼촌의 말이 맞았다. 삼촌은 붕어였다. 붕어긴 했지만 나름대로 멋진 붕어였다. 붕어가 붕어답게 살아가는 법을 알았고, 더 비대해질 필요가 없음을 알 정도로 영리한 붕어였다. 그러나 그토록 영리했던 삼촌조차도 몰랐던 것이다. 그 커다란 놈들이 동네 개울과 웅덩이마저 죄다 차지하려 들 줄은.

나는 빈소 구석에 기대앉았다. 그리고 노트북을 꺼내 일을 시작했다. 모두가 슬픈 가운데, 눈치도 없이.

요식업에 종사하던 40대 가장의 자살······
외식 프랜차이즈의 '마구잡이식 확장'이
골목상권 숨통 조여······

그때 쓰기 시작한 글은 일주일도 안 돼 완성됐지만, 온라인이나 지면에 오르는 일은 없었다. '주요 광고주인 요식업계와 분쟁이 생기면 골치가 아프다'는 이유에서였다.

나는 아무 대꾸도 하지 못하고, 이윽고 기존의 업무로 되돌아갔다. 삼촌이 사 준 노트북은 여전히 내 자리에 있었다. 그러나 이젠 그런 식당이 없었다. 내가 일을 그만두더라도 언제든 도망쳐 일할 수 있는 식당이 없었다. 단 한 곳도 남아 있지 않았다.

<낙수효과>

10

"저, 손님, 이 카드 결제가 안 되는데요?"

"네? 그럴 리가 없는데."

젊은 여자는 적잖이 당황한 표정이었다. 지갑에서 카드를 꺼내 다시 결제 단말기에 갖다댔다. 삐- 소리와 함께 또 한 번 결제에 실패했다는 문구가 나타났다.

"이게 왜 이러지, 잔고가 부족할 리 없는데."

"시간 때문인 거 같은데……."

택시기사가 앞좌석에 붙은 시계를 가리키며 말했다. 전자시계가 밤 열두 시 이 분을 표시했다.

"아, 전산 작업……."

"이거 기다리려면 꽤 걸릴 것 같은데……현금 없어요?"

"잠시만요, 있었던 것 같은데."

여자가 황급히 지갑을 열었다. 지갑에는 만 원짜리 지폐 한 장이 있었다. 미터기에 표시된 요금은 오천오백이십 원. 열두 시가 넘어 할증 요금이 적용됐다. 여자는 속으로, 잔돈이 번거롭지만 어쩔 수 없지, 생각하며 돈을 꺼냈다.

"고맙습니다. 어디 보자, 지금 요금이……오천, 육백, 사십 원이네요."

그새 미터기가 한 번을 더 돌았다. 택시기사는 잔돈을 느긋하게 챙겼다. 여자는 입술을 포개 살짝 물었다.

"사천삼백육십 원이네요, 사천 원은 여기 있고, 삼백, 육십원, 자, 됐죠?"

"네. 감사합니다."

"조심히 가요."

여자는 양손으로 쏟아지는 잔돈을 받고 택시에서 내렸다. 통굽 구두가 아스팔트에 닿으면서 작고 규칙적인 소리를 냈다. 꽃담황토색의 택시는 유유히 움직이다가, 이윽고 노란색 헤드라이트로 가로등 불빛을 헤집으며 사라졌다.

'추워……얼른 들어가야겠다.'

여자는 코트 끝을 허리까지 잡아 올리며 생각했다. 지난 며칠 사이에 날이 확 추워졌다. 오늘 아침 급하게 꺼내 입은 코트에선 여전히 옷장 냄새가 났다. 옷장 속의 다른 옷들도 비슷할 것이다. 여자는 다가오는 토요일에는 코트와 패딩 그리고 자켓들을 꼭 세탁소에 맡겨야겠다고 다짐하면서, 천 원짜리 네 장을 추려 지갑에 넣고 걸었다. 집을 향해 걸어가는 주머니 속에서 이따금 동전 부딪히는 소리가 새어 나왔다.

'하여튼, 카드 결제할 때마다 전산 점검이래, 은행 직원들은 뭘 하길래 맨날 그렇게 전산 작업을 하는 거야. 괜히 현금까지 쓰고, 십 원짜리 동전은 쓸 데도 없는데.'

플라스틱 전등이 원룸 건물들 사이를 뜨문뜨문 밝히고 있었다. 여자는 가로등이 뿜어내는 오렌지색에 젖었다 말랐다 하며 계속 걸었다. 통굽 소리와 동전 소리가 번갈아 났다. 오른쪽 주머니에 손을 집어넣었다. 그리고 거슬리는 소리의 근원을 집어 꺼냈다. 오십 원짜리 동전 하나와 십 원짜리 동전 하나였다.

'요즘 육십 원이면 어디 쓸 데도 없지 뭐, 오천 번 모으면 한 달 월세쯤 될 텐데, 난 그 전에 죽을 거야.'

이른 새벽의 학원과 오밤중의 집에서는 도무지 생각할 틈이 없었다. 그래서 여자는 집을 향하는 길에서 이런저런 생각을 하곤 했다. 이번 달의 월세, 지난달의 학원비, 꾸준히 빠져나가는 후불교통카드 요금, 가끔 너무 지쳐서 쓰는 택시비, 삼각김밥과 컵라면들의 가격표들이 머리를 가득 메웠다.

여자는 갑자기 부아가 치밀어, 손 안에 들어 있던 동전을 멀리 던져 버렸다. 육십 원어치의 동전들은 불빛이 거의 닿지 않는 골목 끄트머리에 부딪히며 요란한 소리를 냈다. 더 이상 동전 소리가 나지 않는 것이 만족스러웠지만, 웬일인지 뭔가 잃어버린 듯한 기분에 휩싸였다. 알 수 없는 기분의 정체는 침대에 누워 잠을 청할 때가 돼서야 떠올랐다. 할머니 집에서 살았던 시절, 지금보다 작았던 소녀는 십 원짜리 동전 다섯 개 혹은 오십 원짜리 하나를 들고, 고소한 냄새 풍기는 길가 노점을 쫄래쫄래 찾아가 땅콩빵 한 개를 사먹곤 했다. 생각해 보면 그 아저씨, 겨우 오십 원어치 사는 데도 짜증 한 번 안 내셨지……. 여자는 이내 깊이 잠들었다.

이튿날 새벽, 여자가 전보다 무거운 가방을 메고 집을 나섰다. 겨울이 바싹 다가와 해는 짧아졌고, 어스름이 채 가시지 않은 새벽 풍경이 익숙해졌다. 바삐 걸어가던 여자는 어떤 골목을 지나쳤다. 어젯밤 동전을 던져 버린 골목이었다. 이 년째 같은 동네에 살고 있었지만, 그 골목으로는 한 번도 걸어간 적이 없었다. 앞으로도 그 골목에 갈 일은 없을 것이다. 여자는 동전을 너무 먼 곳에 던졌다는 생각이 들었다. 그리고 늘 다니던 길을 걸어 버스정류장으로 향했다. 어제보다 더 추운 날씨였다.

<거스름>

11

이마트였는지 홈플러스였는지 잘 기억은 나지 않는다. 아무튼 이런 종류의 대형마트에는 작게 애완동물 코너를 만들어 놓기 마련이다. 이 코너의 타깃은 이제 막 새로운 생물체에 대한 관심이 샘솟을 얼라들이었는데, 그래서 지나칠 때마다 '앵무새! 앵무새 사 줘!' '옆집 승환이도 강아지 있어. 나는 왜 없어?' '싫어! 든든이 없이는 집에 안 갈 거야!' 같이 생떼 쓰는 소리가 끊이질 않았다.

사지도 않은 고양이에게 벌써부터 든든이라는 이름을 지어줬던 여자아이는 오 분쯤 지나서 스코티쉬폴드 한 마리를 품에 안고 마트 입구로 향했다. 그러나 나는 우리 집 주제에 그런 비싼 고양이나 강아지—또는 시끄럽기 짝이 없을 앵무새—를 사 달라고 할 만큼 멍청하진 않았다. 가끔 내가 조금만 더 멍청했으면 얼마나 행복했을지 생각하곤 하지만 말이다.

그 수많은 동물 가운데 기니피그를 선택해 조른 것은 순전히 가격대 때문이었다. 햄스터도 귀엽긴 했지만 다 커 봐야 손가락 두세 마디 정도의 크기라 쓰다듬는 맛이 없었다. 한편 원래대로라면 정체를 알 수 없는 주사를 수십 대나 맞다가 죽을 운명이었던 실험용 쥐가, 하필 얼룩덜룩한 점박이로 태어나는 바람에 머나먼 지방 대형마트의 애완동물 코너에서 '기니피그'라는 이름을 달고 전시돼 있었던 것이다. 하기야 모르모트라는 이름을 그대로 썼다면 팔리지도 않았을 것이고, "모르모트는 원래 전체가 하얀색 아니야?" 하고 중얼거리는 어른들만 잔뜩 있었을 게 뻔했을 테니 대형마트의 전략이란 예나 지금이나 소비자의 생각을 한참 앞서가는 것들뿐이다.

이쯤에서 사과를 해야 할 것 같다. 난 정말이지 그 기니피그에게 어떤 이름을 붙였는지―어떻게든 기억해 내려고 이틀간 안간힘을 썼지만―도저히 떠오르지 않았다. 그야 십수 년이나 지나버린 일이니 어쩔 수 없다손 처도, 보통은 자기가 태어나 처음으로 키웠던 반려동물의 이름쯤은 기억하는 게 정상 아닌가? 이럴 때마다 나 자신의 비인간성에 대해 참 실망스러운 기분이 든다. 다른 사람들에게는 너무나도 당연한 감정이 오직 내게만 없다고 느껴질 때 말이다.

그런고로, 나는 한때 내가 키웠던 그 기니피그의 이름을 편의상 '쥐'라고 호칭하려 한다. 너무 편의만 신경 쓰는 것 아닌가 싶지만 쥐는 쥐니까. 쥐를 쥐라고 부르는 것이 문제가 될 순 없는 일 아닌가.

여하간 쥐가 케이지 값을 포함해 도합 이만팔천 원의 가격으로 우리 집 베란다에 들어오고 난 뒤, 난 열 살의 꼬맹이 치곤 부단히 애를 썼던 것 같다. 하루 두 번씩 사료통에 밥을 채워 주고, 밤에는 창에서 들어오는 바람에 추울까 봐 담요를 둘러 주고, 수시로 싸 대는 수박씨 모양의 똥을 치우는가 하면, 내가 학교에 가 있는 동안 외롭기라도 할까 쥐와 비슷한 크기의 인형도

71

넣어 주고 했던 것이다. 지금 생각해 보면 참 웃긴 일이다. 쥐처럼 하등한 생물이 외로움이나 고독 따위를 느낄 리도 없거니와, 설령 그렇다 해도 쥐의 주인인 내가 신경쓸 이유는 어디에도 없는데 말이다. 어린아이의 순수함이란 멍청하다고 할 만한 구석이 꽤 있다.

어디 보자, 정확하진 않지만, 아마도 겨울에 접어들기 시작할 무렵이었던 것으로 기억한다. 이걸 왜 기억하고 있느냐면, 당시의 내가 대충 입고 학교에 갔다가 심한 감기에 걸려 돌아왔기 때문이다. 난 열이 팔팔 끓어 대는 와중에, 쥐도 이렇게 추운 날씨에는 감기에 걸릴 수밖에 없겠다는 생각에 다다랐다. 그래서 엄마가 잠든 시간에 몰래 베란다에 나가서, 내가 덮고 자던 담요를 케이지에 넣어줬던 것이다.

다음 날 집안이 뒤집어진 건 말할 것도 없다. 집에 몇 있지도 않은 이불을 갖다 쥐새끼한테 주느냐고, 엄마는 똥냄새며 오줌지린내가 잔뜩 묻어 다시는 덮을 수 없게 된 담요를 들이밀면서 말했다. 평소 같았으면 그냥 '잘못했어요, 한 번만 용서해주세요' 하며 싹싹 빌고 말았을 상황이었다. 그런데 그때의 내게도 책임이라는 개념이 조금은 있었던 모양인지, 나는 쥐를 보호할 책임이 있고 누구도 그걸 방해할 수 없다, 는 식으로 좀 대들었던 것이다. 엄마는 그 말을 듣자마자 밖으로 나가 소주를 사서 돌아왔다.

엄마는 소주 한 병을 담배 다섯 개비를 안주 삼아 마셨다. 그리고 내게 천 원짜리 두 장을 던져 주면서, 자신은 취했으니 나가서 소주를 한 병 더 사 오라고 했다. 난 견딜 수 없이 화가 났다. 그래서 천 원짜리 두 장을 도로 던지면서—

"엄마가 마실 술은 엄마가 사 와!"

하고 냅다 소리친 것이다. 얼마나 큰 소리를 질렀는지, 내 목에서 나온 소리에 내가 놀랄 지경이었다. 말할 것도 없었던 엄마는 벌떡 일어나더니, 그길로 베란다 문을 열고 나가선 케이지를 발로 차기 시작했다. 케이지 안에는 쥐가 있었다. 쥐는 엄마가 케이지를 발로 찰 때마다, 찍, 찌익, 하고 날카로운 울음소리를 냈다. 쥐의 비명이었다.

나는 엄마의 다리에 매달려 울기 시작했다. 그러면서 쥐는 건들지 말라고, 차라리 나를 차라고, 콧물 섞인 소리로 애원했다. 그러나 묵묵부답의 엄마는 날 손쉽게 뿌리친 다음, 다시금 아무렇지 않게 케이지를 발로 차댔다. 쥐는 어느 순간부터는 비명도 지르지 않았다. 대신 내가 하드보드지를 이리저리 잘라 만들어준 텐트 모양 집에 들어가서, 이미 죽은 양 숨어 있을 뿐이었다.

난 어쩔 수 없이 소주를 사왔다. 술과 담배 심부름은 일찍이 골백번을 넘게 했다. 다만 그토록 미친 듯이 뛰어갔다 온 건 그때가 처음이자 마지막이었다. 나는 내가 집을 비운 동안 엄마가 쥐를 죽여 버릴지도 모르겠다고 생각했던 것이다. 다행히도 내가 돌아갈 때까지 쥐는 멀쩡했다. 그날 밤 나는, 술에 취해 깊이 잠들어 있는 엄마 몰래 베란다에 나와 쥐에게 말을 걸었다. 울면서 미안하다고 말했다. 널 지켜 줄 수 없어서, 지킬 수 있는 힘이 없어서 너무 미안하다고 말했다.

그 뒤로 엄마는 내가 말을 듣지 않을 때마다 케이지를 발로 찼다. 베란다에는 내 가장 큰 약점이 가장 무방비한 상태로 놓여 있었다. 나는 차라리 죽이라고, 날 죽이든 쥐를 죽이든 어떻게든 하라고, 엄마는 그럴 용기도 없는 주제에 왜 이런 짓을 하냐고 퍼부었다. 엄마는 내 말을 듣고도 아무 말 없이 담배를 피우고 있었다. 나는 상황이 어떻게 될지 두려워하고 있었고, 쥐는 아주 작은 기척 하나 없이 텐트 안에서 웅크리고 있었다.

"……갖다 버려라. 책임도 못 질 걸 왜 사달라고 해서."

엄마는 정적을 깨고 최후통첩을 날렸다. 나는 본능적으로 알았다. 쥐를 살려서 보낼 기회는 이번뿐이었다는 것을. 난 다리를 벌벌 떨면서 일어났다. 그리고 베란다에서 쥐가 든 케이지를 들어올렸다. 아파트 아래로 내려가는 엘리베이터는 유난히 덜컹거렸지만, 쥐는 여전히 아무 소리도 내지 않았다. 나는 그렇게 쥐를 버렸다. 아파트 단지 입구에 있는, 분리수거함이며 음식물 쓰레기통과 사람들이 함부로 내다 버린 박스 따위가 널브러져 있는 그곳에 쥐를 놓아두고 돌아왔다. 베란다는 텅 비어 있었다.

다음 날 아침, 나는 가방을 메고 학교로 향하는 길에 어젯밤 내가 버려 놓은 쥐가 케이지째 그 자리에 있는 것을 봤다. 쥐는 거기 있었다. 좁아터진 임대아파트의 베란다 구석이 아니라, 여느 버려진 물건이 그렇듯 덩그러니 그 자리에 놓여 있었다.

난 그 모습을 일 분쯤 넘게 바라보다가 학교로 향했다. 일찍 저녁 노을이 지고 내가 돌아올 즈음엔 쥐는 이미 없었다. 누가 가져갔는지, 쓰레기봉투 사이에 처넣은 채 태워 버렸는지, 쥐스스로 케이지 문을 열고 나와 어디론가 가버렸는지, 나는 전혀 알 도리가 없었고……그렇게 찍찍이에게 사과할 수 있는 기회를 영원히 잃고 말았다. 미안, 미안해, 정말 미안해…….*

<책임에 관한 첫 번째 실험>

12

　오늘 아침에는 미세먼지 주의보가 있었다. 많은 사람들이 마스크를 낀 채 밖으로 나왔다. 코와 입을 단단히 틀어막은 채 전철 플랫폼과 버스정류장과 횡단보도 앞에 서 있었다. 나는 쓰고 있던 헬멧 안쪽에 낡은 마스크를 비끄러맸다. 그렇잖아도 작은 콧구멍에 마스크까지 하고 있으려니 숨쉬기가 여간 어렵지 않았다. 학원과 독서실이 늘어선 거리 너머엔 산허리가 흐릿하게 보였다. 먼지가 없는 날에는 허리 너머 봉우리까지도 보이곤 한다.

　"안녕하세요. 카드 계산이신가요?"

　오전 열 시 반에 첫 배달을 시작했다. 평소보다 이른 시간이었다. 그 초췌한 인상의 남자는 반지하에 살고 있었는데, 무슨 일을 하고 있는 건지 매일같이 밤샘을 하는 모양이었다. 메뉴는 늘 뚝배기 불고기 아니면 된장찌개였다. 남자는 여느 때와 다름없이 무뚝뚝하게 카드를 내밀었다. 반지하에서는 카드 단말기가 잘 반응하지 않았다. 매번 계산을 할 때마다 현관 앞으로 나가 신호를 기다려야 했는데, 고작 몇 초가 그만큼 길게 느껴지는 경우도 많지 않을 것이다.

　사실상의 점심시간이 시작되는 열한 시 반부터 두 시 언저리까지는 눈코 뜰 새 없이 바쁘다. 밥때가 되어 허기진 사람들은 물론이거니와, 배달음식으로 간단하게 식사를 해결하려는 병원 간호사들, 학원 강사들, 작은 사업장의 회사원들이며 공사현장의 아저씨들까지 주문을 넣는다. 이 와중에 엘리베이터 없는 건물은 지옥과 다름없다. 육칠층 되는 계단을 오르내리고 나면 숨쉬기가 벅차다. 숨이 턱턱 막힌 나머지, 마스크를 벗고 먼지가 자욱한 공기를 폐 속 가득히 들이마셨다. 실로 비극적인 상쾌함이다.

주문이 무지막지하게 밀릴 때는 오토바이 트렁크에 모두 들어가지 않을 정도로 음식이 많다. 그럴 땐 상대적으로 부피가 크고 가벼운 걸 골라 비닐 손잡이를 팔에 걸어놓는다. 그렇게 하다가 한 번은 돈가스 소스가 새는 바람에 한 소리 들어먹기도 했지만, 금방 요령이 생겨 몹시 바쁜 와중에도 음식의 평형을 유지할 수 있었다. 달리 더 괜찮은 방법도 없었다.

점심식사는 세 시가 조금 넘어서 잠깐 한다. 업체마다 크고 작은 차이는 있지만, 우리 같은 경우는 임금에 식대를 포함시킨 뒤 알아서 해결하게끔 한다. 누군가 제때 점심식사를 하려면, 누군가는 조금 늦거나 이르게 먹을 수밖에 없다. 나보다 일 년쯤 일찍 시작한 어떤 아저씨는 매일 들고 다니는 치킨이며 일식 돈까스며 함박 스테이크 냄새 때문에 수시로 폭식을 하곤 했다.

다행히 나는 거창하게 식사하는 편이 아니고, 편의점에 들러 초콜릿바와 조미된 계란 두 알 그리고 캔커피를 사 와서 해결한다. 식사 자체에는 십 분도 걸리지 않는다. 남는 시간에는 휴대폰을 본다. 가족과의 연락을 간단히 하고, 친구들이 있는 단톡방에서 농담을 몇 번 한 뒤에는 스포츠 기사를 몇 개 읽는다. 또 어젯밤 손흥민이 집어넣은 멋진 골 영상을 다시보기로 시청한다.

나 같은 사람들에게 손흥민은 애증의 존재다. 젊은 나이에 타국에서 멋진 활약을 보여 주는 건 좋다. 다만 며칠에 한 번 저녁나절이 무지하게 바빠지는 경우 십중팔구는 손흥민이나 국가대표팀 경기가 있는 날이다. 그런 날 배달지에 도착할 즈음이면 대체로 분위기가 무르익어 있다. 어쩔 땐 환호와 탄성이 터져 나오기도 하는데, 마침 타이밍 좋게 골이 들어간 경우다. 이런 경우 계산을 하러 나온 사람은 아쉬운 표정이 역력하다. 나는 어쩐지 미안한 마음에 몇 번이나 사과를 할 뻔했다.

밤에는 짓궂은 사람들이 꽤 있다. 열 시가 넘은 시간에 모텔 같은 숙박업소에서 주문이 들어오면 벌써부터 골치가 아프다. 대부분은 가운 차림의 남자가 받지만, 아주 가끔 알몸에 가까운 여자분이 받을 때가 있다. 방 안쪽의 남자가 오락거리 삼아 나를 놀려먹으려는 경우다. 한 번은 어떤 남자가 다 벗은 여자를 계산하도록 보내 놓고는, 뒤에 서서 허락도 없이 동영상을 찍고 있었다. 난 아무 말도 하지 않았다. 그때는 그런 비참함이 참고 넘기면 사라질 줄로만 알았다.

돌아와 옷을 갈아입을 때는 아무도 말을 꺼내지 않는다. 오토바이를 타고 하루 종일 동네 곳곳을 들쑤시고 다녔으니 당연한 분위기다. 다만 장대비가 우수수 쏟아지거나, 함박눈이 펑펑 내리거나, 오늘처럼 먼지가 자욱해 가슴이 매캐할 때는 우리끼리 의미 없는 신세타령을 주고받기도 한다. 이 일을 언제까지 해야 하나, 이러다 사고 나면 보험금은 잘 나오려나, 내 인생에 볕 들 날은 언제쯤 오나, 같은 말들이다.

최근 들어 날씨가 많이 풀리긴 했지만, 늦은 밤에는 여전히 을씨년스런 바람이 분다. 오랜만에 확인한 휴대폰에 긴급재난 문자가 와 있었다. 내일도 탁하고 둔중한 먼지 덩어리가 서울 상공을 뒤덮을 예정이라고 한다. 자취방에 도착하자마자 오래된 설거지 냄새가 풍겼다. 나는 만사 귀찮은 기분이 들어서, 씻지도 않고 침대에 눕곤 이내 잠들었다.

그날 밤 꿈에서 나는 오로라를 봤다. 저 멀리 알래스카의 보라색 산맥에 서서, 녹색과 적색, 하늘색과 바다색이 밤하늘에서 꿈틀거리는 모습을 지켜봤다. 북극광은 별빛을 수놓은 면사포처럼 희미한 구름을 휘감았다. 나뿐만 아니라 모두가 그 황홀한 광경에 넋을 빼놓고 있었다. 극지방의 추위를 견디기 위해 부대끼고 있는 펭귄도, 무너지는 빙하 위에서 잠 못 들던 곰도, 얼음지붕을 둥글게 뚫은 이누이트까지 모두 총천연색의 오로라를 바라보고 있었다.

신비로운 빛은 새벽까지 이어졌다. 눈을 떠보니 아직도 새벽녘이었다. 낡은 커튼 사이의 틈으로 희끄무레한 빛이 스며들었고, 일어나 커튼을 걷으면 하늘에 오로라가 펼쳐져 있을 것 같았다.

<배달불가지역>

13

"텍스트의 시대는 이제 지나갔어!"

마주앉은 교수가 술잔을 내려놓으며 말했다. 상기된 얼굴에서 알코올 냄새가 뿜어져 나왔다.

"교수님, 많이 취하셨어요."

나는 조심스러운 투로 말했다. 교수는 사탕 뺏긴 아기처럼 짓궂은 표정을 지었다.

"이 놈이, 지도교수님 말씀하시는데, 취한 사람 취급을 해?"

"지금도 봐요, 혀가 완전히 꼬였잖아요."

내가 대꾸했다. 교수는 다시 한 번 양쪽 입꼬리를 내려 보이더니, 술잔을 들어 내 앞으로 내밀었다. 나는 오른편의 반 쯤 남은 소주병을 들어, 적당히 예의바른 자세로 술을 따랐다. 교수에게 술을 따르는 것은 꽤 어려운 일이었다. 표면 장력이 생길 때까지 잔을 꽉꽉 채워야 하기 때문이다. 술이 한 방울이라도 흘러넘치면 호통이 이어졌다.

"야 이놈아! 정신을 어디 두고 따르는 거야? 술 아깝게⋯⋯."

교수가 왼쪽 검지로 바닥에 떨어진 술을 쓸어 먹었다. 난 아랑곳 않고 내가 앉은 구석 자리 주위를 둘러봤다. 스무 명이 넘었던 학생들은 하나둘 빠져나가서 대여섯밖에 남지 않았고, 그마저도 만취 상태로 제각기 다른 얘기를 뇌까리고 있었다. 나역시 제정신이라고 할 수 있는 상황은 아니었다. 다만 정신만큼은 학기 중 어느 때보다 뚜렷했다. 원래 흐릿했던 모든 과정은 끝에 와서야 뚜렷해지곤 한다. 난 정신을 바짝 잡고자 표정을 몇 번 찡그려 보였다. 얼굴 근육이 뻑뻑했다.

"그래서, 인턴 생활은 어땠냐?"

교수가 술을 입에 갖다 대다 말고 묻고는, 말이 끝나자마자 술잔을 싹 비웠다. 그리고 다시 내 앞으로 잔을 내밀어오는 것이다. 이미 스무 번은 넘게 반복한 과정이었다.

"어떻기는요, 다 아시면서. 보도자료 받아쓰고, 하루 종일 쓰고, 까이고, 기사 나가면 욕 먹고…… 똑같죠, 뭐."

나는 교수의 잔에 술을 채우면서 말했다.

"인마, 그러니까 내가 가려면 방송이나 시나리오로 가라 그랬잖아, 영상물 시다바리나 하라고…… 요즘 어떤 사람이 글을 읽냐? 국문학과 교수도 안 읽는대두!"

"그건 교수님이 게을러서 그런 거구요."

"이런…… 반 년 만에 제자를 만나서 이런 얘기나 듣고, 이거 서러워서 교수 하겠나?"

교수가 빈정댔다. 그리곤 술을 마시고, 잔을 내밀고, 원망 가득한 표정으로 내 눈을 바라보는 것이었다.

"교수님은 교수님이니까 괜찮겠죠, 저는 미천한 학생이라 게으르면 굶어 죽는다구요."

"야이…… 넌 교수가 참 편한 직업인 줄 아는가 봐?"

"그게 편한 줄 알았으면 계속 글공부나 했을 거예요, 삶에 도움이 하나도 안 되는……. 당장 돈 되는 거 쓰는 게 세상 편합니다."

"허! 참 내, 돈 되는 글이 세상에 어디 있어?"

"제가 요즘 쓰고 있는 게 돈 되는 글이죠."

"그게 글이라고 할 수 있냐? 그런 건 요즘 기계가 더 잘 써, 너보다 비문도 덜 쓰고 맞춤법도 잘 맞추지……. 네가 기계보다 나은 게 뭐가 있어?"

교수가 일갈했다. 나는 잠자코 생각했다. 그동안 교수는 참지 못하겠다는 듯 스스로 술을 따라 마셨다.

"나은 게 없네요. 아마 장기적으로는 교체가 되겠죠, 저도 교수님도 전부 기계로요."

"그래, 인마. 이제 알았냐? 우리 다 같은 처지라고. 하여간, 별 쓸데기도 없는 텍스트나 배워가지고서는, 너도 전과를 할 거면 영상으로 가야 했어, 그게 아니면 코딩이라도 배웠어야 해. 내가 분명 경고했잖아?"

"네, 경고하셨어요."

"이제 굶어죽을 일밖에 남지 않은 거야. 나야 나이 먹을 만큼 먹었고, 대학에서 녹 받는 처지니까 죽을 때까지는 걱정이 없는데, 너는 이 자식아……. 정말 큰일 났네, 큰일 났어."

"안 굶어죽으려고 발버둥이라도 치는 거죠, 뭐, 이제 와서 코딩이나 배울걸, 후회해 봤자 어쩌겠어요?"

"안타까워서 그래, 안타까워서……. 사람들은 이제 글을 안 읽는단 말야! 책도 영상으로 봐, 소설은 영화로 보지, 기사는 요약해서 보고 댓글이나 읽는다고, 생각하기를 싫어하는 거지, 네까짓 놈이 쓰는 고리타분한 글은 아무도 안 읽어, 아무도."

"……아무도요."

"그래, 아무도 남지 않을 거야. 글이라는 걸 읽으려는 사람은 지구에 한 명도 남지 않겠지. 모든 정보와 이야기들은 영상과 체험의 형태로 바뀔 거야, 우리가 죽을 때쯤이면 명백하게 그렇게 되겠지."

교수는 웬일인지 가라앉은 투였다. 고개를 숙이고 코를 몇 번 훌쩍거리더니 다시 술을 들이켰다. 나는 멀뚱하게 그 모습을 지켜봤다.

"그런데요, 교수님."

"뭐, 인마?"

교수가 퉁명스럽게 대답했다. 나는 교수와 눈을 맞췄다.

"언젠가 세상에 글을 읽으려는 사람이 하나도 남지 않게 되잖아요?"

"응, 꼭 그럴거야, 장담해."

"그래도 글 쓰는 사람은 계속 태어날 거 같아요, 적어도 제 생각에, 글 쓰는 사람들은 그냥 태어날 때부터 글을 쓰게끔 태어나거든요……. 잘 쓰든 못 쓰든 간에, 세상에서 더 많은 슬픔을 느끼도록 태어난 사람들은 결국 글을 쓰게 돼요. 누가 읽어주지 않더라도 계속 쓰겠죠. 설사 기계보다 못한 글이라도 계속 쓸 거예요. 그 사람들은 글로 쓰지 않으면 안 되는 슬픔을 달고 태어나니까요. 삼색 고양이가 꼬리를 달고 태어나듯요. 수요가 없어도 공급은 계속되는 거죠."

말을 맺고 나서, 나는 비로소 만취했음을 깨달았다. 취하지 않고서는 이런 이야기를 할 수 있을 리 없었다. 교수는 날 계속해서 쳐다봤다.

"그러게, 불쌍한 놈들이야. 차라리 고양이로 태어났으면 좋았을 것을."

교수가 내 눈을 쳐다보며 말했다.

"참, 그러게요……."

나는 졸린 목소리로 맞장구쳤다. 그날의 마지막 기억이었다. 다음 날 눈을 뜬 곳은 자취방 침대 위였다. 술 냄새가 진동했다. 위장이 똬리를 틀었다. 난 기름칠한 머리를 벅벅 긁으면서 일어났다가 다시 침대에 걸터앉았다. 겨울 햇살은 창문으로 차갑게 스며들어서는 방 가운데 수직선을 긋고 있었다. 열린 창밖으로 봉고차가 지나가는 소리, 이름 모를 새가 부쩍 찍찍대는 소리가 겹쳐 들어왔다. 불현듯 슬픈 기분이 들었다.

<사과나무>

14

"어학원이 뭐 하는 곳이라고 생각하세요?" 대표가 물었다. 뒤따라 정적이 흘렀다. 회의실에는 직원들이 스무 명도 넘게 있었지만, 세로로 쭉 뻗은 테이블 주위에 둘러앉아 입도 뻥끗하지 않았다. 하는 일이라곤 그저 맨 앞섶의 어학원 대표, 그리고 그 앞에서 고개를 떨군 채 마주 서 있는 강남지점 학원장을 응시하는 것뿐이었다. "대답해. 여기가 뭐하는 곳이야?"

"어학을 가르치는 곳입니다." 원장이 대답했다.

"좀 더 구체적으로 말하세요. 구체적으로."

"어학 실력 향상을 희망하는 학생들에게 고품질의 외국어 교육을 제공함으로써……."

"아, 내가 이럴 줄 알았지! 아오!" 대표는 돌연 큰 소리를 내며 벌떡 일어섰다. 그리고 그 모든 상황이 답답해 죽겠다는 양 한숨을 푹 내쉬었다. "제기랄. 이따위니까 학생도 줄고, 매출도 줄고, 이 빌어먹을 놈의 학원이 망해가고 있는 거라고요. 이봐요, 원장님. 다시 한번 말해 줄래요? 내가 어이가 없어서. 어학 실력 향상을 희망하는……뭐? 지금 나랑 농담 따먹기 하자는 겁니까? 웃기려고 하는 소리죠?"

"죄송합니다."

"아니, 죄송한 게 아니라—, 제가 그런 말 듣자고 이런 얘길 하는 것 같아요? 정말 그래?"

"아닙니다."

"아니면, 뭐?" 젊은 대표는 이제 노골적으로 시비를 거는 투였다. 삼촌뻘 되는 학원장을 직원들 앞에 세워두고, 보란 듯이 창피를 주고 있었다. 영업 실적이 시원찮을 때마다 이따금 비상소집이며 긴급회의가 있긴 했지만, 이런 상황은 원장에게도 학원의 직원들에게도 생경하기 짝이 없었다.

"……"

"할 말 없어요? 원장님?"

"……죄송합니다."

"아, 진짜, 짜증나게……." 대표는 눈을 반뜩 치켜뜨고 머리를 쓸어 넘겼다. 한숨을 몇 번이나 쉬어대는지 조금 더 가면 밟고 서 있던 이십 층짜리 건물도 휘청거릴 지경이었다. "제가 어제 어디 갔다 왔는지 압니까, 여러분? 어디 갔다 왔는지 알아요?"

대표는 양쪽 허리춤에 손을 괸 자세로, 회의실에 둘러앉은 모든 직원들을 눈으로 쭉 훑으며 말했다. 물론 대답하는 사람은 없었다.

"제가 어제 이사회에 갔다 왔습니다. 이사회가 뭔지 알아요? 아, 하긴 이게 중요한 건 아니지. 하여간 그 건물이 요 근처예요. 저어기 분당선 타는 데 있잖아요? 하. 강남역 오번 출군가 칠번 출군가 거기. 그쪽 대로에 있는 건물 십팔 층에서 이사회를 했다 이 말입니다. 하아, 십팔 층이라고요. 이런 씨발……." 대표는 말을 이어가는 중간중간에도 숨을 쉬었다. 그렇게라도 하지 않으면 호흡곤란으로 죽기라도 할 것처럼 숨을 마시고 내쉬었다. "거기서 이사들한테 무슨 말을 들었느냐. 뻔할 뻔자겠죠? 무슨 말을 들었겠어요. 영업이익이 개판이다, 지금 학원들 관리가 제대로 되고 있느냐, 매출 규모 추이가 심상치 않은데 대책이 있냐, 뭐 그런 얘기 아니었겠습니까? 원래 이사회라는 게 그런 자리거든요. 회사가 성과를 못 내면 이사들이 경영자한테 책임을 묻는 게 당연한 이치입니다. 그런데……."

직원들은 여전히 아무 말들이 없었다.

"진짜 우리가 최선을 다해 가지고 이따위 결과가 나왔다, 그러면 저도 이해를 할 수가 있을 것 같아요. 이사회한테 당당하게 여러분을 변호하겠죠. 여러분이랑 저는 같은 팀이잖아요. 안 그래요? 안 그렇습니까?" 대표는 회의실 공간을 빙 둘러 걸으며 말을 이어갔다. "그런데 그럴 수가 없더라고, 내가. 정말 양심이 있으면, 경영자로서 책임 회피는 하면 안 되잖아. 우리가 마케팅을 개떡같이 한 걸 이사들도 알고 나도 알고 여기 직원도 알고 요 주변 다른 어학원 학생들까지 다 알고 있는데 내가 어떻게 뭐라고 해? 무슨 말을 하냐고, 거기서! 하, 하하……. 여기 구층 강의실 복도 있죠. 거기 오른쪽으로 들어가는 길에 뭐라고 적혀 있어요? 나도 처음 봤어. 누가 붙여놨는지 모르겠는데 참 좋은 말이더라고. 뭐라고 적혀 있는 줄 알아요? 진정한 노력은 배신하지 않는다고 적혀 있습니다. 참, 우리 학생들, 그거 보고 자극을 많이 받았으면 좋겠어요. 저도. 근데 우리는 뭡니까? 그런 말에 책임질 자신 있어요? 정말 최선을 다했나요, 우리? 그 씨발 것의 '질 좋은 영어 교육 서비스'를 제공하기 위해 어떤 개짓거리를 했습니까? 뭘 하긴 했나요? 내가 여기 회의실 올라오는 엘리베이터 안에서도 고민을 많이 했다고. 일말의 기대를 했어. 진짜 원장 하나라도 정신머리를 딱 잡고 있길 바랐는데, 그게 정말 아주 엄청난 기대였나 봐요. 내가 미쳤지, 미쳤어."

대표가 회의실 구석구석을 돌아다니며 열변을 토하는 중에도 원장은 허리를 구부린 그 자세 그대로였다. 직원들 역시 마찬가지였다.

"제발 지금부터 잘 들어요. 응? 리슨 투 미, 플리-즈, 오케이?" 대표가 양 손바닥을 직원들에게 펼쳐 보였다. "잘 봐. 우린 회사야. 회사는 돈을 벌기 위해 있는 거지. 목마른 사람한테 마실 거 주는 대가로 돈 받고, 아픈 사람 치료해 주고 돈 받고, 뭘 하든 간에 회사는 돈을 벌어야 회사야. 응? 그럼 우리는 뭘 파느냐. 어학원은 뭘 팔아야 할까? 저기 저 원장님처럼 프리미엄 영어 교육 서비스라고? 그렇게 생각하는 사람 여기 더 있어요? 혹시 있으면 손들어 봐 봐. 정말로. 부끄러워하지 말고. 어서."

손을 드는 직원은 한 명도 없었다. 그러자 대표는 조롱기 가득한 미소를 지으며 말을 이었다.

"하하……. 다행이네요. 그렇게 생각하는 사람이 원장님 말고 더 없어가지고. 참. 원장님이 참 교육자셔. 안 그래요? 그렇게 참 교육에 관심이 많으셨으면 임용고시 쳐서 공교육으로 가셨어야지. 아니면 학위 따 가지고 교수질이나 하든가. 왜 강남에 있는 이류 어학원 같은 데나 와서 원장이라고 으스대고 다니는 겁니까? 아주 기본적인 사업 법칙도 모르는데. 사업의 기본이 뭘까요? 수요와 공급 아닙니까? 수요가 있으면 공급이 있고, 그게 맞아떨어져서 매출이 발생하죠? 그러면 우리 고객들은 뭘 원할까? 질 좋은 영어 교육? 글로벌 경쟁력을 갖추기 위한 어학

실력? 이거야말로 진짜 좆까는 소리라고…….'

직원들은 쥐 죽은 듯 가만히 있었다. 순간 회의실은 너무 조용해서 바람 부는 소리가 뚜렷이 들렸다.

"들어 봐. 잘 들어! 지금 중요한 얘기 하니까. 걔들은 정말 영어를 잘하게 되는 걸 원하는 게 아니야. 우리도 영어 실력을 파는 게 절대 아니지. 우리가 파는 건 기분이야. 자기가 열심히 살고 있는 것 같다는 기분, 영어가 조금이나마 늘고 있다는 착각, 그런 것들을 파는 거라고. 좀 생각을 해 봐. 정말 우리가 제공하는 영어교육이라는 게 효과가 있다, 국민의 어학실력 향상에 지대한 공헌을 한다, 그러면 어학원은 한 이십 년 지나서 싹 다 망해야 됩니다. 왜? 그쯤 되면 개나 소나 영어를 줄줄 할 텐데 누가 어학원을 다니겠냐고……. 기본적으로 교육 사업이라는 건 다이어트랑 시장 구조가 아주 비슷해요. 아니, 비슷한 수준이 아니라 완전히 똑같아. 완전히. 여러분 보는 다이어트 시장 어떻습니까? 여기 강남에도 개비싼 헬스장 있잖아. 한 달에 오십만 원 백만 원 하는데. 전국의 헬스장, 다이어트 식품, 닭가슴살 요리, 단백질 보충제, 사람들 살 빼기 좋게 이런 게 싹 다 갖춰져 있는데, 길거리 나가 봐요. 여기 강남역 앞에 지나가는 사람들 보라고. 예쁘고 잘생긴 사람도 있지. 하지만 뚱뚱하고 못생긴 새끼들 천지야. 정말 혁신적인 다이어트 시스템이라는 게 있고 그랬으면 누가 그렇게 돼지처럼 하고 다니겠냐고? 뚱뚱하고 싶어서 뚱뚱한 인간 어딨어요? 자기 몸매 만족한다는 인간들 몇 번 봤는데, 뒤로는 몇 백짜리 살 빼는 약 처먹고 지방 흡입하고 헬스장 끊어서 피티 받고 개지랄들을 다 하더라고. 그런데 안 빠져! 왜? 처먹는 건 포기 못하겠는데 뚱뚱한 건 싫으니까! 그래도 열등감 때문에 가만히 있을 수가 없어. 그래서 뭐라도 해야 할 것 같으니까 돈을 거기다 팍팍 쓰는 거야……. 다이어트 사업하는 사람들 아주 귀신입니다. 돈 버는 귀신. 거기 맞춰서 마케팅 딱 하고 필요할 것 같은 물건 딱 내놔서 귀신같이 팔아 치워. 그 사람들 실제로 살이 빠지냐 안 빠지냐 같은 거 참새 눈곱만큼도 신경 안 쓰는 양반들이야. 교육 사업이라고 뭐가 다르냐? 참 내……뭐가 다르겠습니까? 기본적으로 하나도 안 다르다고. 정말로 점수가 안 오른들 뭐 어쩌겠어? 본인이 열심히 하면 오르고, 안 하면 안 오르는 거야. 헬스장 육개월 끊어도 운동 안 하면 말짱 도루묵이지. 헬스장 회원이 헬스장한테 따지는 거 봤어? 여기 등록했는데 왜 나는 복근이 안 생기냐고 따지는 거 봤냐고. 안 따져. 못 따지지. 양심이라는 게 있다면. 열심히 하지 않았다는 건 본인이 누구보다 잘 알고 있거든. 다른 모든 게 갖춰져 있었음에도 불구하고 말이야……. 어떻게 보면 어학원은 미래보단 현재를 생각하는 친구들을 위해 있는 거지. 정말 영어를 배우고 싶을까? 정말 취업이 간절할까? 글쎄? 당장 뭐라도 해야 할 것 같으니까 하는 거 아닐까요? 학원이라도 다녀야 아무것도 안 하는 한량, 백수 취급은 안 당하니까. 노력은 하기 싫지만 노력 안 하는 사람이 되는 건 더 싫거든. 요즘 청춘들이라는 게 그래. 모든 결정을 부모님 그리고 남들 시선에 보여질 거 일일이 신경 써 가면서 합니다. 그러니까 우리는 공부하는 것 같은 기분을 팔 수밖에 없는 거지." 대표는 생수병을 집어 들고 벌컥벌컥 들이마셨다. "……제가 말하는 거 듣고 참 극단적이라는 생각이 들 겁니다. 되도록 안 그랬음 좋겠지만 그런 사람이 있을 수밖에 없겠지. 그런데 뭐? 극단적이라서 뭐? 사업이란 게 원래 그래요. 극단적이라고. 사람들이 원하는 걸 죽어라 파서 극단적으로 이윤을 추구하는 집단이라니까. 우리가 뭐 거짓말했습니까? 아니면 사기를 쳤습니까? 여러분 알잖아요? 열두 달 짜리 클래스 끊어 놓고 세 달도 안 돼서 그만두는 인간들이 반절이야. 완강하면 학원비도 다 돌려준다고, 추첨 통해서 어학연수도 보내 주겠다고, 별별 지랄을 다 해도 완강하는 학생이 이십 프로도 안 돼. 걔네 점수 개판 나고 취직 못하고 그게 우리 잘못입니까? 서비스는 멀쩡한데 고객한테 의지가 없는 건데. 우리가 거기까지 책임져 줘야 돼? 하긴 어디 노량진에 있는 학원에는 그런데도 있다던데. 하루 이십사 시간 애들 가둬 놓고 공부 하나 안 하나 감시하고 그런데. 근데 우리는 그런 건 안 하잖아요? 하기도 싫어. 그런 건 비인간적이니까. 절대 안 하지……아휴. 말하는 것도 지친다, 지쳐. 그래서 결론이 뭘까요?"

직원들은 아직도 대답할 생각이 없었다. 애초에 대답이 필요한 말도 아니었다. 대표는 재차 머리를 쓸어 넘기고 한숨을 쉬었다.

"일단 팔라는 거야! 일단 팔아! 어떻게든 팔아! 어떤 수를 써서든지 결제를 시켜! 그러면 우리가 할 일은 끝이야! 알겠습니까? 일 년치든 십 년치든 미리 결제만 시키면 된다고. 미리 결제만 하면 다 줄 수 있지. 뭘 못 줘? 뭐가 아까워서 못 줘? 다 주라니까? 다 줘 버려! 에어팟도 주고, 태블릿도 주고, 노트북도 주고, 하여간 젊은 애들 환장하는 거 다 줘 버리라고. 뭔 상관이야? 어차피 수강료에 다 포함돼 있는데. 상조랑 똑같아. 우린 손해 볼 거 없어. 십 원짜리 하나라도 이익이 된다, 싶으면 무조건 하라고. 아예 롤렉스까지 주더라도 백년 치 수강료를 미리 받으면 된다……, 이런 발상이 필요하다고. 응? 알겠습니까? 알겠어요? 여러분?"

"예, 대표님." 모든 직원들이 대답했다.

"원장님도 알겠어요? 이제?" 대표가 물었다.

"예, 대표님." 원장이 대답했다.

그렇게 한 시간 남짓한 회의가 끝났다. 회의실에서 직원들이 하나둘씩 빠져나왔다. 표정은 하나같이 굳어 있었고, 말 한마디 없이 부서로 돌아가 야근할 채비를 했다.

강남역 주변으로 땅거미가 지기 시작했다. 십일 번 출구는 바삐 지나다니는 사람과 누군가 기다리는 사람들로 붐볐다. 가을이 깊어 골목골목으로 서늘한 바람이 불어 닥치는 한편, 이곳저곳에 가린 노을이 흐리멍덩했다.

높다란 어학원 건물들이 옥상에서부터 환히 빛났다. 저녁이 되자 이삼십 대 쯤의 젊은이들이 쏟아져 나왔다. 돌아가는 전철과 광역버스들은 항상 그랬듯 만원이었다. 떠나온 강남대로에는 오늘도 꿈 대신 간판들이 반짝거렸다.

<Why so serious......>

15

"내가 피렌체에서 먹었던 피자 얘기했었나?" 희수가 말했다. 레스토랑 홀의 웨이터가 피자를 들고 왔다.

"아니." 나는 음료수 컵과 냅킨을 테이블 가장자리로 치우며 대답했다. 웨이터는 둥근 피자판을 테이블 중앙에 조심스레 내려놓았다. 그러고는 맛있게 드세요, 하고 왔던 방향으로 되돌아갔다. 방금 화덕에 구운 피자는 노란 토핑 위로 연기를 뿜어내고 있었다.

"내가 그 얘기를 안 했구나. 너는 유럽 어디 가 봤댔지?"

"나는 유럽 안 가 봤어."

"그럼?"

"그럼이라니?" 내가 유리잔에 물을 따르며 되물었다.

"아직 해외여행을 안 가 본 거야? 설마?"

"가 보긴 했지."

"어디로 갔는데?"

"일본. 오사카에 친구가 유학 가 있었거든."

"그리고?"

"없어." 내가 말했다. 철제 커팅기를 들어 피자를 반으로, 반으로 잘린 피자를 또다시 반으로 잘라 사등분했다.

"한 번 더 자를까?" 내가 물었다. "이렇게 두 개씩 먹으면 될 것 같은데."

"아니, 아니! 그게 중요한 게 아니잖아. 정말 일본밖에 안 가 봤단 말이야?"

"어. 그게 왜?"

"아니, 얘 좀 봐? 너도 이제 이십 대 후반이야. 악착같이 돈 모으더니, 어디다 다 썼대?"

"이렇게 맛있는 피자 먹는 데 썼지." 나는 큼지막한 피자 한 조각을 덜어 내 접시로 옮겨 놓았다. 뜨거운 치즈가 죽 늘어져 피자가 있는 원판과 내 앞접시 사이에 가느다란 실을 만들었다.

"맛있는 피자라니! 그건 니가 이탈리아에서 피자를 안 먹어 봐서 그래. 현지에서 먹어 보고 싶지 않아?"

"음……. 현지는 내 이름인데? 이것도 충분히 맛있어. 너도 얼른 먹어. 식겠다." 나는 피자를 입에 넣고 우물거리며 말했다. 고구마와 치즈가 들어간 피자였다. 단순한 맛이었지만, 느닷없이 점심에 피자가 당긴다면 이만한 것도 없었다.

"현지야."

"왜?"

"너도 이제 이십 대 후반이야."

"만 나이로는 아직 중반이지."

"지금 그 얘기를 하는 게 아니잖아?" 희수는 신경질적으로 말했다. 나는 조금 짜증이 났다.

"무슨 얘기를 하고 싶은데? 내가 일본밖에 안 가 본 게 뭐?"

"젊을 때 많이 다녀야 하는 거야. 나중에 늙고, 특히 결혼하고 애가 생기면 맘 편하게 어디 여행도 못 간다니까! 내 말 믿어. 빚을 내서라도 해외여행 가라는 말 못 들어봤니?"

"못 들어봤는데. 그리고 나는 결혼도 애도 생각 없어."

"그럼 요즘 걱정 같은 거 없어? 안 우울해? 일상에 변화를 좀 주는 게 좋다니까."

"별로 걱정 같은 거 없는데."

"없다고? 단 하나도?" 희수가 내 쪽으로 고개를 쭉 내밀며 물었다. 하도 진지한 표정이라 내 나름대로는 무진 애를 썼다.

"음……"

"거 봐, 있지?"

"어벤져스 예매를 아직 못했어. 이달 말 개봉인데……"

"아, 진짜!" 희수는 더럭 화를 냈다.

"아, 왜 화를 내고 그래! 소화 안 되게." 나는 맞받아쳤다. 대화는 됐으니 얼른 피자를 먹고 싶었다.

"그런 게 중요한 게 아니잖아? 왜 말을 돌리고 그래?"

"그럼 뭐가 중요한데? 이번이 어벤져스 마지막이란 말이야. 이것보다 중요한 게 얼마나 된다고."

"넌 인스타에 친구들이 해외여행 간 거 보면 무슨 생각이 드는데?"

"즐거워 보여서 좋지, 뭘."

"너도 가고 싶다는 생각이 들지 않아?"

"딱히."

"뭐야, 대체? 돈 때문에 그런 거야?"

"아니, 그런 거라기 보단……. 꼭 비행기 타고 멀리 가야 여행은 아니잖아. 당장 서울만 해도 못 본 게 아직 많고."

"음……." 희수는 말없이 목을 매만졌다. 그 사이 나는 피자를 한 조각 더 덜어 내 접시로 옮겼다.

"낭만이 없어, 너는."

"므라고?" 내가 대꾸했다. 입 안에 음식이 있어 조금 멍청한 소리가 나왔다. 음식 조각이 튀어나오지 않은 게 그나마 다행이었다.

"정말, 그렇게 이십 대를 보내 버리면 나중에 크게 후회한단 말이야. 정말이야."

"벌써 서른은 먹은 거처럼 말하네. 너 나이 속였어?"

"야, 좀 말이 되는 소리를 해. 나 장난치는 거 아니라니까?"

"나도 장난 아니야. 피자 식으니까 얼른 먹어."

"넌 떠나야 해. 니 삶엔 여행이 필요하다니까."

"난 필요 없어. 인생이 나한테는 여행이거든."

"아니, 그런 여행 말고. 비행기 타고 저 멀리 가서, 빅벤도 보고, 에펠탑도 보고, 피사의 사탑도 봐야 한다고. 성 베드로 성당은 또 얼마나 큰데! 그리고 있지, 이탈리아 남자들이 또 엄청 다정해. 인종차별이다 뭐다 해서 나도 겁을 좀 먹었었는데, 길 한 번 물었더니 웃으면서 가이드까지 해 줬다니까? 아침나절 내내 같이 다니다가 숙소 앞에까지 따라와서 얼마나 놀랐는데. 그리고 지중해 요리가 세계에서 가장 맛있는 거 알지? 피렌체에 잠깐 들렀을 때 갔던 레스토랑에서 있지……."

희수는 쉬지도 않고 말했다. 나는 내 몫의 피자를 꼭꼭 씹어 삼키고, 포크로 보라색 피클을 왕창 찍어서 입에 욱여넣었다. 배가 고팠는지 영 양이 차질 않았다. 그래서 집으로 돌아가서는 어제 남은 미역국에 밥을 말아서, 엄마가 보내준 김치를 죽

죽 찢어 올려 먹을 작정이었다. 이때 미역국은 적당히 차가워도 상관없다. 밥이 따뜻하면 국에 말 때 알아서 데워지기 때문이다. 이런 생각을 하고 있자니 앞에서 재잘재잘 떠들어대는 희수의 모습은 온데간데없이 돌연 행복한 기분이 샘솟았다. 이번 주 주말에는 엄마에게 반찬을 맛있게 먹었다고 편지를 써야겠다……. 이런 생각을 하고 있으려니 이마에 강한 충격이 가해졌다. 딱밤이었다. 희수가 대뜸 내게 딱밤을 때렸다.

"지금 뭐 하는 거야? 아프잖아!" 내가 빨개진 이마를 문지르면서 말했다.

"내 말 안 듣고 있었지?" 희수는 몹시 화가 난 것처럼 보였다. 나는 어이가 없었다.

"말로 하면 되지, 왜 때리고 그래?"

"말로 해서 못 알아먹으니까 그런 거 아냐? 난 그냥 갈 거야." 희수가 외투와 가방을 자리에서 들고 일어나며 말했다.

"피자 안 먹어?" 나는 기대를 조금 했던 것 같다.

"안 먹어! 음식도, 시간도, 다 낭만이 있어야 하는 거라고. 아무튼 너랑은 대화가 안 돼. 낭만이라곤 찾아볼 수가 없어, 아주."

"니가 말하는 낭만이라는 게 뭔데? 열몇 시간 동안 비행기 타고 간 곳에서나 찾을 수 있는 게 낭만이야?"

"젊음이라는 건 다시 돌아오지 않아. 왜 그걸 몰라? 난 니가 불쌍해. 하루 종일 소처럼 일만 해 대니까. 그렇게 열심히 돈 모아봤자 집 한 채 못 산다는 걸 왜 몰라? 사람은 밥으로 사는 게 아니야. 낭만이라는 게 있어야 사는 거라고. 떠나는 것의 낭만이 있어야 지금의 삶을 즐겁게 버틸 수 있는 거란 말이야. 그러

니까 그딴 식으로 말하지 마. 짜증나니까.＂

희수는 열받은 목소리로 실컷 퍼붓고는 가게를 나가버렸다. 나는 너무 어처구니가 없어서, 화조차 나지 않았다. 그날 난 희수가 남기고 간 피자를 절반 정도 먹고, 나머지는 싸서 집으로 가져갔다.

그때부터 난 희수와 연락하지 않았다. 뒤늦게 희수의 근황을 알게 된 것은 오랜만에 들어간 인스타 피드 덕분이었는데, 홍콩으로 여행 간 사진을 잔뜩 올려대고 있었기 때문이다. 듣자 하니 남자친구와 헤어진 우울감을 해소하러 갔다는 모양이었다. 올해만 벌써 세 번째 이별이었다. 희수를 알게 됐던 중학생 때부터 세자면 딱 스무 번째였다. 나는 문득 희수가 가여워 눈물이 났다. 희수가 비행기를 타고 몇백 시간을 떠난들, 진정 원하는 걸 찾을 순 없을 거란 생각이 들었다.

난 희수에게 손으로 쓴 편지를 보냈다. 진정 낭만이 없는 사람만이 먼 곳에서 낭만을 찾으려 든다고. 난 너와 화해하고, 서로가 생각하는 낭만에 대해 이야기를 나누고 싶다고 했다. 그리고 일주일쯤 지나 희수에게 전화를 걸었더니 연결이 되지 않았다. 인스타그램에서도 차단돼 있었다. 난 희수가 너무 가여워 밤늦게까지 울었다.

<달팽이>

16

합격자 명단에는 내 이름이 있었다. 나는 시험에 합격하고 말았다. 이젠 꼼짝없이 공무원이 될 수밖에 없었다. 평생 국가에서 주는 녹봉을 받을 것이다. 정년이 될 때까지 적당한 휴가며 복리후생을 누릴 것이다. 난 문득 이 모든 것이 절망적으로 느껴졌다.

"표정이 왜 그래? 기분 좋지 않아? 합격했는데……." 수정이가 내 얼굴을 보고 의아하다는 듯이 물었다.

"당연히 기쁘지. 합격했는데……. 드디어 이 생활도 끝이 났나 싶어서. 그냥……."

"하하, 그럴 수 있지. 가끔 컵밥이나 먹으러 와. 좀 멀어서 힘든가, 아무래도?"

수정이는 이불 안에서 너털웃음을 지었다. 나는 아무 대답도 없이 담배를 꼬나물었다. 담배를 물고 있으면 대개는 말을 하지 않아도 괜찮다. 가끔은 내가 담배를 피우는 이유라는 것이, 그저 스스로의 침묵을 가장 쉽게 합리화할 수 있는 방법이라서가 아닐까 하는 생각을 한다. 오래된 자취방에 연기가 피어올랐다. 회색 연기 틈으로 낡은 책장이 보였다. 내가 이 방에 들어올

때부터 기본옵션으로 있던 책장이었다. 삼 년간 사 놓은 두꺼운 교재며 사전이며 공책들이 무질서하게 꽂혀 있었다. 난 슬픈 표정으로 책방에 교재를 가져다 팔던, 지난해까지 나와 가장 친했던 선배의 모습을 떠올렸다. 생각해보니 나 역시 비슷한 질문을 했었다. 선배는 합격했는데 기쁘지도 않으냐, 같은.

"그러고 보니 김 교수님이 좋아하시겠다. 너 많이 챙겨주셨었잖아. 승훈이는 금방 합격할 거라고 하시더니……. 신통방통하네, 참."

"안 씻어?" 나는 느닷없이 물었다. 더 이상 수정이와 대화하고 싶지 않았다. 왠지 몰라도 그랬다.

"아, 맞아. 지금 들어가야겠다. 안 그래도 밑에 물이 너무 많이 나왔거든? 너랑 하고 나면 항상 이래. 아하하……." 수정이는 유쾌하다는 양 말했다. 그리고 화장실로 들어가 문을 닫았다. 곧 벽 아래 수도관에 흐르는 소리, 문 너머 수정이의 맨몸이며 화장실 타일에 물방울들이 부딪히는 소리가 들려왔다.

나는 수정이가 떠나고 어질러진 침대 위를 바라보고 있었다. 그 여섯 평 남짓한 자취방, 그 좁아터진 싱글사이즈 침대에서 지난 삼 년간 얼마나 많은 여자와 몸을 섞어 왔는지를 생각했다. 줄잡아도 스무 명은 넘을 것 같았다. 일일이 이름을 기억하던 때도 있었지만 열 명이 넘어갈 즈음부터는 그만둬 버렸다. 오늘 외운 단어도 내일이면 잊어버리는 마당이었다.

대학을 졸업한 뒤, 하릴없이 노량진에 들어와서도 나는 여자와의 관계에 부단한 공을 들였다.

"사 년 동안 공부하면서 여자끼고 합격하는 놈 못 봤다. 정신 차리고 공부해. 누구 꼬실 생각 말고."

처음 들어간 학원에서 가장 먼저 친해진 형이었다. 형의 경고가 무색하게 나는 이미 몇 명의 여자들을 자빠뜨린 뒤였는데, 그렇다고 딱히 멈출 생각은 없었다. 경고를 무시했다거나 가치없게 생각한 건 아니었다. 생각해 보면 나는 그 형만큼 합격이 간절하지 않았던 것뿐이다. 정작 이 말을 한 형은 그 해 시험에 떨어진 직후 고향으로 돌아가 버리더니 몇 달 안 돼 모바일 청첩장을 보내왔다. 근처 여의도에서 식을 올린다는 모양이었지만 난 가지 않았다.

화장실에서 물 떨어지는 소리가 이어졌다. 수정이는 계속해서 샤워를 하고 있는 모양이었다. 어느 순간부터는 콧소리까지 내고 있었다. 같이 자던 남자가 시험에 합격했다고 하면 제법 생각이 복잡할 법도 한데, 수정이에게선 영 그런 기색을 찾아볼 수 없었다. 일부러 숨기는 눈치도 아니었다. 애초에 감정을 능숙하게 숨길 수 있는 위인도 못됐다.

수정이는 천박한 여자였다. 학원에는 항상 삼십분 늦게 도착했고, 그런 주제에 화장이며 옷차림은 같은 강의실의 남자들을 매혹하기 위한 모든 준비를 마친 채였다. 걸머진 가방에선 책 냄새 대신 향수 냄새가 났다. 볼펜 두 자루에 불과한 필기구에 비해 화장품은 갖가지 색의 틴트와 컨실러까지 들고 다녔다. 그런 천박한 모습을 마주할 때마다 내 속에선 견딜 수 없을만큼 강렬한 욕망이 치솟았다. 미래에 대해 그 어떤 진지한 걱정도 없는, 오직 순간의 쾌락과 코앞의 남성에 잠겨 굴복하는, 순수하게 천박하며 순수하게 어리석은 수정에게 매료되기를 수백번은 반복해 왔다.

수정이는 자신은 고작 이러려고 노량진에 온 게 아니라는 것을, 나름의 원대한 꿈과 목표를 갖고 왔다는 것을, 내 방에 와 옷을 벗고 나와 관계한 게 그저 하룻밤의 일탈 또는 실수라는 것을 몇 번씩이나 반복해 말하던 여자들과는 근본부터 달랐다. 이런 싸구려 변명으로 자신의 행동을 변호하는 여자들은 대개 섹스에 지나친 의미를 부여하곤 했다. 때문에 나는 같은 학원에서 몇 번이나 반을 옮겨야 했고, 종국에는 학원까지 적을 옮겨야 했던 것이다.

정말이지 다시 떠올릴 때마다 골치 아픈 상황이었다. 다만 시간이 지나 합격 통지를 받고 나서 보니 꽤 괜찮은 얘깃거리처럼 느껴지기도 했다. 정식으로 공무원이 되고 나면 이런 해프닝도 잦아들 것이고, 그렇게 이골이 났던 상황마저 그리워지고 몰래 추억하게 되는 시기가 올 것이었다.

때마침 화장실에서는 샤워 소리가 잦아들었다. 수정이는 찬장에서 수건을 꺼내 몸을 닦는 모양이었다. 나는 도연히 쓸쓸해졌다. 이러다 나이가 적당히 나이가 차면 결혼이나 하겠지. 심심한 마당에 딸 하나 아들 하나 낳겠지. 갈 곳 없이 자식 교육에 목을 매다 부부싸움을 하고, 나보다 어린 애인을 몰래 만나다 걸려 별거라도 하겠지. 그럼 난 매일같이 똑같은 일을 하고, 매달 같은 금액의 양육비를 전처에게 부쳐주고, 가끔 자식들을 만나 별 것도 아닌 얘기를 나누며 눈물을 쥐어짜고, 그러다 정년이 되면 은퇴해서 연금이나 받으며 살겠지……

이렇게 생각하고 있자니 화가 치밀었다. 지금까지 내가 보내온 시간이 고작 그 정도 인생을 영위하기 위해 존재했다니. 명문대의 합격통지서를 받고 목 놓아 울었던 그때, 높은 학점을 받아 장학금을 탔을 때의 기쁨과, 이젠 아득해져 버린 첫 사랑의 추억이며 군대에서의 삽질, 이름 모를 여자들과의 소모적 정사 뒤 새벽 고시촌을 누비며 불 켜진 포차를 찾곤 하던 시간들이 모두 그 지루한 결말을 위한 과정이었다는 걸, 난 도저히 믿을 수 있을 것 같지 않았다. 제아무리 오랜 시간이 지나더라도.

어쩌면 나는 노량진의 꿉꿉한 공기에, 역 인근을 몽땅 집어삼키고 있는 젊은이들의 패배감에, 합격을 향한 기대와 정서불안에, 그 좁아터진 도시와 소소하게 일탈하는 삶에 적이 만족하고 있었던 건지 모른다. 그래서 노교수의 따분한 강의며, 옆자리에 앉은 여학생의 샴푸냄새며, 그 머리카락과 보드라운 살결에 파묻혀 쾌락에 잠겨드는 것이며, 다시금 수정이에게로 돌아와 삶에 대한 욕망을 재충전하는 일까지를 전부 일종의 매트릭스처럼 받아들이고 있었을지 모른다.

그러나 몇 번을 다시 확인한들 합격자 명단에는 내 수험번호가 그대로 있었고, 난 수정이와 함께 어디든 바다가 있는 곳으로 떠나버리는 상상을 했다. 바닷가 해변을 거닐면서 늘 그랬듯 터무니없는 대화나 주고받는 모습을 그려 봤다. 그래. 수정이는 공허한 표정으로 내게 "어때, 넌 공무원이 적성에 맞을 것 같아? 세상에 그런 사람이 있을까?" 하고 물을 것이고, 나는 잠시 곰곰이 생각하는 체하다가 대답하겠지.

"글쎄, 난 일단 합격한 뒤에 생각하려고. 지금은 그냥 아무 생각도 없어. 너도 그렇잖아? 하하……."

<닫힌 결말>

비행, 13×13, acrylic on canvas, 2019. 6

17

"그냥 돈가스 하나랑, 비빔밥이요."

"아, 그래. 계산은 식권?"

"네." 내가 말했다. 홀에 있던 아주머니는, 돈가스랑 비빔밥 하나씩, 하고 크게 말했다. 여기에 화답하듯이 주방에서는 부스 럭거리는 소리, 또 냉동실 문 여닫는 소리가 이어졌다.

"왜? 치즈돈가스 먹지 않고." 엄마가 의아하다는 듯 물었다.

"아, 지난번에 먹었는데,"

"응."

"치즈가 좀 안 맞더라고. 하루 종일 소화가 안 돼서."

"그러니? 빈이가 그런 줄은, 엄마는 전혀 몰랐는데."

"왜, 전에 내가 방귀 엄청 뀐 날 있잖아, 그때야." 내가 말했 다. 엄마는 뜨악한 표정을 잠시 짓더니 작게 웃음을 터트렸다.

엄마는 웃을 때마다 무척 바보 같은 표정을 지었다. 그 바보 같은 표정을 보고 있자면 '이 사람이 과연 우리 엄마가 맞나' 싶 을 정도로 오묘한 기분이 들기도 했고, 한편으로는 내심 앓고 있던 걱정이나 고민 같은 것들이 다 별 것 아닌 것처럼 느껴지 기도 했다. 한 가지 확실한 게 있다면 내가 엄마의 웃는 모습을 몹시 사랑했다는 사실이다.

다만 갑상샘 항진증 진단을 받은 뒤로는 그토록 작게 웃는 경우도 드물었다. 엄마는 하루 중 대부분을 좁아터진 임대아파트의 단칸방에 누워서 보냈다. 저녁나절이 돼서 내가 돌아올 쯤에야 잠깐 일어나서는, 누렇게 쉰 밥이나 라면으로 끼니를 챙겨줄 때가 아니라면 정말이지 하루 종일 누워 있었을 것이다.

우리 집의 수입이라곤 매월 이십일에 입금되는 육십만 원의 정부 보조금이 전부였다. 그마저도 임대아파트 관리비며 공과금을 내고 나면 얼마 남지 않았고, 어머니의 약값과 고등학교 등록금 같은 것들을 빼면 끼니를 거르지 않는 것만도 다행이었다. 친구들이야 수시로 점심 식단에 역정을 냈지만, 나는 아무리 못 나와도 매일 다른 반찬 세 개에 국까지 나오는 학교 급식이 좋았다. 집에 싸 오고 싶을 지경이었다. 어차피 집에 돌아가서는 오래된 밥처럼 초라한 음식밖에 먹을 수 없었기 때문이다.

다만 방학 때만큼은 상황이 조금 달랐다. 여름 또는 겨울 방학이 시작할 때 즈음해서 동사무소에 가면 종이로 된 식권을 서른 장쯤 받을 수 있었다. 좌석버스 티켓만 한 사이즈의 이 식권은 한 장에 삼천 원만큼의 음식을 사 먹을 수 있게 돼 있었는데, 당연히 모든 식당에서 통용됐던 것은 아니고 동네마다 두세 곳정도 마련된 제휴 점포에서만 쓸 수 있었다. 동네마다 미세한차이는 있을지라도 대개는 김밥천국이나 중국집에 국한되는 모양이었다. 실로 현명한 복지였다. 내가 살던 곳처럼 찢어지게가난한 동네라 하더라도, 소풍 갈 때 김밥 두 줄 사 갈 김밥천국그리고 가끔씩 짜장면이나 시켜먹을 중국집 정도는 있기 마련이니까.

치즈가 몸에 맞지 않는다는 말은 물론 거짓말이었다. 나는 치즈가 좋았다. 치즈를 배 터지게 먹는 꿈까지 꿨을 정도였다. 다만 그때까지만 해도 치즈란 저소득층이 소비하기엔 만만찮은 식품이었다. 치즈돈가스는 그냥 돈가스보다 천 원이나 더 비쌌다. 까짓 거 좋으면 식사에 천 원쯤 더 낼 수 있었을 법하지만, 우리에겐 식권을 한 장 더 쓰냐 안 쓰냐가 달린 중대한 문제였다.

하여튼 방학이 되면 우리 모자는 일주일에 두세 번씩 외식을 할 수 있었다. 김밥천국에서 끼니 한 번 때우는 것이 어떻게 외식이냐고 하면 할 말이 없다. 그때의 엄마와 나는 분명히 그걸 '외식'이라고 불렀기 때문이다. 그리고 그때마다 밥값은 육천 원 또는 구천 원으로 맞춰지곤 했다. 삼천 원 단위로 떨어지지 않으면 남은 금액을 가게 구석에 있는 화이트보드에 이름과 함께 적어야 했는데, 나는 그게 너무 싫었다. 아무럼 그 가게를 들르는 모든 사람들에게 '누구누구가 기초생활수급자라 식권으로 식사를 한다더라'는 걸 알리고 싶진 않았으니까. 생각해 보면 나는 가난한 것 자체보다 가난하다고 알려지는 게 더 비참하다는 사실을 오래전부터 알고 있었다. 누가 가르쳐 준 적도 없었는데 말이다.

난 공부를 잘하지 못했다. 한 반에 마흔 명이 있으면 평균적으로 삼십 등 정도를 했다. 다만 국어성적만큼은 학창 시절 내내 괜찮은 편이었다. 그렇게 잘하는 게 단 하나라도 없었다면 고등학교 삼학년이 됐던들 공부를 제대로 시작해 보겠단 생각은 하지 못했을 것이다. 아무튼 나는 고등학교 삼학년으로 올라가는 겨울방학에 접어들 무렵에 수학과 영어 점수를 올려 보겠다고 결심했다. 왜 그랬는지는 모르겠다. 남자들이 질풍노도의 시기에 흔히 부리곤 하는 객기가 하필이면 그런 발전적 방향으로 발휘됐다는 것 밖엔 설명할 도리가 없다.

그러나 당장 '공부를 열심히 해 보겠다'고 마음을 먹는다 한들 집안 사정상 과외나 학원은 엄두도 내지 못했고, 기본도 없는 상황에 학교 수업을 따라가는 것도 어려웠다. 그래서 나는 우리 학교에서 가장 공부를 잘하던 친구에게 다짜고짜 찾아가 내 상황을 설명하곤 '어떻게 하는 게 좋겠냐'고 물었다. 그러자 그 친구는 내 얼굴을 뚫어지게 쳐다보다가, '수학의 정석과 성문종합영어를 사서 다섯 번 이상 공부해'라고 말했다. 지금 떠올려 보면 참 성의 없는 조언이었는데, 당시의 나로선 별달리 선택지도 없어 그마저도 감사할 따름이었다.

그런데 당장 끼니가 아쉬운 상황에서, 수학의 정석 네 권(당시의 문과 수학은 네 권으로 해결할 수 있었다)과 성문종합영어를 살 돈이 어디서 불쑥 나타나는 것도 아니었다. 어렵사리 엄마에게 말을 꺼내봤지만 시큰둥한 반응뿐이었고, 다음날 잔뜩 취한 채 새벽에 들어와서는, 이제 와서 니가 무슨 공부냐, 네 미래는 나처럼 구질구질할 것이다, 너는 태생이 돌대가리니 대학은 꿈도 꾸지 마라, 같은 말들을 퍼붓고는 잠들어 버렸다. 나는 엄마에게 이럴 거면 왜 낳았느냐고 소리를 지른 뒤 뛰쳐나왔다. 우리 모자는 서로에게 가장 상처가 되는 말들을 너무도 잘 알고 있었던 것이다.

다음 날, 나는 불현듯 아이디어가 떠올라 동사무소로 향했다. 세대주인 엄마 이름을 대신 대고 식권 뭉치를 받아오는 건 쉬웠다. 동네의 주정뱅이 아저씨에게 장당 이천오백 원에 팔아치우는 일은 그보단 조금 더 번거로웠다. 나는 아저씨와의 지루한 협상 끝에 장당 이천 원에 팔아치워 육만 원 정도 되는 돈을 받아낼 수 있었고, 그 길로 학교 앞 서점을 찾아가 정석이며 성문종합영어 그리고 표지에 유명 사립 대학의 건물이 그려져 있는 공책 몇 권을 사서 돌아왔다.

다음 날, 엄마는 아침 일찍 동사무소에 간다는 말을 남기고 집을 나섰다. 이십 분쯤 지나 돌아온 엄마는 손에 버드나무 가지를 꺾어 들고 있었다. 나는 몇 년 만에 종아리를 실컷 맞았고, 마침내 울음을 터트리며 말했다.

"이럴 거면 왜 낳은 거야? 공부도 못하게 할 거면 왜 낳은 거냐고? 다른 애들은 엄마가 공부를 못 시켜서 안달인데. 왜 나는 책도 못 사서 이 모양 이 꼴이어야 해? 엄마한테 엄마 자격이나 있는 거 같아? 말해 봐!"

나는 내가 느꼈던 좌절감과 종아리의 고통 같은 것들을 조금이나마 되돌려주고 싶었고, 그 경멸적인 말들이 엄마에게 얼마나 큰 상처가 될지도 알고 있었다. 그러나 어떤 종류의 상처는 영원히 아물지 않기도 한다는 사실만큼은 알지 못했던 것이다.

그 겨울 방학 동안 우리 모자는 단 한 번의 외식도 하지 못했다. 나는 책을 산 뒤로 방에 틀어박혀 하루 종일 책만 쳐다봤고, 또 일 년 동안은 엄마와 말 한 번 섞지 않는 날들이 이어졌다. 난 친구의 조언대로 정확히 정석을 다섯 번, 성문종합영어를 여섯 번 반복해 공부했다. 처음 한 번은 반 년이 걸렸지만 두 번째 할 땐 한 달 밖에 걸리지 않았고, 세 번째 네 번째는 보름씩, 마지막 대여섯 번째는 열흘만에 끝낼 수 있었다. 수능 직전의 모의고사에선 지방 국립대에 지원할 수 있을 정도의 성적을 받았다. 불과 일년 전만 해도 사년제 대학은 꿈도 꿀 수 없었던 걸 생각하자면 실로 놀라운 발전이었다.

수능을 일주일쯤 앞뒀던 어느 날이었다. 나는 마지막 모의고사의 결과에 고무된 상태였는데, 얼마나 들떴던지 엄마에게 '서울에 있는 대학에 지원할 수도 있을 것 같다'고 말했다. 엄마는 아주 짧게, '잘 됐네' 하고 대답할 뿐이었다.

그로부터 일주일이 지나 수능 날이었다. 날이 몹시 추웠고, 이른 아침부터 싸라기눈이 내렸던 것으로 기억한다. 나는 결과적으로 꽤 좋은 점수를 받았다. 백분위상으로는 마지막으로 친 모의고사보다도 좋은 성적이었다. 나는 서울에 있는 학교에 두 개의 원서를, 지방의 국립대에 하나의 원서를 각각 넣었다.

그렇게 결과를 기다리던 어느 날이었다. 새해가 밝았고, 추위는 더욱 거세져 길에 얼음이 얼었다. 나는 친구들과 수능 뒤풀이로 술을 거하게 마신 뒤에 집에 돌아왔는데, 웬일로 엄마가 자지도 않고 날 기다리고 있었다. 엄마는 취한 날 더러 '잠깐만 여기 와서 앉아보라'고 했다. 내가 다가가 앉자, 엄마는 복잡한 표정으로 문득 말을 꺼냈다.

"어느 학교에 지원했어?"

"몰라요." 나는 퉁명스레 대답했다.

"모르다니? 네가 지원한 학교잖아."

난 엄마의 질문에 아무 대답도 하지 않았다. 할 필요가 없다고 생각했다. 더욱이 엄마에게는 내게 그런 질문을 할 자격도 없다고조차 느꼈다. 싸늘한 정적이 이어졌다.

"서울로 갈 거니?"

"글쎄요. 결과를 봐야 알겠죠."

"그러니."

"네." 내가 말했다. 엄마는 더 이상 아무것도 묻지 않았다.

정월이 지나 2월에 접어들 무렵, 나는 서울에 있는 한 대학으로부터 합격 통지를 받았다. 그리고 그날부로 짐을 싸서 인터넷으로 학교 근처에 있는 하숙집 한 곳과 연락하곤 그대로 상경길에 올랐다. 난 그 뒤로 아르바이트를 시작했는데, 얼마지 않아 동사무소의 복지 담당자로부터 '일을 해서 근로수당을 받게 되면 기초생활수급대상에서 탈락하게 된다'는 연락을 받았다. 나는 '그쪽 맘대로 하라'고 말한 뒤 전화번호를 차단해 버렸다.

한편 정부는 식권 분실 문제와 실질적 현금화 등의 '악용 가능성'을 뒤늦게 인식한 나머지, 급식 지원 방식을 수정하고자 했다. 그리고 다음 해부터는 기존의 종이 식권에서 매일 몇 천 원의 한도가 정해진 복지카드로 바꿔 지급하기 시작했다. 다만 그땐 이미 너무 많은 시간이 지나버린 뒤였고, 엄마와 나는 두 번 다시 외식을 할 수 없었다.

<복지병>

18

월요일 아침에는 으레 회의가 있었다. 판교에는 유리 건물이 많았다. 내가 다니던 회사도 그 많은 유리 건물 중 한 채의 한 층을 차지하고 있었다. 건물 십칠 층 회의실에서 내려다보는 판교는 넓고 공허하면서, 한편으로는 무척 이질적인 분위기였다. 회사가 위치한 건물에서 판교역까지 다다르는 길에는 하천이 있었고, 그 위로 짧달막한 다리가 하나 지나고 있었는데, 아주 못 봐 줄 정도의 교량은 아니었다지만 매일같이 그 위를 건너 다니는 고가의 외제차들을 떠올려 보면 몹시 초라하게 느껴지기도 했다. 그 다리 아래로는 다리보다도 더 초라한 하천이 잡초와 갈대를 둘렀고, 가늘어졌다 또 굵어졌다 하며 불규칙적인 물줄기를 용케 사계절 내내 흘려 보냈다. 이 초라한 광경들을 건너자마자 나오는 블록, 엔씨소프트며 안랩 같은 국내 유수의 IT 기업들이 그 신화적 위용을 껴안고 높게 하늘을 찔러대는 모습은, 같은 곳에 출근한 지 일 년이 넘어가도록 도통 적응이 되질 않았다. 나는 회의실에서 회의가 시작되길 기다리면서, 판교역 가는 길목에 흐르는 그 이름 모를 하천이 어디로 어떻게 흘러가 바다가 되는지, 그리고 가장 아래층 혹은 지하층에 매장

된 국밥과 고깃집들의 초라함에 대비되는 이 층계참의 불빛에 과연 자신이 어울릴 수 있는지를 고민해 보곤 했다.

널찍한 테이블 주위로 하나 둘 사람들이 들어차고, 곧 의자가 동나게 되면 나머지 사람들은 서서 이 아침 조회를 맞이해야 했다. 팔십 명에 달하는 회사 전 직원들이 이삼십 평 남짓의 회의실에 부대껴 서서, 십 분이 넘게 대표를 기다리는 모습을 보고 있으면 유치원 시절의 기억이 떠올랐다. 어머니의 말에 의하면, 나는 원생들 가운데서도 가장 산만한 아이였고, 줄을 서라고 하면 늘 어긋나거나 튀어나오는 녀석이었다.

난 무료할 때마다 간혹 이 의아한 사실을 기억해 냈다. 어째서 의아한 사실이냐면, 지금 내가 다니는 회사에서 나만큼 가만히 앉아 시키는 일만 하는 직원도 없기 때문이다. 무슨 바람이 들었는지 회사 대표가 지지난달부터 '매주 월요일 아침에 전 직원이 모여 회의를 하자'는 의견(사실은 일방적인 통보에 가까웠지만)을 냈을 때도 그랬다. 업무 정리하기도 바쁜 월요일 아침에 무슨 회의냐며, 불평불만을 쏟아내는 동료 직원들과 달리 나는 그저 군말 없이 이십 분 일찍 출근해 할 일을 정돈하고, 아주 차분한 마음으로 텅 빈 회의실 자리에 앉아 한 주의 시작을 기다렸던 것이다.

"자, 이번 주도 활기차게, 시작해 볼까요? 오늘 날씨 많이 춥죠?"

대표가 회의실에 걸어 들어오며 말했다. 아홉 시가 되고도 십 분이 더 지난 시간이었다. 한창 북적거리던 회의실 분위기는 어느새 잦아들어서, 이내 수군거리는 소리만 몇 줄기 남아 있었다. 그리고 약 백사십 개의 시선이 대표의 동선을 따라 좌에서 우로 천천히 옮겨갔다. 입밖에 낸 적은 없지만, 나는 가끔 대표가 이 같은 시선을 독점하기 위해 이런 자리를 만들었고, 그래서 일부러 십 분에서 길게는 삼십 분까지 늦게 들어오는 것은 아닐지 생각했다.

"아니, 대답들이 하나도 없네. 역시 월요일 아침은 이렇다니까, 하하. 다들 주말들은 잘 보냈어요?"

"네." 직원들 가운데 열 명 정도가 일제히 대답했다. 대단히 힘 빠지는 소리였다.

"에이, 이게 뭐야. 좀 더 힘들 내 봐요. 새로운 일주일이 시작됐잖아요? 저도 노는 거 엄청 좋아하는데……이렇게 연휴가 너무 길면, 일이 너무 하고 싶어지더라고요. 나만 그런가?"

"저도 그렇습니다!"

사업팀의 수염 기른 남자 한 명이 패기롭게 대답했다. 워낙 인상적인 마스크이고, 회사 안에서도 목소리를 잘 내는 터라 많은 사람들이 얼굴을 기억하고 있었다. 별안간 튀어나온 목소리가 얼마나 쩌렁쩌렁했는지 몇 명이 웃음을 터트리기 시작했고, 되려 장난스런 분위기가 돼 버렸다. 대표는 표정상으로는 웃고 있었다.

"그래요, 이런 패기 좋습니다. 결국 우리 같은 회사는 패기란 말이에요. 스타트업 정신, 뉴프론티어 정신, 이런 피상적 단어 같은 것들에 집착하지 말고……. 월요일 아침에 업무에 대한 열정을 불태워 올린다는 그 마음가짐으로부터 모든 혁신이라는 것이, 생겨난다고 저는 생각합니다. 저 역시 지금도, 그다지 큰 회사는 아니지만은, 이 팔십 명의 훌륭한 직원을 가진 회사의 대표가 되고도 매일 새벽 네 시 반에 일어납니다. 이 얘기는 전에 했던 가요? 아니, 동아일보 인터뷰 기사에서 언급했던가? 조선일보였나? 음, 아무튼 이건 중요한 것이 아니고, 일단은 기쁜 소식으로 시작을 하고 싶은데요······."

대표가 월요일 아침 회의마다 하는 말들은 어떤 면에서 일요일 아침 목사님의 설교 말씀 같았다. 엇비슷한 내용들을 다른 표현, 다른 방식으로 계속해서 바꿔 이야기한다는 면에서는 더없이 똑같았다. 대표는 한 달 전부터 말해 왔던 외부 투자유치의 성공적인 무드를 또다시 언급하고 있었고, 따라올 말들을 대략적으로 파악한 직원들은 티 나지 않게 쪽잠을 자고 있었는데 나 또한 그런 사람들 가운데 하나였다. 그렇게 졸다 일어나 보면 대표의 일장연설은 대강 마무리가 돼 있었다. 이제는 절차상 필요한 질문들이 이어진 뒤에 자리에 돌아가는 것만 남았다.

"자, 얘기는 이쯤 하기로 하고. 대망의 주간 건의 시간입니다. 제가 말을 너무 길게 했나요? 시간이 조금 오버가 되긴 했는데. 괜찮죠? 어차피 월급은 똑같이 나가니까, 하하. 아무쪼록 직원으로서, 아니, 회사의 일원으로서 당당하게, 제게 필요한 것을 이 자리에서 말해주시면, 최대한 빠르게 검토해서 적용할 수 있도록 하겠습니다. 자, 건의사항 있으신 분?"

대표가 들뜬 목소리로 말했다. 그러나 직원들은 약속이나 한 것처럼, 아무 말 않은 채 서로 눈치만 보고 서 있었다.

"아니, 말하는 걸 다, 웬만하면 들어 주겠다는데, 매주 건의사항이 하나도 없어요? 이건 조금 별론데. 서로 눈치만 보고 있을 게 아니잖아요. 필요한 게 있으면 재깍재깍 말할 수 있어야지. 사람이 좀 많아서 부담이 될 수는 있는데, 저도 겁쟁이지만 매주 이렇게 잘 이야기하고 있잖아요? 아무나 뭐라도 제안을 해봐요. 이번에는 한 명이라도 없으면 안 끝내겠습니다. 난 정말 소원……건의사항을 들어주고 싶다니까요? 정말로! 이건 기회예요. 어서!"

대표는 견딜 수 없다는 듯이, 인공적인 웃음을 지어 보이면서, 거의 소리를 질러대는 수준으로 이야기했다. 직원들은 이제야 주변 사람들끼리 쑥덕거리기 시작했지만, 여전히 나서서 건의사항을 말하는 직원은 한 명도 없었다. 몇몇 직원이 예의 수염 기른 사업팀 직원을 간절한 눈빛으로 쳐다봤다. 그럼에도 남자는 애써 부끄럽다는 제스처를 하며 침묵하고 있었다.

"아무나! 아무 나라도 말해 봐요! 빨리! 응? 정말 아무것도 없나? 우리 회사가 너무 좋은 회사라서 건의할 게 단 하나도 없는 거예요? 그런 겁니까?

"저……, 대표님."

"오! 드디어 나왔네요! 손은 안 들어도 되는데, 이리, 이리로 나와 봐요. 어서."

대표는, 한 남자 직원이 선서하듯 수줍게 들어 올린 손을 부여잡고 회의실 맨 앞까지 끌고 나왔다. 남자는 적당히 통통한 체격에 꽤 두꺼운 안경을 쓰고, 회색 맨투맨과 기장이 꽤 남는 넓은 통바지를 입고 있었다. 나를 포함한 대부분의 직원들은 이 남자의 이름을 몰랐다. 그러나 남자의 수수한 인상과 착의로 미루어 보아 개발팀 소속의 직원이라는 건 누구나 쉽게 파악할 수 있었다. 어떤 직원은 그중에서도 서버 딴을 맡고 있게 생겼다는 구체적인 추측까지 내놨다.

"그래요, 당신 이름이 뭐죠?"

"저는 배……."

"아니! 본명 말고! 회사에서는 본명 쓰지 말자구요."

"아, 음, 저는 찰리입니다. 개발팀 소속이고……."

"아하, 찰리! 왜 나는 처음 들어보는 것 같지, 이상하네, 그래요, 찰리. 필요한 게 뭐죠?

"그게, 의자요."

"의자?"

대표가 의외라는 투로 되물었다. 직원들 몇 명이 수군대는 소리가 이어졌다.

"그, 개발팀은 업무 특성상, 물론 다른 팀도 마찬가지겠지만, 의자에 앉아서 오래 작업하는 경우가 많거든요. 그러다 보니 몇 시간 일하다 보면 허리 통증이 엄청나서……."

"아, 의자를 바꿔 달라구요?"

"음, 의자를 바꿔도 괜찮고……."

"아니, 잠깐만, 우리 회사 의자 괜찮은 건데? 시디즈라고, 꽤 유명한 브랜드예요. 거기서 산 건데. 또 내가 거기 아는 분이 계셔서 단체로 구매한 건데……. 아무튼 그게 허리가 아프다는 거죠?"

"아무래도 그렇죠."

"흠, 그런가? 지금 쓰는 것도 단가가 꽤 비싼 건데. 집에서는 무슨 의자를 쓰길래 회사 의자가 허리가 아프다는 거야? 하하. 농담이에요. 그런데 전체 직원들의 의자를 바꿔 주는 건 좀 효율적이지 못할 것 같고, 아무리 비싼 의자라도 사람마다 안 맞을 수는 있는 거니까. 찰리 것만 내가 다른 걸로 바꿔 줄게요. 어때요?"

"아, 아뇨, 그런 건 괜찮습니다."

"왜요? 부담돼서 그래요? 하하하, 새로 사는 건 좀 그런가? 아니면 저기, 제가 쓰는 의자를 대신 드릴까요? 그건 이케아에서 산 건데, 지금 쓰고 있는 시디즈 거보다 단가는 낮지만 꽤 편해요."

"아뇨, 아뇨, 괜찮습니다. 의자보다는 서서 작업할 수 있는 공간을 만들어 주시면."

"아, 서서 일하는 게 더 편해요?"

"네. 서서 일하면 허리는 안 아픕니다."

"아니, 그러면 자기 자리에서 그냥 서서 일하면 되지, 그게 굳이 공간이 필요한 거예요? 하하……. 아, 비웃는 건 아니예요, 오해하지 말아요, 그게 아니라, 정말 이해가 안 돼서."

대표는 손사래를 치며 말하곤, 웃음기 띤 얼굴로 주위 직원들을 쓸어봤다. '이놈 좀 봐요' 하는 표정이었다. 찰리는 어, 어, 아닙니다, 쿠션이라도 받치고 하면 될 것 같아요, 네, 하며 횡설수설하다가, 대표가 손목을 놔 주자 원래 서 있던 자리로 도망치듯 돌아갔다. 나를 포함한 대부분의 직원들은 이 상황을 무표정하게 지켜보고 있었다.

"자, 건의사항을 받기는 했는데, 뭐랄까, 조금 더 합리적이고 리즈너블한 그런 건의였으면 좋았을 것 같아요. 아무리 그래도 회삿돈을 허투루 써댈 순 없는 거니까. 쓰는 거야 문제가 없다지만 꼭 필요한 곳에 써야죠. 그럼 오늘은 일단 시간이 늦기도 했고, 나머지 건의는 쌓아뒀다가 다음 주 월요일에 말하는 걸로 하죠."

"네." 직원들 몇 명이 힘없이 대답했다.

"그리고, 지난주에 제가 건의한 거 있잖아요? 직원으로서 건

의했던 거. 매일 법인 카드 같은 걸로 식대를 처리하는 게 비효율적이고, 매 점심마다 메뉴를 고민해야 하는 번거로움이 있으니까, 요 아래층에 케이터링을 불러서 먹어보자는 거요. 그걸 구글 폼으로 투표에 붙였던 거 기억나요? 한 삼십 명 정도가 투표했는데, 찬성표가 스무 개라 일단은 기존의 방식을 버리는 것으로 하고, 오늘부터 케이터링을 불러 식사하는 것으로 했습니다. 오늘부터 점심은, 쓸데없는 고민할 필요 없이 아래층으로 내려가서 드시면 돼요. 놀랐죠? 물론 이 방식이 싫다, 기존처럼 식사 메뉴를 스스로 선택할 수 있는 구조가 좋다는 분도 있을 수 있고, 그런 소수의 의견도 저는 존중하고 있어요. 다만 민주적인 방식으로 결정된 사안이니만큼 당분간은 케이터링으로 식사를 해보다가, 영 별로다 싶으면 원래의 방식이나, 더 좋은 방법으로 바꿔도 되는 거구요. 우린 스타트업이니까, 식사에 있어서도 린하게 가는 거죠. 괜찮죠? 근데, 케이터링은 아마 마음에 드실 거라고 생각합니다. 왜냐하면, 요 건너편 건물 있잖아요? 거기서 오는 케이터링 서비스인데 거기 대표님과 제가 또 아는 사이거든요. 그래서 오성급 호텔 주방장들이 직접 조리하는 음식들을 회사에 앉아서 먹는데, 그걸 또 반값에 계약했다는 거예요. 효율적인 방식일 뿐만 아니라 생각지 못한 비용 축소 효과도 얻은 셈이 됐죠. 이렇게 아낀 비용은 또 여러분들에게 돌아갈 수 있구요. 멋지지 않나요? 자, 그럼 이번 주도 열심히 해 봅시다! 파이팅!"

대표는 말을 끝마치자마자 가장 먼저 회의실을 나갔고, 뒤따라 나머지 칠십 명의 직원들이 줄지어 나갔다. 나는 대략 열다섯 번째 순서로 나올 수 있었다. 회의실과 회사에서의 내 자리는 꽤 거리가 있었다. 이대로 돌아가 앉게 되면 또 점심시간까지는 일어날 일이 없었으므로, 난 천천히 회사를 둘러보며 걸어 돌아갔다. 늘 똑같이 켜져 있던 수십 개의 전등이 유독 창백했다. 나는 돌연 찰리가 어떤 표정으로 자리에 돌아가고 있을지 궁금해졌다. 다만 뒤돌아보니 두세 명 정도를 제외한 모두가 자리에 돌아간 모양이었고, 난 회사의 어느 방향에 개발팀이 있는지도 모르고 있었다. 그렇게 제자리에 돌아간 뒤에, 본격적인 업무를 앞둔 내 머릿속의 고민이라고는 고작 점심에 뭘 먹을지를 결정하는 것뿐이었다. 그러나 이제는 그마저도 고민할 필요가 없었다. 난 지체 없이 스프레드시트를 띄워 일을 시작했다. 점심시간이 되기 전까지의 회사는 쥐 죽은 듯이 고요했고, 그 뒤로 건의사항을 말하는 직원은 단 한 명도 나오지 않았다.

<수평적 조직>

19

관악산은 주말을 맞아 산을 찾은 등산객들로 붐볐다. 세갈래
로 뻗어내려가는 계단이 연주대 아래에 이르러 한 데로 묶여 있
었다. 연주대의 정면에는 큰 바위가 있었는데, 한자로 된 연주
대 글씨와 해발고도가 함께 새겨진 바위였다. 그 바위 주변으로
오랜만에 찾아온 햇살이 잔뜩 내리쬐었다. 사람들은 바위 앞까
지 기어올라가 기념 사진을 찍었다. 하나, 둘, 셋, 김치, 하며 사
진 찍는 사람의 목소리가 들렸고, 이어서 사진을 찍으려는 사람
들이 계속해서 바위를 기어올라갔다. 탁주 냄새가 코를 찔러 고
개를 돌려보니 모 등산 동호회 사람들이 저들끼리 막걸리 병을
돌려마시고 있었다.

"아까 올랐던 바위 쪽이 더 잘 보이는 것 같은데. 무슨 바위
라고 했지?"

잠자코 주위를 둘러보던 누나가 말했다.

"학바위일 거야. 아마도."

내가 대답했다. 누나는 아마 산에서 내려다보이는 서울을 이
야기하는 것처럼 보였다. 실제로 우리는 연주대로 오는 길에 바
위로 된 능선을 올랐다. 그 능선 꼭대기에 있는 바위에 올랐을

때는 사방이 탁 트여 있었는데, 그 덕에 연주대는 물론 북쪽으로는 남산타워, 동쪽으로는 펜촉 모양의 롯데잠실타워까지도 훤히 보였다.

관악산 최고봉이라는 연주대에서는, 정면이 큰 바위에 틀어 막혀 있거니와 그 위쪽은 낙하사고가 많으니 오르지 말라는 안내팻말이 세워져 있었으며, 북쪽으로는 기상관측소인지 뭔지 하는 건물이 떡하니 버티고 서 있어 아무 것도 보이지 않았다. 관측소 주위로 쳐진 철조망 너머에는 고양이 대여섯 마리가 나란히 앉아 햇빛을 쬐고 있었다. 누나는 돌연 잠깐만, 하더니 그 고양이들을 한동안 바라보고 서 있다가 돌아왔다.

우리는 연주대 주변의 바위를 돌고돌아 간신히 북쪽의 서울 한토막과 안양이나 과천 정도로 보이는 경기도 외곽의 풍경들을 내려다볼 수 있었다. 기상예보에 의하면 대기중 미세먼지 함량이 '보통'인 날이었다. 서울에는 건물이 많았다. 작게는 건물 숲처럼 보이다가, 시야의 초점이 조금이라도 흐려지면 도시 전체가 얼룩덜룩한 회색 덩어리처럼 보이기도 했다. 연주대 주위로는 까마귀가 세 마리 정도 날아다녔는데 이따금 우리의 시선 앞을 지나치면서 초점을 흐리곤 했던 것이다.

"까마귀는 좋겠다. 우리는 엄청 고생해서 올라왔는데 말야."

누나가 느닷없이 운을 뗐다.

"까마귀들한테는 우리가 어떻게 보일까? 엄청 우스워보이겠지? 이 낮은 언덕배기에 올라가려고 낑낑대는 사람들이라니."

"글쎄. 별 생각 없지 않을까?"

"까마귀는 엄청 똑똑한 새야. 생각이 없을 리 없지."

누나가 대꾸했다. 난 초점을 흐린채로 계속해서 서울을 보고

있었다. 똑같이 생기거나 다르게 생긴 건물들이 뭉치고 얽히는
가 하면 층층이 쌓여서 마치 정교한 기계장치의 단면처럼 보였
다. 나는 문득 내가 살고 있거나 살았던 곳을 찾아 보려고 고개
를 돌렸지만 이내 그만뒀다.

"똑같아 보일 거야." 내가 말했다.

"뭐? 뭐가 말이야?"

"까마귀 눈에는 다 똑같아 보일 거라고. 저 건물들이나, 한강
위로 놓인 몇 개의 다리나, 구석으로 넓게 뻗은 논밭하고 비닐
하우스나, 또 해발 육백미터 쯤에서 이런 말들을 하고 있는 우
리나 말이야……."

나는 말을 마치자마자, 정말 아무런 이유도 없이 수십년 남
은 우리 집의 주택 융자가 떠올랐다. 다른 무엇도 아닌 주택 융
자 때문에라도, 아버지는 앞으로도 계속 오전 일곱 시에 일어나
출근을 할 것이다. 우리가 우리 아파트의 엘리베이터를 타고 오
르고, 각자의 방에 책상을 두거나 공부를 하고, 또 그 근처에 있
는 친구를 불러 함께 밥을 먹거나, 당장 이 산을 내려가자마자
찾아가 쉴 곳이 존재하려면, 가족 가운데 어느 누군가는 반드시
수십 년 동안 출근하지 않으면 안 되기 때문이다. 우리는 더 이
상 아무 말도 하지 않고 산을 내려왔다. 내려오는 길은 반쯤 녹
은 눈이 군데군데 묻어 무척이나 미끄러웠다. 나는 반 정도 내
려가는 길목에서 크게 넘어졌는데, 때마침 해가 저물어 가는 하
늘 위로 까마귀 우는 소리가 까-악 하고 들려왔다.

<관악산의 까마귀>

20

"저는 고깃집에서 서빙 알바를 했었어요."

어떤 곳에서 일했느냐는 질문에, 여자는 반쯤 기어 나오는 목소리로 말했다. 짧은 침묵 뒤 젊은 면접관이 대답했다.

"그러셨군요. 해 본 적은 없지만 정말 힘들다고 들었습니다."

침착한 대응이었다. 한결 표정이 밝아진 여자가 다시 말을 꺼냈다.

"네. 정말 힘든 일이에요. 고깃집은 숯불에다 철판을 쓰는 곳과 그냥 가스불을 쓰는 곳이 있는데⋯⋯,"

"네, 네."

"제가 일하던 곳은 철판을 쓰던 곳이었거든요. 고기를 삼 인 분쯤 구우면 불판을 두 번 이상 갈아 줘야 했어요. 탄맛에 민감한 손님들은 일 인분 굽는 데도 몇 번이나 갈아 달라고 하는데, 뭐 어쩔 수 있나요. 갈아 줘야죠."

"참 번거로웠겠네요."

면접관은 부드럽게 말을 받았다. 한편으로는 조금 실수한 것 아닌가, 하는 생각도 들었다. 여자는 탄력을 받았다.

"번거롭고말고요. 실제로 저는 서빙인 줄로만 알고 있었는데,

제일 많이 한 일이 철판 가는 거였어요. 손목이 아파 죽을 뻔했지만 악착같이 견뎠어요. 주어진 일에는 최선을 다하자는 주의라."

"그렇군요."

여자는 어색한 제스처 한 번 없이 또박또박 말을 이어갔다. 준비한 멘트치곤 조악했고 즉흥적이라 보기엔 지나치게 구체적이었다.

"그렇지 않은 사람도 많아요. 철판을 간 다음에는 가게 뒤편으로 나가서 타고 눌어붙은 것들을 세제로 밀어야 하거든요. 이게 설거지보다 힘들어요. 근데 이걸 제대로 안 해 놔서 제가 대신한 적도 많아요. 원래는 주방에서 할 일인데, 주방 직원이 어느 날 갑자기 가게에 안 나오겠다고 해서 철판 가는 것부터 씻는 것까지 제가 다 했죠. 그렇게 집에 가면 팔에 힘이 하나도 안 들어가요. 그렇게 열심히 했으면 사장이 월급도 올려 줄 법하잖아요? 그렇죠?"

"음, 상식적으로는 그렇죠. 업무 강도가 높아지면……."

"그런데 안 올려줬어요."

"임금을 올려달라고 직접 말하셨나요?"

"말했죠. 그러니까, 조금 돌려서 말한 적이 있었는데, 들은 체도 안 하더라구요. 그렇다고 대놓고 돈 더 안 주면 내가 나가겠다, 그럴 수도 없는 노릇이구요. 사람 일이라는 게 있는데."

"그런 건 직접 말해도 괜찮죠. 더 많은 일을 했으니 돈을 더 달라는 건 정당한 요구니까요."

"그죠, 그게 원래는 맞는데, 사람 일이라는 게, 그러기가……
선생님도 아시잖아요. 가게 사정이라는 것도 있고. 그때 손님도 떨어지는 중이었고…….”

면접관은 아무 대꾸도 하지 않았다. 여자는 뇌까리듯이 말하다 황급히 소재를 바꿨다.

“아, 가게 사장님이 저랑 친했어요.”

“네.”

“거기서 제가 가장 오래 일하기도 했구요.”

“얼마나 일하셨나요?”

“삼 년 정도 일했어요.”

“아, 네.”

“일한 기간도 기간이지만, 제가 일을 가장 잘했거든요. 주방에 있는 애들은 다 철도 없고, 금방 포기하고 나가기 일쑤였는데 저는 일을 찾아서 했으니까요. 누가 시키지 않아도 알아서 착착. 사장님도 가게에 무슨 일이 있으면 제게만 따로 오셔서 상의를 했어요. 가게 직원들 사이에서 반장 같은 존재였다고 할까요. 다른 직원들도 제 눈치를 봤구요…….”

여자는 책상을 내려다보며 쉬지도 않고 말했다. 한편 면접관은 튀어나오려는 말들을 몇 번이고 참아야 했다. 여자의 자존감은 계획 없이 수십 번이나 쌓아올린 젠가처럼 위태해 보였다. 이보다 더 위태로운 것은 어떤 표정의 일그러짐도 없이 여자의 얼굴을 바라보아야 하는 면접관의 심리였다.

“고기 굽는 게 별거 아니라고 생각할 수도 있지만요……. 사람이 적을 때는 직접 가서 구워 주기도 하지만 엄청 붐빌 때는…….”

“대학을 가지 않은 게 후회될 때도 있었지만요……. 사실 그 대학은 원서를 냈다면 백 프로 붙었을 거예요…….”

"제가 말했죠, 똑바로 안 할 거면 그냥 때려치우라고……. 어쩜 계속 일했다면 제게 가게를 물려줬을지도 몰라요……."

금방이라도 휘청대며 쓰러질 것 같은 여자의 존재 의미 앞에서, 어느 순간부터는 숨쉴 때 나오는 바람마저 조심해야 했다. 면접관은 자신이 느끼는 것이 부디 연민이 아니길 바랐다. 버스로 두 시간 가까이 걸리는 먼 거리, 유리궁전까지 면접을 보러 온 여자에 대한 깊은 존중 때문이 아니라, 이런 추레한 여자에게마저 존중이 없어선 안 된다는 일종의 방어 기제 때문이었다.

"저, 선생님?"

"아, 네."

"죄송합니다. 제가 이런 쓸데없는 얘기를……."

면접관이 자기도덕성을 유지하는 데 진땀을 빼는 동안, 여자는 장장 십 분에 걸친 이야기를 끝냈다. 약간의 어지럼증 가운데 옷장 냄새 가득한 정장과 정신머리 없는 화장이 감각에 들어왔다. 면접관은 겨우겨우 마무리 멘트를 꺼냈다.

"아닙니다. 해 주신 이야기 잘 들었습니다. 딱 시간이 다 됐네요. 이제 댁으로 돌아가시면, 신중히 검토하여 결정을 내린 뒤에 이틀 내로 연락을 드리겠습니다. 안녕히 가세요."

"네, 선생님. 감사합니다. 꼭 좀 부탁 드리겠습니다."

사실 면접관은 거짓말을 했다. 신중한 검토는 이미 이루어졌고, 결정도 끝났다. 연락을 주는 기한도 원래는 사흘이었다. 빼놓은 하루는 아마도 심리적 세금일 것이다. 괜한 희망은 고문이 되는 것이니까. 그런데 이런 발상은 과연 연민이 아니라고 할 수 있는가? 면접관은 책상에 엎어져서, 좀 더 서류심사를 철저히 하지 않은 스스로를 질책했다.

"이번에는 어땠어? 쓸 만해?"

면접관은 아무 대답도 없이 자리에 앉았다. 여자가 마지막으로 남겼던, 꼭 좀 부탁 드리겠습니다, 라는 말이 면접관의 속을 엎어 놓았다. 컴퓨터 앞에서 머리채를 올려 잡고 멍하게 있기를 잠깐,

'바늘까지는 필요 없는데, 바늘까지는…….'

속으로 되뇌며 불합격 통보 메시지를 지우고 다시 썼다.

<비눗방울>

21

"요컨대 거래관계라는 거야. 남녀관계라는 게." 형은 조금 벌 개진 얼굴을 하고 말했다. 포차는 주말을 앞두고 시끌벅적했다.

"거래라고요?" 내가 물었다. 나는 스스로가 취하지 않았다는 사실을 새삼 깨달았다.

"그럼, 거래지. 물물교환 같은 거야." 형은 소줏잔을 앞으로 내밀었다. 지금의 상황이 썩 유쾌하게 느껴지는 모양이었다.

"뭐랑 뭘 교환하는데요?" 나는 적당히 맞춰 줄 요량으로 잔을 마주 들어 살짝 부딪혔다. 형은 고개를 뒤로 왈칵 젖히며 술을 들이켰다. 나는 잔을 입술에 갖다 대고는 마시는 척만 하고 말았다.

"제기랄, 그걸 말로 해야 해?"

"말로 안 하면 제가 어떻게 알아요?"

"형한테 말대꾸하는 것 좀 봐. 어떻게 학교다닐 때랑 변한 게 하나도 없어."

"누가 들으면 졸업한 지 십 년은 지난 줄 알겠는데요." 나는 짓궂은 얼굴로 이죽댔다.

"들어 봐, 들어 보라고. 너는 남자랑 여자가 연애를 한다고 치면, 서로 원하는 게 같아서 하는 거라고 생각해?"

"그건 아니겠죠. 각자 다른 사람이니까."

"그럼, 물론이지. 당연한 거야. 기본적인 내용이지. 경제학원론에서 배우는 내용이라고. 무역도 서로 비교우위가 있는 나라들끼리나 하는 거지. 서로 원하는 게 똑같으면 아무 거래도 일어나지 않는 거거든. 어때?"

"아직 잘 모르겠는데요."

"대학 나온 다음에 더 멍청해졌구만, 애가. 갑자기 전화해서 이상한 얘기나 하더니⋯⋯. 잘 들어. 남녀관계에서 남자가 원하는 것과 여자가 원하는 건 완벽하게 달라. 어디 볼까? 여자는 남자랑 뭐 하려고 사귈까? 응?"

"글쎄요, 사람마다 다르지 않을까요? 누구는 돈이 필요해서 만날 수도 있고, 누구는 사랑이 필요해서 만날 수도 있고⋯⋯."

"오, 사랑! 아주 좋은 의견이야!" 형은 느닷없이 말허리를 잘랐다. "그런데 있지, 그게 니가 지금 겪고 있는 문제의 핵심이라는 거야. 너는 사랑이라는 걸 믿어? 정말로?"

"네?" 나는 어이가 없었다. "믿고 자시고⋯⋯. 실제로 존재하고 눈에 보이는 거잖아요. 사랑이라는 게 없으면 왜 연애를 하고 결혼을 하게요?"

"이런, 이런 불우한 중생이 다 있군. 하기야⋯⋯, 내가 아끼던 동생이니까 하는 말이야, 이건. 다른 사람이 지금 너 같은 뻘소리 하고 있으면, 나는 그냥 일어나서 나갔을 거라고. 야, 여자가 연애에서 원하는 건, 요약하자면 안정감이라는 거야. 심리적인 안정감, 경제적인 안정감, 외부로부터 오는 폭력으로부터 방어되는 물리적인 안정감⋯⋯. 왜냐? 여자는 본질적으로 불안정한 존재거든!"

"방금 말은 좀 위험한데요. 다른 데선 이런 말 안 하죠?" 내가 물었다.

"당연히 안 하지. 너니까 하는 말이야. 어디 도청장치없지? 하하……. 뭐, 나 같은 변호사는 괜찮아. 판검사놈들이야 따지면 공무원이니까 문제가 되겠지만."

"아니, 뭐 그런 문제가 아니라요. 도덕이나 윤리적인 소재 아닐까요, 이건……."

"아, 도덕, 윤리, 지긋지긋해. 아주 그냥, 그래서 내가 변호사를 한 거야. 변호사는 당위 같은 게 없거든. 합리적 계산과 판단이 있을 뿐이지. 그래, '내 판단으로 봤을 때' 여자는 불안정해. 동시에 불완전하고. 세상 모든 통계가 그걸 말하고 있고. 당장 우리 업계만 해도 그래. 실적들 따져 보라고. 여자 변호사가 맡아서 승소한 게 많은지, 패소한 게 많은지 말이야."

"아, 됐어요" 나는 더 이상 말하는 게 의미가 없을 것 같았다. "본론이 뭐예요? 그래서"

"아, 그래. 본론. 본론은 여자는 안정감을 원하고……. 남자는 연애로부터 뭘 원하겠어? 응? 당연히 섹스지! 두말할 것 없어! 어떤 미친 새끼가 '나는 심리적인 안정감이 부족해서 여자를 만나고 싶어' 라고 말하냐고? 그냥 섹스를 하고 싶으니까 여자를 만나는 거야. 이건 도덕적이고 윤리적인 문제를 떠나서 그냥 사실이지! 사실!"

"그래서 그게 거래라는 건가요? 안정감과 섹스……."

"맞아. 그렇지. 사실 안정감이라는 건 여자나 원하지 남자는 원하지 않는 거야. 왜? 스스로도 충분히 안정감이 있거든. 혼자 밥 먹고 사는데 지장 없고, 여자가 곁에 있어봤자 문제 해결 같은 데에는 방해가 될 뿐이야. 그리고 섹스는? 물론 섹스에 미쳐 가지고 남자나 쫓아다니는 족속들이 없지는 않지. 근데 대부분의 여자는 섹스를 필수적인 거라고 생각하진 않아. 솔직히 싫어하는 여자도 많지. 남자들은 그저 욕구 해소를 위해 섹스를 하고, 여자는 거기에 소비될 뿐이야. 물리적인 통증도 있고, 성병의 위험도 있고, 심리적으로도 박탈감이 들거니와 섹스를 많이 할수록 자신의 사회적 가치가 떨어진다고도 생각하기 때문에……. 그런데 왜 남자랑 섹스 따위를 해 주냐고? 남자가 그걸 원하기 때문에, 그리고 여자도 남자에게 원하는 '안정감'이라는 게 있기 때문이라는 거야! 그걸 '거래' 이외의 다른 단어로 표현할 수가 있을까?"

"형이 그런 생각을 갖고 있는 줄은 몰랐네요. 저는……."

"아! 나라는 인간에 대해 윤리적인 실망을 했다? 그래도 어쩔 수 없어! 나는 없는 말은 못 하겠거든. 이게 꿈도 희망도 없는 이야기라는 건 나도 알아. 근데 봐 봐. 이런 문제를 인지조차 하지 않고, 세상에 진정한 사랑이라는 게 있다는 듯이, 서로 원하는 걸 숨겨가며 가식적인 웃음이나 지으면서 거짓된 관계를 이어가는 게 더 도덕적으로 문제가 있는 거 아냐? 야, 그럼 일반적인 연애의 경과를 그려 보자고. 일주일에 한 번씩 만나서 데이트를 하는 그런 연인을 상정해 봤을 때, 주말을 앞두고 만났다, 그럼 남녀는 각자 뭘 하지?"

"아." 그쯤해서 나는 이 대화에 진력이 났다. 아무래도 상관없다는 기분이 들었다. "만나서 밥 먹고, 공원가서 산책하고, 영화보고, 한강이나 펍 같은 데 가서 술이나 한잔하고, 그 다음에는, 모텔가서 섹스나 하겠죠, 뭐……."

"그래, 그거야. 근데 그 일반적인 데이트 과정이야 말로 완벽한 거래라는 거지. 막말로, 남자한테는 제일 마지막의 '모텔가서 섹스'만 있어도 상관없을 거야. 여자한테는 '모텔가서 섹스'라는 부분을 제외한 다른 부분만 있어도 상관없을 거고. 여자랑 같이 좆도 재미없는 산책이나 하고, 커피나 마시고, 동네 밥집이랑 별반 차이도 없는 맛집 탐방이나 가고, 세상 즐거운 척 돌아다니면서 사진사 노릇이나 하면서, 여친 인스타를 더 화려하게 꾸며주는 데 기여하는 걸 진심으로 기뻐하는 남자가 어딨겠어? 솔직히 존나 피곤하지. 차라리 피씨방 가서 하루 종일 게임이나 조지는 게 훨씬 재밌지 않겠어. 아니면 집에서 잠을 자든가. 근데 여친과의 이 피곤하고 짜증나는 시간을 버티는 이유는, 오직 섹스를 위해서인 거야. 내가 이쯤 참아 줬으니 좀 대달라, 뭐 그런 거 아니겠어?"

"이야, 방금 건 진짜 천박한데요." 나는 진심이었다.

"그래, 본디 인간이라는 게 천박하지." 형은 아랑곳하지 않았다. "그런데 여자도 본능적으로 거래라는 걸 아는 거야. 그래서 별로 내키지 않아도, 피곤해도, 모텔에 가서 옷을 벗고 섹스에 임하는 거라고. 별 느낌도 없는데 괜한 소리를 내고, 흥분한 척 시늉을 하고, 오르가즘 흉내도 내고, 자궁 앞쪽이나 질 입구가 따갑고 아파도 꾸역꾸역 참아가면서……."

"아!" 나는 자리에서 벌떡 일어났다. 도저히 버티지 못할 것 같았다. "변호사 생활이 얼마나 힘든지 대강 알겠어요. 어떻게 하면 이 정도로 인간에 대한 혐오가 생길 수 있을지……. 오늘 시간 내 주셔서 고마워요. 근데 저는 괜히 물어 봤다는 생각이 들어요. 솔직히 말하면 그래요. 저는, 형이 칠 년 넘게 원만한 연애를 해 왔다는 거에 존경심까지 갖고 있었거든요. 누굴 만나든 일 년을 못 가는 저랑 다르게. 그래서 형이나 형수님한테는 뭔가 다른 게 있나, 진심으로 서로의 마음을 나눌 수 있는 방법이라는 게 존재하나, 그런 마음으로 물어본 거였다고요. 근데, 형이 말한 걸 미뤄보면, 저는 앞으로 연애라는 걸 하고 싶지 않을 것 같아요. 정말 그게 남녀간에 이루어지는……섹스와 안정감의 거래에 지나지 않는다면요. 그런 게 무슨 쓸모가 있어요?"

"그래! 잘 생각했어!" 진심으로 활짝 웃으며 말하는 형에 모습에, 나는 소스라치게 놀랐다. 형은 넋이 나간 채 서 있던 내 손을 꽉 잡아당겼다. "세상에 니가 문란하게 살지 않을 이유가 단 하나도 없단 말이야! 넌 아직 젊고, 얼굴도 반반하고, 몸도 좋고, 명문대 출신에, 돈도 시간도 많아. 나 따위야, 니 말대로 칠 년 동안 무미건조한 거래를 해 왔을 뿐이지. 그나마 우리 사이에는 아주 작은 교집합이라도 있기 때문에 할 수 있었던 일이야. 나 역시 안정감이 조금은 필요했거든. 아버지가 돌아가시고 나서는……. 넌 그럴 필요가 없어! 가서 어떤 여자와도 만나 봐. 혹시 모르지. 니가 느낀다는 그 공허감이라는 걸, 니가 가진 어떤 걸 받는 대가로 채워 줄 사람이 있을지도 몰라, 안 그래? 하하……."

형은 쉬지 않고 말했다. 집에 걸어갈 힘조차 다 빼앗겨 버린 나는 그 상태로 주저앉았다. 그리고 말도 없이 술을 몇 병이나 더 들이부었다. 나는 그날 밤 정신을 잃고, 만취한 상태로 신사동 근처를 어기적거리며 배회했다.

가로수길에서 그리 멀지 않은 곳에 내 아파트가 있었다. 잠에서 깨 정신을 차릴 겨를도 없이 숙취가 밀려왔다. 머리가 으깨지는 느낌이었다. 화장실로 곧장 달려가 구토를 하고, 텁텁한 입을 가글로 헹궜다. 휴대폰을 찾으러 돌아온 방에는 모르는 여자 하나가 침대 위에서 벌거벗은 채 잠들어 있었다.

그 여자와는 한 달이 조금 넘게 사귀다 헤어졌다. 그즈음 형은 '7년간 사귄 여자친구와 마침내 백년가약을 맺게 되었습니다'로 시작하는 장문의 청첩 메시지를 보내 왔다. 나는 한참을 고민하다 메시지를 지워 버렸다.

<신자유주의>

22

야간 편의점을 지키는 일은 대개 따분하다. 밤 열 시부터 오전 아르바이트가 오는 오전 여덟 시까지, 열 시간에 달하는 시간 동안 내가 하는 일이라고는 손에 꼽을 정도로 적다. 매대 정리, 재고 관리, 매장 청소, 손님 응대, 계산, 그리고 다음 알바가 오기 전에 인수인계 정리를 해 두는 것 정도가 주요 업무인데, 실상 가장 애를 써야 하는 일은 '잠들지 않고 버티는 것'이다.

이렇듯 편의점 알바가 하는 일이란 늘어놓고 보면 참 단순한 일들뿐이다. 다만 젊은이들은 일이 너무 단순하다는 이유로 이 일을 시작했다가, 정확히 같은 이유로 돌연 그만둬 버린다. 나처럼 무려 오년 동안, 심지어 삼십 줄을 막 앞둔 시점까지 계속 일하는 경우는 무척 드문 케이스인 셈이다. 편의점 알바라는 일 자체가 오래할 것이 못 된다고 생각해서인지, 아니면 자기 자신이 편의점이나 지키기엔 너무 아까운 인간이라 느껴서인지는 잘 모르겠다.

그날은 폐기 식품이 유독 많았다. 지난 일주일동안 수확이 적었기 때문에, 마침 식비 부담이 절정에 달했던 나로서는 참으로 다행스러웠다. 나는 폐기 식품 가운데 맨 앞에 있는 고추장

불고기 맛 삼각김밥을 하나 먹어치웠다.

첫 복통은 자정 무렵에 있었다. 난 매대를 대강 정리한 다음 카운터에 앉아 휴대폰을 하고 있었고, 어느 순간부터 아랫배가 꽉 눌리는 느낌을 받았다. 그날 먹은 음식이라곤 점심의 컵라면과 출근 직후에 먹은 삼각김밥 뿐이었는데. 나는 그저 스트레스를 많이 받았겠거니 하고, 신호가 오면 잠깐 편의점 문을 닫고 화장실에 갈 요량으로 버티기 시작했다.

편의점은 큰 도로변에 있었다. 주위에는 온통 빈 상가와 사무실, 일찍 문 닫는 식당들만 있었고, 걸어서 오 분 거리에 있는 오피스텔을 제외하면 가정집이라 할 만한 곳이 없었다. 그래서 자정에서 새벽까지는 손님이 거의 없다. 어떤 날에는 해가 뜨기 전까지 단 세 명만이 편의점을 찾았다. 그런 주제에 어째서 야간 영업을 하는지는 모르겠다. 아마도 본사와의 계약 조건이 연중무휴에 이십사시간 운영이었던 게 아닐까 추측만 해 볼 뿐이다.

이날도 별다를 건 없었다. 새벽 두 시까지 손님은 고작 다섯 명에 그쳤다. 기억나는 건 새벽 한 시 쯤의 손님이었는데, 이십 대 중후반쯤 돼 보이는 젊은 남자가 한 여자를 등에 업은 채 들어왔다. 여자는 멀리 카운터까지 술냄새가 진동할 정도로 만취한 모양이었다. 손이며 팔이며 몸통이 중력에 따라 축 늘어지는 것이 시체와 다를 바 없었다. 그런 여자를 업은 상태 그대로 편의점 구석의 현금인출기로 다가간 남자는 몇만 원을 인출하곤 곧장 가게를 빠져나갔다. 신경이 좀 쓰이긴 했지만 나로선 달리 할 수 있는 일도 없었다.

두 시가 조금 넘어서, 나는 편의점 문을 잠근 다음 화장실로 향했다. 복통이 더욱 심해져 아랫배는 물론 윗배까지 콱콱 쑤셔댔다. 양손으로 배를 부여잡고, 좁아터진 화장실에서 십 분을 넘게 앉아 있었지만 도저히 나올 기미가 없었다. 마침 멀리서 '아무도 없어요?' 하고 남자가 고함치는 소리가 들렸다. 나는 공연히 변깃물을 내리고, 금방 카운터로 돌아가 계산을 마쳤다. 남자는 담배 한 갑을 손에 들고 왔던 길을 향해 되돌아갔다.

새벽 세 시 반쯤 돼서 화물 트럭 한 대가 편의점 앞에 멈춰섰다. 주말을 앞둔 평일에는 늘 발주 물량이 만만찮다. 난 기사님과 함께 수십 개의 소주 병과 막걸리 병이 든 플라스틱 박스며 잡화 무더기들을 가게 안쪽으로 옮겼다. 몸이 좋지 않아서인지 평소보다 더 무거운 느낌이었다. 기사님이 돌아갈 즈음에 나는 땀으로 범벅이 돼 있었다. 난 물량이 오는 대로 즉각 정리하는 편이었지만, 이날만큼은 현기증이 돌아 카운터에서 잠깐 쉬었다 하기로 했다.

얼마지 않아 오십 대 쯤 돼 보이는 아저씨 한 명이 들어왔다. 꾸깃꾸깃한 지폐와 동전 몇 개로 막걸리 한 병을 계산하더니, 곧바로 가게 구석 테이블로 가서 주저앉았다. 추레한 갈색 자켓에 낡은 카고바지를 입고, 혼자 술판을 벌이는 모습을 본다면 그 아저씨가 부랑자라는 사실쯤은 누구나 알 수 있을 것이다. 내 주제에 나보다 더 굶고 사는 사람을 무시할 생각은 없지만, 퀴퀴한 냄새는 물론이거니와 혼자 뭐라 중얼거리는 등 여간 귀찮은 존재가 아니었다. 멀쩡할 때 와도 골치가 아픈데, 제대로 몸 가누기도 쉽잖은 상황에 만나자니 재수 옴 붙었다 싶었다.

나는 카운터에 그대로 엎드려 있었다. 얼마나 정신이 없었는지 금방 다섯 시가 넘어간 것도 알아채지 못했다. 겨우겨우 정신을 차린 상태로 가게 내부를 둘러봤다. 부랑자 아저씨는 테이블에 퍼질러 누운 채 잠들어 있었다. 막걸리 병은 텅 비었고, 발밑에 떨어진 담배꽁초를 보니 가게 안에서 담배도 피운 것 같았다. 깨워서 한소리 하고 싶은 마음이 굴뚝 같았다.

하지만 당장은 눈앞이 핑핑 돌아 아무것도 할 수 없었다. 난 그때 처음으로 이마에 손을 대 봤다. 내 손은 이미 뜨거워 땀에 절은 상태였는데, 내 이마는 그보다도 훨씬 뜨겁게 느껴졌다. 내가 단순한 배탈이나 감기 따위에 걸린 게 아니라는 걸 그제서 깨달은 것이다. 입고 있던 옷은 흠뻑 젖어 무거워졌고, 온 몸에 오한이 돌아 손발이 와들와들 떨렸다.

뭐라도 해야 할 것 같은 기분이 들었다. 그러나 편의점 주위에는 가로등 불빛 이외에 아무 것도 없었고, 사람이라곤 가게 구석에서 시체처럼 잠들어 있는 아저씨밖에는 없었다. 다음 알바가 도착하기까지는 세 시간이나 남았다. 몇 분쯤 고민한 끝에 사장님께 전화를 걸었다. 난 사장님에게 전화를 걸어본 일이 거의 없었다. 하물며 그 시간에 전화를 건 것은 지난 오 년 가운데 처음 있는 일이었다. 그래서 그 시간에는 사장님이 전화를 받지 않는다는 걸 전혀 몰랐던 것이다.

나는 급한 대로 가게에서 해열제를 찾아 먹기로 했다. 사장님은 폐기 처리된 식품 이외에 다른 물건을 알바가 쓰는 것에 무진 화를 내곤 했는데(정상적으로 돈을 내더라도 그랬다), 너무 아파서 약 한 알 꺼내 먹는 것 정도는 이해해 주리라 생각했다. 그러나 매대에는 안 듣기로 유명한 소화제 두 통, 뿌리는 파스 세 통 그리고 밴드 여섯 통이 전부였다. 해열제며 진통제는 재고가 다 떨어진 지가 이틀은 됐는데, 오늘이 돼서야 겨우 물건이 들어온 마당이었다. 나는 편의점 곳곳에 늘어진 박스를 뒤져 가면서 필사적으로 약을 찾았지만, 도무지 보이지 않아 그만뒀다.

여섯 시가 다 되자 가게 유리벽 바깥으로 어슴푸레한 빛이 감돌기 시작했다. 해가 뜨는 모양이었다. 평소 이맘때의 나는 가게 밖으로 나가 이른 아침 공기를 듬뿍 들이마시곤 했는데, 열이 펄펄 끓는 마당에 그럴 겨를이라곤 없었다. 아저씨는 급기야 코를 골기 시작했다. 얼마나 시끄러운지 안 그래도 아픈 머리가 금방이라도 깨질 지경이었다. 몸이 멀쩡했다면 그 아저씨를 마구 두들겨줬을 텐데.

병원에 가고 싶었다. 카운터 위에 놓여 있는 휴대폰을 겨우 집어 들었다. 사장은 여전히 전화를 받지 않았다. 결국 지도 앱을 켜서 가장 가까운 병원을 찾았다. 차로만 십 분이 넘게 걸리는 곳이었다. 걸어서는 갈 수 없는 곳이었다. 119를 부르자니 가게를 지킬 사람이 없었다. 나 하나 아프다고 가게 문을 닫아 버릴 수도 없는 노릇이었다. 교대하러 온 다음 알바는 당황할 것이고, 무단으로 영업을 중단한 것 때문에 사장과 본사 사이에 분쟁이 생긴다면 더더욱 큰일이었다. 난 휴대폰을 내려놓았다.

젊은 여자 손님 한 명이 가게 문을 열고 들어왔다. 몇 시간만의 손님이었다. 꽤 높은 구두를 신고 있었던 여자는 또각또각, 굽소리를 내며 들어와 가게 내부를 쭉 돌았다. 아저씨는 여전히 코를 골며 자고 있었고, 나는 카운터에 비틀거리며 서 있었다.

오 분쯤 지났을까. 여자는 옥수수수염차 두 병을 카운터에 내려놓았다. 난 손끝에 겨우 힘을 줘 가면서 바코드를 찍었다. 그러자마자 포스기에서……,

"삑! 투 플러스 원 행사 상품입니다!"

나는 순간 욕지거리가 나올 뻔했던 것을 간신히 참았다. 그리고 얼빠진 표정으로 서 있는 여자더러, 돌아가서 같은 제품을 하나 더 가져오시겠냐고, 최대한 정상적인 목소리로 말했다.

"어, 이거 두 개가 전부던데요?"

여자의 대답에 나는 하늘이 무너지는 것 같았다. 이 상태에서 냉장실에 들어갔다간 시체가 돼서 나올 게 분명했다. 결국 나는 '남은 재고가 하나도 없다'고 거짓말을 했다. 그러자 여자는 세상 어이없다는 표정을 짓고는 가게에서 나갔다. 난 그대로 카운터에 쓰러져 십 몇 분간을 뻗어 있었다.

그 시각 가게 앞 도로에는 차가 몇 대 돌아다니기 시작했다. 개중에는 '빈차' 표시 등이 켜진 택시도 간혹 있었다. 고열은 전혀 가라앉지 않았으며, 현기증은 깨질 것 같은 두통과 함께 더욱더 심해졌다. 아저씨는 아직도 코를 골며 자고 있었다.

난 더 이상 제정신이 아니었다. 편의점이고 뭐고 어떻게든 이곳을 벗어나 병원으로 가야겠다는 일념에 사로잡혔다. 곧 편의점 유리문에 붙은 잠금장치에 열쇠를 꽂아 돌리자, 철컥하는 소리와 함께 가게 문이 잠겼다. 가게 안은 아직도 불이 켜져 있었다. 테이블에 엎드려 자는 아저씨도 그대로 비쳐보였다. 나는 그 광경들을 뒤로하고 도로를 향해 절룩거리기 시작했다.

편의점 입구와 도로 사이에 있는 인도는 기껏해야 차 두 대가 지나갈 정도의 너비였다. 그러나 이제 막 편의점을 빠져나온 내게 도로는 너무 먼 곳에 있는 것처럼 보였다. 시야도 불분명했다. 아까보다 해가 더 떴는지, 약간 밝아졌다는 느낌 외에는 아무 것도 알아차릴 수 없었다.

목에 힘이 들어가지 않아 머리가 이쪽저쪽으로 흔들렸다. 덕분에 방향감각이 엉망이었지만, 어떻게든 본능에 의지해 도로를 향해 전진했다. 조금씩, 아주 조금씩……그렇게 하면 언젠가 도로에 다다를 것이고, 곧 택시를 잡아타서 병원에 갈 수 있을 것이다.

나는 도로를 향해 기어가는 도중에, 딱 한 번 뒤를 돌아봤다. 가게 내부의 하얀 불빛이 깜빡거렸고, 어느새 잠에서 깨어난 아저씨가 괴성을 지르며 가게를 난장판으로 만들고 있었다. 매대를 발로 차 쓰러트리고, 카운터를 향해 물건을 마구 던졌다. 아마 자신이 가게에 갇혔다고 생각하는 모양이었다. 유리문 아래의 잠금장치를 돌려 따고 빠져나오면 될 일이지만, 그럴 정신이 아저씨에게 있을 리 없었다. 나는 몸을 반대로 돌려서, 편의점에서 내뿜는 불빛을 향해 다시 엉금엉금, 기어가기 시작했다. 이게 내가 마지막으로 기억하는 장면이다.

나는 지금 병상에 누워 있다. 의사는 내 두뇌가 사십 도를 훌쩍 넘어가는 고열로 인해 돌이킬 수 없는 손상을 입었다고 했다. 그 결과 언어능력과 운동능력을 대부분 상실해서, 소위 식물인간으로 불리는 신세가 됐다. 독감이 이토록 무서운 병일 줄이야, 이렇게 되기 전까지는 전혀 몰랐다. 전에도 내가 할 수 있는 일은 편의점 야간 알바 정도였지만, 이제는 그마저 사라지고 이렇게 혼자 생각하는 것 하나밖에 남지 않았다.

먼 지방에 계시던 어머니는 그날부로 서울에 올라와 날 간호하셨다. 욕창이 생기지 않게 매일같이 내 등을 닦아주시는데, 정작 당신이 흘리는 눈물은 닦지 못해서 내 어깨죽지며 손등에 뚝뚝 흘리시곤 한다. 그럼 나는 잘 떠지지도 않는 눈이나 몇 번 깜빡여 본다.

어머니는 내게 아무 말도 하지 않으셨다. 그래서 나는 그 뒤로 편의점이 어떻게 됐는지, 아저씨는 어떻게 빠져나왔는지, 여덟시가 조금 넘어 도착했을 알바가 정상적으로 인수인계를 할 수 있었는지, 점심시간이 다 돼 잠에서 깬 사장이 내게서 온 부재중 전화를 보고 어떻게 했는지, 그날 내가 정리 못한 물량은 누가 정리했는지, 지금쯤 텅 비어 있던 상비약 코너가 도로 꽉 채워졌는지, 지금 상황에 책임지겠다고 나선 사람이 과연 있는지, 그 어떤 사실도 확실히 알 수 없었다. 다만 딱 한 가지, 내가 아는 확실한 사실이 있다면……머잖아 편의점에 새로운 야간 알바가 필요하다는 것이다.

<알바, 천국>

23

엄마와 마트에 가면 늘 분홍소시지 한 줄을 사왔다. 천 원도 안 하는 그 소시지를 쑹덩쑹덩 잘라서, 계란 한 알 풀어 담근 뒤 지져먹는 것이 우리 집 나름의 특식이었다.

시간이 좀 지나서, 나는 그 분홍소시지의 정체가 고기는커녕 어묵 냄새만 조금 나는 밀가루 덩어리라는 걸 알게 됐다. 엄마에게는 비밀로 하기로 했다. 대신 세상에서 이 분홍소시지가 제일 맛있다고, 매일 먹어도 질리지 않는다고 웃으며 말했다. 생각해 보면 나는 참 기특한 아이였다. 사실 분홍소시지의 정체를 알았다 한들 별 도리도 없었을 것이다. 어차피 그 분홍소시지 말고는 마트에서 우리 모자가 살 수 있는 소시지라곤 하나도 없었으니까.

돈이 없어도 소시지를 먹고 싶은 마음까지 없을 순 없다. 분홍소시지는 우리 모자의 가난한 욕구를 양껏 채워 줬다. 심지어 집에 밥 한 톨 없을 때도 분홍소시지만큼은 남아 있었다. 난 그럴 때마다 냉장고에 꽁꽁 싸 놓은 소시지를 꺼내서 딱 손가락 두 마디만큼 잘라 우걱우걱 씹어 먹곤 했다. 더 잘게 썰어서 라면에라도 넣어 먹을 때면 그 맛이 기가 막혔다.

    분홍소시지는 저렴한 가격치고 찾는 사람도 얼마 없었다. 비엔나소시지며 베이컨이 다 팔리는 경우는 있어도, 분홍소시지만큼은 마트 냉장 칸 맨 왼쪽 구석에 항상 무더기로 쌓여 있었다.

    그런데 하루는 늘 있던 자리에 분홍소시지가 없었다. 가격표는 그대로 있는데 상품이 하나도 남지 않았던 것이다. 나는 하도 안 팔려서 자리를 옮겼겠거니 하고 마트 직원에게 분홍소시지가 어디 있느냐고 물었다.

    "거기 없으면 없는 건데요. 있는 재고 몽땅 빼 놓은 거라서."

    뜻밖의 답변이었다. 나와 엄마는 잔뜩 벙찐 표정으로 집에 돌아갔다. 장바구니에는 계란 세 알과 토마토케첩 한 통이 들어 있었다.

    한동안 분홍소시지는 불티나게 팔렸다. 마트 안쪽에 산더미처럼 쌓여 있을 때도 거들떠보지 않았던 사람들이, 이제는 재고가 남아나지 않을 정도로 마구 사 대고 있었다. 덕분에 엄마와 나는 몇 번이나 허탕을 쳐야 했다. 우리는 누런 밥을 보리차에 말아서 김치와 함께 먹었다.

    한편 주위의 친구들 집 안팎에서 분홍소시지를 계란에 부쳐 먹었더니 그렇게 맛있을 수가 없다, 하는 얘기가 들려오곤 했다. 나는 어이가 없었다. 대관절 무슨 조화가 있어서 사람들이 안 먹던 분홍소시지를 다 먹는단 말인가? 억울한 나머지 마트 직원에게 물어봤더니 "다 드라마 때문"이라는 대답을 들을 수 있었다.

    그때 한창 인기몰이를 했던 텔레비전 드라마였다. 재벌가의 아들로 태어난 남자 주인공이 어느 날 실종돼서, 달동네의 어느 흙수저 집안에 거둬져 가난한 유년 시절을 보낸다는 뻔한 내용이었다. 그런데 이 주인공이 분홍소시지를 계란에 부쳐 먹는 장면이 유독 인기를 끌었고, 그 덕분에 재벌가에 돌아가서도 그맛을 잊지 못한 나머지 옛날에 살던 집을 찾는다는 설정이 붙어버린 것이다. 이 바람에 우리 모자는 늘 먹던 분홍소시지도 못먹게 됐고, 난 아침댓바람부터 반찬투정을 하다가 머리를 몇 대나 얻어맞았다. 억울하기 짝이 없는 일이었지만 별달리 할 수있는 일도 없었다. 유행이 다 지나가기까지 간장계란밥이나 몇번 해 먹었을 뿐이다.

분홍소시지 열풍은 한 달도 안 돼 완전히 끝났고, 사람들은또 다른 유행을 좇아 떠났다. 재고는 딱 예전만큼 쌓였으며 올랐던 가격도 원래대로 돌아왔다. 우리 모자의 밥상에는 다시금계란에 부친 분홍소시지가 올라왔다.

그러나 그 분홍소시지는 분명 예전의 분홍소시지와 달랐다. 가난해도 배부르고 싶은 마음은 온데간데없고 사람들이 실컷먹다 남기고 간 가난만 덩그러니 놓여 있었다. 나는 늘 그래 왔듯이 분홍소시지 한 점을 밥 숟갈 위에 얹어 입에 넣었다. 씹을때마다 밀가루의 질감과 저질의 냄새가 치고 올라왔다. 정말 더럽게 맛없는 소시지였다.

<빈곤 속의 풍요>

24

"비가 올 때 무슨 생각을 하나요?"

터무니없는 질문이었다. 그러나 질문이란 단순하면서 터무니없을 때 가장 오랫동안 살아남는다. 인생이란 무엇인가, 나는 뭐가 되고 싶은가, 당신은 대체 어떤 사람인가, 하는. 이런 질문들은 이렇다 하고 정해진 답도 없거니와, 간혹 적당한 대답을 내놓더라도 얼마 안 가 낡고 녹슬어가다가 흐릿해진다.

집으로 돌아가는 길에 비가 내렸다. 요 며칠 흐리고 습기 찬 나날이 이어지더니 기어코 하늘에 구멍이 난 모양이었다. 이따금 후두둑 떨어지던 큰 빗방울들이 이제는 시야에 세로줄을 긋고 있었다. 언젠가 비가 올 줄은 알았지만 가방에 우산이 없는 줄은 몰랐다.

나는 와르르 쏟아지듯 흩뿌리는 비 사이를 냅다 달렸다. 신발 밑창에 고인 빗물이 철퍽거리며 달라붙었다. 맞아보니 실로 무지막지한 비였다. 빗방울 하나하나가 얼마나 묵직했던지, 내리는 비에 젖기보다는 마구 두들겨 맞는다는 느낌이었다. 나는 코너에 몰린 복서처럼 머리를 감싼 채 계속해서 달렸다.

정류장에 도착할 무렵에도 비는 잦아들 기미가 보이지 않았다. 도로 주변으로 사람들이 가득 우산을 들고 서 있었다. 그 사이 나는 축축하고 습하며 한편으론 찌는 듯이 더운 버스 내부에서 이곳저곳으로 부대끼는 장면을 떠올렸다.

사람들이 모여 있는 곳으로부터 횡단보도를 건너 지났다. 건너편 길에는 사람이 별로 없었다. 일단은 적당한 건물 그늘을 찾아 들어가서, 흠뻑 젖은 머리카락이며 팔뚝과 다리에 들러붙은 물기를 털어 냈다. 그리고 숨을 한 번 크게 쉬었다. 고개를 들어 도로 쪽을 바라봤다.

비는 줄곧 쏟아져 내릴 모양이었다. 빗발이 어찌나 거센지 도로 건너편이 안개가 낀 것마냥 뿌옇게 보였다. 그 앞으로 이따금 차가 지나갔다. 또 몇 대는 고깔을 쓴 것이 택시처럼 느껴지기도 했다. 그러나 '빈차' 표시 등이 켜 올려진 차량은 단 한 대도 없었다. 그마저도 일말의 기대조차 허락하지 않으려는 듯, 하나같이 더 속도를 내며 사라져 가는 것이었다.

'비가 올 때 무슨 생각을 하나요?'

무슨 생각을 하긴? 생각을 할 겨를이 있어야 생각이란 걸 하지. 애당초 이렇게 쏟아지는 빗속에서는 아무 생각도 할 수 없었다. 조금이라도 덜 젖겠다고 시도를 해 보지만 얼마 안 가서 단념하고 만다. 그 즈음 나는 손끝에서 머릿속까지 빠짐없이 적셔진 상태다. 빗속에선 젖은 옷을 말릴 수 없다.

나는 준비도 없이 와서 당신을 만났다. 그렇게 비가 오면 비에 대한 생각밖에 할 수 없다. 흠뻑 젖어버린 뒤에는 다른 방법이 없다. 내 몸을 휘감고 있는 당신을 사랑하는 것 말고는…….

어느덧 시간이 흘러 집으로 향하는 택시에 탔다. 나는 택시 뒷좌석에 기대 누운 채 창밖을 바라봤다. 창밖에선 계속해서 비가 내리고 있었고, 나는 내리는 비를 보며 당신을 떠올렸다. 떠올릴 수밖에 없었다.

　시간처럼 비가 흘렀다. 봄은 저 멀리 떠나가 버렸다. 그리고 때마침 밀려드는 당신에게, 나는 지금 내리는 비가 장마인지 소나기인지를 물어볼 수밖에 없다.

<비가 올 땐 무슨 생각을 하나요?>

하염없이, 15×15, acrylic on canvas, 2019. 7

25

별 수 없이 갔던 면접 자리였다. 하고 싶은 일이어서가 아니라 무슨 일이라도 해야 해서 갔다. 그런데 그런 자리에서마저 퇴짜를 맞았다. 피치 못할 사정으로 면접을 취소하겠다고, 카페 주인이 아침에 보냈던 메시지는 내 스팸함에 처박혀 있었다.

면접도 못 봐 줄 정도로 피치 못한 상황이란 게 얼마나 된다고? 넌지시 물어보니 '그만두기로 했던 알바가 도로 되돌아왔다'며, 곤혹스럽고 미안하다는 얼굴로 대답하는 것이다. 그쯤이면 할 만큼 한 것이었다. 더 화낼 명분도 엄두도 남지 않아서 발길을 돌렸다.

일 좀 해 볼라 치면 항상 이 모양이었다. 어쩌면 세상에 내가 할 만한 일들은 벌써 누군가가 다 차지해 버렸을지도 모르는 일이다. 그래서 당장 내가 할 수 있는 일이라곤 안 되는 면접이나 다니며 거절 당하는 것에 지나지 않을지 모른다. 하기야 별 상관없었다. 내게 필요한 건 일이 아니라 애써 일하려 노력하는 모습 그 자체니까.

덥고 습한 날이었다. 하늘에 회색 구름이 드리워 역 주변이 어슴푸레했다. 면접 장소에서 가장 가까운 지하철역까지는 걸어서 오 분 거리였다. 얼마나 불쾌한 날씨인지 고작 그 거리를 왕복하는 데도 온몸에 땀이 고여 끈적거렸다.

지하철 입구는 출입하는 사람들로 바글바글했다. 그런 기분으로 전철에서 시달리는 걸 상상하자니 금방 난동이라도 부리고 싶은 심정이었다. 결국 나는 역 출구 코앞에 와서 택시를 타기로 결정했다. 이런 종류의 멍청함은 감히 날 따라올 사람이 없다.

택시는 좀처럼 잡히지 않았다. 이따금 택시 고깔이 보이긴 했지만 죄다 불이 꺼져 있었고, 꽃담황토색 차량들에는 이미 뒷좌석에 누가 타고 있거나 예약 장소로 가는 중이었다.

금방 잡힐 줄 알았던 택시였는데, 몇 분 동안이나 잡힐 기미가 없으니 속이 탔다. 안 풀리는 날은 뭘 해도 안 풀린다니까. 그쯤 되자 택시 예약 앱만큼은 쓰고 싶지 않았다. 택시 잡는 일조차 홀로 해내지 못한다면, 나는 앞으로 어떤 일도 스스로 할 수 없을 것 같았다. 별 희한한 데다 온갖 쓸데없는 의미를 갖다 붙이는 인간들은 정확히 이런 방식으로다가 불행한 법이다.

신호가 길어져 지나가는 차가 뜸해졌다. 자연스럽게 택시 잡기도 요원해졌다. 이렇게 되자 나는 한 시간이 걸리든 두 시간이 걸리든 택시를 타고 싶어져서, 갓길에 있는 난간에 걸터앉아 주위를 둘러보기 시작했다.

지하철역 출구 앞에는 나 말고도 누군가를 기다리며 휴대폰을 만지는 사람이 두어 명, 오가는 사람들에게 싸구려 전단지를 돌리는 할머니가 한 명 있었다. 바닥에 흩뿌려진 것들을 대강 훑어보니 역 앞에 있는 헬스장에서 일을 시킨 모양이었다.

불쾌지수가 높아서인지, 할머니는 어울리지도 않게 땀을 뻘

삘 흘리고 있었다. 그렇게 열심히 전단지를 내밀어도 받는 사람은 열에 세 명도 안 됐다. 그나마 전단지를 받은 사람들도 몇 걸음 걷다 길가에 있는 쓰레기통에 쑤셔 넣었다.

세상에 이렇게 비효율적인 현상이 더 있을까? 지나다니는 사람들은 전단지를 거들떠보지도 않는데 말이다. 각종 소셜미디어에 콘텐츠 마케팅이 판치는 이십일 세기에 그런 구닥다리 광고 방식이라니. 돈 낭비도 그런 낭비가 없었다.

'헬스장도 어지간히 장사가 안 되는 모양이지. 하긴 장사가 안 된다고 넋 놓고 가만 있을 수도 없는 노릇이겠지만.'

한편 그런 일로라도 몇 푼 벌어 보려는 할머니나, 그 별 것 아닌 종이 쪼가리 한 장조차 받아 주지 않는 사람들이나, 여기서 하릴없이 안 오는 택시를 기다리고 있는 나까지, 안쓰럽다면 전부 안쓰러운 인간들이었다.

이윽고 장대 같은 비가 쏟아져 내렸다. 소나기였다. 우수수 떨어지는 빗방울에 어떤 사람들은 우산을 꺼내 폈다. 준비가 안 된 사람들은 근처에 있는 아무 차양막 아래나 편의점으로 뛰어 들어갔고, 역 출구에서 나오지 않고 가만히 상황을 지켜보는 나 같은 사람도 제법 있었다. 갑작스레 들이닥친 소나기 앞에서 제자리를 지키는 사람이라곤 딱 한 사람뿐이었다.

할머니는 아랑곳 않고 전단지를 나눠주고 있었다. 물론 정확히 말하면 '나눠주고' 있던 건 아니었다. 그냥 전단지도 안 받아가는 판국에, 비에 젖은 전단지를 받아 가는 사람은 단 한 명도 없었던 것이다. 거기에 헬스장이 얼마나 돈을 아끼려 들었던 건지, 물이 닿은 족족 전단지의 잉크가 보기 흉하게 번져 나갔다.

어쩔 수 없었다. 뭐라도 할 수밖에 없었다. 난 그런 종류의 인간이었다. 지갑에 있던 돈을 전부 꺼내 손에 쥐고, 할머니에게 다가갔다.

"그만 집에 가세요." 내가 말했다.

"……뭐?" 할머니는 돌연 인상을 팍 써가며 대꾸했다. 귀가 잘 안 들리시는 듯했다.

"집에 가시라고요! 전단지 그만 돌리시고." 나는 빗소리보다 더 크게 말했다.

"다 나눠줘야 돈을 받는데."

"다 나눠주면 얼마 받으시는 데요?"

"삼만 원."

"여기 오만 원 있어요." 나는 손에 쥐고 있던 지폐를 내밀었다. "제가 그 전단지 다 살게요."

"……다 산다고, 이걸?"

"네. 살 테니까 이리 주세요. 그리고 집에 가서 푹 쉬세요."

"……"

할머니는 얼마간 내 눈을 응시하다가, 말없이 돈을 받은 뒤 쏟아지는 비 사이로 걸어 사라졌다.

나는 잉크가 덕지덕지 번진 종이 꾸러미를 쓰레기통에 욱여넣었다. 그 짧은 시간 동안 얼마나 비를 맞았는지, 지하철역 안으로 들어갈 무렵엔 물에 빠진 생쥐 꼴이 따로 없었다.

'그래도 땀은 씻어 냈단 말이지.'

그렇게 생각하니 한결 마음이 나았다. 오히려 꽤 시원스런 기분까지 들었다. 그래도 그 꼴로 객차 안에 들어가긴 부끄러워서, 개찰구 안쪽 벤치에 앉아 세 번이나 전철을 지나 보냈다.

계속 그렇게 기다릴 작정이었다. 흠뻑 젖은 옷이 마를 때까지.

하염없이.

<인생의 낭비>

26

하늘이 꿈틀거렸다. 잿빛 구름이 뒤틀리며 햇발을 가로막았다. 날씨는 무척 흐렸다. 해가 떴지만 저녁이 아니라는 것 정도만 겨우 알 수 있었다.

어머니의 유언에 따라, 우리는 아침 일찍부터 교회로 향해 장례식을 치렀다. 나는 식이 진행되는 내내 어떤 얼굴을 해야 할지 알 수 없었다. 주검이 된 어머니의 표정은 어쩐지 편안해 보였다.

동생은 용케 울지 않았다. 지금의 상황을 이해하고 있는지 어떤지는 모르겠지만, 검은 옷차림으로 의젓하게 서 있는 모습을 보자니 내심 형으로서 안심되는 구석이 있었다. 아버지가 돌아가실 당시의 나 역시 다섯 살이었다. 슬픈 상황인 줄은 알고 있었지만 울었던 기억은 없다. 어쩌면 다섯 살이란 죽음이나 영원한 이별로부터 오는 슬픔을 이해하기엔 너무 어린 나이일지도 모르겠다.

당장에 내가 느낀 감정이라면 슬픔보다 두려움에 가까웠다. 교회 로비에는 나나 동생이 얼굴 한 번 본 적 없는 아저씨, 아줌마와 할머니들이 잔뜩 서 있었다. 하나같이 비통해 마지않는 표정이었다. 운구 행렬을 둘러싼 사람들은 식이 이어지는 내내 울먹거렸고, 이따금 대성통곡하듯 슬피 흐느끼는 사람도 있었다. 생면부지의 사람이었지만 어쩌나 애통해하는지 상주인 내가 위로를 건네야 할 판이었다.

어느 정도 식이 마무리됐을 무렵이었다. 가장 먼저 떠난 것은 상조회사 직원이었다. 대여했던 상주용 양복은 도로 벗어 반납했다. 덕분에 우리는 늘 입던 먼지투성이의 티셔츠와 반바지 차림으로 되돌아왔다. 그 다음으로 장례예배를 주도한 목사님이 뒤돌아 사라졌고, 조금 전까지만 해도 앞이 캄캄한 듯 어두운 표정으로 따라 걷던 신도들이 하나둘 흩어져 나갔다. 사람들은 순서에 맞춰 자신들의 삶으로 되돌아갔다. 나와 동생만을 남겨둔 채 어머니의 죽음으로부터 완전히 떠났다.

나와 동생은 집으로 향하는 길 내내 무표정했다. 버스 내부는 제법 붐벼 빈 좌석이 하나뿐이었다. 나는 동생을 앉힌 자리 앞에 손잡이를 잡고 섰다.

식이 치러진 교회는 중심가 부근, 우리가 살던 아파트는 그로부터 차로 삼십 분 쯤 떨어진 교외에 위치해 있었다. 버스는 교회 근처로 잔뜩 펼쳐진 고급 아파트 단지를 이리저리 지나쳐 갔다. 그러다 잠시 멈춰 섰던 어떤 횡단보도 위로 말쑥한 차림의 아주머니 몇 명이 걸어 지나는 모습이 눈에 띄었다.

나는 멍하니 그 광경을 지켜보다가, 그 아주머니들이 조금 전 어머니의 장례식 한 가운데 서 있었던 이들임을 뒤늦게 알아차렸다. 제각기 시시덕거리는 표정하며 손에 하나씩 쥐고 있는 테이크아웃 커피 때문에 잠시 혼동했지만 분명 같은 사람들이었다. 그 무리는 고급 아파트 단지의 정문으로 유유히 걸어 들어갔다. 버스는 다시 출발해 정류장 몇 곳을 거쳐 지났다. 좀처럼 자리는 나지 않았다. 나는 하차할 때까지 줄곧 손잡이를 잡고 서 있었다.

임대아파트 단지에 들어서자 꿉꿉한 냄새가 났다. 전날 비가왔거나 흐리고 습한 날에는 으레 그런 냄새가 풍겼다. 우리는일 년에 수십 번도 넘게 맡았던 그 냄새가 어디서 나는 것인지알 수 없었다. 임대아파트 자체가 오래된 건물이기도 했거니와제때 쓰레기 수거가 되지 않을 때도 잦았기 때문이다. 정말이지냄새의 근원지를 찾아 모두 없애고자 한다면 그 아파트 단지 전체를 갈아 엎어야 할지도 모른다. 그 외딴 동네에서 재개발 이야기가 시도 때도 없이 오고간 것에는 이런 이유도 한몫했으리라 생각한다.

한편 어머니는 그 임대아파트 등지에서 풍기는 냄새를 유독역겨워했다. 꽤 잘 돼가는 듯했던 아버지의 사업이 실패하면서,추레한 트럭을 타고 이곳 아파트 단지로 이사 오던 당시에도'못 사는 동네 특유의 냄새가 난다'며 넌더리를 냈다. 어머니는끝내 그 냄새에 적응을 하지 못했다. 그래서인지 주말마다 차를타고 전에 살던 고급 아파트 근처 교회까지 예배를 하러 갔다.임대아파트 단지 바로 맞은편에도 조그마한 예배당이 있었지만, 어머니는 한사코 다니던 교회로만 가서 예배를 드렸다.

이상하게도 나나 동생은 그런 냄새가 견딜 수 없이 불쾌한적은 없었다. 어머니가 말했던 그 냄새가 대체 무엇이었는지도아직 모른다. 너무 어려서 발달하지 못한 감각이라도 있는 것일까? 아마 좀 더 자라 어른이 될 즈음엔 알 수 있을 것이다.

사백사호 우편함에는 며칠간 밀린 편지봉투가 가득했다. 나는 그 봉투들을 죄 뽑아 들었다. 엘리베이터는 두 대 모두 높은 층에 걸려 있었다. 버튼을 눌렀지만 한동안 내려올 생각이 없어 보였다. 하는 수 없이 계단을 걸어 올라갔다.

집안은 어두컴컴했다. 또 구석구석에 축축한 공기가 맺혀 있는가 하면 불과 며칠 전 목을 맨 어머니의 냄새가 여전해 현기증이 났다. 잔뜩 지친 동생은 집에 들어오자마자 이불더미 위로 드러누웠다.

나는 여덟 평짜리 아파트의 유일한 창문을 열어 젖혔다. 그리고 방 한 쪽 구석에 주저앉아 우편물들을 하나씩 뜯어보기 시작했다. 가장 먼저 임대아파트의 중앙관리사무소가 보낸 체납 관리비 독촉장이, 임차보증금 차감 안내장이 와 있었으며, 지방법원으로부터 도착한 강제퇴거소장에는 이틀 전 날짜가 찍혀 있었다.

그 일련의 편지로부터 겁을 집어먹지 않았다고 하면 분명한 거짓말이다. 정확한 의미까지는 몰라도, 꼼짝없이 고아가 돼 버린 우리 형제가 쫓겨나기 일보직전이라는 사실은 확실해 보였기 때문이다.

여기서 쫓겨나면 어디로 가야 하지? 머리가 아팠다. 부모님은 돈 문제로 양가 친척들과 척을 진 지 오래였다. 연락처도 몰랐거니와 누구 하나 장례식에도 찾아오지 않았다. 고아가 됐다한들 마땅히 의탁할 곳도 없었던 것이다.

별안간 눈앞이 깜깜해진 나는 마지막 남은 편지를 뜯어보기로 했다. 지역의 아동복지 담당부서에서 보내온 것이었는데, 내용은 다음과 같았다.

"안타깝게도 서면 요청하신 관할 지역에는 입소 가능한 보육원이 마련되어 있지 않습니다. 대신 해당 지역과 밀접한 지방의 보육시설 목록을 연락처와 함께 보내 드리오니 참고하시기 바랍니다."

나는 다 읽은 편지들을 그러모아 쓰레기통에 구겨 넣었다. 더 읽어야 할 편지가 없다는 생각이 들자 마음이 한결 편했다. 동생은 그새 잠들어 있었다. 방안 구석구석에 흩어진 이불을 들어 올렸다. 쌓여 있던 먼지가 나풀거리며 이상한 냄새를 풍겼다.

<귀천>

27

학원에 다니고 싶었다. 뭔가 배우고 싶은 마음에 했던 생각은 아니었다. 우리 동네에 사는 초등학생 가운데 학원을 다니지 않는 녀석은 나를 포함해 둘 뿐이었다. 나머지 한 명은 또래는 물론이거니와 한참 어린 꼬마애들마저도 바보로 여기던 장애아였는데, 다른 애들이 학원에 가고 나면 그 동네 바보와 단둘이 남게 되는 것이 싫었다.

딱히 그 아이가 싫다거나 개인적인 원한이 있었던 건 아니다. 다만 어린이들은 바보가 쓰던 지우개를 한 번 써도 바보가 된다고 믿는다. 하물며 바보랑 놀기라도 하면 바보 취급이야 당연한 것이었다. 생각해 보면 바보가 되는 것 자체보다는 바보 취급을 당하는 게 더 두려웠다. 딱히 나라고 바보가 아닌 것도 아닌데 말이다.

아무튼 나는 학원에 보내 달라고 무진 떼를 썼는데, 집안 상황이라는 게 떼를 쓴다고 나아지는 건 아니었다. 다른 애들 다 갔던 태권도 도장도 나는 못 갔다. 매일 저녁 나절이 될 때마다 슈퍼마켓 앞에는 흰색 승합차 한 대가 서 있었는데 곧 멋진 도복 차림을 한 동네 친구들이 나와 차에 올랐다. 나는 그 광경을 멀리서 지켜보는 것 밖에 도리가 없었다. 매월 팔만 원이면 삼시 세 끼를 라면으로 먹어도 남는 돈이었다.

그날 밤 꿈에서 나는 검은 띠 심사에 합격하는 꿈을 꿨다. 꿈에서 깬 나는 어처구니가 없었다. 흰 띠조차 매 본 적 없는 사람이라도 꿈은 꿀 수 있다니. 너무 생생했던 나머지 다음 날 저녁에는 그 흰 차에 그냥 올라타도 이상할 게 없을 것 같았다. 물론정말 타지는 않았다. 난 열 살도 되지 않은 꼬마였지만, 꿈과 현실을 구분하는 일쯤은 누구보다도 잘할 수 있었다.

그러나 외로움을 견디는 일만큼은 아무리 배우려 해도 잘 되지 않았다. 동네 바보와 놀지 않는 것은 내 마지막 자존심이었는데, 학교조차 가지 않는 여름방학만큼은 견딜 수 없이 지루하고 따분해서 그런 바보라도 곁에 있는 게 감사할 정도가 된다. 결국 나는 선심이라도 쓰듯이 동네 바보 민수와 친구가 돼 줬던 것이다. 실제로 민수는 내가 "할 거 없으면 같이 놀래?"라고 한 번 물어봐 준 것을 정말 대단한 일이라도 되는 양 받아들였다. 세상에 그만큼 불평등한 우정도 몇 없을 테다.

결국 난 민수와 매일 어울려 다녔다. 동네 어른들이 보기엔 아주 친한 단짝 친구처럼 보였을 것이다. 그게 싫었던 나는 항상 민수를 앞질러 걸었다. 그럼 민수는 또 바보처럼 "같이 가, 같이 가." 하면서 잰걸음으로 따라왔다. 난 민수가 너무 미웠다. 아마 세상에서 제일 미웠을 것이다. 세상에서 자신을 제일 미워하는 인간을 가장 친한 친구로 여긴다는 게 견딜 수 없이 짜증났다.

뭐 이런 바보 같은 놈이 다 있을까? 민수는 나보다 게임도 못하고, 달리기도 못하고(난 달리기를 못하는 편이었다), 철봉에 매달려 앞으로 한 바퀴 도는 것도 할 줄 몰랐다. 그래서 내가 다

가르쳐 줘야 했다. 민수는 나랑 한 달 동안 놀면서 멋진 모래성을 쌓는 법을, 놀이터에서 가장 높은 기구에 올라가는 법을, 라이터 장치를 분해해 전기총을 만드는 법을, 노란 고무줄로 별 모양을 만드는 법을 배웠고, 테니스 공을 빠르게 던지는 법과 누가 던진 공을 각목으로 쳐서 멀리 보내는 법도 배웠다. 나랑 놀면서는 차츰 말도 더듬지 않게 됐다.

민수는 배우는 게 무척 느린 데다가 말귀도 잘 못 알아먹었다. 그래서 내가 몇 번이나 소리를 지르며 성질을 내면 그제야 제대로 했다. 민수도 아예 학습 능력이 없는 건 아니라서, 가끔은 내가 봐도 꽤 잘 해내는 것도 있었고, 나는 '방금은 나쁘지 않았어. 물론 운이 좋긴 했지만'처럼 칭찬 같지도 않은 칭찬을 하곤 했다. 민수는 그 같잖은 칭찬을 들을 때마다 세상에서 제일 멍청한 사람처럼 웃었다.

민수는 내게서 많은 걸 배웠다. 그러나 떠나는 법까지 배운 줄은 꿈에도 모르고 있었다. 사실 떠나는 법이란 따로 배워야 하는 건 아니다. 그저 머물 수밖에 없는 사람이 한 명 있으면, 언젠간 주위의 누구라도 떠나는 사람이 될 수밖에 없다. 어느 날 민수는 해질 무렵이 되자 "가야 해, 이제 가야 해." 하고 생떼를 쓰기 시작했다. 순간 나는 어이가 없어서, '너 따위가 가긴 어디를 간다는 거냐'고 비아냥댔다.

오늘부터 피아노 학원에 간다는, 전혀 예상하지 못한 답변이었다. 민수는 그동안 바보여서 학원을 안 갔던 거지, 나처럼 돈이 없어서 못 간 게 아니었다. 그날 저녁, 나는 아파트 단지의 상가 2층에 있는 피아노 학원을 물끄러미 쳐다봤다. 학원 창문에는 노란 시트지로 만든 '○○피아노학원 개인 레슨'이라는 글자가 붙어 있었는데, 그 너머로 하얀 불빛이 새어 나와 어둑 둑한 건물 그늘을 비췄다.

닫혀 있는 학원 창문으로 피아노 소리가 흘러나왔다. 나는 상가 건물 뒤편에 주저앉아 있었는데, 민수의 차례는 직접 보지 않아도 대번에 알 수 있었다. 우리 동네에 '도레미파솔라시도' 조차 제대로 이어 치지 못하는 놈은 민수뿐일 테니까. 민수는 이후로도 몇십 번이나 실수를 했고, 나는 거의 일주일 동안 상가 뒤꼍에 앉아 연주 소리를 들었다.

그사이 민수는 "젓가락 행진곡"을 완벽하게 연주해 냈다. 절 망적인 기분이었다. 내가 민수에게 가르쳐 줄 수 있는 건 여전히 많았지만, 젓가락 행진곡을 치는 방법만큼은 가르칠 수 없었다. 학원에서 빠져나온 민수는 기다리고 있던 내게 와선, 젓가락 행 진곡을 치는 손 모양을 만들어 보이며 호들갑을 떨었다. 거기에 난 견딜 수 없이 화가 나서, 더 이상 놀아 줄 생각 없으니 그만 꺼져, 라고 말했다. 지금 생각해 보면 참 웃긴 말이었다. 처음부 터 '놀아 주는' 사람은 민수였지, 내가 아니었기 때문이다.

그 뒤로 나는 민수와 함께 다니지 않았다. 누군가를 기다리 지도 않았다. 난 방학만 되면 집에 처박혀서, 산 지 몇 년이 지 나 털털 소리가 나는 선풍기를 틀어 놓고 하루 종일 게임만 했 다. 게임이 질릴 때는 책을 읽었다. 집에는 책이라고 할 수 있는 게 별로 없었기 때문에, 나는 보름도 안 돼 집에 있는 책을 다 읽을 수 있었다. 책이 질리면 다시 게임을 했다.

이 년쯤 지났을 무렵이었다. 엄마는 내가 어렸을 때부터 담 배 심부름을 시켰다. 조금 크고 나서는 꼭 용돈 이삼천 원을 함 께 쥐여 보냈다. 그 돈으로는 뭐든 살 수 있었다. 네 개에 천 원

하는 하드 아이스크림이며 얼어 있는 제리뽀를 사 먹거나 죠리
퐁과 이백 미리짜리 우유 한 팩을 사서 퍽퍽 말아 먹을 수도 있
었다. 게임에 완전히 중독돼 있었던 나는 방학 중 밖에 나가는
일 자체를 싫어했지만, 이런 이유로 담배 심부름을 가는 것만큼
은 꽤 좋아했던 것 같다.

　문제가 하나 있다면 심부름을 갈 때마다 단지 앞 상가를 지
날 수밖에 없다는 것이었다. 나는 좋든 싫든 피아노 학원에서
나오는 소리를 들을 수밖에 없었다. 처음에는 무척 짜증이 났
다. 짜증이 나는 스스로에게도 짜증이 났다. 이러면 왠지 내가
민수를 질투하는 것 같잖은가. 아니지, 민수가 피아노를 치든
말든 나와는 하등 관계가 없는 일이고, 나는 그딴 것에 신경 쓸
겨를도 없어…… 물론 질투가 확실하다는 건 알고 있었다. 다
만 그 사실을 스스로 시인하는 것만큼은 할 수 없었다. 인정하
는 순간 뭐라도 무너져 내릴 것만 같은 기분이 들었다. 다행히
시간이 지나가면서 그 복잡한 감정은 풍화돼 가는 모양이었다.
나는 어느 시점부턴 피아노 학원에서 어떤 소리가 나오든 거의
신경 쓰지 않을 수 있었다.

　하지만 담배 심부름을 나갔다 돌아오는 어느 날 저녁에, "전
민수(중학교 2학년) 시장 배 콩쿠르 입선"이라는 문구가 적힌 현
수막을 본 뒤로는 그 은밀스런 질투조차 할 수 없게 돼 버렸다.
내가 질투하기에 민수는 너무 먼 곳으로 떠났다. 나는 기다릴
자격도 없이 고작 게임이나 할 뿐이었다. 오투잼, 리듬스타, 알
투비트와 디제이맥스…….

<비교우위론>

28

"아빠 왔다."

현관문이 좁게 열리고 찬 바람이 들어왔다. 아빠의 눈이 빨간 건 오늘이 유독 추워서라고 생각했다. 창밖에서 새끼손톱만한 진눈깨비 같은 것이 풀풀 날리고 있었다. 나는 아빠의 외투와 가방을 차례대로 받아 안방 탁자에 올려놨다.

"밖에 눈 많이 와요?"

"많이는 아닌데……바람이 많이 불어서 힘들었다. 와서 이거나 먹으렴."

아빠는 오른손에 들고 있던 분홍색 비닐을 식탁에 내려놨다.

"웬 아이스크림이에요, 이렇게 추운 날에…….."

"그러게 말이다."

아빠는 나와 마주앉았다. 좀처럼 보기 힘든 광경이었다. 다만 아빠는 느닷없이 아이스크림을 사오곤 했다. 난 그때마다 숟가락 두 개를 꺼내와서 아빠와 함께 먹었다.

"이건 언제 먹어도 너무 달아요."

"그러니."

그러나 아빠가 사오는 아이스크림에는 늘 과자가 들어 있었다. 고양이 눈알 만한 그 과자는 씹을 때마다 묘하게 짭짤한 맛이 났고, 어떨 때는 작은 행성처럼 보이기도 했다.

아빠는 내가 엄마에 대해 물을 때마다 밤하늘을 가리키곤 했다. 그러고는, 엄마는 널 낳고 사랑을 배워서 고향 별로 돌아갔단다, 아빠 말 잘 듣고 착한 아이가 되면 언젠가 다시 온단다, 가로등 불빛에 잠겨 몇 개 보이지도 않는 별들을 보며 말했다. 나는 아빠의 말을 굳게 믿었다.

아빠와 나는 아이스크림을 몽땅 먹어 치웠다. 작은 별들과 은하수 일렁이는 밤하늘도 함께 먹어 치웠다. 엄마는 날 낳고 사랑을 배웠다. 그래서 모든 사랑하는 법을 목화씨처럼 챙겨 고향으로 돌아가 버렸다. 그리움과 슬픔은 깜빡 잊고 우리별에 남겨둔 채 떠나 버렸다.

<엄마는 외계인>

29

언젠가 꿀에 유통기한이 없다는 말을 들은 적이 있다. 벌이 옮겨다 놓은 분자 구조가 어쩌고저쩌고 해서 아무리 시간이 지나더라도 썩는 법이 없고, 이론상으로는 고조선 때 만든 꿀을 오늘 먹더라도 아무런 문제가 없다는 것이었다. 그래서 나는, 사랑도 온통 달기만 하다면 영원할 줄로 알았다. 단물을 모조리 빨아먹고, 쓰고 매캐한 건 몽땅 네게 뱉어 버렸다. 지금 생각해 보면 넌 내 머슴이나 다를 바 없었다. 어떻게 그럴 수 있었을까? 싫은 소리 한 번 없이.

헤어진 날 밤에, 나는 난데없이 마트에서 꿀을 한 통 사왔다. 왠지는 잘 모르겠다. 그땐 이별 직후의 아이스크림이 너무 진부하다고 생각했던 것 같다. 아무튼, 우울한 사람의 입에다 아카시아 꿀을 마구 집어넣는 건 꽤 효과적인 전략이었다. 자연이 선물한 단맛. 세상에 그렇게 인공적인 방해물 없이 순수하게 날 위로해 주는 존재란 늙은 강아지와 꿀뿐인 것 같았다.

사흘이 지난 뒤, 나는 오백 미리짜리 꿀통을 반도 비우지 못한 채 내다 버렸다. 수시로 먹어 대다 보니 물릴 대로 물린 것이다. 그냥 찬장에 놓아 두어도 될 일이었지만, 그쯤 되니 꼴조차

보기 싫어 집 앞 전봇대에다가 쭈우욱 짜 버린 다음 빈 통만 들고 돌아왔다. 그 꿀통은 깨끗이 씻어서 클렌징오일을 담아놓는 데 썼다. 그땐 정말이지 마땅한 통이 없었다.

다음 날 아침, 나는 무심코 화장실에 놓인 꿀통을 입에다 쏟아 부을 뻔했다. 정말 미치고 팔짝 뛸 노릇이었다. 하마터면 클렌징오일을 먹을 뻔했다는 건 차라리 나았다. 내다 버릴 정도로 물렸던 것이, 겨우 하룻밤 지나고 나서 다시 당긴다는 게 어처구니가 없었다. 결국 나는 그 길로 집을 나서 편의점으로 갔다. 내다 버린 것이 아까워 새 꿀을 사지는 못했다. 애초부터 자취생 입장에선 사치이기도 했다. 하는 수 없이 천오백 원짜리 초콜릿이나 하나 사서 나왔다.

집 근처에 다다를 무렵이었다. 해가 부쩍 내리쫴 눈이 부셨다. 문득 어제 내가 버린 꿀은 어떻게 됐나 하는 생각이 들었다. 이 더운 날, 바깥에 그렇게 싸질러 놓았는데도 썩지 않았을까? 길바닥에서 더러운 오물이라도 옮겨 붙지 않았을까? 그게 아니라면 지금이라도 개처럼 핥아먹는 게 좋을까? 흠. 이런 생각까지 하게 될 줄은 몰랐는데.

한편 내가 꿀을 부은 자리에는 텅 비어 아무 것도 없었다. 전날 뭔가를 버린 흔적조차 없었다. 벌이나 개미가 다녀간 건지, 비가 와서 씻겨 내려갔는지, 아니면 내가 꿀을 사먹고 내다 버린 사실까지가 모두 꿈이었던 건지. 그때부터 달달한 맛은 그리움처럼 찾아왔고, 갈증을 못 이길 때면 하릴없이 나와 카톡하고 껴안아 줄 사람들을 찾아다녔다. 그 사람들이야말로 진정한 벌이라는 걸, 그때의 나는 상상조차 할 수 없었던 것이다.

<여왕 벌>

30

"치료하던 환자가 죽은 경우가 있나요?"

남자가 말했다. 나무로 된 진료실 출입문 너머에서 잔잔한 클래식 음악이 새어 들어왔다. 의사는 무표정하게 남자를 응시했다.

"글쎄요, 그런 적은 없는 것 같은데……예약을 해 놓고 영영 안 오는 분들은 꽤 있죠. 전출이라든지, 불의의 사고라든지, 뭐 어떤 일이 있었을 거라 생각은 했는데, 돌아가셔서 못 온다, 그렇게는 생각해 본 적 없는 것 같네요."

의사는 진지하게 답변했다. 이 상황에서 의사가 할 수 있는 최선이었다. 남자도 알고 있었다.

"그렇군요. 하긴 무슨 일이 있겠거니 하지, 죽어서 못 오는 거라 생각하진 않으니까요."

"네. 아무래도."

"그런데 결국 똑같지 않나요. 결과론적으로……그러니까, 영영 못 본다는 점에서는 죽음이나 전출이나 똑같잖아요. 선생님께는요."

남자는 자신에게서 이런 질문이 튀어나왔다는 사실에 놀란 모양이었다. 당혹감 어린 표정과 제스처들이 이어졌다. 덕분에 의사는 남자에게 어떤 불쾌감도 없이 대화를 지속할 수 있었다. 양쪽 모두에게 다행스런 일이었다.

"그러네요. 어떤 측면에서 다시 돌아오지 않는 환자는 사라진 것과 마찬가지니까요. 온전히 동의하진 않지만……조금은 이해할 수 있을 것 같습니다."

"감사합니다."

"뭘요. 그냥 의견을 제시하신 건데요."

"네, 사실 막을 수 있는 영역도 아니죠……."

"네?"

"아닙니다."

남자는 문장 단위로 중얼거렸다. 다만 그 중얼거림은 정신질환자에게 찾아볼 수 있는 병리적 현상이 아니라, 신자가 예배당이나 성당에 홀로 앉아 기도하는 느낌에 가까웠다. 의사에게는 이런 안정감이 되려 불길하게 느껴졌다.

"나아질 겁니다. 일시적인 현상이에요. 물론 지금껏 고생해오셨겠지만은……누구나 인생에서 방황하는 시기를 겪는 법이고, 환자분께서 의지만 있으시다면 반드시 극복할 수 있어요. 제가 하는 일이 원래 그런 거구요……."

의사는 말을 끝내고 급히 컴퓨터 화면으로 시선을 돌렸다. 의사의 표정은 거의 변화가 없었지만, 아무래도 자신의 얼굴로부터 당황한 기색이 보일 것이라 생각했다. 반드시? 환자를 진료하면서 이런 단어를 쓴 적이 있었던가? 한 번쯤은 쓴 적이 있겠지, 정확히 기억나지는 않지만……아무렴, 일상적인 어휘니까. 투약량을 늘릴까, 지금으로선 달리 방법도 없을테니까……,

의사는 약하게 아랫입술을 깨물었다.

"그렇겠죠. 선생님이 말씀하셨잖아요. 이건 그냥 병이고, 약을 먹으면 낫는다구요. 그냥 약이 좀 맞지 않거나, 양이 부족한 거라고 생각합니다."

남자가 말했다.

"어, 음, 네……그렇게 말했죠, 네……."

얼떨떨한 답변이었다. 둘러대는 투는 아니었다. 남자는 의사가 몹시 사려깊은 사람임을 알고 있었다. 병리적 해결을 넘어 자신이 겪어 온 문제에 진정으로 공감해 주는 사람이었다. 의사가 하루 수십 명이 넘는 환자를 응대하는 입장이라는 점에서, 남자는 의사의 보기 드문 진정성을 '사려깊음'외의 어떤 적절한 단어로도 표현할 수 없었다.

"일단, 약의 종류를 바꾸진 않았습니다. 지금까지 나온 약 중에서 가장 부작용이 덜한 약이니까요. 효과도 확실하구요. 말씀하신대로 투약량만 늘려 봤는데…… 이번에는 일주일만 드셔 보시고 경과를 보죠. 다음 주에 꼭 내원하시고……"

"다음 주요?"

"네."

"좀 빠르네요. 투약량만 늘리는 건데……."

"그래야 안 잊어버리지 않을까요? 주기를 한 달로 했더니 영영 잊어버리신 같아서."

켁, 켁, 의사가 말을 끝내자마자 헛기침을 비슷하게 했다. 목이 메인 듯 보였다.

"알겠습니다. 오늘도 감사했어요. 늘……."

"네, 이제 슬슬 추운데 감기 조심하시구요."

"하하, 벌써 시월인데요. 추워지는 건 어쩔 수 없죠. 낙엽도 지고……."

"그렇죠. 또 겨울이 지나면 봄이 올 거고요."

"흠, 추운 건 싫은데……좀 따뜻한 곳에 가 볼까 해요. 여기 겨울은 유독 추워서."

"좋죠. 멀리 안 가고 딱 제주도만 가도 따뜻하더라구요. 가서 기분도 전환하시고……."

남자는 빙긋 웃더니 이내 뒤돌아 나갔다. 의사는 자리에 앉아 늘어난 투약량을 재차 확인했다. 다음 환자를 부르기까지는 삼 분 정도가 더 걸렸다.

의사가 이 대화를 떠올린 것은 정확히 일주일 뒤였다. 간호사는 남자가 사흘 전에 이미 예약을 취소했다고 전했다. 사유는 전출이었다.

<예후>

31

"여기, 여기요!" 진주는 이미 혀가 반쯤은 꼬인 모양이었다. "아! 소주 두 병만 더 갖다 주세요!"

"이제 그만 마시는 게 좋을 것 같은데." 마주앉은 친구는 진심으로 걱정 가득한 표정을 지었다.

"무슨 소리야, 이제 시작이거늘……. 금요일이라고, 씨발, 내가 얼마나 힘들게 이번 한 주를 버텼는데." 진주가 말했다.

금요일 밤의 신촌은 어딜 가나 사람이 바글바글했다. 진주가 단짝친구와 함께 찾은 곱창집도 마찬가지였다. 저녁 나절이 시작되는 일곱 시 반부터 미리 자리를 잡아 놓지 않았더라면, 그 좁아 터진 구석자리 테이블에 앉기 위해 한 시간은 기다려야 했을 것이다.

"캬." 진주는 술잔을 비우자마자 감탄인지 뭔지 모를 소리를 냈다. 잔뜩 상기된 얼굴이었다. "달다, 달어! 스무 살 때는 술이 달다는 얘길 전혀 이해를 못했는데……아, 여기 곱창 어때? 내가 혼밥 딴 거는 다 하겠는데, 곱창집은 혼자 오기가 참, 그렇더라고? 같이 와 줘서 정말 고맙다야. 내가 다른 건 몰라도 친구는 참 잘 됐단 말이야, 히히."

"고맙기는, 나도 곱창 좋아해서 온 거야." 친구가 말했다. "근데, 진주야. 무슨 일 있었어?"

"어, 음, 아니? 그건 왜?" 진주는 벌개진 얼굴로 소주잔을 채우며 되물었다.

"되게 뭐랄까, 좀 상태가 안 좋아 보인다고 해야 하나. 말로 설명은 잘 못하겠는데. 우울한 기운이 주위에 막 있다고 해야 하나……. 아무튼 그래서 물어본 거야."

"흥, 회사원한테 무슨 일 있어 봤자 뭐가 있겠어……. 크으, 갈수록 달달해지네, 이거. 누가 여기 꿀에다 술 탔나?"

"그만 마셔." 친구는 진주 곁에 있던 소주병을 빼앗아 오며 말했다. "집에는 어떻게 가려고 그래?"

"세상에, 우리 진희 씨가 있는데 무슨 걱정이야? 내가 걱정 같은 걸 할 것 같애? 웃기는 소리를 다 하구 있어, 아주." 진주는 진희에게서 소주병을 낚아채 다시 잔을 채웠다.

"진짜 아무 일도 없었어? 정말이야?" 진희가 물었다.

"대체 무슨 일을 말하는 건데? 아, 일주일 내내 디자인, 디자인……이름만 디자인인 잡다한 작업 다 떠맡아서 한 거? 거래처에서 별 것도 아닌 거 가지고 몇 번이나 빵꾸를 내서 비슷한 작업 열 번은 더 한 거? 등신 같은 팀장이 속도 모르고, '진주 씨가 처음부터 제대로 했으면 얼마나 좋아요' 이딴 얘기나 해댔던 거? 참 내, 전날 밤 열한 시까지 야근한 사람한테 할 소리냐고, 그게. 눈치가 그 모양이니 마흔 다 되도록 장가도 못 갔지. 어휴……그래, 이 중에 무슨 일을 말하는 건데? 뭐 특별한 게 있었나? 응?"

"주정도 이런 주정이 없어, 아주." 진희는 말하자마자 진주가 채워 놓은 술잔을 덥석 집어 마셨다. 진주는 얼빠진 표정으로 진희의 얼굴을 쳐다봤다.

"뭘 봐, 이 디자인 노예야." 진희가 말했다.

"어쭈, 어디 회계 노예가 입을 놀려?" 진주도 지지 않았다.

한동안 별 의미 없는 농담이 오갔다. 시계는 이제 막 열 시를 가리켰다. 밤이 무르익어 곱창집은 더 시끄러울 수 없을 정도로 북적거렸다. 가게 문은 신촌 길거리를 향해 활짝 열려 있었고, 바깥에선 선선한 밤공기와 이따금 취한 남자가 행패 부리는 소리 같은 것들이 흘러 들어왔다. 늘 같은 금요일의 소란 속에서, 오직 두 사람만이 말없이 술잔을 주고받으며 시간을 흘려 보냈다.

"……적성에도 안 맞는 일을 골라 가지고, 참 내." 마침내 진주가 말을 꺼냈다. "겨우 들어온 회산데 이런 생각이나 하고, 진짜 웃기지? 나 자소서 쓸 때 제발 붙게 해 달라고, 너 불러 가지고 질질 짜고 그랬었잖아."

"맞아, 그랬지." 진희가 술잔을 치켜들며 말했다. "그래도 넌 전공이랑 비슷하기라도 하지. 나는, 엑셀만 몇 시간이나 만지다 보면……사 년 동안 그 짓거리를 왜 했나 싶다니까."

"야, 웃기지 마. 회화랑 디자인은 진짜, 아무 관계도 없어. 학교에서 배운 거 하나도 안 쓴다니까? 나도 똑같애."

"회화도 그림이고, 디자인도 그림이고. 관계 충분히 있구만, 뭘." 진희가 놀려대듯이 말했다.

"염병하네. ……꼰대들이 하는 말 그대로 하지 마. 존나 현기증 나니까."

"아니, 정말. 회화랑 디자인이 관계가 아예 없는 건 아닌 것 같은데? 적어도 불어 전공하고 엑셀하는 것보다는 관계가 있지 않냐?"

"아니, 진희야, 들어 봐." 진주가 자못 진지한 목소리로 말했다. "내가 지난 수요일에 현대미술관에 갔다 왔거든."

"아, 마지막 수요일? 그래서?"

"거기서 꽤 유명한 놈이 전시를 했거든. 자세한 건 알 거 없고……아, 걔도 프랑스인이네. 하여튼 영화도 그렇고 겉멋만 존나 들었다니까, 씨발."

"파리 가고 싶다고 생 난리 칠 때는 언제고?"

"그건 별개고! 아무튼 말이야. 전시를 쭉 보는데 있지, 내가 이래 봬도 미대 졸업자잖니? 그런데, 진짜 이 새끼의 예술 세계가 하나도 이해가 안 되는 거야. 아무리 뚫어져라 쳐다봐도, 옆에 걸려 있는 설명을 봐도 모르겠고, 존나 오디오 가이드까지 빌려서 귀에 꽂고 지랄을 다 했는데 뭔 개같은 소린지 하나도 모르겠더라고. 이게 말이 되니? 응?"

"뭐, 그 사람 예술이 너하고 안 맞았을 수도 있지."

"그래, 그건 그럴 수 있다 치자. 근데 거기서 다른 사람들이 어쩌고 있었는지 알아? 또 문화가 있는 날이라고. 그 좁아터진 미술관에 사람이 바글바글한데, 그 사람들이 다 이렇게 팔짱을 끼고 말이지. 세상 진지한 얼굴로 '흠, 이거 참 상징적이군……' 같은 말이나 혼자 해 대고 있더란 말이야. 뽈때 긴 남고생도, 루이비통 매달고 다니는 아줌마도, 등산복에 배 불룩 튀어나온 아저씨까지, 전부 다."

"야, 방금 설명은 되게 상징적인데?"

"내가 그 전시회에서 들었던 생각이 뭔지 알아? 이 새끼 참 그림 그리기 귀찮아했구나, 그런 생각 밖에 안 들었어. 실제로 좀 유명해지고 나선 예술이고 뭐고 다 귀찮아서, 지 혼자 개뻘 짓하고 다닌 걸 행위예술이니 뭐니 하고 포장해 놓더란 말이야. 그걸 보고 사람들은 새로운 장르를 개척했네, 현대미술의 지평을 한 단계 넓혔네, 같지도 않은 지랄들을 하더라고. 존나 웃기지 않아?"

"뭐, 웃기긴 하네……." 진희는 깊게 고민하는 체 얼굴을 찌푸려보였다.

"웃기긴 하네……가 아니라 존나 웃긴 거지, 이건. 나는 일주일 내내 그 엿같은 팀장한테 진주 씨, 이거 다 좋은데 가독성이 안 좋은 것 같아요, 보는 사람이 한 번에 와 닿지 않으면 디자인이 무슨 소용이 있어요, 이딴 소리나 들어 가면서 같은 작업을 십수 번이나 했다고. 씨발, 그놈의 가독성이 대체 뭔데? 그 개같은 가독성이 대체 어디서 나온 개념이냐고? 이 프랑스 금수저 새끼는 지 좆대로 아무거나 그려놓고 해석은 보는 사람들더러 알아서 하라는 식인데. 제목도 존나 병신같이 짓는다고. 그딴 건 나도 지을 수 있어. 지금 니 초상화랑 배경을 유화로 대충 그려놓고, 〈늦은 밤, 홀로 식사하는 여인과 약간의 웅성거림〉이라고 짓는 식이지."

"그게 너와 그 예술가의 차이가 아닐까? 나는 잘은 모르지만, 예술이라는 건 단순히 기술적인 것보다는……."

"이론은 나도 알아, 안다고. 다다이즘이니 아방가르드니 하는 거. 배웠으니까 당연히 알지. 그런데 진짜 너무한 거 아니야? 이론을 적용할 거면 그 프랑스 금수저 새끼든, 대한민국의 흔한 디자이너 최진주든 똑같이 적용해야 할 것 아니냐고. 어떻게 그

씨발 것의 이론은 죄다 금수저에 평론가들이랑 존나 친해서 유명해진 새끼들한테만 적용이 되는 거야? 응? 왜 그러는 건데?"

"듣고 보니 그 말도 일리는 있네. 하긴 네임밸류를 빼고 보면 '이게 뭐지?'싶은 것도 많으니까······아니, 사실 대부분 그렇지."진희는 한쪽팔로 팔짱을 끼고, 나머지 한 손으로 턱을 괸 자세로 대꾸했다. "근데 굳이 차이를 말하자면 일관성 아닐까? 그 예술가들은 자기가 추구하는 예술을 끝까지 밀고 갔잖아. 그러다보니 평론가든 대중이든 인정할 수밖에 없도록 만든 거야. 어때?"

"그 일관성이라는 게 어디서 나오는 지 알아?"진희는 적이 흥분한 상태로 말하고 있었다. "수저로부터 나오는 거야. 금수저니까 그런 일관성이 나오는 거라고. 돈이 없으면 예술이 다 뭐야? 나도 엄마아빠 다 있고, 집안에 돈도 많고 그랬으면 매일 그림 그릴 수 있어. 내가 원하는 그림만 맨날 그리면서, 다른 사람들 반응 같은 거 신경도 안 쓰면서 계속 할 수 있다고. 근데 현실은 어때? 몇 년 동안 쫓던 걸 포기하고 적당한 회사에 디자이너로 취직해 버렸어. 왜? 그렇게라도 안 하면 굶어 죽으니까! 학교랑 다르게 사회에선 열심히 한다고 장학금 같은 거 주지 않으니까!"

"······진주야."

"됐어, 씨발. 나는 원래 이것밖에 안 되는 인간이니까 그런 거겠지, 뭐, 그러니까 흙수저로 태어나 평생 흙수저인 거고. 이러다가 어떻게 결혼이나 해서, 낳은 애를 계속 키운다고 해도 흙수저로 밖에 못 키우겠지. 만약 내 딸이 '저는 순수예술을 하고 싶어요' 하면 난 뭐라고 해야 할까? 내가 씨발, 장기를 팔아서라도 너 돈 대줄테니까 마음대로 원하는 미술을 하렴, 이럴 수 있을까? 현실을 똑바로 보고, 적당한 곳에 취직이나 하라고 말하지 않을까? 응? 진희야…….”

“……진주, 진주야. 울지마.” 진희는 테이블에 엎드려 우는 진주의 어깨를 쓰다듬었다. “고등학교 졸업식 때 내가 얘기했던 거 기억나? 진주 너는 정말 흙속의 진주 같은 존재라고. 너는 너조차 모르는 엄청난 가치가 있는 존재고, 아무리 시간이 오래 걸려도 언젠가는 니 가치를 인정받을 거라고. 나는 니 그림이 세상에서 제일 좋았어. 누가 뭐라고 해도, 난 진심으로 그렇게 생각해.”

“응, 근데 진희야…….” 진주가 울먹거리는 소리로 말했다. “내가 정말 진주여도 있지……죽을 때까지 흙에 파묻혀 있으면 무슨 소용이 있을까? 평생 흙바닥 밑에, 깊숙한 곳에 잠겨서 빛한 번 못보고 그대로 썩으면 누가 알아 주겠어?”

“적어도 나는 알지.” 진희는 딱 잘라 대답했다.

“그게 뭐야? 넌 내 친구라서 그렇게 말하는 거고.”

“그렇게 생각하면 나도 할 말이 없네. 우리 불쌍한 진주. 흙에 파묻혀가지고, 지가 진주인 줄도 모르고…….”

“히히……진희야, 내가 그래서 고흐를 좋아하는 거야. 적어도 고흐는 죽을 때까지 흙속에 있었거든…….”

“물론 죽고 나선 빛을 봤지만.”

“어떻게 보면 사후에 운이 따랐던 거야. 본인을 묻어 놓았던 흙이 어떻게 걷어내졌으니까. 근데 또 세상에는 얼마나 많을까? 죽고 나서도 운이 안 따라서……우주가 끝장날 때까지 아무도 못 찾는 진주들이.”

"넌 안 그럴 거야."

"······."

진주는 그새 잠들어 있었다. 진희 역시 적잖이 취한 상태였지만 어떻게든 진주를 길가로 끌어내 택시를 태우는 데는 성공했다. 매번 이런 식이니 진희로서는 색다를 것도 없었다. 택시는 거나하게 취한 진주와 진희를 태운 채 뻥 뚫린 강변북로를 달렸다.

다만 진주는 그날따라 취기가 무척 심했다. 집 현관 앞까지 잠자코 따라가던 진주는, 뒤늦게 '벌써 집에 들어가기 싫다'며 고집을 부렸다. 진희는 가까스로 문을 열어젖혔다. 그리고 이미 바닥에 펼쳐져 있는 이불더미 위에 진주를 던져 놓았다. 진주는 그대로 드러누운 채 혼잣말을 지껄이다가 얼마지 않아 잠들었다. 네 살짜리 딸아이는 그 와중에도 미동도 없이 누워 있었다.

"해님아, 엄마가 많이 힘든가 봐. 네가 이해해 줘. 알았지?"

진희는 방 모서리에 퍼질러진 담요를 집어 들어, 곤히 잠들어 있는 모녀에게 덮어 준 다음 조용히 빠져나왔다. 밤이 깊어 동네는 사방이 조용했고, 깜깜한 고시촌 골목 너머 오렌지색 가로등 불빛이 희미하게 스며들었다. 진희는 서둘러 집으로 돌아갈 채비를 했다. 새벽 두 시를 훨씬 넘긴 시각이었다.

<인어공주>

32

"사실 바다를 그렇게까지 좋아하진 않아요. 오히려 싫어하는 축에 가깝다고 해야 하나?" 남자가 말했다. 인중 아래로 난 수염이 윗입술을 살짝 가릴 정도로 길었다.

"그게 무슨 소리예요?" 나는 의아해져서 물었다. "이렇게 바다 옆구리에 집까지 지어 놓구선……이제 와서 바다가 싫다느니 해 봤자 별로 설득력은 없어 뵈는데요."

"하하, 그것도 맞는 말이네요." 남자는 너털웃음을 지었다. 순간 삐- 하는 기계음이 건물 안쪽으로부터 베란다까지 울려 왔다. 몇 분 전 올려놨던 커피가 웬만큼 찼다는 신호였다.

"……왜 싫어하시는데요?"

"왜요? 별로 안 믿긴다면서요?" 남자는 능청스레 되물었다.

"설득력이 없다고 했지, 제가 안 믿는다는 소린 안 했어요."

"그럼, 커피나 한잔하면서 이야기할까요?" 남자는 말하자마자 벌떡 일어나더니, 뚜벅뚜벅 걸어 베란다 안쪽의 부엌까지 걸어 들어갔다. 나는 가만히 앉아 그 뒷모습을 빤히 지켜봤다.

"사실 뭐 그렇게 거창한 이야기는 아닌데," 남자는 도자기로 된 하얀색 커피잔을 집어 들고 말했다.

"그런 판단은 듣는 사람의 몫이겠죠?"

"하긴 그러네요." 남자는 커피를 한 모금 홀짝였다. "아까 저한테 결혼했냐고 물어보셨죠?"

"하셨다면서요?"

"아내가 어디 갔는지는 안 물으세요?"

"뭐, 피치 못한 사정이 있어서 같이 못 사나보다 했죠. 그런 유부남들 많으니까요. 애도 요즘은 안 낳는 추세고." 나는 제법 태연하게 받아쳤다. "이혼하신 게 아니라면 성격 문제로 별거하고 있다거나……."

"죽었어요. 십 년 전에."

"아," 남자의 갑작스런 고백에 나는 말문이 막혔다. 이걸 어떻게 수습해야 하나. "아……, 제 의도는 그러니까요……,"

"하하, 안 미안해하셔도 돼요. 하도 오래된 일이라서."

"그래도 슬프지 않은 건 아니잖아요."

"그렇긴 한데……, 사실 꼭 그렇지만도 않아요. 보통 슬픈 건 스스로 최선을 다하지 못했다고 생각될 때인데, 그건 아니었던 것 같거든요. 전 최선을 다했어요. 그때도, 지금까지도."

"흠……, 최선을 다했다는 게 무슨 소리죠?"

"아, 참고로 저는 소방관이었어요. 글 쓰시는 분이라 금방 눈치채셨겠지만."

"전혀 몰랐는데요." 내가 말했다. "기자라고 다 관찰력이 좋은 건 아니에요."

"……어렸을 때부터 꿈이었어요. 소방관이 되는 거요. 뭐 드라마틱한 사연이 있는 건 아니지만 굳이 말하자면, 그래요. 일곱 살 쯤에 가족들이랑 바다에 놀러갔을 때였는데, 혼자 좀 멀리 갔다가 바닥에 발이 안 닿아서 죽기 직전까지 갔던 적이 있어요. 정말 죽기 전까지. 아직도 생생하게 기억나요. 콧속에서 폐 안 쪽까지 바닷물이 가득 메워져 오는 기분이었는데. 마침 인명구조 봉사를 하던 분이 근처에 계셨던 거예요. 덕분에 구사일생했죠."

"어, 그런데 그게 소방관이랑 무슨 상관인데요?"

"그때 생각했거든요. 사람 구하는 일이 꽤 멋진 것 같다고. 만약 그때 제가 죽었으면 가고 싶었던 학교도 못 갔을 거고, 그 뒤에 있었던 이런 저런 일도 못 해 봤겠죠. 사람을 살린다는 건 단순히 생명을 구하는 것 이상의 의미가 있던 거예요. 그 사람이 갖고 있던 앞으로의 시간, 꿈, 행복을 향해 조금씩 나아가는 아름다운 경험들까지 구해 내는 거니까요." 남자는 듬성듬성 나 있는 턱수염을 쓰다듬으며 말했다.

"그래서 소방관이 되고 싶었다고요? 연결이 좀 이상한 것 같은데……."

"라이프 가드가 되고 싶다는 생각은 할 수가 없었으니까요. 그때 이후로 물가에는 근처도 안 갔으니까."

"아하." 나는 대충 맞장구쳤다. 이 인간에게 더 따지고 드는 게 귀찮다는 생각이 들었다.

"운전면허 따고도 바닷가 도로는 거의 안 달렸다니까요. 도시에서 거의 벗어나 본 적도 없었고, 뭐, 아무튼……." 남자는 이쯤에서 대강 넘어가려는 눈치였다. "저는 제가 머리가 나쁜 편이라고 생각했는데, 다행히도 공부머리가 아예 없진 않았나 봐요. 몇 년 동안 씨름하다 보니까 소방관이 될 수 있었거든요."

"그건 머리가 좋은 편인데요."

"운도 좀 따랐던 것 같아요. 같이 살던 여자친구가 많이 도와주기도 했고."

"이 여자친구 분하고 살림을 차려서……, 결혼하신 거군요?"

"음, 반은 맞고 반은 틀렸어요."

"왜요?"

"결혼은 했는데 살림은 못 차렸어요. 제가 임용되자마자 죽었거든요. 뇌졸중으로……."

"아."

"참고로 저는 심폐소생술 엄청 잘했어요. 실제로 실습할 때도 모범 케이스로 뽑혀서 시범도 보일 정도였으니까."

"……슬프네요, 이건."

"웃긴 거죠. 그렇게 잘 배워 놓고, 상황이 오면 누구라도 살릴 수 있겠다고 자신해 놓고, 정작 집에 있던 가장 소중한 사람에게는 손도 못 댔으니까요. 그때 우리 집에는 여자친구랑 고양이밖에 없었어요. 집에 돌아오니까 사람은 죽어 있고, 고양이는 구석탱이에서 바들바들 떨고 있고."

"고양이한테 화는 안 났나요? 저 같으면 정말 그랬을 텐데."

"그런 마음이 전혀 없었다고 하면 거짓말이겠죠. 그런데 고양이가 심폐소생술 못하는 게 잘못은 아니잖아요. 그나마 저 대신 마지막을 지켜봐 줬다는 거에 의의를 두려고 했죠."

"의연하셨네요, 꽤." 나는 진심이었다.

"하하, 직업이 직업이다 보니. 살리는 사람도 있는데 어쩔 땐 죽어가는 사람도 보게 되잖아요." 남자는 먼 곳에 시선을 둔 채 말하고 있었다. 그쪽 바다로부터 소금기 묻은 바람이 몇 줄기 불었다. "……그래도 도저히 같이 쓰던 살던 집에서는 살 수 없을 것 같아서, 이사를 했어요. 같이 쓰던 물건도 다 불태우고요. 그나마 처가의 배려로, 사망신고 전에 혼인신고 먼저 했어요. 이것도 참 그런 게, 아내가 죽었던 날 아침에 결혼식 날짜를 토요일로 할지, 일요일로 할지로 엄청 싸우고 나왔거든요. 그런데 식은커녕 신고도 겨우 했단 말이에요."

"그날은 무슨 요일이었나요?"

"수요일이었어요. 하하." 남자는 퍽 아무렇지 않은 듯 웃어보였다. "아무튼 그 사람이 죽고 나니까, 남은 게 거의 없었어요. 물건도 다 불태웠고, 시신은 화장해서 바다에 뿌렸으니까……. 생전 바닷가에 집 한 채 짓고 사는 게 꿈이라고 그렇게 노래를 불렀었는데. 자라기는 반평생을 첩첩산중 시골동네에서 컸던 주제에……빌어먹을 바다로 가 버린 거예요. 죽고 나서야 겨우."

"……." 잠깐의 정적이 흘렀지만, 나는 아무 말도 하지 않았다. 당최 무슨 말을 해야 할지 감조차 잡히질 않았다.

"그렇게 해서……남은 건 삼색무늬 고양이 한 마리랑, 바닷가에 집 짓고 살고 싶다고 했던 아내의 꿈밖에 없었어요. 딱 두 개만 남기고 가 버린 거예요. 바보같이. 나랑 고양이랑, 셋이서 매일 바다나 쳐다보면서 커피 한잔하는 걸 상상해 보라고. 얼마나 행복하겠느냐고. 이 말을 입에 달고 살았거든요."

"……그렇군요."

"그래서 열심히 일했어요. 소방관으로서. 십 년 동안 일해서 모은 돈에다 대출 좀 껴서 여기다 집을 지었죠. 그나마 여기가 파도 소리가 덜 하거든요. 나뭇가지 비적대는 소리가 워낙 커 나서."

"듣고 보니 그러네요." 나는 정면에 펼쳐진 바다에서 나무 그늘로 초점을 옮겼다. 길게 늘어진 나뭇가지들이 불어오는 바람에 맞춰 쉴 새 없이 재잘대고 있었다. "고양이는 어떻게 됐나요?"

"여기 집 짓는 동안 죽었어요. 열일곱 살이나 살다 죽었으니 꽤 장수했죠."

"엄청 오래 살았네요. 고양이가 십칠 년이면……."

"그렇긴 하죠. 근데 조금만 더 살다 가지 싶었어요. 막상 다 짓고 나니까 나 혼자밖에 없어서……. 그래서 첫날에는 조금 울었어요. 원래 잘 우는 성격이 아닌데."

"그래 보여요." 내가 말했다. "이제 보니 보육원으로 쓰기에는 너무 아까운 건물인데요……. 기부하기로 결정한 데 아쉽거나 한 점은 하나도 없었나요?"

"네, 없어요. 하나도."

"하나도?"

"네, 하나도." 남자는 단호하게 말했다. "이제는 알았거든요."

"뭘를요?"

"아내가 꿨던 꿈이 참 보잘것없었다는 거요. 혹시나 해서 십 년이나 더 살아 봤는데, 해 놓고 보니 이만큼 하잘 것 없는 꿈도 없었어요. 바닷가의 삼 층짜리 집 같은 거……, 하나도 대단하지 않더라구요." 남자는 마침내 울고 있었다. "곁에 사랑하는 것 하나 없으면……."

"……." 나는 메고 있던 손가방에서 작은 손수건을 꺼내 건넸다. 남자는 이내 손수건을 받았지만, 눈물은 닦지 않았다. 그저 내버려둘 뿐이었다. 그대로 흘러내려 바다까지 스며들게끔.

그 순간 쏴아- 하는 파도 소리가 먼동이 트는 양 귀에 아른
거렸다.

<바다가 보이는 집>

바다는 그 자리에, 30×30, acrylic on canvas, 2019. 8

창밖에서는 귀뚜라미가 울고 있었다. 창을 통해 보이는 것이 아파트 십일 층 높이의 산중턱임에도 그랬다. 그 산은 아파트 너머 보이지 않는 곳에서 쏟아져 내리는, 보름이 갓 지난 달빛을 반사시키고 있었고, 그래서 세상 모든 귀뚜라미와 외로움과 쓸쓸함의 본산처럼 느껴지기도 했다.

소녀는 뭔가에 이끌리듯이 잠에서 깼다. 그리고 자신의 침대 오른쪽 모서리에 붙은 창을 올려다봤다. 희미한 달빛만으로는 밤인지 새벽인지 알 수 없었다. 그러나 지금이 몇 시인지보다 중요한 것은, 창을 지나 바깥에 실제로 달이 떠 있고, 그래서 우리가 그 달의 딸자식인지를 확인하는 일이야, 소녀는 그렇게 생각했다.

소녀가 현관을 열고 나왔다. 가로로 창백하게 뻗은 복도가 놓였다. 소녀는 고개를 돌려 복도를 긴 세로로 만들었다. 그러자 옆집의 옆집 현관 앞에, 누군가 서 있는 모양이 보였다. 검은색 묶은 긴 머리를 하고 있는 한 그림자가 덩그러니 서 있었다. 그림자는 소녀의 시야와 함께 점점 가까워졌다. 소녀가 지금보다 더 어렸을 때, 행복한 기억들을 같이 했던 언니가 그곳에 있었다. 언니는 복도와 공중을 구분하는 돌담에 양팔을 기대서서, 멍하니 먼 곳을 바라보고 있었다. 정확하게는 다른 아파트 단지의 뜨문뜨문한 불빛들을 보고 있었다.

"오랜만이네."

언니는 눈도 돌리지 않고 말했다. 소녀는 대답할 기미도 없이, 가만히 서서 언니의 오른쪽 얼굴을 올려다봤다.

"삼 년 만인가? 아마도 그럴 거야. 네가 아직도 여기 살고 있어서 다행이야. 왜 다행인지는 모르겠지만……."

언니가 말했다. 소녀는 아무 말 없이 있었다.

"있지, 언니는 서울에 다녀왔어. 시험을 준비했거든. 공무원이 되는 시험 말이야. 우리 아빠 있지? 요 앞 복지관 옆에 있는 그 건물에서 일하시잖아. 어른들이 동사무소라고 부르는 거기 말야. 그런 곳에서 일하는 사람을 공무원이라고 하는데, 그게 되려면 시험을 통과해야 해. 언니는, 그 시험을 통과하기 위해 삼 년 동안 서울에 혼자 있었어."

"……."

"서울에 살면서 이 동네가 얼마나 그리웠는지 몰라. 여기서 보던 달이 참 이뻤는데. 난 코앞에 새 아파트 단지가 생긴 줄도 몰랐네. 연휴도, 주말도 없이 내내 공부만 했어. 언니는 머리가 좋지 않아서, 그냥 열심히 하는 것밖에 방법이 없겠더라구. 그래서 열심히 했지. 친구들 연락도 끊고, 밥 먹을 시간에도 단어를 외고, 엄마가 병원에 입원하셨을 때도 병문안 한 번 가지 않았어."

"……."

"그렇게 삼 년을 고생하고, 얼마 전에 시험에 합격했어. 합격

통지를 받았을 때 얼마나 행복했는지 몰라. 고시원에서 방방뛰고 소리지르느라 옆집 남자에게 한 소리 들을 정도로……. 그렇게 집에 돌아왔어. 엄마, 아빠, 친척 동생들 모두 축하해 줬지. 그런데 있잖아, 문득 새벽에 잠이 깨서, 삼 년만에 돌아온 내 방을 이리저리 둘러봤는데, 그때 찾아 버린 거야."

"……."

"오래된 공책이었어. 언젠가 네가 낙서해 놓은 공책이었지. 뭘 그렸는지 기억나? 동화나라에서 나오는 뾰족뾰족한 성이었어. 그 밑에는 〈세상에서 가장 분홍색인 성〉이라고 적혀 있었고. 아마도 그땐 분홍색 크레파스 밖에 없었다나 봐."

"……."

"그 옆에는 내가, 세상에서 가장 분홍색인 원피스를 입은 채웃으며 서 있었지. 그걸 보고 눈물이 울컥 났어. 난 삼 년 만에 시험에 합격했고, 많은 사람들에게 축하를 받고, 엄마아빠는 날 너무나 자랑스러워하시지만, 순간 그런 게 아무 의미도 없는 것처럼 느껴졌지. 그건 왜였을까?"

"……."

"네가 대답할 수 없다는 건 알아. 다만……, 이제 내 인생은, 이 복도처럼 끝이 정해져 버렸다는 생각이 드는 것뿐이야. 주민 센터에서 정시에 출근하고 정시에 퇴근하는, 행정 작업, 서류와 도장, 동료, 상사와의 불편한 인간관계, 복사기 토너 냄새와 평일 오전 백발의 할머니들로 북적거리는 카운터, 이십사 인치 정부 모니터와 그 앞의 키보드 같은 것들이 내게 남은 삶의 대부분을 채워 가겠지……. 물론 그게 네 탓이라는 건 아니야. 내가 어떻게 네 탓을 할 수 있겠어? 넌 최선을 다했어. 그리고 네가

처한 상황에서, 가장 효율적이고 합리적인 선택을 내렸지. 시험
에 붙는 것은 어디 쉬운 일이니? 해 본 적 없는 공부를 하는 건
어떻고? 그건 누구에게도 잘못이 될 수 없어. 나도 알아."

"……."

"그냥, 살아가면서 다시는 그런 성을 그릴 수 없을 것 같아서
슬퍼. 〈세상에서 가장 분홍색인 성〉처럼 예쁜 성 말야……. 그
게 전부야."

"……."

"잘 가. 고마웠어."

"……응."

언니는 오른쪽으로 고개를 돌렸다. 소녀는 온데간데없이 귀
뚜라미 소리에 둘러싸인 언니만 홀로 남아 있었다. 창밖에서는
여전히 귀뚜라미가 울고 있었고 외로움은 달처럼 가리워졌고
현관은 다시 열렸다 닫혔고 곧 복도에는 아무도 남지 않았다.

<가리워진 달>

34

태풍이 북상할 당시에는 자습을 하고 있었다. 학원 자습실은 여느 때처럼 창백한 조명이 켜져 환했다. 왼쪽 모서리에는 창문이 있었다. 꽉 틀어 막혀 아무 것도 보이지 않는 창문이었다.

불과 얼마 전 원장은 학원 건물 전체에 있는 창문에 고정형 암막 블라인드를 달았다. '창문 밖 풍경을 보느라 학생들이 집중을 못한다'는 이유에서였다. 학생들은 그런 원장의 조치를 두고 이러쿵저러쿵 말이 많았다. 심화 수학을 담당하는 강사도 '저렇게까지 할 필욘 없는데' 하고 투덜거렸지만, 그야 그 강사에게 창문을 열어 놓고 담배를 피우는 습관이 있었기 때문이지 학생들을 가엾게 여겼기 때문은 아니었다.

나는 원장의 조치에 꽤 일리가 있다고 생각했다. 창문 밖 풍경이래 봤자 별다른 게 있는 건 아니었다. 기껏해야 맑은 날 내리쬐는 햇빛이나 천천히 움직이는 구름, 우천의 빗방울과 바람에 흔들리는 길가의 나무들, 그리고 이따금씩 건물 곁을 스쳐 날아가는 이름 모를 새들이 전부였다.

그러나 나를 포함한 학원에 등록된 모든 학생들은 눈이 뻑뻑할 적마다 창밖으로 시선을 돌리곤 했다. 초점 없는 눈으로 멍하게 턱을 괴고 있다가 강사에게 지적받는 일도 잦았다. 입시 성적이 다음 연도 매출을 좌우하다시피 하는 재수종합학원 입장에서는 시각적 자극을 원천 차단하는 것 외에 마땅한 대안도 없었을 것이다. 그렇다한들 너무한 일인 건 변함없지만.

"풍속이 '매미' 때보다 세다던데."

자습실에 앉아 있던 학생 가운데 한 명이 말했다. 대답하는 사람은 아무도 없었다. 날카로운 바람이 블라인드 너머로 쉬이이익, 스치는 소리가 났다. 방금 그 말이 전혀 터무니없는 말은 아니라는 듯이.

원장이라고 불어닥치는 태풍의 음성까지 막을 순 없었다. 기출문제집이며 학원 교재의 종잇장을 넘기는 소음, 볼펜촉과 샤프심이 표면에 부딪히면서 내는 모스 신호가 바람 소리에 가려 들리지 않았다.

오후 두시 반께 태풍의 기세는 최고조에 다다랐다. 건물 밖으로 무언가가 깨지는 소리가 났다. 가로수의 나뭇잎들이 우수수 빠져 흩어지는 것 같았고, 건물에 붙은 거대한 천막이 뜯겨 어디론가 사라진 모양이었다. 우산이 뒤집혀 헛걸음질치는 어느 아주머니의 비명과 저 멀리서 창문 깨지는 듯한 소리가 뒤따랐다.

학생들은 그런 가운데서도 자습실 창백한 불빛 밑에 앉아 공부를 이어갔다. 바람이 얼마나 불든간에 자신들과는 관계없는 일이라는 듯. 아랑곳하는 체도 않고 고개를 내리깔고 있었다. 나도 그랬다.

수시 원서 접수가 시작된 것이 불과 어제였다. 수능은 고작 백 일도 남지 않았다. 이맘때의 수험생들은 하나같이 표정이 굳어 있었다. 평소 여유가 넘쳐 흐르던 녀석들도 사뭇 진지한 얼굴로 말 한마디 꺼내지 않는다. 긴장하는 건 학생들만이 아니다. 고등학교 주변은 물론이거니와 재수학원 복도부터 상담실까지 거의 모든 공간의 공기가 무겁게 내리깔린다.

어젯밤 입시 컨설팅 사무소를 다녀온 엄마는 서울권 명문대학교들의 입시설명회 일정을 확인하는 데 여념이 없었다. 예배 가는 주일과 설명회 날짜가 겹친다며 투덜거리는가 하면, 자정 넘어 학원에서 돌아온 날 앉혀 두고 잔소리를 늘어놓는 빈도도 부쩍 늘었다.

"절대 삼수는 안 된다. 그나마 한 번 더 기회를 얻는 것도 하나님 은혜야. 너도 알지?"

"네, 그럼요." 나는 일부러 시선을 딴 데 두고 대답했다.

"한 귀로 듣고 한 귀로 흘리지 말고 새겨 들어. 목사님이 너 위해서 특별히 기도도 해 주셨으니까. 먼젓번처럼 배탈 나거나 해서 제 실력 발휘 못할 일은 없을 거야. 나머지는 다 네 몫이고……. 믿음을 갖고 부단히 노력해야 해. 논술 준비는 틈틈이 잘 하고 있지?"

"네."

"그래. 그럼 앞으로 좀 더 신경 쓰고……. 그러게 너도 미리부터 내신을 관리해 놓았으면 좀 좋았겠니? 뭐든 준비를 착실히 해야 하는 건데. 조만간 태풍도 들이닥친다잖아. 우리 교회 목사님이 얼마나 걱정을 하셨는지 기도를 엄청 하셨어. 아이고 하나님, 하나님 은총 가운데 있는 모든 분들이 무탈하게 이번 태풍 보낼 수 있게 해 달라고. 가내 평안히 유지가 되고 교회도 안전하게, 시련을 딛고 일어나서 더 번창하게 해 달라고. 또 부디 우리 아이들 다치지 않게 해 달라고……그러니까 너는 공부만 열심히 하면 되는 거야."

엄마는 한동안 말을 이었다. 나는 늦은 저녁을 먹다 말고 방에 돌아갔다. 그 때문인지 어젯밤에는 잠이 오질 않았다. 결국 새벽 네 시까지 기출문제를 풀다가 책상에 쓰러져 잤다.

주말 자율학습이 끝나고 자습실 밖으로 나왔다. 수십 명의 학생들이 학원 복도를 따라 걸으며 작게 웅성거렸다. 엘리베이터를 기다리는 사람이 너무 많았기 때문에, 나는 비상계단을 타고 학원 건물을 걸어 내려갔다.

내려가는 계단 층계참에 작은 창문이 열려 있었다. 하기야 비상계단 창문까지 막을 필요는 없었겠지. 창밖으로 가까운 도로, 인도를 따라 멀쩡히 꽂혀 있는 가로수들이 보였다. 또 수백수천 개들의 크고 작은 건물들과 아파트 단지들이 줄을 서서 앉았다. 태풍은 이미 지나갔다. 이제는 불그스름한 노을이 산 위쪽 하늘과 성기고 있을 뿐이었다. 그리고 나는 으레 하던 대로 자습을 마치고 나왔다.

학원에서 집까지 걸어가는 길목에는 자그마한 재래시장이 있었다. 엄마가 다니는 교회는 시장 바로 옆 블록을 통째로 차지하고 섰는데, 거기서 가장 높은 구조물이었던 첨탑이 태풍으로 고꾸라져 시장 바닥에 나뒹굴고 있었다. 그 과정에서 상가 건물의 상회 하나와 그 앞에 불법주차 돼 있던 승용차 한 대가 완전히 으깨졌다. 인명피해는 없었다.

무너진 상회 주인 내외는 태풍이 온다는 소식에 미리 대비를 해 둔 참이었다. 당일은 마침 작정하고 쉬기로 해서 부부는 자리를 비우고 있었고 올해 고삼인 딸은 학원에서 수업을 듣는 중이었다. 불행 중 다행이었다. 뭐가 불행이고 뭐가 다행인지는 잘 모르겠지만.

강풍에 교회 첨탑이 무너질 거라는 생각을 아무도 하지 않은 건 아니었다. 교회 건물 자체가 지은 지 꽤 됐던 탓에 보수 공사의 필요성을 이야기하는 사람도 몇 있었다. 다만 최종 결정권자인 목사님은 '믿음으로 쌓아올린 교회는 어떤 바람에도 쓰러지지 않는 법이다'라는 말로 넘어가곤 했던 것이다.

십몇 년째 가게를 꾸려온 입장에선 속이 터질 법도 했다. 다만 독실한 교회 신자였던 부부 내외는 '시련을 통해 새롭게 시작하라는 하나님의 뜻인 것 같다'며 오히려 감사하다는 반응이었고, 목사님은 적잖이 흡족해하셨다는 후문이다.

이 소식을 들은 어머니는 이번 태풍으로 큰 시련을 겪은 목사님을 위해 기도를, 더 높은 첨탑을 짓는 한편 겸사겸사 확장 공사를 한다는 교회를 위해 백만 원의 건축헌금을 냈다. 정말이지 나는 태풍이 지나갔다는 사실을 믿을 수 없었다.

<태풍의 눈>

35

몇 번째인지 기억도 나지 않는 싸움이 마무리되던 어느 날이 었다. 사흘 만에 본 네 얼굴은 여러 번 끼니를 거른 듯 초췌해보였다. 우리가 마주보고 앉은 카페 테라스 앞으로 이차선 도로가, 또 그 너머 보이는 길섶에는 자그마한 초등학교 후문이 있었다. 마침 하교 시간이었는지 슬금슬금 또는 와다다 하며 학교를 빠져 나오는 꼬마들이 눈에 띄었다. 어느새 해가 중천에 있었다.

"나는 있지," 네가 머리를 왼쪽 귀 뒤로 늘어트리며 말했다. "잘하면 우리가 결혼까지 할 수 있지 않을까 생각했어."

"……나도 그래." 나는 흘러드는 도롯가를 향해 대답했다.

"그런데, 정말, 이렇게 크게 싸워댈 때마다 너무 아프고 힘들어. 전에 했던 연애와는 비교도 할 수 없을 만큼. 너는 충분히 좋은 사람이고 괜찮은 인간이지만, 나와는 안 맞는 부분이 너무 많아. 이렇게 다른 사람이랑 얼마나 오랫동안 함께 할 수 있을까, 그런 생각이 들어."

"맞아. 나도 그런 생각을 했어."

"당장 만난 지 일 년밖에 안 됐는데도 이렇게 싸워대는데,

······우리가 결혼을 하고, 수십 년 동안 사는 게 가능키나 한지 모르겠어. 너랑 헤어지는 건 두려운데, 막상 계속 만날 수 있을지도 확신이 안 가."

"······." 나는 가만히 듣고 있었다. 멍하니 바라보던 초등학교 담벼락 아래로 야트막한 화단이 보였다. 새빨간 꽃 십수 송이가 마구 흐드러져 봄바람에 휘청거렸다.

"동백꽃이야." 너는 내가 바라보던 곳을 눈으로 훑더니 대뜸 이야기했다. "엄청 일찍 피는 꽃인데······그래선지 봄이 다 가기도 전에 죄다 시들어 버려. 날씨가 좀 풀린다 싶으면, 다 떨어지고 없지."

"······무슨 소릴 하고 싶은 거야?" 나는 끝끝내 고개를 돌려 널 바라봤다.

"겨울도 다 지나가고, 날씨가 참 좋아졌어. 그런데 용케 잘도 붙어 있네. 동백꽃도, 우리도······." 넌 테이블에 머리를 기대놓고 나직이 말했다.

"그러게." 내가 대답했다. "그래도 언젠간 떨어지겠지, 날이 더 풀리면."

"맞아. 그럴 거야. 그게 슬퍼."

"슬프지만 어쩔 수 없는 일이지."

"······." 너는 아무 대꾸도 하지 않았다. 그럼에도 나는 파리하게 움츠러드는 몸짓이며 흐느끼는 마음을 느낄 수 있었다.

"아, 내가 빌려준 책은 다 읽었어?"

"······무슨 책 말하는 거야?" 네가 느닷없다는 표정으로 되물었다.

"『수레바퀴 아래서』말이야."

"아, 그거……절반 쯤 읽다 말았던 것 같은데."

"내 그럴 줄 알았지." 나는 지긋이 웃으며 말했다. "꽤 재밌는 책인데."

"재밌긴 했어. 며칠 잊어버리고 나니까 다시 손이 안 갔을 뿐이지. ……갑자기 그건 왜?"

"그거 쓴 사람이 헤세라는 사람인데."

"그건 알고 있어."

"그럼 이런 얘기 한 것도 알아?"

"무슨 얘기 말이야?"

"평화는 어떤 시점이나 계기로 영원히 찾아오는 것이 아니다. 평화를 바라는 사람은 매일같이 싸우며 그날의 평화를 쟁취해야 한다.'"

"음," 네가 제법 골몰하는 체를 했다. 내가 사랑해 마지않는 모습이었다.

"우리가 자주 싸우는 건 문제가 아니야. 정말 서로를 진심으로 생각한다면 오히려 싸우지 않는 게 이상한 거지. 아예 싸우지 않는 관계는 둘뿐이야. 관심이 없거나, 아무래도 상관없을 만큼 포기한 상태이거나. 우리는 계속 싸울 거야. 너와 내가 서로 사랑하는 이상은."

"……니가 하는 말에도 일리는 있어. 이렇게 싸우다가 어느 날 갑자기 싸우지 않는 관계로 탈바꿈하는 일은 없겠지, 아마도."

"응, 그렇지."

"그런데 한 번 싸울 때마다, 너와 안 좋은 말들을 주고 받을 때마다 마음이 찢어지듯이 아파. 가끔은 그런 고통으로부터 완전히 벗어나고 싶다는 생각이 들 정도로."

"그야 나도 마찬가지야. 그런데 정말 싸우지 않는 방법은 없어. 사랑하지 않는 것 밖에는 없어."

"그럼 어떻게 해야 하지?" 네가 절박한 목소리로 물었다.

"백 번 싸우면 백 번, 천 번 싸우면 천 번 화해하는 수밖에 없지" 내가 말했다. "백 번 싸우고 아흔아홉 번밖에 화해하지 못하면, 별 수 없이 떨어지는 거고……."

"흔들리지 않고 피는 꽃이 어디 있느냐, 뭐 그런 얘기야?"

"아니, 우리는 꽃이 아니야. 사람 사이의 관계를 꽃에 비유할 순 없지."

"그럼 뭔데?"

"글쎄, 우리는 그냥 우리지. 꼭 다른 데 비유할 필요가 있어?"

"뭐야, 김 빠지게. 희망을 좀 줄 순 없는 거야?"

"그래도 사실은 변하지 않는데, 뭘." 나는 남은 커피를 마저 들이킨 다음, 자리에서 일어나 말했다. "자, 화해도 했으니까 밥이나 먹으러 가자. 너 아직 아무 것도 안 먹었지?"

"니가 미워, 정말로." 네가 투덜거리며 뒤따라 일어났다. 카페를 나서자, 별안간 선선한 바람이 불어와 몸에 부딪혔다.

"굳이 말하자면 계절일 거야." 내가 말했다.

"뭐?"

"겨울이 지나면 봄이 오고, 피었던 꽃이 지면 다른 꽃이 흐드러지고, 한동안 무지 뜨겁다가도 문득 쓸쓸한 냄새가 나기 시작하겠지. 그럼 곧 단풍이 들고, 낙엽이 지고, 또 다시 겨울이 되는 거야."

"……겨울이 너무 긴 거 같아, 내 생각에는."

"그래도 언젠간 지나가겠지." 내가 대답했다.

"내일은 또 엄청 춥다던데."

"그래? 좀 풀린다 싶더니. 따뜻하게 입어야겠네."

"빌어먹을 꽃샘추위." 네가 말했다.

우리는 천천히 걸어 초등학교로 들어가는 문을 스쳐 지났다. 문틈으로 아늑한 넓이의 운동장이 비쳐 보였다. 가벼운 옷차림의 아이들 몇 명이 뛰노는 가운데 곳곳에 핀 동백꽃이 빨개 눈이 부셨다.

<동백꽃 질 무렵>

36

차는 국도를 벗어나자마자 속도를 냈다. 귀성길에 오른 차량 행렬들은 겨우겨우 버티는 모양새였다. 멀어져가는 국도 위의 자동차들이며 파아란 고속철도가 레일 위로 가로지르는 모습이 선명했다. 날씨는 추석 당일에 들어 맑게 갰다.

"네 형은 추석씩이나 돼서 웬 아르바이트라니?" 큰 고모는 우리가 도착하자마자 역정을 내며 말했다.

"다 큰 녀석인데 뭘. 추석에 저 용돈벌이 하겠다는데 내가 뭐라고 해?" 아버지가 대응했다.

"아무리 그래도 그렇지. 설날 때부터 얼굴 코빼기도 안 보이는 건 뭐하는 버르장머리야? 고생해서 명문대 보내 놓으면 뭘 해? 인간이 돼 먹어야지, 인간이."

"아, 인간 됨됨이까지 뭐라 할 필요 있어요? 아직 어린데 그럴 수도 있지. 글쎄, 추석에 논술 첨삭 단가가 세 배는 오른다잖아요. 그거 모아서 일본에 있는 제 친구 보러 가겠다는 건데, 그게 뭐 나쁜 건 아니니까……." 보다 못한 어머니가 거드는 모양새였다.

"그런 변명이 어딨어? 내가 명절 때마다 우리 민기 만나서 돈 한 푼 안 준 적이 없는데. 며칠 동안 벌면 얼마나 번다고 연락도 한 번 안 하느냐고. 이러다가 얼굴 까먹겠다니까, 아주."

나는 고모부의 지원 사격을 뒤로 하고 마당 뒤꼍으로 갔다. 장군이는 올해로 열다섯 살이 됐다. 워낙 힘이 좋은 녀석인데다 붙임성도 좋아서, 삼 년 전까지만 해도 사람이 오는 족족 달려들어 넘어트리고 손이며 목 구석구석을 핥곤 했다. 비록 지금은 병들어 건물 그늘에 누워 있지만. 예전에는 분명 그랬다.

"그래, 넌 좀 어떠니?"

장군이의 하얀 털을 손으로 쓸어 만졌다. 짧게 자른 털 아래가 파르르 떨렸다. 하얀 털이 때가 그대로 묻어 거뭇거뭇했다. 새카맣게 빛나던 눈동자엔 그새 누르스름한 얼룩이 엉겨 붙었다. 백내장인지 뭔지 하는 병이 개에게까지 생길 줄이야 전에는 상상한 적도 없었는데, 몇 년 전부터는 장군이의 죽음을 생각하기도 한다.

열 살 때까지만 해도, 나는 할아버지와 할머니 그리고 일가친척들이 모두 모인 그런 추석이 영원할 줄로만 알았다. 그러나 할아버지는 이듬해부터 치매를 앓기 시작하셨고, 자식 내외는 물론 반평생 함께한 할머니조차 알아보지 못할 지경이 돼서 끝내 돌아가셨다. 정정했던 할머니가 몸져 누우신 것도 그때부터였다.

추석의 풍경은 해를 거듭할수록 흐릿해졌다. 겉치레쯤만 하던 제사도 재작년부턴 흉내조차 내지 않았다. 조율이시, 조율이시하며 호통을 치는 할아버지도 없었거니와, 큰집을 찾지 않는 친척들이 많아 뭘 준비할 명분도 없었다. 명절마다 부랴부랴 찾아와 햅쌀로 밥을 짓고, 삼색나물을 무치고 전 몇 개 부치는 사람은 고작해야 우리 부모님과 고모 내외에 지나지 않았다.

"……살아계신 것만으로도 감사해야지." 아버지는 마루 구석진 곳에 기대 놓여 있던 큰 상을 집어 폈다. "개똥밭에 굴러도 이승이 좋은 법이니까."

고향에 내려온 일곱 명이 밥상에 둘러앉았다. 고모는 안방에 누워 계신 할머니에게 '식사하실까요' 하고 물었다. 할머니는 아무 대답도 하지 않았다. 고모가 고개를 저으며 안방에서 걸어나왔다. 우리는 밥을 먹기 시작했다. 밥은 찰기가 있었고 김치에는 젓갈맛이 심하게 났다. 식사는 삼십 분도 안 돼 끝났다.

"커피라도 한잔하러 가지." 아버지가 말했다. 나와 어머니를 포함한 네 명이 따라붙었다. 할머니 집에서 이십 분쯤 걸으면 읍내에 갈 수 있었다. 읍내에는 자그마한 커피숍이 하나 있었는데, 좀처럼 쉬는 날이 없어서 명절 때마다 커피를 마시러 오는 가족들이 많았다.

다만 읍내 커피숍은 그날따라 어두컴컴했고, 문도 잠겨 있었다. 낡은 건물 입구에 "추석 당일만 쉽니다"라는 문구가 써 붙여져 있었다. 삐뚤삐뚤한 글씨체로 보니 주인아주머니가 직접 쓴 것이 분명해 보였다. 아버지는 '이러니 별 수 없다'는 표정으로, 근처에 있던 편의점에 걸어 들어갔다.

"오천오백 원입니다. 할인이나 적립 카드 있으세요?" 친절한 목소리였다. 편의점 아르바이트는 입을 닫고 있었다. 포스기에서 나온 소리였다.

"아뇨." 아버지는 카드와 영수증을 받아 챙겼다. 아르바이트생은 계산을 끝내자마자 가로로 치켜든 휴대폰 화면에 시선을 고정시켰다. 나는 아버지가 가져온 얼음 컵에다 인스턴트 커피를 뜯어 부었다. 맛은 달짝지근했다. 아무리 마셔도 목이 탔다.

　다 큰 어른 다섯이 편의점 의자에 주저앉았다. 우리는 제각기 아무런 말도 없이 바깥 풍경을 쳐다봤다. 하늘이 부쩍 높아 가을 냄새가 새어 들었다. 떠나가는 것이 너무도 많았다.

<한가위만 같아라>

37

"이건 그냥 실수야." 여자가 말했다. "일종의……해프닝 같은 거지. 무슨 말인지 알겠어?"

모텔 창살 너머로 햇살이 치고 들어왔다. 여자는 말을 끝맺자마자 일어나서, 느닷없이 속옷을 찾기 시작했다. 침대 위에 널브러진 이불과 여자의 살결이 햇빛에 감응하듯 하얀색을 띠었다.

"무슨 소린지 전혀 모르겠는데." 남자가 그대로 드러누운 채 말했다.

"아, 그러니까, 이걸 뭐라고 말해야 하지?"

"뭐라고 말할 필요 없어. 어차피……."

"아니, 나는 말해야겠어." 여자는 단호한 어조로 말을 끊었다. "난 좋아하는 사람이 있어. 너랑 잔 건 순전히 실수야. 주말이고, 달리 약속도 없었고, 심심하기도 하고 그래서……."

"착각 안 했으면 좋겠다고? 난 그런 거 안 하는데." 남자가 대꾸했다.

"내 얘긴 그런 게 아니었어. 그러니까……."

"좀 정리하고 말해도 돼. 담배 피워도 되지?"

"그래. 나도 한 대 줘."

"음. 줄 수는 없을 것 같은데. 전자담배라서."

"그럼 됐어."

남자는 바지 뒷주머니에서 한 뼘 정도 되는 전자장치를 꺼내 입에 물었다. 이윽고 입을 뻥긋거리자 짙은 회색 연기가 방 주위로 피어올랐다. 과일향이었다. 여자는 아직도 속옷을 못 찾은 모양이었다. 이내 지친 듯 침대에 걸터앉았다.

"너 바쁜 거 없지?"

"일요일이니까." 남자가 대답했다.

"그래. 그럼 시간 좀 내 줄래?"

"한 번 더 하자고?"

"뭐, 그것도 좋지."

남자는 물고 있던 담배를 빼내고, 여자에게 다가가 키스한 뒤 혀를 섞기 시작했다. 열어 놓은 창밖으로 까치 울음소리와 승용차 굴러가는 소리가 들렸다.

두 사람이 섹스를 마치고 옷을 입으니 때마침 퇴실 시간이었다. 여자는 남자에게 아침 겸 점심을 함께 먹자고 했다. 남자는 여자 뒤꽁무니를 따라 카페로 들어갔다.

말없이 샌드위치와 커피를 먹기 시작한 지 십 분이 지날 즈음이었다. 카페에는 사람이 별로 없었고, 비교적 느린 템포의 재즈가 흐르고 있었다. 남자는 창가 자리에 앉아서 이따금 유리 너머를 응시했다.

"걔랑은 대학교 다닐 때 동기였어. 같은 과 같은 학번……." 여자가 느닷없이 말을 꺼냈다. 샌드위치는 반쯤 먹어치운 것 같았다.

"아, 그래." 남자가 뒤늦게 반응하는 체를 했다.

"나이는 걔가 한 살 더 많아. 재수했거든. 근데 우리 학과가 학번제라, 말을 놓고 그냥 친구처럼 지냈어."

"음, 난 대학을 안 가 봐서 잘 모르겠지만, 대충 알았어. 그래서?"

"걔랑은 벌써 육 년이나 됐어. 졸업하고 이 년이나 지났으니까. 무려 육 년 동안이나 친한 친구였단 말이야. 남자들 말로는 불알친구라고 하나? 거기서 우린 성별만 다른 수준이었다니까. 외로우면 같이 술 먹고, 많이 취하면 집에 데려다주고. 그러면서도 아무 일도 없었어. 나는 걜 믿었고, 걔도 그랬거든. 그래서 나한테는 정말 소중한 친구였어. 군대 가 있을 때는 면회도 가고, 손편지도 써서 보내고. 물론 남자친구가 화내기는 했지만……."

"당연히 화내지, 그건." 남자가 끼어들었다.

"아, 그래. 이해는 해. 그런데 걔는 정말 달랐다니까. 날 이성으로 보는 눈빛이 전혀 아니었어. 정말 마음속에서 우러나오는, 우정? 정말 남녀 사이에 우정이 있다면 걔랑 나의 관계일거야. 근데 있지? 졸업하고 나서는 거의 연락을 안 하게 되더라고. 나는 바로 인턴하러 회사 들어갔고, 걘 공무원 준비한다고 노량진에 처박혔으니까. 그렇게 친했어도 뭐, 졸업한 뒤엔 자기 갈 길 가는 거니까. 가끔 만나서 술이라도 한잔할 법한데 그런 일도 없었어. 워낙 바쁘기도 했고, 생각이 안 났을 수도 있지. 그런데……."

쉬지 않고 말하던 여자가 돌연 말을 흐렸다. 남자는 고개를 살짝 숙여 여자의 안색을 살폈다. 혼란스러운 기색이었다.

"최근에 연락이 온 거야. 같이 만나서 술 한잔하지 않겠냐고. 평소 같으면 잔업도 있고, 졸업하고 나서 데면데면한 사이니까 점잖게 거절을 했겠지. 그런데 내가 얼마 전에 사 년 동안 사귄 남자친구랑 헤어졌거든. 그래서 좀……제정신이 아니었나 봐. 정서적으로 힘들기도 하고."

"아하," 남자가 선뜻 맞장구를 쳤다. "대충 감이 오는데."

"아니, 끝까지 들어 봐. 아무튼 오랜만에 만나기도 했고, 그동안 회포도 풀고, 술도 안 마신 지 오래 됐다 싶어서 좀 무리를 했지. 그런데 정신을 차려 보니까. 음, '실수'를 한 거야, 글쎄."

"아, 그냥 섹스했다고 해. 답답하게."

"아니, 그게 무슨 문제야? 나는 이미 솔로였고, 개도 마찬가지였고, 젊은 남녀가 술 마시고 같이 자는 게 불법은 아니잖아, 안 그래?" 여자는 짐짓 흥분한 말투였다.

"나는 문제라고 한 적 없어." 남자가 말했다. "그냥 솔직해지라는 거지."

"이미 솔직하게 얘기하고 있어. 아무튼," 여자가 다시금 말을 이었다. "뭐……바람 핀 것도 아니고, 남녀 사이에 섹스를 하는 게 그렇게 큰 문제도 아니지. 그런데 개랑은 느낌이 참 이상하더라고. 난 개랑 자는 걸 한 번도 상상해 본 적이 없었단 말야. 생물학적으로나 남자였지, 나랑 성관계가 가능한 대상으로 보지도 않았다고. 그런데 개랑 자 버린 거야."

"뭐, 문제 있어? 외로운 사람들끼리 잘 만났구만." 남자가 빈정댔다.

"그래. 나도 처음에는 내가 외로워서 한 거라고 생각했어. 그래서 이건 순전히 실수고, 너랑은 계속해서 친한 친구로만 지

내고 싶다, 이렇게 말했거든? 그런데 오랜만에 소주에 돼지껍데기 먹으면서 얘기하는데, 느낌이 좀 이상한 거야. 걔가 졸업하면서 내 생각이 많이 났다고, 한 번도 날 잊은 적이 없었다고, 요즘도 술 마시다 보면 내 생각이 난다고. 아, 솔직하지 못해서 미안했다는 말도 했어."

"그럼 됐네. 뭐가 문제야?"

"그래서 나는, 지금 사귀자는 거냐고 물어봤어. 근데 그건 또 잘 모르겠대. 왜? 일단 자기 마음을 잘 모르겠고, 공무원 시험 준비를 계속 해야 하는지도 고민인 상황이고, 무엇보다 나한테 미안하다고. 그래서 조금만 시간을 줄 수 있겠냐는 거야."

"어, 그래서?"

"그래서 얼마나 걸릴 것 같냐고 물어보니까, 한 달 정도만 있으면 될 것 같다고 했어. 그러자고 했지. 나도 혼란스러운 상황이니까. 그런데 한 달이 지나고 나니까 나는 걔를 정말 좋아하게 됐어. 두 달이 지나니까 더 좋아졌고. 지금은 정말 하루라도 연락이 안 되면 미칠 것 같은데, 걔는 아직도 마음 정리가 안 됐대. 내 생각에는 나한테 죄책감을 많이 갖고 있는 모양이야. 내가 회사 생활하는 데 자기가 방해되는 것 같다고, 연락도 잘 안 하고."

"아……," 남자가 입을 벌리고 맹한 소리를 냈다. "그러니까, 네 말은. 너는 걔가 진심으로 좋아졌는데, 걔는 선을 명확하게 긋고 있지 않다는 거지. 안 그래?"

"음, 맞아. 그렇지."

"그동안 계속 연락은 했고?"

"했어."

"섹스는?"

"……했지."

"얼마나 했는데?"

"어, 음, 일주일에 한 번 내 자취방에 와. 내가 월차내면 그날에도 와서 하고. ……이런 건 왜 물어보는 거야?"

"좋아. 결론 났네." 남자가 책상을 탁, 치며 경쾌하게 말했다. "그 새끼 빼도박도 못하는 쓰레기야. 아주 확정적이지."

"뭐라고?" 여자의 눈이 휘둥그레졌다. "그게 무슨 말이야?"

"무슨 말이긴? 그 새끼 그냥 너랑 섹스하고 싶어서 연락한 거야. 처음부터. 인스타나 페북에서 니가 남자친구랑 헤어진 걸 눈치챘겠지. 헤어진 직후의 여자가 얼마나 공략하기 쉬운 대상인지 너도 알지?"

"아니, 난 공략당한 적 없어. 걔는 대학 때부터 친구였다고."

"그러니까 연락을 한 거지. 친하고, 같이 술도 마셔 줄 것 같고, 또 정서적으로 아주 취약하니까. 살짝만 긁어 주면 얼마든지 자빠뜨릴 수 있겠다는 확신이 든 거겠지. 어때?"

"아니야. 내가 봤을 땐……그런 느낌은 아니었어."

"그런데 자고 나서는 어땠을까? 내가 같은 남자로서 확신하는데, 걘 사정한 직후부터 니가 귀찮아졌을 거야. '아, 이걸 어떻게 얼버무리지' 같은 생각이나 골똘히 했겠지."

"걔가 왜 그런 생각을 해? 걘 그런 애 아니야! 만약 그랬다면 솔직하게 말했을 거라니까."

"그래? 막말로, 내가 공무원 시험 준비하느라 내가 스트레스를 너무 많이 받았는데 내 주위 사람들 중에 나랑 섹스해 줄 여자는 너 정도인 것 같아서 연락한 거였다, 나는 너랑 사귈 생각도 없고 관심도 없었지만 한 순간의 욕구를 위해 지난 몇 년간의 우정을 한 번 써먹어 봤다, 뭐 앞으로 사회생활하면서 볼 일도 없겠다 싶고, 홧김에 했다 쳐도 친구니까 대강 넘어갈 수 있을 줄 알았다……이렇게 얘기할 남자가 있을까? 응?"

"비아냥대지 마." 여자는 겨우겨우 분을 삭히는 모양이었다. "그런 건 너 같은 쓰레기들의 발상이고."

"차라리 그렇게 얘기하면 낫지. 솔직하기라도 한 거니까. 당분간 외로우니까 서로 파트너로 지내다가, 좋은 임자 만나면 깔끔하게 정리하면 될 거야. 근데 걔는 그렇게 말한 적 없잖아? 아마도 죄책감 때문이겠지. 욕구 때문에 옛 친구 따먹은 새끼가 되는 것보다는 사랑과 우정 사이에서 고민하는 순정남 흉내가 훨씬 나으니까. 적어도 나쁜 사람은 안 된다 이거지. 내 입장에선 본인 욕구에 솔직한 게 뭐가 나쁜가 싶지만……."

"걔랑 나는 파트너가 아니야. 우리는 그런 게 아니고……." 여자가 떨리는 목소리로 말했다.

"그건 니가 그렇게 생각하고 싶을 뿐이고. 일주일에 한두 번씩 만나서 섹스하고 헤어진다며? 그 이외 시간에는 연락도 잘 안 되고, 사귀는 것도 아닌데. 섹파가 아니면 뭔데?"

"내 감정은 어쩌고? 나는 걔 때문에 거의 세 달을……."

"그거야 걔 알 바 아니지. 그냥 '아, 너를 좋아하는 것 같긴 한데 사귀는 건 잘 모르겠다' 같이 의미 불분명한 말이나 찍찍 해대면서 여지를 계속 주면 너는 걔랑 연락을 하고 만날 수밖에 없는 거고, 너는 너에 대한 관심과 사랑을 확인하겠답시고 계속 섹스를 해 줄 테니까. 애초에 섹스가 목적이고, 널 좋아하지도 않는데 왜 니 감정 같은 걸 신경 쓰겠어?"

"아니, 그럼 그냥 파트너로 지내자고 말하지 않은 건 뭐 때문인데? 세상에는 프렌즈 위드 베네핏 같은 것도 있는데."

"그야…… 너랑 사귀고 싶진 않은데, 니가 다른 남자랑 섹스하는 건 못 견디겠다는 거지 뭐." 남자가 대수롭지 않은 듯 말했다. "일종의 소유욕이야. 왜 그런 거 있잖아? 물건 중에서도 갖고 있어봤자 쓰진 않는데 남 주기는 싫은, 뭐 그런 거지."

두 사람은 한동안 말이 없었다. 카페에는 사람이 거의 없었다. 이따금씩 커피머신이 작동하는 소리, 믹서 돌아가는 소리가 들렸다. 여자는 눈을 내리깔고, 깍지를 낀 채 자신의 손가락을 만지작대는 걸 보고 있었다.

"그래, 인정할게." 여자가 나지막하게 말을 꺼냈다. 한층 편안해진 목소리였다. "꽤 설득력 있는 의견이야."

"고마워."

"그런데, 니가 생각하는 것만큼 우리 관계는 단순하지가 않아. 얽힌 것도 많고, 아주 복잡해. 너한테 말 안 한 것도 많지. 그냥 내가 처한 상황을 최대한 간단하게 설명한 것뿐이니까. 너딴에는 최선을 다한 거라고 생각해."

"음, 그래."

"나는 그냥 솔직하게 물어볼 생각이야. 날 정말 좋아하는 건지, 아닌지 말이야."

"파트너로 지내자는 말은 안 하고?"

"아, 걔가 그 정도는 아니야. 침대에선 니가 훨씬 나아. 가능하면 별로 하고 싶지도 않고."

"이것도 얘기할 거야? 걔한테는 되게 상처겠는데."

"아니?" 여자가 어이없다는 듯 되물었다. "이런 걸 왜 말해?"

"솔직하게 얘기한다며? 슬쩍 떠보기라도 해봐. 앞으로 바빠서, 아니, 몸이 안 좋다고 하는 게 좋겠다. 염증이든 뭐가 병이 생겨서 너랑 섹스는 할 수가 없다, 대신 만나서 밥도 먹고 영화도 보러 가고, 연락도 더 자주 하면서 서로 감정을 정리해 보자고 해 봐. 네가 마음이 정리될 때까지 얼마든지 기다릴 수 있지만, 섹스는 못하겠다고 하면 돼."

"……그런 짓을 왜 하는데?"

"떠보는 거라니까. 널 정말 진심으로 좋아하고, 고민하고 있는 거라면 더 깊은 얘길 나눌 수 있겠지."

"그게 아니면?"

"사흘 내로 나가떨어질 거야."

"정말 그럼 정말 못 견딜 것 같은데." 여자가 자리에서 일어나며 말했다. "물론 그럴 것 같진 않지만."

"아, 잠깐만." 남자가 가방에서 볼펜을 꺼냈다. 그러고는 테이블 위에 놓여 있던 냅킨에 쓱쓱, 무언가 써서는 여자에게 건넸다. 여자는 냅킨을 손바닥 위에 펼쳐 놓았다. 남자의 휴대폰 번호였다.

"정말 그렇게 되면 그리로 연락 줘." 남자가 빙긋 웃으며 말했다. "물론 그럴 리는 없겠지만."

"그럴 일 없어."

여자는 주먹을 꽉 쥐어 냅킨을 구겨 버린 다음, 카페 바깥으로 성큼성큼 걸어 나갔다. 그리고 휴대폰을 꺼내 들고는 어디엔가 전화를 거는 시늉을 하며 시야에서 사라져갔다. 남자는 그대로 앉아 남은 샌드위치와 커피를 먹고 마시면서, 가능하면 여자에게서 연락이 오지 않길 바랐다.

전화가 울린 건 그로부터 만 하루가 지나서였다. 전화 너머 가까스로 울음을 참고 있는 여자에게, 남자는 같이 미술관에 가자고 말했다.

<연극이 끝난 후>

그 후, 15×15, acrylic on canvas, 2019. 6

38

"그때는 정말 탈영이라도 하고 싶었어. 진심이라니까." 내가 말했다.

"물론이지. 여기에 그거 이해 못 하는 사람이 어딨겠어?" 테이블에 둘러앉은 친구 가운데 한 명이 소주잔을 획 들이켰다.

"생각해보면 쟤만 한 사랑꾼도 없었지. 소현이랑 얼마나 사귀다 헤어졌던 거야? 중학교 때부터 사귀지 않았어?"

"중학교 때부터 사귀었을 걸." 내 옆에 앉은 친구가 대신 대답했다. 나는 소주를 마신 뒤에 얼굴을 매만져봤다. 손에 닿는 온기만으로도 얼굴이 무척 벌겋게 달아올랐다는 걸 알 수 있었다. 테이블 왼쪽 사이드에는 소주가 열 병도 넘게 쌓여 있었다.

"그런데 진짜 너무한데. 십 년 넘게 사귀었으면, 아무래도 그렇잖아? 다른 사람을 만난다는 게 말이야. 나는 너희가 정말 결혼할 줄로만 알았거든."

"나도 그럴 줄 알았지." 내가 말했다. 혀가 제멋대로 움직이고 있었다. "어머니도 날 마음에 들어하셨었고……아버지야 딸 남자친구를 마음에 들어하기가 쉽지 않으니까, 뭐. 내가 군대를 늦게 가기도 했어."

"아무리 그래도 그렇지. 내가 말은 안 했는데, 소현이 걔는 뭐랄까. 좀 세속적인 면이 있었다니까. 나쁘게 말하면 사람이 약삭빠르다고 해야 하나." 친구가 말했다. 내 주변으로 이상야릇한 시선이 집중되고 있었다. 다만 이와 별개로 동창회의 분위기는 한껏 무르익는 모양새였다.

"맞아. 이런 말하긴 좀 뭐하지만. 이렇게 된 마당에 얘기하자면 강태훈이 공부를 잘했으니 망정이지, 안 그랬으면 소현이가 거들떠보지도 않았겠다 싶어."

"그치, 그때도 자기 급 정도 되는 애들만 주위에 뒀어. 왜, 집 잘 살고 공부 잘하는 애들이 다 그런 건 아니지만, 비슷한 수준이 아니다 싶으면 사람 취급도 안 하는 그런 부류였지. 소현이 친구들은 뭐 하나라도 특출난 게 있어야 해. 엄청 공부를 잘하거나, 집이 존나 잘 살거나, 얼굴이 개이쁘거나……."

예전에 아무리 친했다 한들, 거의 십오 년 만에 만나는 사람들이라면 다소 어색한 분위기일 수밖에 없다. 박박 깎은 머리에 음료수 캔 하나 들고 매점에서 나오던 녀석들은 그새 어른이 됐고, 술집에 모여 앉아 약속이나 한 것처럼 안주와 술을 시켰다. 술 없이 대화하는 방법은 이미 오래전에 잊었다는 듯.

술집 안에는 주황색 전등이 일제히 침침한 빛을 밝히고 있었고, 곳곳에 붙은 낡은 스피커에서는 보사노바 음악이 잔잔하게 흘러나왔다. 한때 음울하기까지 했던 동창회는 소현이에 대한 뒷담화로 말미암아 활기를 띠기 시작했다. 나는 마음이 썩 편하진 않았지만, 아무래도 좋다는 기분으로 계속 술을 들이부었다.

"그런데 뭐, 나는 솔직히 그렇게 생각해." 친구 가운데 한 명이 왁자한 분위기를 비집고 운을 뗐다. "소현이는 결국 그 정도

밖에 안 되는 여자였던 거라고 말이야. 우리가 어렸을 때야 소현이가 예쁘고, 공부도 잘하고, 운동도 잘하고, 뭐 선망의 대상처럼 여겨질 수 있었겠지. 근데 사람은 당장의 모습보다는 먼 미래를 볼 줄 알아야 하는 거 아니겠냐. 겉모습보다는 안쪽의 포텐셜을 꿰뚫어 봐야지. 여기 어디 태훈이가 로스쿨 때려치고 창업할 거라고 생각한 사람 있었어? 솔직히 하나도 없지 않냐? 또 그게 성공할 거라고는 더 생각 못했겠지. 사실 소현이만의 잘못은 아니야. 대부분의 사람들은 그런 걸 못 봐. 큰물을 못 보고, 당장 졸졸 흐르는 강이나 보고 자빠졌지. 태훈이는 용이었어. 아무리 개천에서 태어난들 용은 용이야. 용은 바다로, 하늘로 가야 한단 말이지. 소현이 같은 인간은 평생 강에서 물놀이나 하라고 해. 태훈이는 이제 더 위대해질 일만 남았으니까!"

친구의 일장연설이 끝나자마자, 테이블에 둘러앉은 열댓 명의 남자들은 옳소, 옳소, 떼창을 한 다음, "태훈이를 위해 건배!" 하며 저들끼리 잔을 부딪히고 들이마셨다. 나도 함께 마셨다.

"근데, 소현이는 대체 누구한테 시집 간 거냐?" 친구 하나가 물었다. 입에서 술 냄새가 진동을 했다.

"내가 알기로는 뭐, 검사였다는데. 나이도 소현이보다 여덟 살인가 많다더만." 이번에도 대답은 내 옆의 친구가 대신했다. 나는 편하면서도 불편한 기분이었다.

"참 내. 집도 잘 살면서. 그만큼 먹고살면 됐지, 뭘 더 잘 먹고 잘 살겠다고 검사한테 시집을 가냐?"

"그냥 검사는 아니고 부장검사인가 그렇다던데? 결혼정보회사 통해서 했다더라고."

"진짜? 아, 하기야 그렇겠네. 태훈이 군대 가 있는 동안 손절

하고 그렇게 빨리 결혼한 거면 그거밖에 없지."

"심지어 그 상대방이었던 검사는 재혼이었어."

"뭐?" 멋대로 주고받고 있던 친구 두 명이 돌연 날 쳐다봤다. 나는 어쩐지 태연한 척 애를 쓰고 있었다. "이야, 태훈이는 정말…… 어떻게 뭐 복수할 방법 없냐?"

"야, 검사는 우리나라에서 좀 쎄."

"쎄면 얼마나 쎄다고 그래? 부장검사 연봉이 얼마냐? 우리 태훈이 회사에 지금 직원이 몇 명인데. 몇 명이더라? 태훈아." 친구는 내게 어깨동무를 하며 물었다. 내가 들고 있던 잔 속의 맥주가 흔들려 바지에 조금 흘렀다.

"글쎄…… 잘 기억은 안 나는데. 파견 나가 있는 사람들까지 치면 삼백 명은 넘을 걸."

"캬, 삼백 명!" 듣고 있던 친구들이 탄성을 질렀다. "수천 억짜리 회사는 뭐가 달라도 다르다니까. 야, 태훈아, 회사에 나 놓을 자리 없냐? 니 커피는 내가 기가 막히게 탈 수 있는데 말이야……."

"이 등신 새끼야. 태훈이가 너 같은 놈이 탄 커피를 왜 마시냐? 졸라 예쁜 비서가 타 주면 모를까……."

"우리 회사에 비서는 없어." 내가 말했다.

"어, 왜 없어? 필요가 없어서?"

"나 혼자 할 수 있으니까." 내가 대답했다.

"에이, 그래도 한 명 뽑아야지. 너 와이프 분도 예쁘긴 한데. 이십 대 영계가 내 사무실 앞에서 돌아다니면 일이 훨씬 잘 될 것 같지 않냐?"

"태훈이는 너처럼 안 하니까 성공한 거야. 너처럼 술 밝히고 여자 밝히는 인간이 성공을 못하는 이유가 그런 거라고."

"아니 씨발, 상상 정도는 할 수 있는 거잖아."

이젠 제법 수런거리는 분위기가 익숙해졌다. 술집에 있던 녀석들은 삼삼오오 모여 다른 이야기들을 나누고 있었다. 내 옆자리의 두 친구만이 나와 내 회사 그리고 소현이에 대한 얘기로 입방아를 찧고 있었다. 그 사이 나는 술이 떨어진 걸 발견하고, 서빙하던 젊은 친구 한 명을 불러 세워서 해물부추전이며 오뎅탕 같은 안주 몇 인분과 소주 열댓 병을 더 가져다 달라고 했다. 그리고 외투와 짐을 챙긴 뒤, 잠깐 화장실 좀 다녀올게, 하고 테이블 중앙에서 빠져나왔다.

나는 카운터에서 계산을 한 뒤 밖으로 나갔다. 술값과 안주를 모두 계산했더니 오십만 원이 조금 안 됐다. 저녁나절만 해도 네이비색이었던 하늘은 어느새 깜깜해 별 하나 보이지 않았다. 술집 뒤켠에 있는 작은 마당에는 담배 피우는 사람이 많았다. 나는 자켓 안주머니에서 담배를 하나 꺼내 불을 붙였다. 죽도록 맛없는 담배였다. 나는 두 모금도 채 피지 못하고, 거의 멀쩡한 꽁초를 바닥에 비벼 끈 뒤 주차장으로 향했다. 내 등 뒤로 희뿌연 담배 연기가 새카만 하늘로 피어오르다 사라지기를 반복했다.

몇 분 지나지 않아 대리기사가 도착했다. 나는 상석에 올라타 주저앉았다가, 이내 드러누웠다. 시동 걸리는 소리가 이어졌고, 창밖으로 서울의 가로등 불빛이 수십 번 연달아 깜빡였다. 나는 이를 꽉 깨물어가며 죽어라 일했던 지난날들을 떠올렸다. 자신이 내버린 것이 얼마나 소중하고 위대한 것이었는지를 깨닫고, 매일 같이 눈물을 펑펑 쏟으며 후회로 가득 찬 삶을 살 소현이의 모습을 상상했다.

그러나 나는 뒤늦게 깨달았다. 소현이의 삶은 내가 짓밟기에 너무도 보잘것없었다. 내가 되찾고 싶었던 것은 소현이의 마음이 아니라, 누군가를 그토록 사랑해마지않던 내 자신이었다. 나는 이제 집으로 돌아간다. 사랑하는 아내와 딸이 기다리고 있는. 아름다운 한강의 야경이 내려다보이는 내 명의의 아파트로 되돌아간다. 너무도 순수하게 소현이를 사랑했던 나는, 이제 그 빈 공간을 출세욕과 승부욕, 정복욕과 소유욕, 몇 잔의 술과 담배 연기로 메우고 있었다. 아, 바다가 보고 싶다, 바다, 바다…….

<돌아갈 수 없는 강>

39

당시 여름은 한층 깊어 해가 진 뒤에도 무더위가 기승을 부리던 때였다. 수원역 광장에서 도청오거리로 가는 번화가에 십대에서 이십 대, 많게는 삼십 대의 젊은 남녀들이 제각기 무리를 지어 다녔다. 도시의 윤곽선이 형형색색의 간판과 네온사인 불빛으로 수놓였다. 골목골목 술집이 가로수처럼 늘어섰고, 시끌벅적한 소리가 매캐한 냄새와 함께 길가까지 번져왔다. 가게 앞에는 담배 피는 남자들이 자주 보였고, 가끔 여자도 있었다.

짧은 치마에 긴 생머리를 하고 있던 그 여자도 담배를 태우고 있었다. 짙은 아이라인과 새빨갛게 칠한 입술이 유독 눈에 띄었다. 손톱은 그보다 조금 연한 버건디색으로 칠해져 있었는데, 중지와 검지 사이에 낀 담배 필터 앞부분에 틴트인지 립스틱인지가 묻어난 것이 보였다.

여자는 계속해서 먼 곳을 응시하고 있었다. 그래서 나는 조금 실례가 될 만큼 여자를 자세히 관찰했다. 이성적으로 마음에 들어서는 아니었다. 굳이 말하자면 그 여자가 풍기는 공허함인지 쓸쓸함인지가 금요일 밤의 수원역 광장과는 무척 이질적이었기 때문이다.

왠지는 모르겠는데, 여자들이 서서 담배를 피울 때는 자세가 한결같다. 한쪽 팔짱을 낀 상태로 담배를 쥔 쪽의 팔꿈치를 다른 쪽 손목 위에 올려 걸친 채 피우는 것이다. 누가 '여자는 되도록 이 자세로 담배를 피시오' 하고 정해 놓은 것도 아닌데 말이다. 아무튼 그 여자도 똑같은 자세로 담배를 태우고 있었다. 담배가 꼭 필요한 건 아니지만 달리 할 것도 없고, 이미 입에 붙어 버렸으므로 어쩔 수 없다는 모습으로.

어떻게 보면 아주 한결같은 인간이었다. 나와 처음으로 관계를 맺었을 때도, 몇 달 쯤 지나 느닷없이 '생리를 안 한다'고 말해 왔을 때도, 속도위반으로 결혼을 결정했을 때나 결혼식이 끝나고 신혼여행을 떠날 때에도 그랬다. 비행기 화장실 안에서 몰래 담배를 피우다가 걸린 직후 역시 '비행기가 잘못했다'는 표정으로 멀뚱멀뚱 서 있을 뿐이었지, 이제나저제나 뭐가 문제라는 눈치는 전혀 없었다.

임산부에게 술과 담배가 좋지 않다는 사실이야 나도 알고 있었다. 모르는 사람이 어딨겠는가? 그러나 아내는 '술 담배는 임산부 아니라 모든 인간에게 좋지 않다'는 말로 일축해 버렸다. 나는 구태여 다른 말을 덧붙이지 않기로 했다. 이미 확인한 얘길 더 해봐야 서로 스트레스만 받을 뿐이고, 스스로 필요성을 느끼면 알아서 끊겠지 않겠느냐는 생각이었다.

그렇게 태어난 아이의 지능이 남들보다 낮다는 걸 깨닫는 데에는 꽤 오랜 시간이 걸렸다. 아이는 몸을 뒤집는 것에, 두 발로 서는 것에, 제대로 된 단어를 발음하는 것에 모두 어려움을 겪었다. 아내는 다니던 회사에 휴가까지 내고 아이의 교육에 몰두했으나 큰 차도는 없었다.

"꼭 담배 때문에 그런 건 아닐 수 있어. 원래 선천적으로 그럴 수도 있는 거지." 내가 말했다.

"아니, 됐어. 안 그래도 이제 슬슬 그만하려던 찰나였고. 돈도 한두 푼 드는 거 아니니까." 아내가 대답했다.

실제로 아내는 반 년 넘게 담배를 입에도 대지 않았다. 대신 요가며 필라테스같이 담배를 대체할 만한 취미를 찾았다. 담배가 사람의 체취에 그토록 거대한 영향을 미친다는 건 뒤늦게 알았다. 여태 몰랐던 아내의 체취가 집안 구석구석을 파고들었다.

아이는 한동안 편안해 보였다. 못하던 말을 덜컥 하게 되진 않았지만, 적어도 일어나 걸을 정도는 됐다. 다른 아이들에 비하면 한참 늦은 셈이었지만 별 상관없었다. 그러나 한두 번 열병을 앓으며 받았던 정밀검진에서 선천성 아토피와 천식이 나타났을 때에는 다소간 심란했다. 아기가 받았을, 또 앞으로 받아갈 고통 때문이 아니었다. 아기가 갖고 태어난 모든 아픔과 고통을 자신의 원죄로 삼는 아내 때문이었다.

솔직히 말해서, 나는 아기의 고통 따위 알 바 아니었다. 좀 잔인하게 느껴질 수도 있겠다. 그러나 아기야 아프든 아프지 않든 우는 것밖에 못하는 존재이고, 아내는 그보다 훨씬 복합적이고 입체적인 갈등 상황에 있었다. 이제 와서 담배를 끊는다 한들 아이의 상태가 나아지진 않을 것이었다. 뭣보다 그때의 아내는 살아오면서 가장 담배가 절실한 상황이었다. 그럼에도 담배 한 대를 바라는 마음 자체가 죄악이 된다는 것은……, 아내로서는 도저히 견디기 어려운 짐이 아니었을까 싶다.

아파트 십이 층에서—난치병을 앓는 아이를 품에 안고—투신한 여자가 얼마나 악한 존재인지를 따지는 것은 의미가 없다.

다만 여러분은 선하거나 악한 사람을 구분하기 이전에, 인간이라는 것이 얼마나 어처구니없이 약한 존재냐 하는 것을 알아야 한다. 아내는 강하고 싶었지만 약한 인간이었다. 아이도 그랬고, 나도 그렇다.

내전 중인 나라에서 부모를 여의고 태어난 소년이, 총을 들어 적에게 쏘아대는 것은 악하기 때문이 아니라 약하기 때문이다. 오늘도 댓글 창에서 걱정 없이 선할 수 있는, 선한 곳에 서 있을 수 있는 당신들에게 하염없이 부러운 마음을 보내며, 나는 죽는다. 죽어서 아내와 아이의 곁으로 간다. 이제 여러분은 이 부도덕한 유서를 반찬 삼아, 댓글 창에 특권으로서의 도덕이며 절대선 따위를 유감없이 운운해 보길 바란다. 여태껏 잘도 그래왔듯이…….

<수원 일가족 투신자살 사건의 전말>

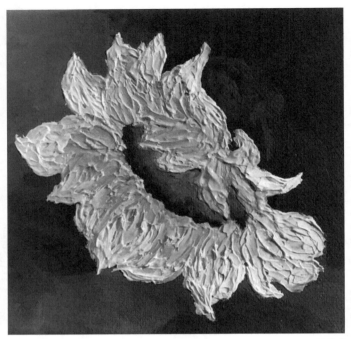

해 바라기, 13×13, acrylic on canvas, 2019. 7

40

"이거 정말 오랜만인데." 대표님은 회의실에 들어오자마자 너스레를 떨었다. "그래, 요즘 글은 어때? 잘 쓰고 있나?"

"잘 쓰는 게 어딨어요? 안 멈추고 계속 쓰면 잘 쓰는 거죠." 내가 말했다. "뭐, 그런 면에서는 잘 쓰고 있는 것 같습니다. 매일 뭐라도 써서 내니까요."

"인간이 참 한결같다니까. 질문에 그대로 대답하는 법이 없어, 예나 지금이나."

"대표님 질문이 유독 추상적인 것도 있지 않을까요?"

"아, 됐어. 어차피 요즘 글은 잘 보고 있으니까. 그냥 본인이 어떻게 생각하는지 듣고 싶어서 물어본 거지." 대표님이 손사래를 치며 말했다. "마실 거는? 커피?"

"괜찮아요. 마실 물을 챙겨 왔거든요. 근데, 보고 계셨다고요?" 나는 김 대표님처럼 바쁜 사람이 내 글 따위를 읽고 있을 거라 생각해 본 적이 없었다.

"당연하지. 요즘 당신이 쓰는 글이 제일 재밌거든."

"허, 칭찬이 후해지셨네요? 한창 리뷰 쓸 때도 그런 말씀은 안 하셨던 것 같은데……."

"후해지긴. 우리 팀 애들한테는 내가 칭찬을, 한 달에 한 번은 하나? 그 정도도 안 하는 것 같은데."

"그건 좀 문제일 수도 있겠는데요. 팀 사기 측면에서……."

"없는 소리를 지어내서 하는 것도 웃기잖아. 너도 제일 싫어하는 거 아냐?"

"그건 그렇죠." 내가 대답했다. "그래도 이제 제가 하는 일은 없는 얘기 만들어내는 건데요, 뭘."

"없는 얘기 같지가 않던데. 다 실제로 있는 얘기 같아."

"조금은 그럴듯하게 써야 하니까요."

"거참 신기하다니까. 영감은 어디서 받는 거야? 책을 많이 보나?"

"그냥 많이 써요, 저는."

"그냥이 어딨어, 왜 계속 쓰는 것 같은데?" 대표님이 물었다. "예전에는 분명한 목표가 있었잖아. 대한민국에서 제일 글 잘 쓰는 인간이 되겠다고……."

"아, 그 얘긴 하지 마세요!" 나는 얼굴을 감싸며 말했다.

"왜? 이제 와서 부끄러워?"

"그런 말 하고 안 부끄러워할 사람이 어딨습니까?"

"그때 당신은 그랬거든? 그러니까 말이야. 참 그런 얘기를 눈 하나 깜빡 안 하고 이야길 하더라고……하하."

"그때는 제가 생각해도 많이 건방졌죠. 여전히 반성하고 있어요."

"아니, 반성은 무슨. 이십 대 초반이었잖아? 그냥 그런 시기인 거지. 그 시절에 그 정도 목표도 없으면 재미없어."

"세상 다 사신 것처럼 말씀하시네요. 하기야 회사도 궤도에 올랐고……굳이 말하자면 완생이시니까요."

"천만의 말씀." 대표님은 종이컵에 있던 물을 쭉 들이켜 마신 뒤 말을 이었다. "스타트업에 완생이 어딨어? 죄다 미생이지. 우리도 마찬가지고."

"이미 충분히 먹고 사실 만큼 벌지 않으셨나요?"

"그런 건 중요한 게 아니야. 스스로 만족할 수 있느냐가 중요한 거지. 당신도 결국 만족하지 못해서 그런 것 아니냐고."

"……뭘 말씀이죠?" 나는 순간 의아해져서 물었다.

"계속해서 글 쓰는 거 말이야." 대표님은 날 뚫어져라 쳐다보며 말하고 있었다. "내가 볼 땐 있지. 대한민국 전체에서는 모르겠는데, 내가 아는 이십 대 중에서는 당신이 글을 제일 잘 써. 본인도 조금은 느끼지 않나?"

"글쎄요, 그거야 대표님이 절 좋아하시니까 하는 이야기죠. 그렇게 생각해 본 적 없어요. 애초에 잘 쓴다는 것도 다 주관적인 기준이고……."

"나는 당신 때문에 당신 글을 좋아한 게 아니야. 처음 만났을 때도, 창업한다고 설쳤을 때도, 지금도." 대표님은 단호하게 대답했다.

"그럼요?"

"당신이 쓴 글 때문에 당신을 좋아하는 거지. 인간 자체는 뭐 한심하고, 나약하고, 일관성도 없고……회사 운영하는 입장으로선 완전 꽝이야. 순전히 당신 글 때문에 이렇게 얼굴도 보는 거라고."

"칭찬인지 욕인지 모르겠는데요, 이쯤 되면."

"하하, 나도 모르겠어. 그냥 나오는 대로 말한 거니까." 대표님은 털털한 표정으로 웃어 보였다. "그래서, 얼마 필요해? 얼굴 보기 힘드신 작가님께서 그냥 왔을 리는 없고……."

"돈 꾸러 온 것 아니예요. 양심이 있으면 대표님한테는 더 못 꾸죠."

"양심이라는 게 있었나?"

"이제라도 좀 있으면 해서요." 나는 능청스럽게 대꾸했다.

"흠, 요즘은 먹고 살 만해?"

"아뇨. 똑같아요. 입에 풀칠이나 겨우 하고 삽니다."

"이번에 책도 꽤 팔렸다며?"

"그러니까 풀칠이라도 하는 거죠. 그렇게 버티면서 다음 책 쓰고, 또 풀칠하고, 또 그다음 책 쓰고……반복이에요, 그냥." 나는 제법 태연한 척 이야기했다. "오늘은 근처에 출판사 미팅이 있어서. 잠깐 뵈러 온 거예요. 굳이 말하자면 채무자 신고라고나 할까요."

"채무자는 무슨, 나한테 갚을 게 뭐 있다고."

"없나요? 있었던 것 같은데."

"없네, 없어. 자. 그럼 저녁 때 다 됐는데 밥이나? 다른 친구들은 따로 먹으라고 하고……."

"괜찮습니다. 어차피 또 가서 글 써야 해서요. 지하철에 사람 많아지기 전에 돌아가려고요." 나는 옆자리에 놓았던 가방을 둘러멨다.

"진짜 인사만 하러 왔구만."

"제가 없는 소리하는 거 보셨나요?"

"많이 봤지." 대표님이 덩달아 일어나며 말했다. "그래서, 앞으로 목표는? 이제 더 잘 쓰는 건 무의미할 거고."

"무의미하다기보단……이젠 잘 쓴 글이라는 게 없다고 생각하고 있어요. 겸허하게 내공을 쌓는다는 기분으로 계속 쓰고 있습니다."

"제기랄. 원래 이렇지 않았잖아. 좀 더 멋있는 대답을 하면 좋겠는데." 나와 대표님은 회사 출입구 방향으로 따라 걸었다.

"나중에 부끄러워할 것 같아서요." 내가 말했다.

"그래도, 궁금하잖아."

"음, 그럼요." 나는 회사의 유리문을 밀어 젖혔다. 정면에 난 창문으로 막 저녁나절에 접어든 하늘로부터 불그스름한 노을이며 창백한 어스름 같은 것들이 뒤엉켜 눈에 들어왔다. "우리 세대한테 문학이라는 걸 되찾아 주고 싶다고 할까요? 충분히 슬퍼할 수 있도록요……."

"충분히 슬퍼할 수 있도록." 대표님은 혼잣말을 하듯 따라 말했다.

"네. 우리는 우리가 슬프다는 것도 잘 모르고 사니까요. 슬퍼할 시간도 자격도 없으니까. 슬퍼할수록 고꾸라진다고 생각하니까."

"하긴 그래." 대표님은 계단을 절반쯤 내려오다 우뚝 멈춰 섰다. 그리고 그길로 쭉 내려가 집으로 향하는 내게 말했다. "이건 정말 잘 해냈으면 좋겠네. 나중에 부끄러워하지 않게끔, 응?"

"네." 내가 대답했다. "……안 되더라도 별 수 없지만요. 안녕히 계세요. 다음에 또 인사드리러 올게요."

"그래도 눈은 참 좋아졌어. 창업했을 때보다. 인사는 됐으니까 글이나 잘 써!" 대표님은 퉁명스레 말하고 뒤돌아 건물 내부로 향했다. 뒤따라 오르는 층계참마다 주황색 불빛이 점멸했다.

논현동에는 일찌감치 석양이 내리깔리는 모양이었다. 태풍이 지나간 자리로 선선한 바람이 불어 닿았다. 나는 느지막이 역을 향해 걸었다.

<몽유병 환자들>

41

나는 개다. 이름은 아직 없다. 강아지 때의 기억은 거의 남아 있지 않다. 부모가 누구인지도 모른다. 내 등부터 귀와 눈에 이르기까지 검은 얼룩이 있는 것으로 봐서, 검은 색이나 흰 색 털을 가진 개가 아닐까 추측만 해 볼 뿐이다.

내가 살던 곳은 작은 항구가 있는 동네였다. 시골이라기엔 사람이 꽤 많았고, 도시라기엔 퍽 촌스런 구석이 있었다. 항구에서 차로 오 분쯤 되는 거리엔 광장이 있었다. 나는 그 원형 광장에 붙은 건물 일층 레스토랑에서 유년 시절을 보냈다.

주방에서 일하는 요리사들이 보호자 역할을 했다. 어떤 면에선 엄청난 행운이었다. 세상에서 가장 능력 있는 떠돌이 개라한들 평범한 인간만큼 많은 음식을 구해다 줄 순 없기 때문이다. 당시엔 미처 몰랐던 사실이다.

인간들에게는 항상 음식이 있었다. 얼마나 많이 갖고 있는지다 먹지 못해 내다 버리기까지 했다. 요리사들은 버릴 음식을 이리저리 손질해 내게 던져 주곤 했다.

인간이 건네 주는 음식들은 하나같이 맛이 기가 막혔다. 나는 주는 음식 대부분을 잘 받아먹는 편이었다. 먹어 치우지 못한 찌꺼기들은 끝내 쓰레기통으로 향했다. 인간들은 썩어가는 모습을 볼 바에 차라리 버리는 쪽을 택한다. 적어도 내가 볼 땐 항상 그랬다.

강아지였던 나는 어느 날 개가 됐다. 요리사와 레스토랑 주인 내외, 그리고 이따금 찾아오는 손님들은 '이제 다 큰 개가 됐으니 제 몫을 해야 한다'고 말했다. 난 문득 성장한 존재로 대우받는 것이, 공식적으로 할 일이 생겼다는 것이 좋았다. 쥐나 좀도둑을 쫓으며 나의 쓸모를 증명할 수 있다는 것도 좋았다. 다만 슬펐던 건 날 사랑스럽게 바라보는 눈빛이며 쓰다듬는 손길이 부쩍 드물어졌다는 사실이었다.

아무튼 나는 주어진 일에 최선을 다했다. 그날도 마찬가지였다. 주방에서 잠을 청하고 있는데 수상한 울음소리가 들려왔다.

"애옹."

고등어 무늬를 한 고양이가 주방 입구를 서성거리고 있었다. 새벽녘 주방은 모든 불이 꺼져 어두컴컴했다. 고양이의 호박색 눈이 깜빡이며 움직였다. 전날 요리사들이 정성껏 저며 놓은 생선토막을 노리는 것 같았다.

어디로 들어온 걸까? 고양이씩이나 되는 덩치로 쥐구멍을 드나들었을 리는 없다. 나는 기척을 숨기며 몸을 일으켰다. 조심스레 최대한 가까이 다가간 다음 크게 짖어 혼내 줄 작정이었다. 그러나 애써 접근하고 보니 고양이도 생선도 이미 사라지고 없었던 것이다.

귀신이 곡할 노릇이었다. 대관절 어디로 들어와 어디로 사라졌단 말인가? 내가 지켜보고 있었으니 그리 멀리 가진 못했을 것이다, 하고 생각할 즈음 환풍구가 눈에 들어왔다. 고양이들이

드나들 만큼 크고 네모난 구멍이었다. 주방에 언제 저런 게 생겼지? 환풍구 막이는 그제까지 한 번도 열린 적이 없었다.

'잘도 이런 통로를 찾아내서는⋯⋯고양이놈들⋯⋯.'

나는 그 큼지막한 환풍구에 꽉 끼어 겨우 걸어갈 수 있었다. 그동안 몸집이 어지간히도 커졌군. 하기야 나는 이제 어엿한 개니까. 세상 무서운 줄 모르는 하룻강아지가 아니니까. 그렇게 생각하면서 먼지 가득한 환풍구를 가로질렀다. 깜깜한 통로 속에서 희미하게 느껴지는 그 고양이 놈의 냄새를 쫓아 계속 걸었다.

얼마쯤 걸었을까? 통로 저 끝자락에서부터 침침한 빛이 흘러나왔다. 고양이는 그 구멍으로 빠져나간 것이 틀림없었다. 나는 끝에 다다라 걸음을 재촉했다. 빛은 점점 가까워지기 시작해서, 어느 순간 확 하고 시야에 펼쳐졌다. 가로등 불빛이었다.

난생 처음 보는 곳이었다. 칙칙한 골목이 가로등 불빛을 반사해 누르스름한 색을 띠었다.

"애옹―."

먼발치에서 고양이 우는 소리가 들렸다. 난 주위를 둘러볼 틈도 없이 소리의 근원을 향해 달렸다. 환풍구를 통과해 오면서 털에 붙은 숯검정이며 먼지 더미 같은 것들이 밤공기에 실려 날아다녔다.

숨이 찰 때까지 뛰었지만 골목은 끝나지 않았다. 고양이와 생선 냄새는 도중에 끊겨 버렸다. 그래도 나는 포기하지 않았다. 동물적 육감에 의지하면서 날이 샐 때까지 동네를 누볐다.

잠에서 깨자 동네는 한낮이 돼 있었다. 소금기 머금은 바람이 골목 안쪽으로 불어들었다. 주변에 바다가 있었다. 밤새 도둑고양이를 쫓아다니다 항구 근처까지 와 버린 것이었다.

놈이 훔쳐간 건 주방장이 유독 아끼던 생선이었다. 하지만 이제야 별 도리도 없었다. 냄새가 끊긴 걸 보니 가는 길에 몽땅 먹어치웠을 공산이 컸다.

'이쯤해서 돌아가야겠다. 너무 멀리 와 버렸어.'

아무쪼록 난 최선을 다했다. 비록 놈을 잡지는 못했지만, 최선을 다해 얻은 결과에는 항상 의미가 있다. 매일같이 혼나는 막내 요리사가 했던 말이다. 놈은 언젠가 주방장이 되는 것을 목표로 레스토랑에 들어왔지만, 삼 년 동안 한 거라곤 재료 손질과 설거지뿐이라는 모양이었다. 그런 주제에 '당장 내일 주방장이 못 되더라도 상관없어. 오늘도 최선을 다했다면 말이야' 하고 입버릇처럼 말하고 다녔다. 난 녀석이 언젠간 진짜 주방장이 될 거라고 믿었다. 그리고 그 모습을 볼 수 있을 때까지 내가 오래 살길 바랐다.

그러나 나는 두 번 다시 주방에 돌아갈 수 없었다. 어디서 길을 잘못 들었는지 도통 모르는 골목들뿐이었다. 지나쳐 온 길에 얼마나 많은 갈림길이 있었는지는, 돌아갈 때가 돼서야 뒤늦게 알게 된다.

이토록 복잡한 길을 마음껏 오고갈 수 있다면. 돌아가고자 하는 곳에 언제든 돌아갈 수 있다면 얼마나 좋을까. 그럴 수 있는 인간은 얼마나 행복한 존재일까.

그로부터 몇날며칠 동안 길을 헤맸는지 모른다. 밤을 다섯 번쯤 지나 보낸 뒤로는 세는 것조차 포기했다. 있던 곳으로 돌아가기 전에, 당장의 허기를 채울 만한 것들을 찾아야만 했다. 그래서 쓰레기통을 뒤졌다. 배수구로 흘러나오는 퀴퀴한 물을 핥아 마셨다. 죽지 않고 살아남기 위해서. 여느 떠돌이 개와 고양이들처럼 말이다.

골목에선 하루하루의 수확이 달랐다. 다 썩어빠진 생선뼈를 건지는 날이 있는가 하면 아무 것도 찾지 못해 주린 배로 잠드는 날도 있었다.

언제부턴가 나는 돌아가야 한다는 사실 자체를 잊어버렸다. 우연히 발견한 환풍구를 알아보는 데도 한참이 걸렸다. 내가 오래전 빠져나왔던 그 구멍은 검은 쇳덩이로 단단히 틀어 막혀 있었다. 가로등 불빛은 여전히 침침한 노란빛이었다.

다시 돌아갈 수 없다는 사실 자체보다, 그런 사실에도 전혀 슬프지 않게 돼 버린 내 모습이 더 슬프게 느껴졌다. 돌아오는 길에 나는 떠돌이 개가 돼 버렸다. 가지런히 윤기가 흐르던 털은 군데군데 빠져 땜빵이 생겼다. 오동통하게 살이 올랐던 배도 그새 쪼그라들어 갈비뼈가 드러나 보였다. 먹을 게 넘치는 주방보다는 어두침침한 뒷골목에 더 어울리는 모습이었다.

불현듯 나는 먼 곳을 바라봤다. 음식 냄새가 새어 나오는 환풍구로부터 등을 돌렸다. 그길로 터덜터덜 걸어 떠났다. 어딘가 다른 쓰레기통이 있을 거라 생각하면서.

<운명의 발견>

 고등학교 입학을 앞두고 있을 때였다. 나는 몇 없는 친구의 제안으로 집 근처에 있는 교회의 여름 캠프에 따라갔다. 나는 영문도 모른 채 차에 올라타서는, 집에서 차로 한 시간 거리나 떨어진 어느 유스호스텔로 갔다. 성경캠프에는 내 또래인 아이들이 서른 명, 교사 역할을 하는 이십 대 초반의 대학생이 다섯 명쯤 있었고, 남녀 혼성인 여느 캠프들이 으레 그렇듯 남자가 여자보다 예닐곱 명은 많았다. 그래서 뭇 남자들은 '여자들의 관심'이라는 한정된 자원을 놓고 이박삼일 동안 긴장감 넘치는 싸움을 벌이곤 했던 것이다.

 내가 도연이를 처음 본 것은 그 캠프에서였다. 그러나 나는 그때 그 이박삼일간의 캠프에서, 이제 막 호르몬을 뿜어내기 시작하는 남녀가 만들어내는 어떤 긴장감의 중심에 도연이가 있었노라고 확신할 수 있다. 열여섯 살이라고 도저히 믿을 수 없는 발육 상태는 차치하고서라도, 개울물처럼 투명하고 빛나는 뽀얀 살결이나 고혹적인 눈매, 아득할 정도로 새카만 검은자위, 새침한 일자 눈썹, 도톰하게 오른 입술과 버건디색 틴트, 봉긋한 가슴과 허벅다리로부터 종아리와 복숭아뼈까지 하얗게 늘어트린 곡선이며 작은 귀 앞쪽에 아기처럼 나 있는 십수 가닥의 솜털 같은 것들을 보게 된다면 그 누구라도 나처럼 생각할 수밖에 없었을 것이다.

물론 당시의 내가 보고 들은 것이라곤 도연이의 외양과 간지러운 목소리에 지나지 않았다. 그러나 누군가 지금까지의 내 삶에서 '첫사랑'이라고 말할 수 있는 순간이 언제였느냐고 묻는다면 십중팔구는 그 순간을 이야기할 수밖에 없다. 하기야 그 시절에 숫기라는 것이 조금이나마 있었던 남자들 가운데서, 도연이를 보고도 '첫사랑'을 느끼지 않을 사람이 얼마나 있겠느냐 싶다. 다만 도연이는 항상 얄상하고 구불구불한 보디가드 같은 오빠들에게 둘러싸여 있었고, 숫기는커녕 소심하기 짝이 없었던 나로서는 도연이와 한 마디도 나누지 못한 채 캠프에서 돌아오는 것이 당연한 일이었다.

• • •

도연이를 다시 보게 된 것은 고등학교 1학년 때였다. 캠프에서 돌아온 직후, 한동안 나는 먼발치에서 쳐다봤던 도연이의 모습을 열병처럼 앓았다. 다만 얼마지 않아서 집 근처에 있는 평준화 고등학교에 진학하게 됐고, 매일같이 학원이며 독서실을 오다니면서 열병은 자못 느껴지지 않을 정도로 희석됐다. 사실은 까맣게 잊었다는 게 정확한 표현일 것이다.

그런 어느 날이었다. 나는 전날 모의고사에서 터무니없는 점수를 받았고, 부모님의 등쌀에 못 이겨 자정 가까운 시간까지 야간 자습을 하다가 돌아가던 중이었다. 평소보다 더 깜깜한 도롯가에는 오렌지색 가로등 불빛이 길을 밝히고 있었다. 그 불빛 가운데 한곳에 교복을 입은 남녀의 무리가 오토바이 한 대를 둘러 서 있었다. 그 무리의 한가운데에는 유독 눈에 띄는 여학생 한 명이 연기가 풀풀 나는 담배를 입에 물고 있었는데, 다름 아닌 도연이었다. 옷도 화장도 달라져 있었지만 한눈에 알아볼 수 있었다.

도연이 옆에는 왁스로 멋지게 머리를 세운 남자가 검은 바탕에 빨간색이 섞인 바람막이를 걸친 채 있었다. 체격이며 풍기는 분위기로 미루어보건대 그 무리에서 대장 노릇을 하고 있는 녀석이 틀림없었다. 나는 도연이를 다시 본 것에 반가운 마음도 들었지만, 혼자였던 데다 워낙 인적이 뜸한 곳이어서 무슨 일을 당할지 모른다는 생각에 걸음을 재촉했던 것이다.

그러나 아니나 다를까 대장처럼 보이는 남학생이 대뜸 "야! 너 일로 와 봐!"하고 소리를 쳤다. 나는 못 들은 척 시선도 돌리지 않고 걸어가려고 했다. 그러나 반사적으로 고개가 돌아가는 것은 어쩔 수 없었던 모양이다. 그 골목대장은 내게 가까이 오라는 듯 손짓했다. 그 순간엔 꼼짝없이 당하겠다는 생각밖에 들지 않았다.

'돈도 뺏기고 몇 대 처맞고 나서야 집에 가겠군.' 가까스로 운명을 받아들이려던 찰나였다. 도연이가 가까이 걸어오던 날 보고는, 남학생에게 뭐라 말하는 시늉을 했다. 그러자 어떤 심경의 변화가 있었는지, 내가 가까이 가자마자 "야, 됐어, 가던 길 가." 하는 것이었다. 나는 너무 겁이 나서, 코 앞에 있는 도연이와 눈조차 마주치지 못하고 돌아 나왔다. 머잖아 내 등 뒤로 젊은 남녀가 무어라 소리치며 싸우는 소리가 났다.

몇 년이 지나서 나는 내가 살던 도시에 있는 대학교에 진학했다. 부모님이 내게 걸던 기대만큼 대단한 곳은 아니었지만, 같은 지역에 있던 학교 가운데서는 가장 입결이 높은 학교였던 데다 국립대이기도 했다. 뭣보다 하나뿐인 아들이 멀리 가지 않는다는 것에, 내색은 않으셔도 적이 마음이 놓이셨던 모양새였다.

학교 주변은 대학가답게 꽤 번화한 편이었다. 그 대학가에는 당연한 수순처럼 우리 대학의 이름이 따라붙었지만, 근처에는 2년제 전문대학도 몇 곳 있어서 밤만 되면 이상야릇한 분위기를 풍기곤 했다. 아무렴 전문대 학생들은 소위 말하는 '노는 애들' 출신이 많았는데, 상권을 겹쳐 쓰다 보니 자연스럽게 일이 치러지는 일도 잦았다. 다만 나는 시험 준비고 뭐고 해서 여전히 공부벌레 축에 속하는 인간이었다. 그런 번잡스러운 분위기에 익숙하지도 않았고, 술을 즐기는 편도 아니라 친구들이 가끔 억지로 데려가는 일만 아니면 대학가를 들르는 경우도 거의 없었다.

근처 전문대 여학생들과의 과팅이 유행한 것은 내가 대학에서 세 번째 학기에 접어들 즈음이었다. 우리 학교에는 '그 지역에서 가장 잘 나가는 국립대 학생'이라는 것을 자신의 가장 큰 프라이드로 여기는 녀석들이 많았다. '근처 전문대 년들이 우리 학교 남자들에게 사족을 못 쓴다' '같이 술만 마셨다 하면 쉽게 다리를 벌린다' 같은 헛소문을 내고, 또 철석같이 믿는 놈들은 대개 이런 부류의 남자들이었다.

그때 나와 방을 함께 쓰던 친구는 소위 말하는 엄마 친구 아들의 전형이었다. '젊음이야말로 한 순간이다'라는 말을 입에 붙이고 사는 인간으로, 매일 같이 술이 떡이 되도록 놀아재끼는데도 좋은 학점을 받아갔다. 또 키도 훤칠하고 얼굴도 잘생겨서 어딜 가든지 동년배 여자들의 관심을 한 몸에 받았다. 난 그 친구가 나쁜 사람이라고 생각진 않지만, 그렇다고 흔히 여자들이 머릿속에 그리는 장밋빛 로맨스처럼 낭만적이고 우아한 인간도 아니다.

녀석은 관심도 없는 날 붙잡고 모르는 여자와의 섹스가 얼마나 환상적인지를 이야기하는가 하면, 시도 때도 없이 운을 떼서는 새벽에도 쉬지 않고 음담패설을 내뱉었다. 악의는 물론 없었고 재미는 있는 놈이었지만 고상한 면보다는 천박한 쪽의 사람이었다.

한번은 그랬다. 나는 그날 오전에 있는 기말시험 준비로 새벽녘부터 일어나 자습을 하고 있었는데, 녀석이 아침 아주 일찍, 산발된 머리를 하고 기숙사 방에 돌아온 것이다. 내가 무슨 일로 이 시간에 다 왔느냐고 묻자, 놈은 실실 웃으면서 '내 인생에서 가장 예쁜 여자를 따먹고 왔다'며 의기양양한 표정을 짓는 것이다. 그리고 휴대폰을 꺼내더니 사진 한 장을 내게 보여 줬다.

젊은 여자 한 명이 음부를 다 내놓고 침대 위에 쓰러져 있는 사진이었다. 휴대폰 카메라 성능이 얼마나 좋은지, 멀리서 보아도 도연이라는 걸 알 수 있을 만큼 선명한 사진이었다. 녀석은 도연이와 한 달가량 사귀다 헤어졌는데, 가끔 술을 마실 때마다 '먹다 버리는 것이 아까울 정도로 예뻤던 전문대 년'이라는 호칭으로 도연이에 대한 얘기를 꺼내곤 했다. 부끄러운 말이지만, 나는 아무 말도 하지 않았다. 무슨 말이라도 해야 할 것 같은 기분이 들었음에도 불구하고.

•　•　•

　　우리 병원에 도연이라는 이름의 환자가 처음 온 것은 아니었다. 그저 나는 쌍둥이 아이를 끼고, 몇 년 간의 시간 속에 풍화된 피부와 표정을 한 채 찾아온 그녀를 보고 대번에 도연이라는 이름을 떠올릴 수 있었다. 그리운 이름이었고, 그리운 만큼 이제 와 슬픈 이름이었다. 나는 날 알아보지 못하는 도연이에게 정밀검사를 해야겠다고 말했다. 내 말에 도연이는 가장 먼저 비용을 걱정하는 것 같았다. 나는 비용은 걱정하지 말고 일단은 필요한 검사가 먼저라고 했다.

　　단기적으로 봤을 때, 나는 의사로서 정확한 소견을 냈다. 처음에 도연이는 자신이 자궁경부암 말기 환자라는 것을 믿지 않으려 했다. 그리고 내게, 선생님, 어떤 방법이라도 있는 거죠, 하고 울면서 매달렸다. 난 도연이에게 '우선 아이 아버지에게 알리는 것이 좋지 않겠느냐'고 말했다. 도연이는 아무 대답도 하지 못했다. 나도 더 이상은 묻지 않았다.

　　나는 진료비를 최대한 경감하는 방향으로 치료 계획을 잡았다. 그리고 사비를 털어 도연이의 진료비 일부를 보탰다. 아내는 나더러 미친 새끼라고 했지만, 그렇게라도 하지 않으면 나는 금방이라도 미쳐 버릴 것 같았다. 도연이는 항암치료를 한 달간 받으면서 상황이 꽤 호전되는 것처럼 보였다.

　　두 달 뒤, 우리 병원에서 작게 치러진 도연이의 장례식에는 어린 쌍둥이 딸 둘과 도연이의 늙은 어머니, 그리고 학창 시절 친했던 친구 몇 명이 왔을 뿐 조촐했다. 나는 아내와 함께 도연이의 영정에 절을 올렸다. 도연이는 영정 너머로 웃음을 짓고 있었는데, 그 모습이 처음 성경캠프에서 보았던 것 이상으로 아름답게 느껴졌다.

장례식장에서 나오면서, 아내는 그 도연이라는 여자가 견딜 수 없을 만큼 불쌍하다고 했다. 어떻게 아이 아버지가 코빼기도 보이지 않을 수 있냐는 것이다. 나는 그 말에, 꽃도 너무 강한 햇살을 받으면 말라 죽는다고 대답했다. 감당할 수 없을 만큼의 아름다움을 가진 여자들이 흔히 그러하듯이.

<해바라기>

43

"대한민국이 올해를 기점으로 '초저출산국가'에 들어섭니다. 통계청 자료에 의하면 금년 합계출산율이 1명 미만으로 떨어졌으며, 이는 전세계에서 유일한 0명대로서……."

나는 뉴스를 보다 말고 텔레비전을 껐다. 출산율 얘기야 하루 이틀도 아니었다. 당장 문제는 대체휴일까지 껴서 낸 휴가 대부분을 처갓집에 내려가 보내야 한다는 것이었다. 마음 같아선 하루 종일 집에 박혀 잠이나 자고 싶었지만 아내는 벌써부터 나갈 채비를 하고 있었다.

아내는 어린 시절을 시골에서 보냈다. 장인 내외는 서울 근교에서 꽤 큰 농장을 하고 있었다. 별 일 없는 주말에는 가끔 일손을 보태려 아내와 함께 내려가곤 했는데, 올해는 유독 추석이 빨라 벌써부터 비상이 난 모양이었다.

"바빠지시면 언제든 연락 주세요. 체력에는 자신이 있으니까요."

그건 새참이 맛있어서 별 생각 없이 한 말이었다. 황금 같은 휴가에 다짜고짜 불러낼 줄이야 누가 알았겠느냐고. 아내는 "그러게, 왜 마음에도 없는 약속을 왜 했대? 호호." 하며 놀려댈 뿐이었다. 나는 별달리 핑계도 찾지 못하고 아침 댓바람부터 차를 몰았다.

한 시간 반쯤 달려 처가에 도착했다. 농장은 사방이 탁 트여 있어 뙤약볕이 뜨거웠다. 나는 장인어른과 인사를 나누자마자 옷을 갈아입었다. 밀려 있는 일들을 보니 어지간히 바빴겠구나 싶었다.

주어진 일을 반쯤 끝냈을 무렵이었다. 그동안 해는 중천에 올랐다. 더위는 잦아들기는커녕 더 무르익었다. 농작물은 이런 지옥 같은 날씨 가운데서도 쑥쑥 자라나 있었다. 새삼스레 자연의 위대함을 깨닫는 순간이었다.

"여기 와서 바람 좀 쐐."

아름드리 나무그늘에 아내가 앉아 손짓했다. 나는 차갑게 젖은 수건으로 이마와 등줄기에 흐른 땀을 훑어 닦았다. 그렇게 그늘에 기대 앉아 있으니 선선한 바람이 불어 금방 시원해졌다.

"힘들지?" 아내는 드러누운 내 귀에다 대고 대뜸 말을 걸었다. "미안해. 우리 엄마아빠 때문에."

"……이제 와서 무슨 소리야." 내가 말했다.

"그냥, 이런 날씨에 고생하는 거 같아서. 미안해서 그러지."

"마음에도 없는 소릴."

"하하."

나직이 웃는 아내의 모습, 그 뒤로 터덜터덜 걸어오는 장인어른이 눈에 보였다. 나는 곧장 몸을 일으켰다. 일은 이미 충분하게 했지만. 괜히 누워 있다 농땡이 피운단 느낌은 주고 싶지 않았다. 한편 장인어른은 다른 용건이 있는 기색이었다.

"우리 사위는 양계장 본 적 있나?"

"아뇨. 실제로 본 적은 없습니다. 계란은 좋아하지만." 내가 대답했다.

"그럼 같이 갈까? 구경도 하고, 계란도 한 판 해 가고."

"아, 여기도 양계장이 있었나요?"

"그럼, 이리 따라오게."

장인어른은 말하자마자 바로 돌아서 걷기 시작했다. 막무가내인 걸 보니 분명 일손이 부족한 것이렷다. 솔직하게 말하지 않는 게 아내와 똑 닮았다는 생각이 들었다. 따라 걸으면서 뒤를 돌아다봤다. 아내가 날 빤히 바라보며 고개를 젓고 있었다.

난생 처음 가본 양계장에선 시크무레한 냄새가 났다. 농장에서의 흙냄새나 소똥냄새 같은 것과는 사뭇 달랐다. 양쪽으로 펼쳐진 예닐곱 개의 선반에 층층마다 닭들이 들어차 있었다. 암탉들은 장인어른이나 내가 들어오는 걸 신경도 쓰지 않았다.

비슷한 크기의 닭들이 죽 늘어서 달걀을 떨어트렸다. 닭들이 갇힌 철창 앞에는 빗물받이 같은 받침대가 뻗어 있어서 달걀들은 모두 그곳에 고여 있었다. 내가 할 일은 고인 달걀들을 깨지지 않게 조심조심 모으는 것뿐이었다.

나는 그런 종류의 일이 처음이었기 때문에, 장인어른에게 사소한 질문을 몇 번 했다. 다만 그럴 때마다 장인어른의 답변은 너무 짧다 못해 냉정할 지경이었다.

"이건 판에 넣기에 너무 작은 것 같은데 어떻게 할까요?" 내가 물었다.

"버려." 장인어른이 대답했다.

"끝부분이 살짝 깨져 있는 건요?" 머잖아 내가 다시 물었다.

"그것도 버려." 장인어른이 다시 한 번 대답했다. 나는 하는 수없이 불량 취급된 달걀을 양동이에 던져 넣었다. 달걀 깨지는 소리가 퍽 하고 났다.

문득 고개를 들어 층층마다의 닭들을 올려다봤다. 방금 내가 던져 깨트린 달걀도 그 가운데 있는 어느 하나의 닭이 낳았을 것이었다. 그럼에도 닭들은 아무 표정도 없이, 그 어떤 원망 섞인 눈빛도 없이 계속해서 알을 낳고 있었다. 마치 늘 있어 온 일이라는 듯이. 어차피 누가 하든 별 상관없는 일이라는 듯이. 우리가 결코 그만두지 않으리라는 것도 알고 있다는 듯이. 나는 더 이상 아무 질문도 하지 않았다. 장인어른 역시 방금 나온 계란을 받아 모으고 버리길 말없이 반복할 뿐이었다.

• • •

"하하, 우리 사위도 참 마음이 여려 가지고." 장모님은 내가 한 얘기를 듣자마자 대뜸 웃으며 말했다. "그래, 우린 그런 생각은 못했네. 앞으로 우리 사위한테 양계장 일은 시키지 말라고 해야겠어."

"아, 아뇨. 일을 못하겠다기 보단……, 그냥 마음이 그랬어요. 잔인하다고 생각했던 건 아니고……." 난 어쩐지 변명을 하고 있었다.

"괜찮아. 사위는 내내 도시에서만 자랐으니까 그럴 수도 있지. 그런데 이렇게 안 하면 계란 값이 하나에 천오백 원은 할 걸?"

"그렇겠죠?"

"닭이라고 다 똑같은 닭도 아니야. 고기로 쓰는 닭은 그거대로 따로 키우지, 오늘 본 건 알 낳는 닭으로 키워진 거고……, 뭣보다 우리 양계장에서 나오는 건 무정란이야. 사람 먹으라고 된 알이지. 저거 그대로 닭한테 줘서 품게 놔 둬 봐. 백날 해 봐야 병아리가 나나. 요새는 유정란도 관리를 잘해야 병아리가 날까말까 한다는 판에."

"맞는 말씀이십니다." 나도 대강은 알고 있는 사실이었다. 다만 단순히 알고 있는 것과 실제로 보고 느끼는 바 사이에는 상당한 간극이 있다.

"티비 보니까 사람도 요즘 출산율이 위태위태하다더라고. 그래도 우리 사위는 걱정할 필요없겠다 싶어. 일하는 걸로 보나 골격으로 보나……."

"아하하……." 나는 멋쩍게 웃어 보였다. 결혼한 지 꽤 되긴 했어도 이런 말에는 도리가 없다.

"아무렴, 우리 딸도 곧장 손주 하나만 낳아 주면 얼마나 좋을까?"

한사코 장모님이 너스레를 떨었다. 걸터앉은 대청마루에 바람이 한 줄기 불어 닿았다. 때마침 아내가 마당으로 걸어 들어왔다.

우리는 저녁을 먹고 느지막이 시골을 떠났다. 온종일 후덥지근한 데서 일했던 탓인지 자동차 에어컨 바람이 반가웠다. 서울로 향하는 도로는 제법 막혔다.

"아까 엄마랑 둘이서 무슨 이야기했어?" 조수석에 앉아 줄곧 휴대폰을 쳐다보던 아내였다.

"무슨 얘길하긴, 그냥 서로 안부 같은 거나 주고받았지." 나는 느닷없는 질문에 당황하며 말했다. "갑자기 그건 왜?"

"아니, 그냥 궁금해서." 아내가 빙긋 웃으면서 대답했다. "아, 우리 다음 번 병원은 언제 가기로 했지?"

"다음 주 수요일."

"맞아, 수요일이었지."

"……무서워." 내가 말했다.

"뭐가?" 아내는 정말이지 의아한 표정이었다.

"결과를 확인하는 게 무서워."

"왜?"

"또 안 되면 어떡해? 이번에도 안 됐으면 어떡하지?"

"어떡하긴 뭐 어떡해. 또 다시 해 봐야지." 아내는 너무 침착했다. "아무리 그래도 입양은 하기 싫어, 나는."

"……그래." 내가 대답했다.

고속도로는 한동안 정체돼 있었다. 차는 아주 조금씩 움직였다. 우리는 밤 열 시가 다 돼서 집에 도착했다. 아내는 씻자마자 지쳐 잠들었다.

날씨는 추석이 지나기 무섭게 쌀쌀해졌다. 그 무렵 뉴스에서는 서울 근교 농가에 조류 인플루엔자가 유행한다는 보도가 이어졌다. 이때 방역 대상이 된 처갓집은 양계장에 있던 닭들을 모두 마대자루에 넣고 산 채로 땅에 묻었다.

비단 처갓집만의 일은 아니었다. 주변 일대 농가에 있던 닭들은 한 마리도 남김없이 전부 살처분됐다. 장모님은 사흘 내내 슬피 울었다. 아내도 울었다.

이듬해 들어 처갓집을 다시 찾아갔다. 오랜만에 찾은 양계장에는 그새 새로운 닭들이 들어차 바글바글했다. 양계장 한쪽 구석에는 똑같은 양동이 하나가 놓여 있었다.

기준 미달의 계란들이 으깨져 이곳저곳으로 튀었다. 나는 엉겁결에 의사가 했던 말을 떠올렸다. 현기증이 났다. 이렇다 할 변화는 없습니다. 몇 번을 더 해도 어렵습니다. 사실상 불가능하다고 봐야 합니다. 비용이 한두 푼도 아닌데. 다른 방법을 찾아보는 건 어떨까요.

<무정>

44

 원숭이 집단 A는 총 열 마리다. 여섯 마리의 수컷과 네 마리의 암컷으로 구성돼 있다. 집단 A는 어느 날 점심식사를 끝낸지 두 시간이 지나는 시점부터 간식을 제공받기 시작한다.

 처음 열흘 동안은 포도 다섯 송이를 준다. 얼마쯤 시행착오를 겪긴 했지만, 우두머리 수컷의 주도 아래 집단 A의 모든 원숭이가 대체로 비슷한 포도를 분배 받았다. 이후 원숭이들의 활동은 눈에 띄게 적극적으로 변했다. 무리 내에서 다툼이 일어나번지는 케이스도 확연히 줄었다.

 열흘이 지난 뒤부터는 간식 구성에 변화를 준다. 가장 먼저 포도 한 송이를 오이로 바꾼다. 달고 맛있는 포도가 퍼석퍼석한 오이로 바뀌자, 일부 원숭이들로부터 작은 불만이 튀어나온다. 우두머리는 자신을 포함한 수컷들에게 포도 세 송이를, 나머지 암컷들에게 포도 한 송이와 오이 한 개를 분배함으로써 상황을 극복한다.

 다시 열흘이 지나고, 이번엔 포도 두 송이를 오이로 바꿔서준다. 우두머리는 수컷들에게 제공되던 포도 한 송이를 오이로 대체해야 했다. 처음에 원숭이들은 우두머리에게 노골적인 반항심을 보이다가, 이내 간식을 주는 실험자 및 사육사에게 공격성을 드러낸다. 이와 별개로 집단 A에서 우두머리가 행사하던 영향력은 나날이 줄어드는 경향을 보인다.

또 열흘이 지나서, 포도 세 송이를 오이로 바꿔서 준다. 원숭이들은 심하게 반발한다. 우두머리는 암컷들에게 주던 포도 한 송이마저 오이로 바꾸는데, 암컷들의 저항이 거세지자 반대로 수컷들에게 주던 포도 두 송이를 오이로 바꿔 버린다. 이윽고 집단 A에 내분이 일어난다. 이때 서열 싸움에서 패배한 수컷 두 마리에게는 오직 소량의 오이만이 주어지는가 하면 아예 간식을 먹지 못하는 날도 생긴다.

또 다시 열흘이 지나, 포도 한 송이와 오이 네 개를 주려고 시도한다. 그러나 집단 A의 저항이 예상 이상으로 강했기 때문에, 이틀째부턴 다시금 포도 두 송이와 오이 세 개를 배식한다. 식성이 좋은 어떤 암컷은 포도를 대가로 수컷과 교미하기도 한다.

거듭 열흘이 지난 뒤, 실험자는 기막힌 아이디어를 냈다. 전처럼 포도 한 송이와 오이 네 개를 주되, 집단 A를 둘로 나눠주는 것이다. 사육사는 집단 A를 세 마리의 수컷과 두 마리의 암컷으로 구성된 두 집단 B, C로 각각 나눈다. B와 C는 전처럼 같은 사육장 안에서 지내지만, 오직 간식을 먹을 때에만 투명한 칸막이로 구분해 놓는다. 여기서 핵심은 한 송이 남은 포도를 B와 C중 한 곳으로 몰아주는 것이다. 그날그날의 포도가 어느 쪽으로 갈지는 순전히 사육사의 기분에 맡긴다.

어느 순간부턴 칸막이 없이도 집단 B와 C의 구분이 확실해져서, 더 이상 그 원숭이 무리를 집단 A로 뭉뚱그려 부를 수 없을 지경에 이른다. B와 C는 매일같이 싸운다. 한 달쯤 지나선 간식에서 포도를 제외해 버리거나 아예 간식을 주지 않더라도 계속 싸우기 때문에, 원숭이들이 실험자나 사육사에게 적의를 드러내는 일은 더 이상 없다.

· · ·

"이 정도 실적이면 연구비는 충분히 받을 수 있겠지?" 교수 D가 말했다. "그동안 자네가 참 수고 많았어. 앞으로 좋은 일이 많이 생길 거야."

"아닙니다. 교수님을 잘 만난 덕분이죠. 고생을 하긴 했지만." 대학원생 E가 말했다.

"그래. 참. 우리가 하는 고생을 다들 알아주면 좋을 텐데 말이야……."

"연구비 자체가 쪼그라드는 추세니 어쩔 수 없죠. 실적기준도 예전보다 엄청 높아졌고요."

"쪼그라든 것도 쪼그라든 건데……이게 다 연구비가 질질 새서 그래. 그 많은 연구비가 어디로 새느냐? 공학으로 다 가고 있단 말이야."

"아무래도 대세가 그런 쪽이니까요. 관심도 다 그쪽으로 가고 있고."

"아니, 내 말은, 학문이라는 것이 백년대계를 보고 투자를 하고 추진을 해야 하는 건데, 대학들이 유행 따라, 경향 따라 이쪽 저쪽으로 가 버리면 대체 어쩌자는 거야?"

"맞는 말씀입니다." E가 맞장구쳤다.

"빨리 그쪽 거품이 꺼져야 될 텐데. 인공지능이네 뭐네 해서 툭하면 새로운 용어를 만들어내서는. 연구를 어디 지네 연구실에서만 하는 줄 아나? 어휴…….” 교수가 자리를 박차고 일어났다. “됐으니까 밥이나 먹으러 가자고. 자네 설렁탕 좋아하나?”

“네. 좋아합니다.” 대학원생이 말했다.

<불평, 등>

45

"오늘 오전 열한 시, 국회의사당 앞 광장에서 대통령 취임식이 거행됐습니다. 대통령은 새 정부 출범과 더불어 핵심 공약이 었던 청년 일자리 창출, 재분배를 통한 빈부격차 해소와 공정한 민주사회 실현 등을 재확인하면서, 일관성 있는 정책 추진을 위해 국회를 비롯한 중심기관들의 대승적 협조와 국민적 지지를 당부했습니다."

(화면이 전환된다. 카메라가 대통령의 얼굴을 클로즈업한다.)

"……청년 일자리를 더 많이 확충할 것입니다. 이로써 젊은 세대가 국가발전에 실질적으로 기여할 수 있도록 기회를 제공함과 동시에, 우수한 기술을 가진 중소기업들에게 강소기업으로 거듭날 수 있는 성장동력을 불어넣을 것입니다"

• • •

(역삼역 인근에 있는 사무실. 하늘높이 뻗은 유리건물의 십칠 층에 위치해 있다. 대표이사는 의자에 앉아 서류를 검토하고 있다. 사원처럼 보이는 젊은이 한 명이 책상 맞은편에 서서 대표이사의 말을 기다리는

모양이다.)

"······아무튼 뿌리긴 해야 하는 돈이야. 까딱 잘못 쓰면 횡령이라니까." 대표이사는 집게손가락으로 금방 훑어본 서류를 톡톡 튕겼다. "그런데 이게 참 그래. 추경예산이 수천 억씩 집행이 되면 뭘 하나? 확실히 우리가 벤처기업에 투자하는 회사이기는 한데."

"검토하신 서류대로 집행할까요? 컨펌해 주시면 내일이라도 예산 납입이 가능하다고 하는데요." 사원이 물었다.

"아니. 여기 봐 봐. 여기랑 여기, 그리고 여기는 빼 버려. 아, 이 회사도 빼. 뭐 이런 터무니없는 회사를 뽑아 놨어? 여기가 무슨 창업 동아리야?" 대표이사가 서류에 있는 기업 목록 가운데 몇 개를 짚으며 말했다.

"아, 알겠습니다. 납입은 내일 할까요?"

"내일은 무슨! 우리가 투자사지 자선사업체야? 이런 회사들한테 돈을 막 뿌리게?"

"그럼 납입일은 언제로······"

"날짜를 꼭 정해야 해?"

"그런 건 아닙니다. 가이드라인에는 일 년 내 반드시 집행해야 한다고만 돼 있습니다."

"그럼 성과를 보고해야지. 일단 이달 말쯤 해서 예산을 30퍼센트 정도만 미리 줘. 그리고 매달 성과보고서 작성해서 제출하게 하라고. 아, 집행 내역이랑 향후 계획도. 지난 번 정부사업 유치 때 썼던 양식 그대로 쓰면 될 거야. 그거 제출하는 거 보고 반 년 뒤에 어디에 얼마를 더 줄지 결정한다고 해."

"알겠습니다."

"그렇게라도 해야 애들이 아득바득 일을 할 거 아냐. 요즘 젊은 놈들은 돈을 미리 다 주면 쓰기 바빠서 일을 안 한다고. 그래놓고 결과물을 보면 세상 쓸데없는 일들만 잔뜩 벌여놨어. 이게 말이 돼? 악착같이 달라붙어야 겨우 직원들 입에 풀칠할 마당인데. 돈은 돈대로 바라면서 책임감이라는 게 없다니까. 매출도 거의 안 나오는 놈들한테 돈을 뿌려서 뭐해? 다른 게 아니라 그런 게 바로 눈 먼 돈이라고."

"예." 사원이 대답했다.

"중소기업 키우고, 스타트업 장려하고, 젊은이들 일자리 만들고, 뭐 그런 건 좋다 이거야. 그런데 아무리 그래도 그렇지. 회사 꼴 정도는 만들고 와서 '돈 좀 주십쇼' 해야 하는 거 아니냐? 어떻게 이 많은 회사 중에 손익분기점 넘은 곳이 두 곳 밖에 없냐고. 정책을 아무리 좋게 해 주면 뭐하나? 요즘 젊은이들 창업한 거 보면 하나같이 속 빈 강정이고, 쭉정이들뿐인데. 밑 빠진 독에 물 붓기라니까? 아, 어디 보자. 잠깐 확인할 게 있는데. 여기 회사들 대표자 이력 정리된 게 있나?"

"예. 어제 대표님 메일로 공유드렸습니다."

"그래. 여기 있네. 방금 찾았어." 대표이사는 마우스를 몇 번 똑딱거리면서 모니터 화면을 바라봤다. "야 이 씨, 이거 봐라. 이거 봐. 내 이거 이럴 줄 알았다니까."

"예?" 사원은 당황한 기색이 역력했다. "서류에 오류가 있습니까?"

"아, 차라리 오류였으면 좋겠어, 나도. 어떻게 대표자들 학력이, 이름 들어 본 대학 출신이 거의 없어? 손익분기점 넘은 두 군데가 그나마 나은 수준이고. 여기도 나 때는 명문대 축에도 안 끼워 주는 곳이었는데. 하, 이런 말하는 나도 참 시대에 뒤떨어진 거 같기는 한데 말이야."

"……아닙니다." 사원이 고개를 저으며 말했다.

"아니긴 뭐가 아니야. 속으로는 꼰대라고 생각하고 있는 거 아냐? 정부 예산 뿌리는 데 학력이나 따지고 있으니까." 대표이사가 이죽거리듯 말했다.

"그런 건 정말 아닙니다."

"그래도 별 수 없어. 회사라는 걸 굴려 보면 좀 알겠지만, 대표자 학력이 어느 정도는 받쳐 줘야 한단 말이야. 그래야 괜찮은 인재도 주변에서 구할 수가 있고, 들어오는 직원들도 존경심을 갖고 일한다고. 멍청한 놈들이 사업한다고 설치면 꼭 멍청한 사람들만 붙는 법이고. 아, 이건 뭐야? 실업계 고등학교 졸업해서 창업을 했다고? 여긴 왜 뽑았어?"

"그게, 투자 대상 기업 선정 가이드라인에 쓰여 있습니다. 고졸 창업자가 대표인 경우는 우대 조건이고, 나중에 투자 보고서 작성할 때도 가이드라인 준수 여부를……."

"아오, 뭐가 기준이 그래? 지랄 났네, 지랄 났어. 그럼 빼지 말고 요령을 좀 부려 봐. 최소 기준에 딱 걸친 금액만 주리고. 투자해 달라고 한 만큼 주지 말고. 돈을 그냥 허공에 날리면 안 될 것 아냐? 대부분 정부 예산이라지만 우리가 출자하는 비율도 있으니까. 걔네한테 줄 돈 빼서 아까 그 손익분기 넘은 애들한테 더 줘 버려. 그쪽이 조금이라도 회수 가능성이 있잖아."

"알겠습니다".

"정부가 아무리 멍청하게 예산을 써도, 우리라도 좀 효율적으로 분배를 해 줘야지. 이게 다 국민들 혈세인데. 사람들이 정부 돈은 다 눈 먼 돈이라고 함부로 쓴다니까? 장려정책도 좀 수익성을 보고, 사업성을 보고 합리적으로 해야 할 거 아니야. 일단 막 퍼주고 보는 건 투자라고 볼 수 없어……. 참, 이건 보면 볼수록 어이가 없네. 실업계 출신 주제에 무슨 자신감으로 삼억씩이나 투자해 달라는 거야? 어휴, 가서 일 봐."

대표이사가 손사래를 치며 말했다. 사원은 짧게 목례한 다음 뒤돌아 나왔다.

그해 국회가 '청년창업 생태계 육성 및 벤처기업 일자리 창출 장려'에 편성한 수천억 원 중 대부분이 관련 기관 또는 민간 투자재단에게 위탁됐다. 다만 해당 예산이 모두 분배되는 데는 삼 년이 넘게 걸렸다. 그나마도 정부 부처에서 예산 집행을 독촉하는 공문을 네다섯 차례나 보낸 뒤에야 마무리됐다.

한편 이 건에 대한 예산 운용 내역 및 실적 보고서가 문제시되는 경우는 거의 없었다. 정권교체와 함께 이전 정권에서의 핵심 정책 대부분이 파기되거나 전면적인 수정을 거쳐야 했기 때문이다.

• • •

"이쪽이 훨씬 낫네." 화면을 쳐다보던 팀장이 운을 뗐다. "이걸로 하자. 지난 번 그 디자이너는 너무 일을 대충했어. 그런 실력을 갖고 어떻게 외주로 벌어먹는지 궁금할 정도였다니까."

"제가 보기에도 그랬어요." 뒤에 서 있던 직원이 거들었다.

"사업보고 서류는 이걸로 충분해. 여기 올려 놓은 마지막 파일로 제출하면 될 거야. 물론 개선할 여지가 전혀 없는 건 아닌데. 이젠 시간 여유가 거의 없으니까. 어쩔 수 없지."

"다음에 더 잘 해야죠. 디자인 더 잘하는 외주 팀을 찾아볼게요."

"어, 그러자. 그냥 누구 안 맡기고 우리가 만들면 좋을 텐데. 너나 나나 디자인은 잘 못해서 아쉽네. 그럴 시간도 없긴 하지만." 팀장이 앉아 있던 의자바퀴를 뒤로 쭉 빼면서 말했다. "인턴 뽑는 건 좀 어때? 아까 보니까 이력서가 꽤 쌓였던데. 쓸 만한 친구 있어?"

"안 그래도 그거 때문에 골치가 많이 아파요. 말도 안 되는 이력서도 많고, 이것저것 써놓은 게 많아도 실무랑 도움 되는 건 거의 없더라고요. 졸업 예정인 대학생도 많고……."

"그럼 그냥 똑 부러지는 애를 뽑아. 대학 잘 나온 친구로다가. 어차피 인턴을 뽑긴 뽑아야 되니까."

"그나마도 거의 없어요. 있다 치면 전공이 완전 깨거나."

"뭐, 애초에 스펙이 좋은 애들은 스타트업 인턴 같은 게 아니라 대기업에 정직원으로 가니까. 어느 정도는 당연한 거야. 그나마 우리 회사쯤 되니까 그 정도 스트레스에서 멈추는 거지……. 내가 왜 너한테 한번 봐 달라고 했는지 알겠지?"

"그러게요……엄청 힘드네요. 사람 뽑는 게 이렇게 힘든 일인 줄 몰랐어요." 직원은 크게 한숨을 쉬며 대답했다.

"힘 빠지는 일이지. 서류도 많고. 그래도 인턴 몇 명 들어오면 일에 좀 더 집중할 수 있을 거야. 책임감은 갖되 너무 큰 부담은 느낄 필요 없어. 어차피 월급 절반은 나라에서 지원해 준다잖아. 졸업예정 대학생이라도 반값에 인턴으로 쓸 수 있으면 좋지. 그야 반값일 때 얘기지만."

"조만간 온다는 그 친구도 졸업 예정 아니예요?"

"아, 그 친구는 어쩔 수 없었어. 기관장 추천서 낸 친구들 중에 적어도 한 명은 뽑아야 해서. 그래야 정부에서 지원금이 나오거든. 벤처기업 창업 장려 뭐시긴가, 거기에 무슨 조건으로 채용한 직원이 몇 명 있어야 한다고 기준이 있어 가지고."

"아하, 그랬던 거구나. 전 그 스펙으로 어떻게 왔나 싶었죠. 팀장님 학벌 엄청 보시는 거 저도 아니까. 되게 의외다 싶었는데."

"하하, 이런 건 행정적인 부분이니까 유연하게 받아들여야지. 어차피 이 년짜리 계약직이거든. 반 년 뒤에는 아무 문제없이 내보낼 수 있고……. 반 년 동안 최저임금 주고 몇 억 지원금 받는 거면 몇 배는 이득이라 이거지. 나도 처음엔 좀 그랬는데, 대표님 말 들어보니까 이해가 되더라고."

"와, 너무 잔인한데요."

"어쩔 수 없잖아. 우리도 어떻게든 살아남아야 되는 입장이니까."

"전형적인 전시행정이네요. 우리가 말하긴 좀 뭣하지만." 직원이 너스레를 떨었다. "하긴, 정부가 좀 더 똑똑하게 세금을 썼으면 이런 일도 없었을 텐데."

"내 말이." 팀장이 말했다.

• • •

"……다음 뉴스입니다. 파지를 모아 생계를 이어가는 독거노인의 모습. 이제는 전혀 낯선 풍경이 아닐 텐데요. 이런 독거노인들을 위해 팔을 걷어붙인 대학생들이 있다고 합니다."

(뉴스 화면이 아나운서에서 취재 영상으로 전환된다. 보통 체격의 대학생 네 명이 리어카 앞에서 포즈를 잡고 있다. 이내 리포터가 다가가 맨 앞의 안경 쓴 학생에게 말을 건넨다.)

"안녕하세요" 리포터가 말했다.

"네, 안녕하세요!" 안경 쓴 남학생이 대답했다.

"자기소개 좀 부탁드려도 될까요?"

"아, 네. 저희는……," 남학생은 긴장한 듯 침을 꿀꺽 삼키고 말을 이었다. "저는 ○○대학교 창업동아리 회장 김석배라고 합니다. 저희 동아리는 지난 해 말 창립된 이후로 독거노인 문제에 대해 끊임없이 생각해 와서, 이걸 사회적기업 모델로 정착시킬 수 있지 않을까라는 생각으로 이런 일을 시작하게 됐습니다."

"그렇군요. 구체적으로 어떤 활동을 하셨나요?"

"아, 그건, 저, 아니, 저희는 동네에서 폐지를 줍는 할머니를 위해서 할 수 있는 일을 생각하다가, 리어카를 새로 만들어 드리자는 아이디어를 내게 되었습니다. 왜냐하면 할머니들이 나이가 많으시다 보니 무릎이나 허리가 아픈 경우가 대부분이거든요. 그런데 리어카가 낡아서 이동하시기가 힘들어 하세요. 마침 사회혁신 아이디어 공모전을 하길래, 사업계획서와 새로 만들 리어카 설계도 같은 것들을 같이 보내게 됐습니다. 솔직히 별로 기대 안 하고 있었는데, 감사하게도 사업 지원금을 받게 됐어요. 그걸 바탕으로 주문 제작한 새 리어카를 혼자 사는 할머니께 기부한 것입니다."

"와, 할머니가 엄청 고마워 하셨겠어요."

"네, 저희한테는 진짜 친할머니 같은 존재세요. 할머니도 손자처럼 대해주시고요."

(화면이 바뀐다. 말끔하게 차려입은 중년 남자가 인터뷰에 응하고 있다. 얼굴 아래로 '김종관/○○구청장'이라는 텍스트 박스가 나타났다가 사라진다.)

"저희 ○○구에서 진행한 사업이 좋은 결과를 얻게 되어 무척 기쁩니다. 이번 일을 계기로 ○○구의 청년창업을 장려하고, 좋은 일자리를 창출하는 한편 더욱 우수한 아이디어로 지역경제를 발전시킬 수 있도록 노력하겠습니다." 중후한 목소리였다.

"네. 좋은 말씀 감사합니다" 리포터는 ○○구청장과의 인터뷰를 짧은 인사와 함께 마무리했다. "……젊은 대학생들의 열정, 사회문제를 해결하기 위한 아이디어들이 정책적인 지원과 함께 반영된 모범적 사례입니다. 특히 ○○구는 이 프로젝트를 주도한 학생과 같이 사회혁신에 앞장선 청년들, 특히 취업을 준비하고 있는 젊은 학생들에게 유망 스타트업에 입사할 수 있는 기회를 제공하는 등 정부의 일자리 정책을 다각도로 실험하고 있어 앞으로의 행보에 많은 관심이 쏠리고 있습니다……."

• • •

(대학가 인근 전통주점에서 ○○대 창업동아리 소속의 남학생 네 명이 뒤풀이를 즐기고 있다.)

"그나저나 취업 축하해, 형. 그 회사 요즘 엄청 잘 나간다던데. 졸업하자마자 사회생활 시작하는 거잖아." 후배 남학생은 정말이지 부럽다는 듯 이야기했다. "근데 정말 형이 받은 추천서가 세긴 센가 봐. 거기 스타트업치고 학벌 엄청 본다던데. 아는 선배들도 이력서 넣는 족족 떨어졌대. 학점도 완전 좋았다던데 면접까지도 못 갔다고."

"뭘, 다 너희들이 도와준 덕분이지." 안경 쓴 남학생이 멋쩍은 표정으로 말했다. "오늘 실컷 먹어. 안주로 닭도리탕 시켜도 돼. 동아리 지원금이 나와서 회식비로 오십만 원은 쓰라더라. 오늘 안 쓰면 날아가는 돈이니까 원 없이 먹어."

"와, 오십만 원이나?" 맞은편에 앉아 있던 남학생이 휘둥그레진 눈으로 말했다. "그 돈이면 그 할머니한테 전기장판도 사드릴 수 있겠는데? 더운 건 괜찮은데 겨울에 추워서 너무 힘들다고 하셨잖아."

"넌 또 무슨 개떡 같은 소리를 하고 있어. 아직도 현실 직시를 못해?" 안경 쓴 남학생은 다소 격앙된 어조로 말했다.

"야. 예산이 뭔지 몰라? 정부가 천만 원 주는 건 리어카 만드는 데 다 쓰라는 게 아냐. 프로젝트 진행하면서 밥도 먹고, 차비도 하고, 인건비까지 치라고 그만큼 주는 거라고. 그렇게 치면 이만큼 값싼 노동력이 어디 있냐? 이렇게 먹어도 우린 호구나 다름없다니까. 게다가 회식비는 정말 우리 먹으라고 학교가 준 돈인데, 그걸 사적으로 쓰면 그거야말로 횡령이지. 안 그래? 돈은 주는 사람이 쓰라는 데 써야 되는 거야."

"아니, 나는 그냥……그 할머니는 오늘도 대충 때우실 거 아냐. 그 생각이 나서."

"아, 그 할머니랑 우리가 처한 상황이 같냐? 우린 대학생이고, 그 할머니는 독거노인이고. 자식들도 다 연락이 안 된다는데, 우리가 잠깐 간 것도 엄청 좋으셨을 걸. 거기에 새 리어카도

공짜로 받았는데, 넌 대체 뭐가 불만이냐?"안경 쓴 남학생이
대놓고 핀잔을 줬다. 맞은편 남학생은 풀이 죽은 채 대꾸했다.

"불만이 있는 게 아니라⋯⋯."

"야, 오히려 너같이 값싼 연민으로 접근하는 게 더 무책임한
행동이 될 수도 있어. 그 할머니의 남은 인생을 네가 다 책임질
수 있어? 제발 너 자신한테 너무 높은 기준을 매기지마. 니가 이
세상 사람들을 전부 책임질 수 없다니까?"

"맞는 말이야."

"씨발, 알았으면 한잔 마셔! 오늘은 실컷 처마시고 죽자. 이
런 날 안 마시면 대체 언제 마시겠냐?"안경 쓴 남학생이 말을
끝내기 무섭게 술병들이 갖다 놓였다. 머잖아 술자리가 무르익
었다.

"짠—!"

학생들이 잔을 들어 올리며 외쳤다.

<전시상황 대처요령>

271

46

"으악!!!" 민희가 외마디 비명을 질렀다. "개빡쳐, 진짜!"

현관에 신발을 벗어 두고 방에 들어갔다. 민희가 모니터 앞에 엎드려 이상한 소리를 내고 있었다. 나는 방 안에 가방을 놓고 부엌으로 갔다. 목이 말랐다. 냉장고에서 우유를 꺼내 한 컵따라 마셨다. 그러자 방에서 민희가 걸어 나왔다.

"나도 한 잔 줘."

민희가 말했다. 나는 말없이 새 컵을 꺼내 우유를 따라 줬다. 어지간히 답답했던 모양인지, 민희는 컵에 따른 우유를 대번에 다 마셔 버렸다. 그리고 하얗게 우유 묻은 입가를 손목으로 훔쳐 닦았다.

"무슨 일인지 안 물어 봐?"

"무슨 일인데?" 내가 물었다.

"아, 짜증나. 언니는 내 일에 관심도 없지? 수험생이라서 아주 좋겠어, 정말."

"뭔 소리야. 토요일에 학교도 안 가는 주제에."

"나 내일 아침부터 친구들이랑 롯데월드 가기로 했단 말야."

"그래? 팔자 좋네. 잘 놀다 와."

"아니, 그게 아니라. 가방을 새로 샀거든."

"아아, 먼젓번에 말했던 그거?"

"아니, 그건 시슬리고. 돈 좀 보태서 코치로 바꿨어. 생각해 보니까 내가 까만 게 없더라고."

"참 내, 놀이공원에 그런 걸 들고 가? 너 중학생 아니지?"

"아, 그러니까! 못 들고 가게 생겼단 말이야! 새 가방을!"

별안간 민희가 소리를 질렀다. 그러고 나서 옆에 있던 우유통을 들어 한 컵 더 따라 마셨다. 그래 봤자 민희의 키가 더 클 것 같지는 않았다. 사실은 더 크지 않았으면 좋겠다. 민희는 작은 쪽이 더 귀여우니까.

"내 말 듣고 있어?"

"듣고 있어. 왜 못 들고 가게 됐는데? 불량이면 하루만 쓰고 교환하면 되잖아? 얼마나 심하길래."

"불량이면 차라리 낫지. 그것보다 더 심해. 아예 도착도 안 했으니까."

"아, 그건 늦게 주문한 니 잘못이지. 난 또 뭐라고. 그냥 포기하고 백팩이나 메고 가는 게 어때?"

"유난히 짜증나는 소리만 골라서 하네?"

"음, 미안."

"됐어. 늦게 주문하지도 않았고, 오늘 도착하기로 돼 있었단 말이야." 민희가 깊은 한숨을 내쉬며 말했다. 보고 있으려니 조금 안쓰러운 기분이 들었다.

"일정이 좀 바뀔 수도 있지. 짐을 늦게 실었다거나…… 엄청 기대했을 텐데 좀 안 되긴 했네. 힘내. 뭐, 흔히 있는 일이니까……"

"아니, 차라리 다음 주로 시원하게 밀려 버렸으면 나았을 거 아냐. 이리 좀 와서 봐 봐."

민희는 말을 끝내기도 전에 몸을 돌려 방으로 향했다. 나는 별생각 없이 따라 들어갔다. 민희가 컴퓨터 책상 앞에 앉아 마우스를 휘젓자, 절전 상태였던 모니터의 전원이 켜졌다. 지도가 그려져 있는 어떤 웹사이트였다.

"이게 뭔데?" 내가 물었다.

"배송 조회 시스템. 내 택배가 어디서 어디로 움직이고 있는지 실시간으로 볼 수 있어. 도착 예정 시간도 볼 수 있고……. 이거 보여?"

민희가 가리킨 모니터 왼쪽 아래에는 "도착 예정 시각: 오후 4시 13분 53초"라는 텍스트가 떠워져 있었다.

"이야, 요즘은 배송 추적이 이렇게 돼? 무서운 세상이네." 나는 정말 놀랐다.

"아니, 중요한 건 그게 아니고. 지금 몇 시야?"

"다섯 시 이십이 분……. 어? 지났는데?"

"그치? 한참 지났단 말이야. 내가 혹시나 해서 여기 나와 있는 택배 아저씨 번호로 확인 전화까지 했거든. 늦어도 네 시까지는 온다고 그랬어. 근데 여기 봐. 여기 골목에서 멈춰 가지고 움직일 생각을 안 한다니까? 이러니까 내가 답답해 죽어, 안 죽어?"

정말 그랬다. 지도 위에 떠 있는 화물차 아이콘은 근처 행정동에 있는 어느 골목에 멈춰서 꼼짝도 않고 있었다. 전통시장으로 향하는 길목이었다. 아주 먼 거리는 아니었지만 마땅한 버스 노선도 없고 걸어서는 이십 분이 넘게 걸리다 보니 어지간해서는 갈 일이 없는 곳이었다. 엄마가 먼 길까지 장 보러 가는 취미가 없었다면 영영 몰랐을 동네였다.

"다시 전화는 해 봤어?"

"어, 안 받아. 신호만 엄청 가고 안 받는다니까? 이게 뭐야? 사람 약 올리는 것도 아니고. 내가 봤을 땐 이 아저씨 이거, 여기에 있는 국밥집 가서 설렁탕에 소주 때리고 있는 거야. 이유야 뭐 다양하겠지? 딸자식이 모의고사를 완전히 망쳐 왔다든가…….."

"하긴 거기 국밥집이면 그럴 만 해. 근데 방금 그건 나 들으라고 하는 소리지?"

"아니? 난 그냥 예시를 든 건데? 오늘따라 언니가 좀 예민하네?" 민희가 얄밉게 받아쳤다.

"그런데, 안 움직이면 니가 그냥 가지러 가면 안 돼? 답답한 사람이 우물 파는 거잖아. 좀 멀긴 하지만."

"귀찮아. 그리고 원래 내 일도 아니잖아? 택배 아저씨가 잘못한 걸 왜 내가 가지러 가야 돼? 그리고 이거 가지러 갔는데 이미 다른 데로 가 있으면 어떡하라고?"

그즈음 현관에 인기척이 났다. 나가보니 마침 엄마가 무지막지한 쇼핑백을 집 안쪽에 내려다 놓고 신발을 벗고 있었다.

"아유, 서희야, 이리 와서 이 것 좀 들어서 부엌에 놔 줄래?"

"뭘 이렇게 많이 사 왔어요? 아, 이 아줌마 코스트코 갔다 왔네. 그러게 어지간히 좀 사지. 혼자 다 갖고 오지도 못할 걸……. 차 끌고 갔던 거예요?"

내가 물었다. 코스트코의 빨갛고 거대한 쇼핑백에는 민희가 좋아하는 치즈볼이며 케틀칩, 또 몇 리터짜리 화이트 와인과 올리브유 같은 것들이 들어 있었다. 나는 두 손으로 쇼핑백 양쪽의 손잡이를 잡아 끌어서 부엌에 가져다 놓았다. 엄마가 끙끙대는 소리와 함께 뒤따라왔다.

"어휴. 오랜만에 차 끌고 나갔는데 엄청 막혔어. 중간에 사고가 났는지 어쨌는지 움직이질 않더라, 얘. 엄마는 허리가 아파서 좀 쉬어야겠어. 민희는?" 엄마는 말하면서 거실로 걸어 들어갔다. 그리고 소파에 파묻히듯이 주저앉았다.

"방에 있어요." 내가 대답했다.

"그래. 나는 눈 좀 붙일게."

"아, 엄마!" 나는 금방 잠들려던 엄마를 불러 멈췄다. "저 차좀 끌고 나갔다 와도 돼요? 어디서 가져올 물건이 있어서 그런데."

"그래? 너 운전할 수 있겠니? 연습 좀 했어?"

"네. 아빠가 많이 도와줬어요."

"그래, 그럼 다녀와라. 어디 안 긁게 조심하고. 얼마 전에 도색 새로 했잖아."

"알았어요"

나는 짧게 대답했다. 차를 끌고 나오니 바람에 봄 냄새가 물씬 풍겼다. 구태여 밖으로 나온 것이 민희 때문만은 아니었다. 단지 조금 답답한 마음에 드라이브를 하고 싶었다. 운전은 최근에 취미를 붙였다. 취미라 봤자 기껏해야 일주일에 한 번 할까말까였지만, 매일같이 붙잡고 있는 미적분보다 빨리 느는 게 여간 신기하지 않았다. 아무튼 난 바람도 쐬고 드라이브도 하면서 겸사겸사 택배 차량이 멈춰 있는 곳에 들러서 민희의 가방을 찾아올 생각이었다.

그러나 드라이브는 집에서 얼마 가지 않아 멈췄다. 차가 막

히다 못해 거의 움직이질 않았다. 조바심이 들었다. 민희가 고맙다며 큰 절까지 해댔던 차였다. 택배 차량이 먼저 출발해 버리거나 해서 놓치는 경우엔 입장이 웃기게 될 것 아닌가? 나는 차를 골목 안쪽으로 몰고 들어가서, 걸어 다니는 사람과 길가에 주차돼 있는 차 사이를 부대껴 지났다.

골목을 이리저리 돌아 10분간 움직인 끝에 나는 지도에 표시된 골목에 도착했다. 그 골목 안 쪽으로 들어가는 길목에 사고 현장이 있었다. 봉고차 한 대가 택배차 운전석을 왼쪽에서 들이받은 모양새였다. 운전석이 반파된 택배차 옆에는 구급차 한 대와 경찰차 두 대가 와 있었고, 봉고차 운전수처럼 보이는 중년의 아저씨가 경찰과 마주 서서는 무어라 설명을 하고 있었다.

택배 아저씨는 그대로 의식을 잃어 구급차에 실려간 지 오래였다. 봉고차는 아무도 없던 조수석으로 들이받았다는 것이 그나마 다행이었다. 원래부터 신호등 구조가 희한해 사고가 많던 길목이었다. 그러나 이렇게 크게 사고가 난 것도 처음이고, 직접 사고 현장을 보게 된 것도 나로선 처음이었다.

택배 차량 뒤쪽에 웅성거리는 소리가 들렸다. 가까이 가서 보니 사람들이 열려 있는 차량 컨테이너 앞에 줄을 서 있었다. 한 명씩 안에 들어가 자신의 택배를 들고 나오는 중이었다. 나는 복잡한 마음으로 줄 맨 뒤쪽에 섰다. 내 앞에 서 있던 아주머니는 쯧쯧 혀를 차면서, 젊은 양반이 안 됐어, 혼잣말을 하고는 자그마한 택배 상자를 들고 떠났다.

머잖아 내 차례가 됐고, 나는 사고가 난 택배 차량의 컨테이너 안에 들어갔다. 내부는 캄캄했다. 다행히 민희에게 갈 택배는 컨테이너의 문짝 바로 앞에 있었다. 언제든지 가져다줄 준비가 됐다는 듯 거기 있었다. 난 말없이 택배 상자를 들고 컨테이너에서 나왔다. 내 뒤에 서 있던 중년 남자는 내가 나오기 무섭게 컨테이너에 올라탔다. 박스를 이리저리 헤집는 소리가 뒤따랐다.

상자를 들고 돌아가면서, 나는 거의 형체도 남지 않은 택배차 운전석을 쳐다봤다. 가죽 시트와 부서진 운전대 아래로 홍건한 피가 뚝뚝 떨어지고 있었다. 금방 몸에서 나온 것처럼 따뜻해 보이는 피였다. 난 한동안 그 피가 떨어져 고이는 광경을 지켜보다가, '원활한 교통을 위해 빠르게 이동해 달라'는 경찰의 말에 되돌아와 운전대를 잡았다. 그러다 차창 너머에 있는 가게 하나가 눈에 띄었다. 지도로 봤던 그 국밥집은 불이 꺼져 있었다. 난 그 유명한 국밥집이 매월 두 번째, 네 번째 토요일에만 쉰다는 사실을 뒤늦게 기억해 냈다.

• • •

"우와!" 민희는 택배 상자를 열고 가방을 꺼내자마자 탄성을 질렀다. "너무 이뻐! 모니터로 보던 것보다 훨씬 이쁘네? 대박이다, 진짜."

"그래, 그래." 나는 힘없이 대답했다. 오랜 시간 운전한 것도 아니었는데, 그새 에너지를 다 써 버린 듯한 느낌이었다. 엄마는 거실 소파에 드러누워 자고 있었다.

"봐봐, 예쁘지? 솔직히 언니 꺼보다 예쁘다. 인정?" 새 가방을 왼쪽 어깨에 맨 민희가 이리저리 자세를 잡아 보였다. 나는 아무 대답도 하지 않았다.

"에이, 뭐야. 왜 이렇게 진이 빠졌어. 택배 아저씨랑 싸웠어?

아저씨가 뭐래? 진짜 술 마시고 있었어? 참 내. 일을 뭐 이런 식으로 해서 사람을 귀찮게 만드는 거야? 언니 아니었으면 큰일 날 뻔했잖아."

"뭐, 큰일까지야……." 내가 말했다. "그냥 미안하다셨어. 개인적인 사정이 있어서 거기서 움직일 수가 없었대. 너한테 특히 미안하다더라."

"개인적인 사정이라니? 그럼 연락 안 받아도 괜찮은 거야? 돈 받고 일하는 거면 책임감 있게 해야 하는 거 아냐? 거기 택배사 별로다, 정말."

"피치 못할 사정이 있었겠지. 미안하시대잖아."

"그래, 뭐……. 이미 끝난 일이니까. 고마워, 언니."

민희의 말에 나는 아무 대답도 하지 못했다. 민희는 잠깐 내 표정을 살피다 방으로 돌아갔다. 다음 날 아침 뉴스에는 '신호를 착각한 승합차가 화물차를 들이받는 사고로 교통이 마비돼 많은 운전객들이 불편을 겪었습니다'로 시작하는 짧은 보도가 있었다. 인근 대학병원으로 실려갔다던 택배 아저씨는 긴급 수술을 통해 살아났지만, 하반신을 영영 쓸 수 없게 돼 버린 모양이었다.

택배 아저씨는 더 이상 택배를 옮기지 못해 그냥 아저씨가 됐다. 다만 다음 주면 새로운 택배 아저씨가 와서 우리 집 현관에 박스를 가져다 놓을 것이다. 나는 조용히 합장한 채, 아저씨가 택배사로부터 산업 재해를 인정받고 최대한 많은 보험금을 받을 수 있길 기도했다.

<총알, 배송>

낙오자, 15×15, acrylic on canvas, 2019. 2

역에서 그리 멀리 떨어지지 않은 장소였다. 그 오래된 공사장에는 빨간색 타워크레인 두 채가 우뚝 솟아 있었는데, 얼마나 오랜 시간 서 있었는지 인근 주민들에겐 일종의 랜드마크처럼 돼 있었다. 가령 먼 동네에서 찾아온 사람이 길을 헤매고 있으면 "아, 거기 빨간 타워크레인 보여? 그쪽 방향으로 쭉 걸으면 된다니까" 하고 설명하곤 했던 것이다.

그 동네에서 오랫동안 살았던 나는 그 공사장이나 높이 솟은 타워크레인을 자연스런 생활권의 한 부분처럼 여기고 있었다. 비단 나뿐 아니라 주위 이웃들 역시 대부분 그랬을 것이다. 공사라는 게 언젠가는 끝나야 하는 작업이고, 그 부지의 그 십몇 층짜리 건물이 십 년이 넘도록 지어야 할 만큼 대단한 건물도 아니라는 걸 딱히 모르는 사람은 없었다.

아무튼 이 년 만에 우리 동네를 다시 찾은 직장 동료 한 명이 운을 떼기 전까지만 해도, 나는 매일 지나다녔던 그 길목의 그 장소가 공사장이라는 것조차 까맣게 잊고 있었던 셈이다.

"이야, 여긴 뭘 짓길래 공사를 이 년 넘게 하고 있냐?"

"뭐? 공사?" 나는 답하는 순간 대뜸 의아한 기분이 들었다.

아, 여기가 공사장이었구나. "아, 여기……. 꽤 됐어. 어렸을 때부터 계속 공사중이었는데. 최소 십 년은 넘었을 걸?"

"그래? 이 년 전이랑 다른 게 거의 없어서 얘기해 본 건데. 공사를 계속 하고 있기는 한 건가?"

"몰라." 내가 대답했다. "뭐 엄청 대단한 거라도 지을 건가보지. 왜, 백 년 넘게 짓는 건물도 있잖아. 사그라다 파밀리아, 세인트 존스……."

"그럴듯한 개소리인데." 동료가 고개를 내저었다.

• • •

그 뒤로 궁금증을 견디지 못한 나는, 근처 공인중개사무소에 가서 아는 동생을 만났다. 공인중개사였던 큰어머니 밑에서 일하며 로스쿨을 준비하는 동생이었는데, 나이만 한 살 어렸지 부지런하기로든 똑똑하기로든 나보다 나았다. 오랜만에 찾아가 뜬금없는 질문을 던져도 화는커녕 기꺼이 시간을 내줄 만큼 넉살 좋은 인간이기도 했다.

한편 동생은 그 이야기를 듣자마자 서류 몇 장을 들고 왔다. 그러고 나서 문득 진지한 표정으로 그 땅에 얽힌 이야기를 꺼내기 시작했다. 사건의 전말을 이해하기 위해서는 꽤 오랜 옛날까지 거슬러 올라가야 했다.

근처 전철 역이 생기기도 전에 있었던 일이다. 만년 공사장으로 전락한 그 부지에는 낡은 일본식 가옥 두 채와 자그마한 밭이 있었다. 원래는 일제강점기 시절 일본인이 소유했던 땅을 광복 직후에 정부가 몰수했고, 어느 자산가에게 헐값으로 불하

했다는 모양이었다. 그러다 IMF가 터졌고, 급전이 필요했던 자산가가 때마침 시골에서 상경해 오던 가족들에게 분할매각했다는 것이다.

"그래서, 그게 뭐가 문젠데? 민간인들한테 갔다가 역이 생겼고, 그대로 재개발 들어가서 빌딩 올라가기로 한 거 아니야?"

"원래는 그렇게 됐어야 하는데요." 중개 사무실 의자에 걸터앉은 동생이 말했다. "매각 단계에서 문제가 있었던 거죠. 매수하는 쪽에서 채권을 써 버려 가지고."

"아니, 급전이 필요한데 왜 채권을 받은 거야? 그 자산가라는 놈은." 내가 물었다.

"그땐 정말 여기 근처에 아무 것도 없었으니까요. 시국도 시국이었으니 부동산 사겠다는 사람도 찾기 힘들었을 거구요. 그렇게라도 돈을 마련해야 하는 상황이었다, 뭐 그렇게 봐야겠죠." 동생이 재차 등기부등본을 휘적거리며 대답했다.

결과적으로 그 채권이 처리되는 일은 없었는데, 애초에 채권 자체가 어떤 법적 구속력을 보장할 만큼 거창한 형태도 아니었거니와 기껏해야 차용증 몇 장을 쓰고 지장을 찍어 보관하는 것에 지나지 않았던 것이다. 이렇다보니 IMF 이후의 물가상승률이나 인근에 도시철도 정차역이 생겨 땅값이 오르는 등의 변수는 당연히 고려되지 않았고, 실제로 역이 생긴 뒤로는 걷잡을 수도 없이 일이 꼬여 버렸다. 자산가는 차용증에 적힌 만큼의 금액을 받는 대신 급히 처분했던 땅을 돌려받길 원하는 한편, 상경한 가족은 치솟은 만큼의 땅값을 더 받고 땅을 되팔거나 차용증에 쓰인 금액 그대로 처리하는 쪽을 원했기 때문이다.

"그런데 여기서 또 문제가 생겨요. 그 대가족의 장남이 사업을 하겠답시고 뛰쳐나가서, 자기 아버지 명의로 된 그 부동산을 담보로 어마어마한 대출을 땡긴 거예요."

"아니, 잠깐만. 그런 일이 가능해? 채권을 끼고 산 땅으로 대출을 받는 게?" 나는 어이가 없어 물었다.

"못할 게 뭐 있었겠어요? 대출해 주는 쪽이야 차용증을 언제 어떻게 썼는지도 모르는 입장이고. 이제 막 역도 생겼지, 서울에 사람은 계속해서 몰리고 있지, 이제 오를 일밖에 없는 땅이니까 얼마든지 빌려줘 버린 거죠."

"국가행정의 실패네, 굳이 이유를 꼽자면."

"뭐, 행정상 허점이야 얼마든지 찾을 수 있죠. 나라가 모든 걸 알 순 없는 거니까. 근데 여기서 문제가 끝이 아니었어요."

"여기서 문제가 또 있다고?"

"차남이 도박을 했거든요."

"아……."

가장이었던 아버지는 땅문서를 비싼 값에 처분하고자 했다. 차남의 도박 빚을 갚기 위해서였다. 그 무렵 대가족이 살던 집에는 수시로 일수꾼이며 조폭 같은 인상의 남자들이 서성대고 있었으니, 골치 아픈 땅이야 팔아 버리고 빚을 갚은 다음 남은 돈으로 경기도 등지 어디로든 빠져나가려는 심산이었다.

다만 아버지의 바람과 달리 그 땅은 이미 거래가 불가능해진 상태였다. 당시 법조인이었던 자산가의 아들의 주도로 소송이 걸려 있었던 것이다. 법적 분쟁에 휘말린 땅으로 현금을 마련하기란 쉽지 않았다. 그 사실을 모르는 일가친척이 아니었다면 정말이지 어려웠을 것이다.

아버지는 첫째 딸의 장인이었던 사람에게, 소송이 걸린 땅을 담보로 수억 원의 돈을 빌렸다.

"왜 장인'이었던'인데? 과거형까지 써서." 내가 물었다.

"얼마 안 가서 이혼했거든요. 첫째 딸이랑 그 남편이요." 동생이 대답했다. "그러니까 더 이상 장인은 아니게 된 거죠."

"이쯤 되면 세상이 미쳐 돌아가고 있는 거 같은데." 나는 말했다.

그렇게 도박 빚은 처리가 됐지만 남은 돈은 얼마 되지 않았다. 그마저도 장남이 사업 실패로 떠안은 빚을 털어 내느라 몽땅 써 버렸다. 대가족은 담보가 몇 번이나 잡힌 집, 이제는 정말 그들의 집이 맞는지 분간조차 되지 않는 집에서 매일 밤 두려움에 휩싸여 잠에 들었다.

그 땅을 둘러싼 법적 공방은 오랫동안 이어졌다. 갈등의 주축이었던 노령의 자산가와 상경한 부부 내외가 사망한 뒤로는 자식 세대가 그 갈등을 물려받았다.

언젠가부터 아무도 살지 않게 된 집은 폐가가 돼 모두 철거됐다. 그러거나 말거나 대출금을 돌려받지 못한 은행은 그 부지와 관련 재산을 경매로 넘겼고, 자세한 사정에 관심이 없던 중소 건설사 하나가 헐값에 나온 역세권 부지를 덜컥 사 버렸다. 유명 로펌의 중역이 돼 있던 자산가의 아들은 그 은행을 상대로 도 소송을 걸었다.

우연히 잡은 부지로 대박을 노리고 있던 중소 건설사는 온갖 곳에서 자금을 최대한으로 끌어 모았다. 그렇게 가능한 한 최대 높이로 설계한 건물을 막 올리기 시작할 즈음이 되어서야 뒤늦게 모든 사실을 알게 된 것이다. 여러 이해관계자들의 내용증명 서류로 고통 받던 건설사 사장은 그 부지를 경매에 올린 은행을 찾아가 따졌으나, 은행은 '토지 처분 당시 모두 공개한 사실이다'라는 말 같지 않은 해명만 수차례 반복했다. 엎친 데 덮친 격으로 돈을 돌려받지 못한 전(前) 장인 역시 이때부터 소유권을 주장하고 나섰다.

어렵사리 마련한 건축 자재로 바삐 올리려던 건물은 법원이 공사금지가처분신청을 받아들이면서 강제 중단됐다. 시행 건설사는 부도를 면치 못했고 '어떻게든 완공해서 비싼 값에 분양하면 모든 문제를 해결할 수 있다'고 생각하며 시공을 맡았던 다른 건설사 역시 마찬가지였다. 공사는 십수 년에 걸쳐 도로 시작됐다 중단되기를 몇 차례나 반복했으며, 이 과정 속에서 터무니없는 안전 설비로 인해 건설노동자가 목숨을 잃기도 했다.

"그게 우리 아버지였어요." 동생이 말했다. 전혀 아무렇지 않다는 목소리였다.

"뭐?" 나는 얼굴이 창백해져서 말했다. 돌연 머리가 복잡해 정리가 되질 않았다. "그게 대체 무슨 소리야?"

"상황이 저 모양이다 보니, 매번 공사를 다시 시작할 때도 인력은 하청을 썼어요. 하필 요 근처에 하청 받는 인력 사무소가 많지 않았는데, 아버지는 그 인력 사무소에서만 십 년을 넘게 일하셨죠. 몸은 건강한데 선천적으로 지능이 좀 안 좋으셔서, 거기 말곤 딱히 일할 만한 곳이 없었거든요." 동생은 내 심각한 표정 따위 아랑곳하지 않으면서, 종이컵에 있던 물 한 모금을 머금어 삼킨 다음 말을 이었다. "……뒤의 상황을 들으셨으니 짐작하셨겠지만, 그쪽 공사장 상황은 정말 말이 아니었어요. 주요 건설사가 계속해서 바뀌고, 중간에 설계도 뒤죽박죽이 됐고. 그 마당에 현장에서 안전 설비 같은 걸 찾는 사람이 바보였겠죠. 그런데 우리 아버지는 정말 바보였으니까요. 하하…….”

“……그런 말 하지마.” 나는 겨우 말했다.

“아뇨. 정말 괜찮아요. 사실인데요, 뭘. 장애가 있었던 걸 뭐 어떡하겠어요. 아무튼 설계사에서 타워크레인 하나는 필요가 없게 됐다고, 유지비가 아까우니 철거하는 게 낫겠다고 하면서 사달이 났죠. 추락사였어요. 십삼 층 높이에서 떨어져서. 즉사했다고 했어요. 그게 제가 열 살 때 일이었고.”

“그런 건 전혀 몰랐네.”

“모를 수밖에요. 말을 안 했으니까. 형이랑 같이 다닌 학교라봐야 고등학교뿐이고……그런 상황에 공사는 또 중단되고, 타워크레인은 철거도 안 된 채 그대로 서 있었더랬죠. 하기야 그런 환경에서 타워크레인씩이나 되는 걸 철거하겠다고 달려드는 바보는 더 없었을 테니까요. 하물며 거기서 사람까지 떨어져죽었다는데.” 동생은 고개를 숙인 채 한숨을 내쉬었다. “그래서, 학교 다니는 내내 그 공사장을 지나쳤어요. 셋방에서 가장 큰 창문을 열면 그 타워크레인이 훤히 보였고요. 비오는 날에도, 눈오는 날에도, 심지어 미세먼지가 엄청나게 껴대는 날에도 타워크레인만큼은 선명히 눈에 띄어요. 어머니랑 저는 거기 말고 이사 갈 곳도 딱히 없었는데.”

“……어머니도 돌아가신 거야? 그래서 졸업식 때도…….” 눈치 없는 질문을 던진 스스로에게, 나는 소스라치게 놀라며 말했다. “아, 아니, 미안. 이런 질문은 하는 게 아닌데…….”

“아, 괜찮다니까요, 저는. 괜찮아요.” 동생은 조금 머쓱한 표정으로, 한 손으로 손사래를 치며 대답했다. “어머니는 일 년 전에 돌아가셨어요. 자궁암으로. 고등학교 졸업식 때는……, 그때도 아버지 일로 따지러 가셨었죠. 그땐 법원이었나, 인력사무소였나, 기억은 잘 안 나지만. 당시에는 멀쩡하셨어요. 걷는 건 물론이고 뛰어다니시기까지 했는데. 소장 앞에서 소리도 버럭버럭 지르고요."

"제기랄." 나는 자리를 박차고 일어났다. 더 이상은 견딜 수 없었다. "이런 얘기까지 하는 이유가 대체 뭐야? 물론 시작은 내가 물어보긴 했지만……."

"그야 예전에도 형이 물었잖아요?" 동생은 이제와 새삼스럽다는 투로 대꾸했다. "건축학씩이나 전공해 놓고 왜 로스쿨 준비 같은 걸 하냐고."

"……." 나는 아무 대답도 할 수 없었다.

동생에게 짧은 인사를 건네고 사무실을 빠져나왔다. 무더웠던 날씨는 이번 주말에 접어들면서 꽤 잦아들었다. 그때문인지 역 주변에는 사람이 몰려 어수선했다. 나는 그길로 집을 향해 계속 걸었다. 인적이 뜸한 골목에 들어섰지만 누군가에게 쫓기는 기분을 떨쳐낼 수 없었다. 아무렴 그 붉은 타워크레인들은 커도 너무 컸고, 높아도 너무 높았다. 우리 동네에 그 타워크레인이 보이지 않는 골목이라곤 단 한 곳도 없었던 것이다.

<끝나지 않는 공사>

48

　금요일 밤 강남역 인근에는 발 디딜 틈이 없었다. 요 몇 달 들어 가장 핫하다고 할 수 있는 중식 프랜차이즈였다. 중화식 고추기름을 왕창 넣는 것으로 유명한 마라탕이며 샹궈를 찾는 사람들도 그만큼 많았다.

　강남점은 전국 수십 개 매장 중에서도 세 손가락에 드는 규모였다. 술집과 각종 포차가 둘러싼 거리 한 가운데의 건물을 통째로 썼다. 그럼에도 테이블은 연일 만석이었다. 붐비는 주말이면 거의 반드시라고 해도 좋을 만큼 대기줄이 있었다. 얼마나 손님이 많은지 트럭째 실어 나른 재료가 매번 동나 곤란을 겪었다.

　논란이 된 사건은 강남점 오픈으로부터 정확히 반 년이 지난 어느 날 발생했다. 그 대학생 무리는 이제 막 새내기를 벗어난 두 명의 남학생, 세 명의 여학생으로 구성돼 있었다. 이들은 모두 같은 대학 동아리 소속이었는데, 금요일 밤 시간이 되는 친구들끼리 모여 화제의 강남점을 찾았던 것이다.

　젊은 남녀가 모인 자리이니만큼 술이 빠지지 않았다. 얼마 전 개강으로 오랜만에 마주한 얼굴들이었거니와 선선한 바람이 부는 금요일 저녁의 분위기가 흥을 돋웠다. 이들은 마라 양념이 잘 밴 샹궈와 함께 도수 높은 중국산 고량주며 소주 그리고 맥주를 먹고 마셨다.

술자리는 자정이 넘도록 계속됐다. 매장 내 고객은 줄어들 기미가 없었다. 오히려 밤이 무르익자 외부에 줄이 더 늘어섰다. 해 떠야 문을 닫는 가게였으니 그제야 겨우 영업을 개시한 셈이었다. 꽉꽉 들어찬 고객이 잇따라 술이며 요리를 주문했고, 야간 종업원들은 출근하기 무섭게 일을 시작했다.

그 무렵 2층 가장 구석진 테이블에 있었던 그 대학생들은 모두 취해 있었다. 빈 술병은 더 이상 놓을 자리가 없어 의자 뒤켠에 둬야 할 지경이었다. 이쯤 되자 서서히 집에 돌아가자는 분위기가 됐다.

그러던 와중에 창가 한 가운데 앉은 남학생 한 명이 "오늘 먹은 술은 오늘 해장해야지." 하며 마라탕 재료를 고르러 나섰다. 온전히 집에 도착하기 위해서라도 따뜻한 국물이 필요하지 않겠냐는 것이다. 제정신이 아니었던 일행은 여차저차해서 의견에 동의하는 식이 돼 버렸다.

삼십분쯤 뒤에 나온 마라탕에는 야채와 당면 그리고 기름진 양고기가 푸짐하게 들어 있었다. 넓적한 그릇 안에 넘치게 찬 국물 위로 기름이 시뻘겋게 떠 있었다.

때마침 가장 안쪽에 앉아 있던 긴 생머리 여학생이 "이건 아무래도 앞치마를 갖고 와야겠다"며 몸을 일으켰다. 정말 한순간에 벌어진 일이었다. 바깥쪽에 있던 학생들이 "아니, 내가 가져올게"라고 말할 틈조차 없었다.

여학생은 테이블 사이로 난 아주 좁은 통로로 지나가려고 했다. 바닥에 놓인 빈 병을 피하려다 크게 휘청거렸고, 넓적다리

옆부분이 테이블과 부딪혔다. 그렇게 마라탕은 여학생의 하반신으로 와락 쏟아져 내렸다.

"아아아아아아악!"

긴 생머리 여학생은 별안간 비명을 지르며 쓰러졌다. 하늘거리는 아이보리색 원피스가 뻘건 고추기름으로 물들었다.

금방 나와 펄펄 끓듯 하던 마라탕이었다. 뜨거운 국물이며 기름이 옷과 맨살에 들러붙으며 고통을 배가시켰다. 황급히 손으로 털어내 보려 했지만 손은 물론 털어내려던 방향으로까지 기름이 옮겨 붙었다.

함께 있던 일행은 기실 심신미약 상태였다. 그나마도 남학생 한 명은 엎드려 자고 있었고, 나머지 한 명은 상황 파악이 덜 돼 허둥지둥했다.

"아악! 아아아악……."

긴 생머리 여학생은 고통에 몸부림쳤다. 발버둥이 워낙 심해 가까이 다가가는 것조차 쉽지 않았다. 도와줄 만한 종업원들은 대부분 1층에 내려가 있었다. 2층에 있는 점원들도 주방이나 꽤 떨어진 곳에서 뭔가를 나르는 데 여념이 없었다.

바로 옆에서 상황을 지켜본 다른 여학생이 재빨리 다가가 환부에 물을 들이부었다. 그러나 물 자체도 충분하지 않았고, 옷이며 살에 달라붙은 기름은 씻기지 않아 그대로 있었다.

긴 생머리 여학생은 넋이 나간 듯 계속해서 울부짖었다. 원피스 너머로 하얀 허벅지 안쪽이며 사타구니 깊은 곳까지 마라 기름이 엉겨 붙어 빨갛게 부어오르는 모습이 고스란히 비쳐 보였다.

주위 테이블에 앉아 있던 사람들이 몰려들어 웅성거렸다. 그러나 환부의 위치 때문에 별달리 손쓸 방법은 없어 보였다.

지켜보다 못한 몇 명이 119에 신고를 했다. 그리고 "괜찮아요?" "아이고, 젊은 아가씨가. 어쩌면 좋아?" "조금만 기다려요, 119에 전화했으니까." 같은 말을 몇 번씩이나 반복했다. 긴 생머리 여학생은 대답도 없이 팔다리를 뒤틀면서, 다 쉬어가는 목소리로 도와주세요, 제발 살려주세요, 애타게 부르짖을 뿐이었다. 와중에 그녀의 몸에서 알싸한 마라 냄새가 풍겨 나와 일동을 섬뜩케 했다.

관할지역 소방서 대원들은 어느 지하 클럽의 화재 현장에 가 있는 통에 대부분 부재중이었다. 신고는 접수했지만 워낙 별의별일이 많은 금요일 밤이었다. 곧장 앰뷸런스 한 대가 출동했으나 골목골목에 불법주차 된 차량과 만취된 상태로 서성거리는 사람들 때문에 신고한 지 10분이 넘어서야 현장에 도착할 수 있었다.

응급대원들은 테이블이 날 때까지 대기 중이던 수십 명의 손님을 뚫고 강남점 매장 내부로 들어갔다. 때마침 바쁘게 오르내리던 점원들을 피해 계단을 오르고, 과음 또는 과식으로 화장실 문짝 앞에 죽 늘어선 사람들 사이를 파고들었다.

머잖아 화상 환자 한 명이 들것에 실린 채 중식당 입구를 빠져나왔다. 발과 발목을 제외한 하반신의 대부분을 붕대로 감고 있었다. 응급후송 차량은 기절한 상태의 긴 생머리 여학생을 싣고 근처 대학병원으로 향했다.

대기하던 손님들은 무슨 일이야 글쎄, 하며 눈을 휘둥그레 뜨고 말 뿐이었다. 오 분쯤 지나 점원이 "다음 손님! 번호표 보여 주시겠어요?" 하고 크게 소리쳤다. 네 명의 가족이 점원을 따라 이 층 맨 구석 쪽 테이블로 안내됐다.

강남대로 주변으로 응급 사이렌 소리가 뒤따라 울렸다. 하지만 길 중앙으로 지나다니는 사람과 깜빡이 없이 끼어드는 야간 택시들, 대로변 주차장에서 느릿느릿 들어가고 빠져나오는 외제차까지 누구 하나 아랑곳 않는 눈치였다. 붓기는 얼음찜질에도 좀처럼 가라앉지 않았다.

긴 생머리 여학생은 음부 주위를 비롯한 하반신 전체에 걸쳐 2도 화상을 입었다.

"흉터가 남을 겁니다." 의사가 짧게 말했다.

이튿날 사고현장에 있었던 대학 동기들이 문안차 찾아왔다. 여학생은 끝내 면회를 거절했다. 며칠이 더 지난 뒤엔 학교에 자퇴서를 부쳐서, 더 이상 여학생이라 부를 수조차 없게 됐다.

여자는 병동에서 눈을 떴다. 링거액을 질질 끌고 화장실로 향했다. 그리고 문득 아래를 내려다봤다. 터무니없이 망가진 청춘이 거기 있었다. 스물한 살이었다.

<화상들>

49

"그러니까 학생 말은……," 강의실 앞쪽 모서리에 잠자코 앉아 있던 노교수가 말했다. "지금 F조에서 출석한 사람은 학생 한 명뿐이라는 얘기죠?"

"아, 예……. 어쩌다 보니 그렇게 됐습니다." 내가 말했다. 동시에 강의실에 앉아 있던 오십 명 정도의 학생들이 작게 킥킥거리는 소리가 들렸다.

"음……, 중간 발표 때부터 이런 경우는 흔치 않은데……." 교수는 몹시 난처하다는 표정을 지었다. 얼굴에 밀고 당겨지는 십수 개의 주름들로부터 느껴지는 당혹감, 어이없음, 그리고 홀로 이 어처구니없는 상황에 처한 나라는 학생에 대한 동정심. 내게는 한 줌의 위안도 되지 않았다. 아닌게 아니라 그 상황에서야 어떤 말이나 행동인들 위로가 되긴 어려웠을 것이다.

"준비해 온 자료가 따로 있나요?" 교수가 재차 말했다.

"아, 아뇨. 오늘 오기로 했던 다른 세 명이 자료 수집이나 발표 자료 작성을 도맡기로 했거든요. 그런데 사흘 전부터 연락이 안 돼서……."

"그럼 그 전에는 연락이 됐나요?"

"네. 단톡방이 연결돼 있긴 했는데……, 제가 느끼기엔 그 세 명이 좀 아는 사이 같더라구요. 조금 소외되는 기분은 있었지만, 뭐 복학생이야 어딜 가든 비슷하니까 이상하게 생각하지 않으려고 했는데……, 그런데 저 빼고 세 명이 한꺼번에 드랍을 할 줄은 저도 몰랐습니다."

"앗, 아아……." 몇 명의 학생이 안타까움이 덕지덕지 묻어나는 소리를 냈다. 어지간히 크게 쉰 걸 봐선 나처럼 복학생 신세인 것이 틀림없었다.

"참 딱하게 됐네요." 교수는 진심으로 가슴아파했다. 치욕스러웠다. "현대경제학 개론이 교양치곤 어렵긴 하니까요. 적응을 못한 타과 학생들은 드랍하는 경우가 더러 있긴 한데, 이런 경우는 어떻게 해야 할지 모르겠네요. 학생은 개인 과제도 잘해왔는데 말이에요."

"……."

"조는 적당한 곳에 인원을 추가하는 식으로 다시 배정하겠습니다. 그런데 이번 중간 발표로 인한 점수는 어떻게 할까요?"

교수의 질문에 강의실의 어느 누구도 답변하지 않았다. 교수는 그대로 삼십 초 넘게 기다리다가 이어 말했다.

"……다른 학생들이 부당하다고 생각하지 않는다면, 저는 교수 재량으로 이 학생에게 기회를 주고 싶네요. 이전에 해 온 과제로 봤을 땐 게임이론의 기본 개념 등이 이해는 된 학생인 것 같고요. 그런데 추가 과제를 내기에는 다른 학생들과 비교해 불이익을 받는 셈이고. 그래서 이건 내 생각인데, 지금 즉석으로 '실생활에서 찾아볼 수 있는 넌제로섬 게임, 윈윈 전략의 예시'를 짧게 발표할 수 있겠어요? 너무 느닷없기는 하지만, 추가 과제를 하면서 뒤처지는 것보단 여기서 임기응변을 발휘하는 것도 괜찮은 방법 같아서요. 어때요? 학생의 의견은⋯⋯."

"어, 저⋯⋯그게⋯⋯," 나는 바쁘게 통밥을 굴리기 시작했다. 시간은 많지 않았다. 수십 명의 눈빛이 내 표정 그리고 부끄러움에 파르르 떨리는 입술을 응시하고 있었다. 난 이 자리에서 즉사해도 나쁘지 않은 인생 아닐까, 그런 생각을 하다가 이내 대답했다.

"여기서 발표하고 끝내겠습니다."

"좋아요, 그럼 앞으로 나와서." 교수가 대답했다.

나는 책상에서 일어나 교수가 앉아 있는 강의실 앞쪽으로 걸어갔다. 인싸처럼 보이는 학생 몇 명이 "오-", "오오-"하고 호들갑 떠는 소리를 냈다. 새내기들은 다른 모든 학번이 자신을 겁나 패고 싶어 한다는 사실을 알고 있을까? 아마 모를 것이다. 나도 새내기 때는 몰랐으니까.

"여기, 마이크⋯⋯." 맨 앞자리에 앉아 있던 조교는 내 발걸음에 맞춰 일어나 마이크를 건넸다. 나는 왼손에 마이크를 거꾸로 집어든 채, 얼빠진 얼굴로 단상에 홀로 섰다.

"자, 시작하세요." 교수가 신호했다.

"어, 음⋯⋯." 이젠 피할 방도가 없었다. 어떻게든 입을 털어야 한다는 생각에, 나 자신의 생존 본능에 모든 심신을 맡겨버리기로 했다. "저는⋯⋯남고 출신입니다."

교수와 조교, 그리고 뒤에 앉은 수십 명의 학생들이 일제히 입을 닥쳤다. 이럴 때만 빌어먹게 조용한 족속들이었다. 나는 차라리 죽고 싶은 마음이 일었지만, 실상 불가능한 일이므로 계속해서 입을 놀리기로 했다.

"우리 학교는 평범한 일반계 평준화 고등학교였는데요. 굳이 특이한 게 있다고 하면 학교 부지가 상당히 넓었다는 점이겠습니다. 학교 안에는 작은 연못이 있었는데, 그 옆에는 별채로 된 식당 건물이 길게 뻗어 있었습니다. 아무튼 그 사이에 좁은 골목 같은 게 있었거든요. 이게 구조를 좀 설명하기가 복잡한데……, 거기가 묘하게 바깥에선 잘 안 보이는 구도의 공간이었어요. 굳이 찾아가지 않으면 보이지도 않고, 찾아갈 일도 없는, 뭐 그런 곳이었죠. 그래서 우리 학교에서 좀 나간다 싶은 친구들은 다 거기서 담배를 피웠습니다."

그 순간 대부분의 학생의 표정에 웃음기가 번졌다. 오직 교수만이 엄격하고 진지한 표정으로 내 얼굴을 주시하고 있었다.

"어, 이 얘기가 왜 나왔냐면, 이게 좀 어이없는 얘기이긴 한데, 제가 인생에서 직접 경험하고 봐 온 것들 가운데 가장 '상생'이라고 할 만한 일이 바로 거기서 있었던 일이기 때문입니다. 당시에 우리 학교, 아니, 대부분의 평준화 고등학교가 그럴 겁니다. 학생이 세 부류로 나뉘죠. 공부를 엄청나게 잘 해서 어느 대학에 갈지 일찌감치 윤곽이 보이는 친구들이 있고, 반대로 무지하게 못해서 대학은커녕 고등학교 졸업이 가능하긴 할까 싶은 친구들도 있는데, 가장 최악인 건 이도저도 아닌 놈들이죠. 진지하게 공부를 할 생각도 없지만, 아주 놀거나 선을 벗어날 용기는 없는 놈들 말예요. 그렇다고 뭐 뚜렷한 인생의 목표도 없고, 하고 싶은 일도 없고, 그런 애매모호한 놈들이 있죠. 제가 그중에 한 명이었습니다."

그때쯤 해서 몇 학생들은 대놓고 웃고 있었다. 나는 신경을 끄고 계속해서 말을 이어갔다.

"고등학교 이학년이 끝나갈 즈음이었던 것 같아요. 그때는 아버지가 사업에 실패하시고, 집도 좁은 곳으로 이사가고, 어머니가 매일 같이 울고……, 저한테도 엄청나게 우울한 시간이었습니다. 공부는 원래 생각도 없었는데, 그 상황이 되니까 뭐라도 하기가 싫더라구요. 집안에 도움이 될 생각은커녕, 오히려 엇나가려고 마음을 먹었던 것 같습니다. 그래서 어떤 주말에는 집에서 좀 멀리 떨어진 슈퍼마켓에 가서 담배를 한 갑 샀어요. 물론 저는 미성년자였지만, 그때도 지금이랑 똑같이 생겼었기 때문에 아무 의심도 사지 않고 담배를 구할 수 있었습니다."

"하…….' 교수가 이상한 소리를 냈다. 웃음소리인지 한숨소리인지 묘하게 분간이 가지 않는 소리였다. 나는 자신감을 조금 잃을 뻔했지만, 이제 와서 얘기를 멈추는 것도 못할 일이었다.

"그, 그래서……, 평일이 되자마자 저는 거기에 갔어요. 아까 말했던 그 담배 피는 골목에요. 마침 거기에는 좀 노는 애들이 이미 담배를 태우고 있었죠. 그때 솔직히 좀 쫄긴 했는데, 아무렴 남자는 자신감이다 싶어서 당당하게 담배를 꺼내 불을 붙이기로 했습니다. 그때였어요. 뒤따라오던 우리 반 일진 한 명이 제 어깨를 잡아 돌리더니, 그대로 뺨을 후려갈기는 겁니다. 걔는 그냥 일진이 아니고, 말하자면 우리학교 일짱 쯤 되는 친구였어요. 좀 진부한 표현이긴 하지만." 그즈음 나는 숨을 한 번 돌린 다음, 그대로 이어서 말했다. "어쨌건 그때 정신이 확 돌아왔어요. 어떻게 보면 당연한 거겠죠. 인생에서 뺨을 맞아본 것 자체도 처음이었고, 그렇게 쎄게 맞는 것도 참 드문 경험이긴 한 것 같습니다. 저는 왜 맞았는지도 모르고, 그렇다고 개길 생각은 못하고 멍청하게 서 있었는데……그 일진이 제가 얼떨결에 떨어트린 담뱃갑을 집어 들고 저한테 말하는 거예요. '너 같은 찌질이 새끼가 어디 담배를 피려고 하냐, 들어가서 얌전히 공부나 해라, 한 번만 더 여기서 눈에 띄면 허리에 칼침을 놔주겠다'고요. 실제로 그 친구는 일 년 전에 근처 학교에 있는 학생한테 칼부림을 했다가 소년원에 다녀왔던 친구였습니다."

"하하! 그래서 결론이 뭐죠? 시간이 꽤 지났는데⋯⋯." 교수가 짐짓 유쾌하다는 듯이 말했다. 나쁘지 않았던 걸까? 나는 얼굴에 조금 화색이 돌았다.

"아, 죄송합니다. 결론은, 제가 그대로 교실로 기어들어가 수능특강을 펴서 풀기 시작했다는 거죠⋯⋯. 그렇게 처맞고 나니까 공부를 안 할 수가 없겠더라고요. 안 하면 안 한다고 처맞을 것 아닙니까. 심지어 그 같은 반이었다는 일진은 금방 소년원에 갔다온 탓에 출석에 상당히 신경을 썼거든요. 또 하필이면 고삼 때도 같은 반이 돼 버려서⋯⋯일 년 내내 학교에서 공부만 했습니다. 수업에 집중 안 하면 존나 맞을지도 모르니까요. 그렇게 반강제적으로 공부를 하다 보니까 왠지 관성이 생겨 버려서⋯⋯결국 엄청나게 성적을 올려서 이렇게 인서울 사 년제 학교에 덜컥 입학해 버렸다는 것이 결론입니다."

학생들은 제각기 미친 듯이 웃고 있었다. 얼마나 박장대소를 하는지 되려 비웃음처럼 느껴질 지경이었다. 나는 그 소란 가운데 교수의 날카로운 눈빛이 파고드는 걸 느낄 수 있었다.

"아니, 그런데," 교수는 안경코를 손가락 끝으로 올려 보이며 말했다. "학생이 그 친구 덕분에 성적이 올랐고⋯⋯더 좋은 대학에 진학할 수 있었다는 건 훌륭한 결과라는 걸 알겠습니다. 근데 그걸 윈-윈이라고 하려면 그 일진이라는 친구도 얻는 게 있어야 할 텐데요. 아닌가요?"

"아, 그 친구가 얻은 건 명확합니다." 나는 천연덕스럽게 대답했다. "담배 한 갑을 꽁으로 얻었잖아요. 제가 일주일 용돈을 털어서 산 담배를요. 심지어 한 대도 못 피웠는데……."

"아." 교수는 어안이 벙벙한 표정이었다. 강의실에 즐거운 소음이 일었다. 나는 그 즉석 발표에서 평균 이상의 점수를 얻을 수 있었다. 그럼에도 나는 '현대경제학 개론'에서 최종적으로 F를 받고 말았는데, 하필이면 기말시험 날에 거하게 늦잠을 자버린 탓이었으니 세상일이란 참 종잡기 어려운 것이라 하겠다.

<이론과 실제>

50

A대학교 정문 앞에는 여학생 스무 명 남짓이 모여 시위를 벌이고 있었다. 여학생들은 이십 대 초반에서 많게는 이십 대 후반까지 되는 것처럼 보였는데, 하나같이 교복차림을 하고 있는 것이나 〈선생님! 여자인 저도 법조인이 될 수 있나요?〉라고 적힌 피켓이 오가는 사람들의 눈길을 끌었다.

"정말 말도 안 되는 논란입니다." 여학생들의 행렬 맨 앞 가운데 앉아 있던 여자였다. 앰프에 무슨 문제가 있는지, 마이크에서 노이즈가 지직거리고 있었다. "우리 A대학교 여성주의 학회 〈여력〉은, 최근 불특정 다수의 남학생들이 제기한 로스쿨 역차별 논란에 당당히 맞서고자 이 자리에 섰습니다!"

때맞춰 뒤에 앉아 있던 여학생 모두가 박수를 보냈다. 주위에 둘러서 지켜보던 사람들 몇몇도 소리를 보탰다. 목소리를 냈던 여학생이 말을 이었다.

"여러분! 최근 청와대 청원 게시판에는 여자대학교 로스쿨 폐지는 물론, 여자대학교 자체를 없애 달라는 몰지각한 남성들의 행패가 이어지고 있습니다. 로스쿨 입학에 이미 암묵적인 여성 쿼터제가 있다고 주장하면서, 최선을 다해 로스쿨 입시를 준비한 여성들의 노력을 무시하고 있습니다. 심지어 인근에 위치한, 법적으로 엄연히 정의된 여자대학교의 로스쿨까지 남성의 법조계 진출을 저해하는 역차별이라 주장하고 있습니다. 나이가 지긋한 사오십 대 중장년층의 의견이 아닙니다. 여러 대학교의 학내 커뮤니티에서 나타나고 있는, 다름 아닌 우리와 같은 세대 남성들이 내놓은 의견입니다…….”

정문 인근에 연두색 버스가 멈춰 섰다. 우루루 내린 학생들 가운데 열댓 명 정도가 시위 현장 주위로 몰려들었다. 차가 떠나고 정문 인근이 수런거리기 시작했다.

“정말이지 저는 우리나라, 대한민국의 미래가 어둡게만 느껴집니다. 거의 모든 선진국들이 성평등을 향해 조금씩 전진하고 있는 반면에, 대한민국은 혐오와 차별이 고쳐지기는커녕 더욱 고착화된 사회를 향해 가고 있는 것 같습니다. 진짜, 여성학……아니, 성평등과 관련된 서적이나 논문을 조금만 읽어본 사람이라면, ‘역차별’ 따위의 단어는 오늘날의 성담론에서 내놓을 생각조차 할 수 없을 것입니다…….”

학회장이 결연한 연설을 오래간 이어갔다. 그사이 시간이 흘러 정시가 다 됐다. 강의 시작 시간이 가까이 닥친 학생들은 시위 현장을 뒤로하고 하나둘 정문 안으로 사라졌다. 현장에 교복을 입고 앉아 있던 여학생들 몇몇도 강의실에 가야할지 말지를 저들끼리 의논하고 있는 모양이었다. 오직 학회장만이 흐르는 시간에도 아랑곳 않은 채 이야기를 계속하고 있었다.

“여성학을 조금이라도 공부해 보신 분이라면, ‘적극적 우대 조치’라는 단어를 들어 보셨을 것입니다. 사전적 의미로는 ‘인종이나 경제적 신분 간 갈등을 해소하고, 과거의 잘못을 시정하기 위해 특혜를 주는 사회정책'을 일컫는 말입니다. 오늘날 많은 선진국에서 신분, 성별, 인종적 격차를 줄이기 위해 이 적극적 우대조치를 펼치고 있습니다. 우리 사회에서도 새터민, 장애인 의무고용이나 다문화가정 장려정책 같은 형태로 적극적 우대조치가 이뤄지는 중입니다. 어째서일까요? 명목적으로만 차별을 철폐하고 동일한 기회를 준다고 한들, 기존의 차별로 인해 축적된 차이가 하루아침에 극복되지는 않기 때문입니다. 마틴 루터 킹은 이렇게 말했습니다. '만약 수백 년 늦게 달리기 경주에 참여한 사람이 있다면 그저 이제부터 동일한 조건으로 경쟁하게 만드는 것만으로는 부족하다'고요. 이런 사상적 배경을 바탕으로 생겨난 적극적 우대조치를, 그저 '역차별'이라는 값싼 단어로 깎아내리다뇨?"

학회장의 목소리는 점점 몸집을 키우기 시작해, 어느 순간부터는 노이즈가 전혀 들리지 않을 수준이 됐다. 어느새 백 명 가까운 청중이 둘러서 현장을 메운 가운데, 금방 강의실로 갈지 말지를 고민하던 학생들도 학회장의 단어 하나, 문장 하나에 오롯이 신경을 쏟고 있었다.

"대한민국은 법치주의 사회입니다. 법을 알고, 다스릴 수 있는 것이 곧 사회에서의 권력을 상징하는 셈입니다. 그런데 우리 대한민국의 법조인 가운데 여성의 비율은 불과 17퍼센트에 불과합니다. 교육 기회의 박탈은 물론, 법조인이 되는 데 있어 여성에 대한 차별 대우가 노골적으로 이뤄져 왔기 때문입니다. 현 정권 역시 말로는 성평등을 추구하고 있다고 하지만, 실제로 여성이 사회에서 행사할 수 있는 권력이란 여전히 2할도 되지 않는다는 것입니다. 이런 차별 상황을 극복하기 위해서는, 단순히 기회의 '허락'이나 '용인'만으로는 되지 않습니다. 아까 말씀드렸던 적극적인 우대조치가 필요합니다. 저희는 물러서지 않을 것입니다. 타협하지 않을 것입니다. 우리 사회에 만연한 모든 성차별에 대해 직접 행동할 것입니다. 때문에 저를 비롯한 A대학교 여성주의 학회는, A대 로스쿨에 30퍼센트 이상의 동대학 여학생 할당제를 실시할 것을 당당히 요구하는 바입니다!"

"와, 와!" 뒤에 쭈르르 앉아 있던 학생들 모두가 벌떡 일어나 환호하기 시작했다. 듣고 있던 청중들로부터 박수갈채가 뒤따라왔다.

"우리 여성들의 미래를 가로막고 있는, 저 오만한 유리천장을 함께 깨부숩시다. 여기 정문 뒤쪽에 있는 〈여력〉 부스에서 시위 참가 신청서를 작성하실 수 있습니다. 바빠서 힘드시다면 청원 서명에 힘을 실어 주시거나, 저희 활동을 지지하는 의미로 소정의 후원 약정을 해 주셔도 좋습니다. 네, 저쪽이에요, 저어어쪽……. 감사합니다, 감사합니다."

금방 열정적인 연설을 마친 사람들이 으레 그렇듯, 학회장은 후련한 표정으로 단상에서 내려왔다. 그리고 그런 보람을 느낄 겨를도 없이, 후원이나 지지 의사를 밝혀 오는 사람들을 안내하기 시작했다. 연설은 성공적으로 마무리된 듯 보였다.

그때 적당한 키에 다소 마른 체격의 남자 한 명이 단상에 올랐다. 군청색 청바지에 낡은 운동화, 회색 티셔츠와 검은색 뿔테 안경을 쓴 남자였다. 아마 국내에서 편찬되는 백과사전 가운데 '남대생'이라는 항목이 있고, 그래서 참고할 만한 사진이 첨부돼야 한다면 이 남자의 사진을 찍어서 대표로 써도 괜찮을 만큼 평범한 행색의 남학생이었다. 그래서 이 남자가 몰래 단상에 올라 마이크를 잡고, 첫 마디를 꺼낼 때까지 주변에 있던 그 누구도 알아채지 못했던 것이다.

"안녕하세요. 저는 인근의 B대학교 사회교육과에 다니고 있는 김민혁이라고 합니다." 남자가 말했다. "전 비록 타 대학 학생이지만……, 실례가 안 된다면 잠깐 자유발언을 해도 될까요?"

"어, 뭐야?" 바쁘게 몰려드는 사람들, 인솔 중이었던 학회장, 그리고 여학생들이 소리가 나는 단상을 올려다보기 시작했다. 학회 소속의 여학생 두 명이 그대로 단상에 올라 남학생을 제지하려 들었다.

"아니, 아니야. 놔 둬. 말씀하실 수 있게 해 드려."

학회장이 단상에 오르려는 학생들을 만류하며 말했다. 그 남자는 이미 수십 명이 넘는 청중들의 이목을 끌어놓은 상태였다. 물론 학회장은 그 남자가 어떤 논리로 공격해 오더라도 완벽하게 반박할 수 있다고 확신하고 있었다.

"아, 감사합니다, 학회장님. 연설 잘 들었습니다." 남자는 대뜸 공손한 목소리로 말했다. "지나가던 길에 우연히 들었는데, 너무 말씀을 잘하셔서. 꼭 한마디 하고 지나가야겠다는 생각에 이렇게 마이크를 잡게 됐습니다."

"아, 과찬의 말씀이세요. 그래도 고맙습니다."

"그래도, 같은 시대를 살아가고 있는 청년으로서 작은 의견을 내려고 합니다. 〈여력〉의 사상적인 발전을 위해서라도, 다양한 의견이 필요할 듯해서……괜찮을까요?"

"그럼요." 학회장은 대수롭지 않다는 듯이 받아쳤다. 슬하의 여학생들은 그런 학회장을 향해 무척 믿음직하다는 시선을 보내고 있었다.

"제가 학회장님의 연설을 제일 처음부터 들은 것은 아니지만, 아무래도 가장 기억에 꽂힌 것은 '유리천장을 함께 깨부수자'는 내용이었던 것 같아요. 정말, 여성의 권익 향상에 대한 학회장님의 확신이 느껴져서 좋았던 대목입니다. 그런데……."

이 부분에서 남자는 한숨을 크게 들이쉬었다. 여전히 주위에 서서 단상을 응시하고 있는 청중들과 지나가는 사람들, 학회장을 비롯한 〈여력〉 관계자들 모두의 표정에 일말의 긴장감이 감돌았다.

"……학회장님이 말씀하셨던 그 유리천장이라는 것이 분명 있고, 그걸 깨부숴야 한다는 것에는 동의합니다. 그건 평등사회로 가는데 있어 필수적인 절차죠. 그런데, 그 유리천장이라는 것이 다소 제한적인 의미로 쓰이고 있는 것 아닌가, 그런 생각이 들었습니다. 물론 로스쿨에 더 많은 여학생이 들어가서, 법조계에 더 많은 여성 법조인이 생기는 것 역시 우리 사회의 유리천장을 점차적으로 사라지게 만드는 방법일 겁니다. 다만 제가 말하고 싶은 건, '모든 여학생이 로스쿨에 가고 싶어 하는 건 아니라'는 겁니다. 당연한 얘기지만……."

"그건 좀 편협한 말씀이신데요." 학회장이 남자의 말허리를 끊으며 말했다. "지금 말하시는 걸 들어보면, 여성이 법조인이 되는 걸 스스로 기피했다는 느낌이라서요. 그런데 사실은 그렇지 않잖아요? 오랫동안 여성에게는 '법조인'이 된다는 선택지 자체가 거의 주어지지 않았습니다. 여성에 대한 교육이 적극적으로 실시된 것도 한 세대가 채 지나지 않았는데, 법조계 진출은 뭐, 말할 것도 없지 않나요?"

"그건 맞습니다. 그런데 제가 드리고자 한 말은 그게 아니었 어요."

"그럼요?" 학회장이 대꾸했다.

"제가 하려던 말은, 이 문제가 단순히 성별 갈등에만 해당되 는 얘기가 아니라는 겁니다. 파 보면 그저 남녀 간의 문제가 아 니라, 계급갈등의 문제이기도 하지 않느냐는 거죠. 부르주아와 프롤레타리아, 엘리트와 저학력자, 지식인과 소시민 사이의 갈 등 말이에요. 학회장님, 질문을 하나 드려도 될까요?"

"하세요." 학회장이 말했다.

"학회장님이 말하는 성평등에서, 여성의 권익 향상은 경제적 이나 계층적인 차별을 두지 않고 이뤄져야 하는 거겠죠?"

"물론입니다. 그걸 구태여 말할 필요가 있나요? 근데 그게 지금 여기서……."

"아! 그럼," 이번에는 남자가 학회장의 말을 끊었다. "우리 사회에서 도움이 필요한 여성, 그 가운데 교육 수준도 소득도 낮은 여성을, 가장 이해하지 못하는 계층이 어떤 사람들인지 알 고 계시나요?"

"그야 소득과 교육 수준이 높은 사오십 대 남성이겠죠. 그 사 람들이 이해하는 거라곤 성적 대상으로서의 여성뿐이니까요."

"네, 그것도 맞는 말이긴 하죠." 남자는 유감스럽다는 투로 대답했다. 기이한 목소리였다. "그런데 그에 못지않게 이해 못 하는 계층이 있어요. 바로 당신 같은 엘리트 여성들이죠."

"그게 대체 무슨 소리죠?" 학회장 뒤에 서 있던 여학생 한 명 이 끼어들어 물었다. 그때 남자는 단상 위에서 슬픈 표정으로 서 있었다.

"뭐, 뻔한 얘기예요. 듣고 나시면 공감하실 텐데……. 그냥 상상을 해 보자고요. 우리 젊은 세대를 엘리트 남성과 엘리트 여성, 멍청한 남자와 멍청한 여자의 네 분류로 나눠서 생각해 봤을 때 말이에요. 엘리트 남성은 누구와도 함께할 수 있습니다. 엘리트 여성과는 엘리트스러운 얘길 할 수 있고, 멍청한 남자와는 군대 얘기나 천박하고 마초스러운 음담패설이나마 할 수 있을 거고, 멍청한 여자와는 뭐, 섹스라도 할 수 있겠죠. 엘리트 남성들이 제일 좋아하는 게 멍청한 여자의 성이니까요, 하하……. 아, 올라오지 말고 들으세요! 조선말은 끝까지 들으라고 못 배웠습니까?"

남자가 말끝에 이르러 더럭 소리쳤다. 그러자 당장 단상에 올라오려던 여학생 한 명이 움찔하며 걸음을 멈췄다.

"그런데 엘리트 여자는 어떻죠? 엘리트 여자가 대화 가능한 상대는 같은 엘리트 여성, 기껏 넓혀봐야 엘리트 남성 정도에 불과해요. 멍청한 남자는 혐오의 대상이고, 멍청한 여자는…… 아예 논외죠. 안 그래요? 여러분은 오늘 처음 만난 엘리트 여성과 중졸 여성이 단 둘이 마주 앉아서 몇 시간 동안 즐겁게 대화하는 모습을 상상할 수 있나요? 전 안 되거든요. 아예 반례가 없지야 않겠지만은……저는 그렇게 생각합니다. 혐오보다 더 나쁜 것이 무관심과 외면이라고요."

"주제를 말해!" "지금 뭐하자는 거야?" 학회 소속의 여학생들이 소리쳤다. "공부도 지지리 못해서 B대학이나 간 주제에." "B대학에는 로스쿨도 없잖아? 뭔 상관이야?"

"아, 우리 서로 솔직해지자고요. 여자 쪽에 바보가 더 많은 건 사실 아닙니까? 교육 수준이라든가, 자립 가능성이라든가 하는 것들로 봤을 땐 명백하죠." 남자는 노골적으로 조롱하고 있었다. "유전적으로 여자가 더 멍청하다는 얘기가 아닙니다. 그저 결론적으로는 멍청한 인간의 비율이 남자보단 여자 쪽에 더 많은 건 맞지 않느냐고요. 당신들도 알고 있잖아요? 여자 중에 정말 엿같은 행동만 골라서 하는 개년도 있다는 걸요. 또 어떤 여자는 너무 멍청해서, 같은 여자라고 생각하는 것만으로도 짜증이 치밀지 않나요? ……그걸 비난하고 싶은 생각은 없어요. 그냥 솔직하게 말하란 거죠. 그래, 솔직히 말해요. 당신들은 여성 전체의 권익이 올라가는 것보다도, 정말 공정하고 평등한 사회가 되는 것보다도, 엘리트 남성들이 누려 왔고 누리고 있는 것을 똑같이 얻고 싶은 것 아닌가요? 그래서 '로스쿨 동대학 여학생 할당제' 같은 걸 주장하면서 유리천장이나 운운하는 것 아니냐고요? 제대로 교육도 못 받고, 이렇다 할 소득도 없고, 이런 자리에서 크게 목소리 낼 만큼 지지받은 경험조차 없는 여성들이, 당신네들에게 '같은 여성'으로 취급되기나 하나요? 그저 우매한 대중의 일부로서, 당신들의 이기적인 시위에 동참해 주면 그게 전부 아니냐고요!"

"당신은 대체 무슨 근거로 그런 얘길 하죠? 우리 학회에 대해 뭘 알고 있다고 그따위 망발을 하느냐고요." 학회장은 단호하고 뚜렷한 소리로 되물었다. "우리 학회의 사상에 대해 함부로 판단하고 이야기하는 걸, 우리가 더 이상 왜 듣고 있어야 하는지 모르겠네요."

"그러게요. 저도 모르겠습니다. 왜 학회장을 포함한 A대학교 여성주의 학회 〈여력〉의 회원 대부분이 법과대학 소속인지, 전방위적인 여성주의를 표방한다면서 왜 활동은 A대학교 로스쿨 여학생 할당제를 요구하는 시위뿐인지 말이에요. 하기야 이건 증거가 될 수 없겠죠? 누가 보낸 공문처럼 '공교로운 우연'일 뿐이니까요."

"이제 당신이 누군지 알겠네요." 학회장은 비웃으며 말했다. "알면 이만 내려가세요. 말했다시피 우연이라고요, 그건."

"그래, 우연이겠죠, 아주 기가 막힌 우연……. 같은 지역구 저소득층 여학생들을 대상으로 한 교육 봉사 요청에도, 캠퍼스 내에 생리대 공동구매를 위한 모금함 설치를 도와 달라고 했을 때도, 근처 거주민들이 장애여성보호센터 건설 반대 시위를 벌였을 때도, 고등학교 교복 기부 프로젝트에 참여해 달라는 공문을 보냈을 때도, 미혼모 자립을 돕자는 취지에서 공석이 된 근로장학생 정원을 배정해 달라고 했을 때도……. 그저 '다른 여성권익 보호 활동에 바쁘다'는 이유로 죄다 거절한 건 우연일 뿐이겠죠! 다른 대학교 페미니즘 동아리에서 아무리 도와달라고 애를 써도."

"아……." 학회장의 얼굴이 잔뜩 일그러졌다. "야! 저 새끼 안 끌어내고 뭐해? 빨리 끌어내!"

"이보세요! 우리는 학회지, 자원봉사단체가 아니거든요? 잘 알지도 못하면서 제멋대로 지껄이고 있어……." 막 단상에 오른 여학생이 남자의 면전에 대고 말했다. "기부도 그렇지, 그게 의무입니까? 봉사는 스스로 결정해서 하는 건데, 그걸 안 했다고 우릴 비난하는 게 말이나 돼요? 당신 같은 사람들이 유리천장을 더 깨기 힘들게 만드는 거라고요. 알아요?"

"우리 사회에 깨야 할 유리천장이 있는 건 인정해요." 남자는 세 명의 여학생에게 붙들린 채, 단상에서 끌려 내려가며 말했다. "그런데 당신들한테는 유리천장보다도 먼저 깨부숴야 할 게 있는 것 같네요. 적어도 내 생각에는……."

<유리가면>

51

"청소 좀 하겠습니다……. 들어가도 될까요?"

유미숙 씨가 남자 화장실 앞에 서서 말했다. 아무 대답도 돌아오지 않았다. 들어가 보니 삼십 대 초중반으로 보이는 셔츠 차림의 남자 두 명이 세면대 앞쪽에 기댄 채 휴대폰을 만지고 있었다. 더 안쪽에 늘어서 있는 소변기 앞에는 세 명의 남자가 더 있었다.

곧 유미숙 씨는 강남의 ××타워 십이층 남자 화장실의 타일을 닦았다. 신문지를 비벼 세면대와 거울에 묻은 물때며 정체 모를 얼룩을 깨끗하게 만들었고, 화장실 창틀에 낀 먼지를 털어 냈다. 그러는 사이 다섯 명의 남자들은 유미숙 씨에게 시선 한번 건네지 않고 화장실을 나갔다. 다행히도 이제는 쪼그려 앉아 소변기를 문질러 닦을 수 있었다.

다섯 개 가운데 세 번째 소변기를 닦고 있을 때쯤 남자 한 명이 더 들어왔다. 그 남자는 소변기를 닦던 유미숙 씨의 바로 옆 칸에 서서, 아무렇지 않게 지퍼를 열고 오줌을 싸기 시작했다. 옆에 아주머니가 있든 없든 개의치 않는 모양이었다. 유미숙 씨 역시 그 남자가 신경쓰지 않게끔 최대한 소리를 죽이며 소변기를 닦았다.

유미숙 씨가 ××타워의 청소부로 일한 지는 삼 년이 넘었다. ××타워에 출근하는 일은 쉽지 않았다. 강남으로 향하는 2호선 열차는 이른 새벽녘에도 몹시 붐볐다. 세미 정장이며 캐주얼한 업무용 복장까지 각양각색으로 차려입은 사람들을 비집고 도착한 유미숙 씨는 가장 먼저 숙직실에 인사를 하러 가야 했다.

쉰에서 많게는 일흔 살까지도 있던 건물 경비원은 유미숙 씨 같은 청소부에게 가장 중요한 인간관계였다. 어떤 측면에선 파견업체 부장보다도 더 중요했다. 이 사실은 큰 소리로 경비원에게 질책을 당한 뒤에야 깨달을 수 있었다. 하필이면 ××타워에 볼일이 있는 방문자며 엘리베이터를 기다리는 입주사 직원들이 수십 명씩 있는 1층 로비에서 벌어진 일이었다. 사람들은 그럴 때에만 경비원과 청소부를 쳐다보곤 했다. 지긋한 나이에 볼품없는 몰골을 한 경비원이 누군가에게 소리를 지른다는 것 자체가 신기한 일이라는 듯이. 하기야 그 건물과 관련된 사람 가운데 경비원이 크게 소리치며 혼낼 수 있는 존재라곤 기껏해야 청소부뿐이었다. 아무튼 유미숙 씨는 그날 이후로 경비원에게 밉보일 짓을 하지 않으려 안간힘을 써 왔던 것이다.

"정말 나라가 어떻게 되려는지 모르겠어. 우리 같은 사람은 어떻게 살라는 거야, 도대체?"

굵직한 남자의 목소리였다. 그 남자는 대변기 칸막이 안에 똬리를 틀고, 벌써 20분이나 통화를 이어가고 있었다. 유미숙 씨는 다른 칸에 있는 모든 휴지통을 비웠다. 다만 이렇게 단 한 칸이라도 사람이 들어차 있는 경우에는 하염없이 기다리는 수밖에 없었다.

"어, 어, 그래. 쥐구멍에도 볕 들 날 있다는데. 어떻게든 버텨야 되는 거지. 그런 게 회사생활이잖냐. 나중에 요 근처 오면 소주 한잔해. 저기 십 번 출구 쪽에 있거든. 매운탕이 기가 막혀 아주……."

화장실 칸 안에서 남자가 통화를 마무리하는 소리, 변기에서 일어나 바지를 올리는 소리, 그리고 물을 내리는 둔탁한 소리가 이어졌고, 마침내 남자가 화장실에서 빠져나왔다. 남자는 누군가 자신의 얘기를 엿들은 것은 아닌지 뒤늦게 걱정이 된 나머지 남자 화장실 곳곳에 고개를 내밀고 기척을 살폈다. 다행히 남자 화장실에는 아무도 없었다. 남자는 안도의 한숨을 내쉰 뒤 사무실로 향했다. 그러자 세면대 앞에 걸터앉아 있던 유미숙 씨가 일어나 방금 남자가 빠져나온 칸을 살폈다. 그 칸의 휴지통은 거의 비어 있다시피 했다. 대신 똥 닦은 휴지를 잔뜩 쑤셔 박은 변기가 콱 틀어막힌 채 꿀렁거리는 소리를 내고 있었다.

××타워는 강남역에서 신논현역까지를 길게 수놓은 수십 채의 유리 빌딩 가운데 하나였다. 건물에 있는 것이라곤 무슨 일을 하는지도 알 수 없는 입주사 몇 개와 공유 사무실 그리고 1층의 프랜차이즈 카페뿐이었는데, 그럼에도 불구하고 매일 수백 명의 사람들이 입구 안쪽을 지나다녔다. 그러나 2층으로 올라가는 비상계단 옆에 작은 문이 있다는 사실을 아는 사람은 아무도 없었다. 그 안에서 유미숙 씨 같은 청소부 다섯 명이 옷을 갈아입고, 편의점 계란으로 식사를 해결하고, 아침나절이 다 난 뒤에야 5분 정도의 달콤한 단잠을 자는, 세 평 남짓의 추레한 공간이 있다는 사실을 아는 사람 역시 아무도 없었다.

아마 사람들은 강남에 있는 수백억짜리 건물들의 계단과 화장실과 외벽의 유리들이 깨끗한 이유가, 수백 명의 보이지 않는 유미숙 씨가 당신 몰래 닦아 놓았기 때문이라는 사실도 모를 것이다. 불과 20년 전, 그러니까, 유미숙 씨가 두 명의 아들을 낳기 전까지는 강남의 여느 사람들처럼 회사에 다녔다는 사실 역시 모를 것이다. 그래서 불과 이틀 뒤에 자택에서 목을 매달아 죽었다고 한들 알 도리가 없을 것이다. 강남에 있는 유리 빌딩들의 화장실은 내일도 변함없이 깨끗할 것이고, 대리석 바닥과 타일에서는 락스와 세제 냄새가 날 것이다. 우리 눈에 보이지 않는 요정 같은 무언가가, 매일 똑같이 깨끗해지는 마법이라도 부려 놓은 것처럼 말이다.

<우렁각시>

52

　내가 학교 앞을 지날 때 일이었다. 수십 명의 학생이 누군가를 둘러싼 채 웅성거리고 있었다. 또 제각기 휴대폰을 꺼내 영상을 찍고 있는가 하면, 중앙에 선 사람과 나란히 서서 셀카를 찍기도 했다. 나는 무슨 일인가 싶어 가장 바깥쪽에 있는 학생 한 명에게 말을 걸었다.

　"무슨 일인데 이렇게 사람이 모여 있어요?"

　"엄청 대단한 사람이 왔어요." 학생이 대답했다.

　"아아, 뭐하는 사람인데요?" 내가 다시 물었다.

　"글쎄요. 그건 잘 모르겠어요. 저도 자세히는 모르는데, 인스타 팔로워가 십만 명을 넘는대요. TV에도 나왔다고 하고요."

　학생은 내게 눈길도 주지 않고 대충 대답했다. 그리고 이내 군중들 사이를 헤집고 나가서는, 저도 잘 모른다는 그 사람과 함께 사진을 찍었다.

　주변을 지나가던 사람들은 그 대단한 사람 주위로 몰린 대단하지 않은 사람들을 에워쌌다. 나는 그렇게 에워싼 사람들이 '저 사람은 누구예요?' '아, 아무튼 유명한 사람인가 봐요' 하는 말을 끊임없이 주고받으면서, 한데 모이고 흩어지는 광경들을 오랫동안 지켜보다가 떠났다.

• • •

얼마 전에는 오랜만에 만난 친구와 카페에서 이야기를 했다. 요즈음의 근황을 묻기에, 나는 작게 글 쓰는 일을 하고 있노라고 대답했다. 그러자 친구는 느닷없이 '어떤 책을 가장 감명 깊게 읽었느냐'고 했다. 나는 책을 많이 읽는 편이 아니지만, 헤밍웨이의 글을 가장 좋아한다고 말했다.

"헤밍웨이 좋지. 대단한 작가야." 친구가 말했다.

"역시 그렇지? 너는 어떤 게 제일 재미있었어? 난 최근에야 『태양은 다시 떠오른다』를 읽었거든."

"아, 나는 헤밍웨이를 읽어본 적은 없어."

"뭐?" 나는 의아한 나머지 말했다. "아까는 헤밍웨이가 대단한 작가라고 했잖아."

"그야 당연한 거 아냐? 헤밍웨이는 노벨문학상도 받았잖아. 그리고 헤밍웨이 이름을 모르는 사람이 어딨다고 그래? 책을 안 읽어도 그 정도는 상식이지."

"음……헤밍웨이가 대단한 작가라면, 단순히 노벨상을 받았기 때문이 아니라 그만큼 멋진 글을 썼기 때문 아닐까? 난 적어도 그렇게 생각하는데." 나는 최대한 조심스럽게 말했다.

"그 멋진 글이라는 걸 인정받았으니까 노벨문학상을 받은 거 아니야? 문인도 결국에는 결과로 보여 주는 거라고. 뭐든 그렇잖아. 최근에 그, 외국에서 상 받아서 유명해진 여자 작가 있잖아. 이름 특이한 작가였는데."

"한강."

"맞아. 그분도 외국에서 맨부커상을 받아서 베스트셀러 작가가 됐지. 맨부커상이 엄청 대단한 상이더라고. 세계 3대 문학상이라며? 그런 대단한 작가가 우리나라에서 나오다니."

"문학상도 '3대' 같은 게 있어?" 나는 정말 몰라서 되물었다.

"넌 어떻게 글 쓴다면서 나보다도 모르냐? 제대로 글 쓰려면 좀 알아보고 해야지. 신춘문예 당선도 좀 해 주고……."

그날 친구는 내게 문학상 당선의 중요성에 대해, 그리고 관련 학과를 이수하고 유명 교수와 친해질 필요성에 대해 이야기하다가 자신은 약속이 있다며 먼저 나갔다. 나는 그날 저녁까지 마감해야 할 원고가 있었기 때문에, 카페에 남아 작업을 계속하다가 퇴근 시간이 되기 전에 빠져나왔다.

• • •

또 한 번은 좋아하는 그림을 카카오톡 커버 사진으로 해놓았다. 그러자 친구 한 명이 연락해서는, "근데 카톡 사진이 그게 뭐냐?"라고 핀잔을 쳤다.

"카톡 사진이라니?"

"커버 사진." 친구가 다시 메시지를 보내 왔다. "무슨 발로 그린 것 같네. 니가 그렸냐?"

"아, 내가 그린 건 아니고," 내가 대답했다. "앙리 마티스가 그린 거야. 〈이카루스〉라고……."

친구는 내 대답을 보더니, 얼마지 않아서 '그런 건 좀 그림 위에다가 적어 놓지 그랬냐'며 더럭 짜증을 냈다. 나는 미안하다고 사과했다.

그 뒤로 나는 어디서부터 '위대함'을 찾아야 하는지 도통 알수 없었다. 어디서 누가 만드는 위대함인지도 모른 채, 무수히 많은 위대함에 둘러싸인 나와 내 글은 초라하고 별 볼 일 없었다. 찬연히 빛나는 별들은 우리의 아주 작은 발광(發光)조차 허락지 않는다.

어떤 종류의 위대함은 위대함과 가까이 있음으로써 나오는 것이었다. 마치 달이 아름다운 이유가 하얀 표면과 토끼 그림이 아니라 그저 태양으로부터 빛을 반사하기 때문이듯이. 개츠비가 위대한 이유가 등대의 불빛을 동경했기 때문이 아니라, 매일같이 화려한 파티를 여는 졸부였기 때문이듯이. 그렇게 위대함은 내게로부터 수천 광년 떨어진 곳에 있었고……, 난 더 이상 별일 수 없는 명왕성처럼 고꾸라져 빛을 잃었다.

<밀랍으로 만든 날개, 그리고 실타래>

53

"니가 모시고 와, 얼른!"

턱수염 짙게 난 남자가 말했다. 뿔테 안경을 쓴 남자는 떠밀리듯 바깥으로 나왔다. 대리점 앞에서 할머니가 서성거리고 있었다. 바깥에 진열된 휴대폰 모형들을 멀뚱멀뚱 지켜보다가, 가끔씩 고개를 불쑥 내밀어 가게 안쪽을 확인하고, 다시 돌아가 진열대를 바라보길 십 분. 마침내 점장의 인내심이 한계에 다다른 것이다. 점장은 이런 행색의 노인을 응대하길 싫어했다. 기껏해야 기본 요금제에 효도폰이나 개통할 텐데, 세 시간 넘게 별 것도 아닌 질문들에 대답해 주다 보면 바보가 된 느낌까지 든다는 것이었다.

"저, 저, 안녕하세요……."

남자는 안경을 고쳐 쓰면서 말했다. 할머니는 남자를 쳐다봤다. 고개를 돌리는 움직임이 어찌나 굼뜬지 슬로우모션처럼 느껴질 정도였다.

"그러니까, 음, 들어오셔서……차 한잔 드릴까요? 찾으시는 상품이 있으면 제가 도와드릴게요."

남자가 어색한 몸동작과 함께 말했다. 할머니는 대답도 없이, 거북이처럼 가게 안으로 들어갔다.

"아유, 안녕하세요! 얼른 들어오시죠! 차 드릴까요? 어떤 거 좋아하세요? 커피, 녹차, 메밀차도 있어요."

"……물, 물 줘."

"아, 물이요? 어떻게, 따뜻한 물 드릴까요?"

점장이 살가운 태도로 물었다. 할머니는 말없이 고개만 두 번 끄덕였다. 점장은 정수기 옆에 붙은 종이컵을 하나 뽑아 뜨거운 물을 받았다. 그동안 남자는 할머니를 테이블 앞에 앉히고, 자신은 바퀴달린 의자에 마주 앉았다.

'무슨 말부터 해야 하지? 점장님은 어떻게 하셨더라…….'

남자가 일대일로 손님을 맞은 것은 처음이었다. 점장이 응대하던 모습을 지켜본 적은 몇 번 있다. 다 넘어왔다 싶다가도 맥 없이 빠져나가는 손님이 있는가 하면, 어쩔 때는 너무 쉽게 개통이 되기도 했다. 그러나 막상 손님을 마주하고 있으려니 머리가 하얘졌다. 어떤 말을 해야 할 지 가늠이 되질 않았다. 칠순은 거뜬히 넘긴 것 같은 할머니를 상대로도 그랬다.

"야, 나는 밥 먹고 올 테니까, 네가 잘해 봐. 내가 어떻게 하는지 봤지? 어르신들은 요금제 이런 거 잘 모르시니까 너무 빡세게 하지 말고, 문자메시지나 영상통화 같은 거 위주로 말씀드리면 돼, 알겠지? 나 간다."

점장은 테이블에다 뜨거운 종이컵을 올려놓은 뒤, 남자의 귀에다 대고 속삭였다. 그리고 점포 가장 깊숙한 곳에 있는 자신의 자리에 걸어가더니, 의자에 걸려 있던 외투를 둘러 입고 바깥으로 나가는 것이었다. 마침 점심때이기는 했다. 다만 이죽거리는 표정이나 턱수염을 쓰다듬으며 나가던 몸짓들로 미뤄봤을 때,

남자는 점장이 자신에게 심술을 부렸다는 사실을 알 수 있었다. 매장에는 남자와 할머니만 남았다. 기묘한 정적이 이어졌다.

"그, 찾으시는 휴대폰 있으세요?"

남자가 정적을 깼다. 최대한의 노력이었다.

"것, 휴대전화기를 사려구 하는데……,"

"네, 네."

남자가 대답했다. 할머니는 다음 말을 떠올리는 데 시간이 꽤 걸리는 모양이었다. 목에 보라색 목도리를 두르고 있었는데, 얼마나 오래 됐는지 색이 바래 있었다. 남자는 벌써부터 효도폰을 꺼낼 준비를 하고 있었다. 기억상으로는 왼쪽 서랍이었다.

"저거, 저거 보여 주라."

"네? 어떤 거요?"

"저거…….'"

할머니가 남자의 왼쪽 어깨 뒤쪽을 멀리 가리키며 말했다. 할머니의 손짓에 따라 고개를 돌리자마자, 남자는 깜짝 놀랐다. 그곳에는 최신 아이폰 포스터가 붙어 있었다. 저게 출고가가 얼마였더라, 아무튼 백오십만 원이 넘어가는 것은 확실한데, 보통 할머니들은 저런 거 잘 안 사지 않나? 삽시간에 몇 가지 생각이 교차했다.

"저거, 함 볼 수 있는감?"

"저거, 는 지금, 공기계가 따로 없어서 보실 수는 없으세요."

"못 보는감?"

할머니가 천연덕스럽게 되물었다. 남자는 시선을 돌리고 입술을 말아 넣었다. 당황했을 때의 버릇이었다. 어떻게 해야 하지, 아이폰은 프리스비나 애플스토어 정도나 가야 만져볼 수 있을 텐데. 그러나 남자는 할머니가 이 같은 행색으로 애플스토어에 들어가는 것을 상상할 수 없었다. 남자의 생각에 애플스토어는 아주 세련된 공간이었고, 거기서 완벽히 정반대되는 요소만 모아 사람으로 만든다면 바로 앞의 할머니가 될 것만 같았다.

'차별이 아니라, 솔직히 그렇잖아? 할머니한테 어떻게 아이폰 같은 걸 파느냐고. 어울리지도 않고 쓰시기도 힘들 거야.'

남자가 생각했다. 할머니는 목전에서 멀뚱멀뚱 쳐다보고 있을 뿐이었다.

"저, 할머니, 저거는 아이폰이라고, 젊은 분들이 많이 쓰는 휴대폰이구요, 지금은 볼 수가 없어요. 그런데 보통 우리 어르신들이 보시는 폰이 있거든요? 아무래도 어르신들은 문자랑 전화를 많이 쓰시잖아요, 그런 걸 보여드릴까요? 어떠세요?"

"으으응, 아냐, 저걸로 줘."

"……네?"

"못 써 봐도 괜찮으니까는, 저걸로 줘."

할머니의 말투는 완강했다. 아까와는 다른 분위기였다.

"할머니, 저게 좀 많이 비싸거든요, 지금 나온 것 중에 제일 비싼……."

"아이, 괜찮으니까는, 어서 줘."

할머니의 말에 고집의 함량이 커져갔다. 몇 분 동안 실랑이가 이어졌다. 남자는 어쩐지 거역할 수 없는 압력을 느끼고, 그대로 앉아 잠깐 동안 생각하다가 점포 안쪽으로 들어갔다. 그리고 할머니가 가리킨, 플래그쉽 모델의 아이폰 박스를 꺼내왔다. 몇 개 있지도 않은 물건이었다. 그리고 다시 자리에 앉아, 할머니에게 약정할인과 요금제에 대해서 간단히 설명했다. 할머니는 잠자코 듣다가도, 으응, 그려, 하는 추임새를 대화에 끼워 넣곤 했고, 매 월 십 기가의 데이터가 제공되는 요금제의 삼 년 약정으로 구매 결정을 마쳤다.

"아, 이거 영상통화도 되제?"

"네? 음, 아마도요, 아니, 돼요, 당연히 되죠."

계약서에 차례대로 할머니의 서명이 찍혀나던 와중이었다. 남자는 얼떨결에 대답했지만, 곧 자신이 아이폰을 한 번도 써본 적 없다는 사실을 떠올리고 말았다.

'아니, 저게 얼마짜리 폰인데, 당연히 되겠지…… 명절 때였나? 사촌누나가 아이폰으로 영상통화하는 것도 봤고. 요즘 세상에 영통 안 되는 폰이 어딨어?'

모든 계약서에 서명 날인이 끝나고, 남자가 할머니의 신분증 사본을 복사하고 있을 즈음에 점장이 돌아왔다. 점장은 재빨리 상황을 파악하고는 남자에게 눈썹을 치켜세워 보였다. 그리고 침착하게 휴대폰 개통 절차를 끝냈다.

"이야, 너 정말 미친놈이구나? 어떻게 할머니한테 아이폰을 판 거야?"

개통이 끝난 뒤 할머니가 꾸벅, 인사를 하고 대리점을 나서자마자 점장이 말을 꺼냈다. 남자는 한숨을 푹 쉬며 고개를 내저었다.

"기왕 할 거면 비슷한 가격대로 다른 걸로 했어야지, 아이폰은 얼마 나오지도 않는데."

"아이폰이 아니면 안 사시겠다는데 어떡해요?"

"임마! 그걸 잘 유도리 있게, 응? 그렇게 하는 게 니가 하는 일 아니냐?"

"······네."

"아무튼 첫 손님인데 잘 했어, 내가 다 너한테 경험치를 주기 위해서 그런 거야. 해 보니까 쉽지? 근데 참, 할머니도 여자는 여잔가 봐, 그 나이에 아이폰이라니. 어차피 잘 쓰시지도 못할 텐데. 잠깐, 그거 할부 끝나기 전에 돌아가시면 어떻게 되나? 그건 또 알아봐야겠는데······."

점장은 말이 끝나자마자 자리로 돌아가 앉았다. 키보드 치는 소리와 마우스 클릭 소리가 이어졌다. 남자는 한참 동안 테이블 앞 의자에 앉아 있었다가, 종이컵에다 믹스커피를 탄 뒤 점포 앞으로 들고 나왔다. 날씨는 점점 추워져 겨울이 목전이었다. 역전에는 남자와 여자, 어린이와 노인들이 분주하게 교차했다. 남자는 가만히 서서 커피를 마시다 말고 입김을 불어봤다. 하얀 연기가 눈앞에 피어올랐다 사라졌다.

<폰팔이>

325

54

　백반집 내부는 어수선했다. 마침 점심시간이 끝나 가는 두
시 무렵이었다. 의도한 바는 아니었지만 아무렴 좀 더 여유롭게
밥을 먹을 수 있다는 것이 좋았다. 내가 즐겨 앉던 출입구 왼쪽
의 가장 안쪽 창가 자리도 비어 있었다. 나는 외투를 벗어 의자
에 걸쳐 놓고, 마주 놓인 반대편 의자를 잡아 빼 앉았다.

　오늘의 메뉴는 조기구이였다. 한 끼 오천 원의 균일가 백반
에 생선구이가 나온다는 것은 흔치 않은 일이었다. 나는 주문을
끝마친 뒤에 멍하니 창밖을 응시하고 있었다. 막 해가 바뀐 신
정이지만 백반집도 열려 있고, 학생들도 등껍질 같은 책가방을
매고 분주하게 오다니는 모습을 보니 단순한 평일 같았다. 날짜
로 치면 아마도 십이월 삼십이일……또 화요일쯤 될 것이다.

　그런 쓸데없는 생각을 하고 있으려니, 카운터 가까운 자리의
대화 소리가 귓등을 때렸다. 조심스레 고개를 돌려 보니 과잠바
를 입은 학생 두 명이 백반집 주인 내외와 담소를 나누고 있었
다. 주인아주머니야 워낙 붙임성이 좋으신 분이었지만, 주인아
저씨가 즐겁다는 듯 이야기를 하고 있는 것이 퍽 놀라웠다. 평
소 같았으면 인사말 하나 없이 상차림을 하고, 계산을 할 때도

노상 불편한 기색으로 오천 원, 같은 짧은 대사가 행동 패턴의 전부였던 사람이다. 때문에, 나는 오랜만에 남 이야기에 흥미가 생겼거니와 잠자코 대화를 엿듣게 된 것이었다.

"그래, 그 교수님이 아직도 있단 말이지?"

"네. 아주 정정하시죠."

과잠바를 입은 두 학생 중 하나가 주인 아저씨의 질문에 대답했다. 아저씨는 거뭇거뭇한 턱수염을 쓰다듬으면서 추억에 잠긴듯한 표정을 지어 보였다.

"거 참 대단하시네. 나 때도 백발이 성성하신 분이었는데. 내가 졸업한 지도 벌써 이십 년이 훌쩍 넘었으니까, 당연히 돌아가셨을 줄 알았거든."

"그 교수님이 백발이었다고요? 저희가 입학할 때부터는 쭉 검은 머리셨는데……."

나머지 학생이 말했다. 나는 눈을 찡그려 잠바 뒤 등 쪽의 문자를 확인하려 애썼다. HANYANG이라는 자수가 놓여 있었다.

"그 교수님이 날 더러 자기 연구실로 오라고 하셨지. 어쩌면 그때 대학원에 진학했으면, 지금쯤 학자의 길을 걷고 있었을 거야. 회사도 들어갔다가, 중간에 튕겨 나와서 창업도 하고, 이리저리 개고생 하다가 식당을 하게 됐지. 처음에는 내가 이러려고 그런 공부를 했나 싶었는데, 학생들 밥해 먹이는 것도 정말 보람이 있는 일이더란 말이야……."

"그러셨군요. 저희는 매일 여기 오면서 아저씨가 저희 동문일 거라 상상도 못했거든요."

"맞아요. 보통은 대기업 같은 곳에 가 계시니까……." 다른 학생이 거들었다.

"음, 너희가 그런 얘기만 들어서 그렇지, 꼭 그렇지만도 않아. 동기들이나 선후배들 근황을 가끔 듣는데, 정말 뭐 대단한 걸 하고 있다, 그런 기분은 안 들더라고. 오히려 정년이 금방이라 나한테 사업 어떠냐 물어보고, 연구실 들어간 양반은 아직도 정교수가 되네 마네 해서 와이프랑 대판 싸우고 이혼하고 그래. 차라리 학생들 밥해 먹이는 내 처지가 되려 낫더란 말이야. 적어도 난 정년도 없고, 학생들이야 밥 안 먹고 공부할 순 없잖아. 이렇게 살면서 딸 자식 대학 보내고, 집 해서 보내고, 그럼 내 몫은 다 한 거지. 나는 나름대로 만족해. 정말로……."

"음, 네."

학생이 밥그릇 긁는 소리를 내며 대강 대답했다. 두 학생은 각기 제 배 채우는 데 정신없었고, 아저씨는 그 모습을 아주 기이한, 슬픔인지 그리움인지 모를 기묘한 눈빛으로 지켜보고 있었다. 난 식사가 나오기도 했거니와, 어쩐지 겸연쩍은 기분이 돼서 엿듣기를 관뒀다.

내가 조기 앞면의 살을 다 발라먹었을 때였다. 아까의 두 학생이 자리에서 일어나, 의자를 집어넣는 소리가 들렸다. 그리고, 곧 아저씨의 말 몇 마디와 계산하는 소리가 이어졌다.

"둘이 해서 만 원인데, 기분 좋으니까 천 원씩 깎아서 팔천 원이다."

"아, 감사합니다. 여기요."

"……현금 없어? 할인하고 카드 수수료까지 내면 좀 그런데." 아저씨가 말했다.

"전 없는데."

"아, 저 있어요. 잠깐만요."

다른 학생이 말했다. 주머니를 몇 번 뒤지더니 만 원짜리 지폐를 꺼내서 내밀었다. 아저씨는 이천 원을 거슬러 주면서, 아무쪼록 시험 준비 잘하고, 든든하게 먹었으니 밤까지 집중해라, 최선을 다한 만큼 좋은 결과가 있을 거다, 하는 말들을 했다. 학생들은 네, 네, 하며 카운터를 등지고 나가는 방향으로 걸어왔다. 두 명은 내 자리 옆쪽 길을 지나쳐 가면서 소리 없이 웃고 있었다.

"흐, 진짜 너도 저렇게 되면 어떡하냐?"

"시발, 말도 안 돼, 일 년 안에 합격 뚫는다. 진심……. 갑자기 동기부여 존나 되네."

"그러게. 나도 오늘 새벽까지 조져야겠다."

"그래야지, 생선 굽기 싫으면."

열었다 닫히는 백반집의 유리문 너머로 과 잠바 두 벌이 멀어져 사라졌다. 나는 잠깐 울적한 기분으로 창밖을 바라보다가, 기어코 조기를 다 발라먹은 뒤 일어나 계산대로 갔다. 어수선한 분위기는 어느새 잦아들어 손님이 나뿐이었다. 아줌마는 식사하러 가셨는지, 주방에는 아저씨 혼자 덜그럭덜그럭 소리를 내며 설거지를 하고 있었다. 난 그 모습을 몰래 쳐다보다가, 카운터 위에 오천 원 짜리 지폐 한 장을 올려 두고 조용히 빠져나왔다. 바깥에는 이천십구 년의 햇살이 쏟아졌고, 건물에 드리운 그림자 사이로 을씨년스런 바람이 스쳐 지나갔다. 한겨울이었다.

<청출어람>

55

"어때, 여기 양념꼬막 괜찮지?" 친구가 물었다.

"어, 완전 술안주인데?" 내가 대답했다.

"그치? 내가 여기 처음 온 게 작년 이맘때쯤이었거든. 그때는……."

친구는 그 꼬막집이 제 집 앞마당이라도 되는 것처럼 으쓱거렸다. 밉살스러운 표정도 오랜만에 보니 그리운 면이 있었다.

양철로 된 원형 테이블 위로 빈 소주병이 쌓여갔다. 금요일 밤은 자정으로 치달았다. 아직 이르다면 이른 시간대였다. 술자리 중간쯤 해서 나는 화장실을 한 번 다녀왔고, 습관처럼 마른 세수하는 시늉을 했다. 눈두덩을 과장스럽게 올려 떴다.

불그스름한 얼굴 뒤로 포차의 풍경이 흐릿했다. 한층 더 시끌벅적해진 사람들의 말소리, 소주잔 부딪히는 소리가 귓전에 울려 먹먹했다. 그 와중에도 친구는 계속해서 말을 잇고 있었다.

"……라고, 글쎄, 그 옷에 국물 좀 튀었다고 나한테 그렇게 화낼 일이냐고. 여자들 하나같이 그렇다니까. 안 그래? 아흔아홉 가지 잘해 줘도 한 가지 못하면 성질이나 버럭 내고. 아주 지 멋대로야, 아주……. 야야, 너 듣고 있냐? 내 말 듣고 있어?"

"어, 어……니 여자친구 얘기 아냐?" 나는 뒤늦게 목이 잠겼다는 걸 알았다. "흠, 흐흠, 아, 아……. 목에 뭐가 자꾸 걸리네. 흠…….."

"넌 그때 걔 아직도 만나? 그 현대미술 전공한다던."

"오래전에 헤어졌어."

"그래? 얼마나 됐는데?" 친구는 질문을 끝마치기 무섭게 잔을 들이켰다.

"한 이 년쯤 됐나."

"지금 만나는 다른 사람은 없고?"

"없어."

"연애할 생각이 없냐, 넌?"

"응. 없어."

"왜?"

"할 만한 상황이 아니라서."

"에이, 그건 핑계야. 너도 알잖아?"

"핑계라고?" 나는 정신이 번쩍 들었다. 기분이 나쁜 건 아니었다. 하기야 보는 사람 입장에선 그렇지 않았을 것이다.

"아니, 왜 화를 내고 그래? 난 그냥……," 친구는 당황한 눈치였다.

"아, 화난 거 아니야. 미안." 난 조금 미안한 마음이 들었다. 굳이 미안할 것까진 없었는데. "사실은 어머니 때문에 그래."

"어머니가 왜?"

"위랑 폐가 안 좋아지셔서. 얼마 전에도 각혈을 하셨거든."

"아……."

"다행히 아직은 그렇게 심한 건 아니고. 재활 계속하고 큰 수

술 몇 번 하면 된대. 그래서 회사는 그만둘 형편도 아니고. 가족이 나뿐인데 평일만 해도 간병인 인건비도 만만찮고. 뭐, 그런 상황이야…….” 나는 중얼거리듯이 말을 끝맺었다.

“듣고 보니까 오히려 내가 미안하네.”

“아냐. 알았으면 그렇게 얘길 안 했겠지.”

“그거야 당연하지. 요즘은 좀 어떠신데? 좋아지고 있어?”

“의사는 그렇다는데 나는 잘 모르겠어. 밥을 거의 못 드시거든. 그나마 먹는 것도 반나절 못 가서 다 토해 내시고.”

“그렇구나.”

“나야 주말에나 옆에 있으니까 할 만한 편이야. 나보단 간병인 분이 고생이겠지. 수시로 토 올린 거 닦아주고, 피도 받아주고 그래야 하니까.”

“돈 받고 하는 일인데 뭘. 니가 걱정할 필요는 없지 않을까? 자, 한잔하자. 우울한 얘기 그만하고.” 친구가 소주병을 기울여 내밀었다.

그러나 나는 잔을 내밀지 않았다. 대신 턱을 괸 자세로, 다소간 넋이 나간 얼굴로 먼 곳에 시선을 두고 있었다.

“아, 또 뭘 보고 있는 거야? 뭔데?” 곧 친구가 역정을 냈다. 그리고 내가 보던 방향으로 눈을 돌렸다.

지저분한 차림의 아주머니였다. 척 봐도 낡은 뿔테 안경을 쓰고 있었고 키가 무척 작았다. 멀리서 어림잡더라도 백오십이 안 돼 보였다. 차라리 가까이 있었다면 눈에 띄지 않았을지 모른다. 끽해야 가을에 접어든 지금 시기에 싸구려 목도리며 떡볶이 코트를 걸친 채 뒤뚱뒤뚱 돌아다니는 모습이 어떤 면에선 추하기까지 했다.

"아, 난 저런 거 좀 안 했으면 좋겠는데." 친구가 불쑥 고개를 저으며 말했다. "가게 사장님도 저런 거 인정사정 봐주면 안 된다니까. 한 번 봐주기 시작하면 계속 온다고. 저렇게 인정에 호소하는 거 불편해하는 사람도 얼마나 많은데……"

"다 먹고살자고 하는 일인데 뭘." 나는 슬쩍 잔을 내밀어 술을 받았다.

"그건 그런데. 꼭 저런 걸로 먹고살아야 할 필요가 있느냔 말이야. 내 얘기는. 세상에 다른 일도 얼마나 많은데? 난 주말마다 저러는 사람들이랑, 길 돌아다니면서 찹쌀떡 파는 할아버지랑, 지하철에서 파스 같은 거 파는 아줌마들이 제일 이해 안 되더라. 하필이면 왜 그런 거냐고. 안 사면 왠지 나쁜 사람 되는 것 같잖아, 내가."

"그건 너 스스로 그렇게 생각하는 거지. 안 사서 나쁜 사람 되는 게 어딨어. 마음이 동하면 사고, 아니면 안 사는 거지."

"그냥 그런 기분이 든다고, 그냥. 불편해 나는. 불편하다니까."

"자, 자. 알았어. 짠 하고 마시자. 괜히 딴 데 봤네, 내가. 죽을 죄를 졌어, 아주……." 나는 어린애 달래듯 말하면서 잔을 부딪었다. 소주 한 모금이 목구멍으로 넘어가기 무섭게 알코올 향이 치고 올라왔다. 얼굴이 달아올랐다. 거울을 보면 지금쯤 김을 모락모락 뿜고 있을 듯했다.

아주머니가 우리 테이블에 도착하기까진 오 분이 더 걸렸다. 앞선 단체손님들에게 영업을 하다가 한바탕 소란이 일었던 탓이다. 주위 모 회사의 과장인지 뭔지가 "나는 그딴 거 안 사니까 얼른 꺼지라고!" 하며 고함을 치더니, 그다음엔 아예 일어나서

샷대질과 폭언을 퍼부었다. 주위 직원들의 만류에도 젊을 때 노력하지 않아서 아줌씨가 그렇게 된 거라느니, 그깟 천 쪼가리를 오천 원 씩이나 받아 처먹는 게 제대로 된 발상 같냐느니, "너희도 똑바로 일 안 하면 저렇게 되는 거라니까? 나이 처먹고 돌봐주는 아들 한 명 없이 저렇게 살다 가는 거라고……." 같은 말을 쉬지도 않고 늘어놓았다. 아주머니는 그러는 동안에도 말없이 미소를 짓고 있었다. 한두 번 있는 일이 아니었는지, 아니면 상황 파악이 안 됐던 건지. 모르는 사람이 봤다면 정말로 바보인 줄 알았을 것이다.

"아유, 안녕하세요. 총각들도 좋은 시간 보내고들 계시죠?" 아주머니는 아무렇지 않다는 듯 뚜벅뚜벅 걸어왔다. 그러고 나서 우리가 앉은 테이블 옆구리에 서서 말했다.

"아……아, 네. 좋아요. 저희는." 나는 무의식적으로 대답이 튀어나왔다.

"아이. 아닙니다. 저흰 됐어요. 죄송합니다. 얼른 가세요." 친구가 휙휙 손사래를 치며 말했다. 내게는 '왜 인사를 받아줬느냐'는 원망 가득한 눈빛을 쏴 대면서.

"아니, 아니예요. 뭐 파시는데요? 저한테 한 번 보여 주세요." 나는 친구의 안색은 아랑곳없이, 꼴에 의젓하게 말하려 애쓰는 중이었다. 불현듯 '값싼 연민'이라는 단어가 뇌리를 스쳐 지나갔다. 그래도 이미 저지른 일은 어쩔 수 없다.

"아유, 고마워. 총각……." 아주머니는 감사 인사를 하고는 뒤돌아서 끌고 온 배낭 모양의 수레를 뒤적거렸다. 당최 뭐가 고맙다는 걸까? 나는 보겠다고만 했지 아무것도 사지 않았는데. 봤는데 마음에 안 들어서 안 산다고 하면 어쩌시려고. 먼저

부터 감사 인사 따위를 하시는 걸까, 하고 속으로 되뇌고 있을 무렵 다시금 아주머니가 말을 이었다. "이걸로 말할 것 같으면, 간단히 말하면 면으로 만든 손수건인데요……. 면을 참 고운 걸 써 가지고. 땀도 잘 닦이고요, 무늬도 보시면 온갖 색깔 꽃이 아주 화사한 것이……그래서……."

"아, 씨……." 친구는 더 이상 듣고 있기 힘들다는 듯 스스로 머리를 헝클어 보였다.

"아, 이제 그만하셔도 될 것 같아요." 나 역시 더 들을 자신이 없는 건 피차일반이었다. 빤히 바라보는 아주머니를 앞에 두고 주머니에서 지갑을 꺼냈다. "하나 사면 얼마죠?"

"하나에 오천 원, 세 개 사면 만 원이에요."

"돈이 지금 이것밖에 없어서요. 다 줄 수 있나요?" 나는 오만 원 권 한 장을 꺼내 아주머니께 드렸다. 당장 가지고 있는 현금이라곤 그것뿐이었다.

"아, 몇 개 드리면 될까? 제가 지금 잔돈이……."

"잔돈은 됐어요. 그냥 그만큼 주세요. 마침 제가 손수건이 많이 필요한 상황이라서. 오만 원이면 계산이……열다섯 개 주시면 될 것 같은데."

"아우, 고마워라. 총각이 마침 필요하다니까 잘 됐네. 잘 왔어. 어디 보자, 이게 한 묶음에 서른 개 들이인데……, 총각, 잠깐만 기다려 봐요. 내가 열다섯 개 확실하게 세서 드릴게."

"야, 야. 진짜 사게?" 친구가 눈을 휘둥그레 떴다. 나는 거의 눈길도 주지 않았다. 이젠 신경 쓰고 싶지도 않았다.

아주머니는 똑같은 꽃무늬의 손수건을 정확히 열다섯 장, 테이블 위에 고이 올려놓았다. 하나같이 네모난 투명 비닐로 포장해 놓은 것이었다. 가게를 나갈 땐 내 쪽으로만 몇 번이고 고개 숙여 인사를 하셨다. 나는 엉겁결에 덩달아 머리를 수그렸다.

"야, 기부한 놈이 인사는 왜 하냐?" 마지막 잔을 비운 친구는 투덜대는 투로 말했다.

"돈 주고 물건 산 건데 기부는 무슨……. 그리고 인사하는 게 뭐 어때서?"

"이번엔 니가 당한 거야. 저런 아줌마들 얼마나 약삭빠른지 아냐? 좀 하다 보면 딱 봐도 누가 호구인지 알아챈다고."

"내가 호구처럼 생겼다고?"

"얼굴은 아니어도 행동을 호구처럼 하잖아. 그냥 보면 각이 나온다니까."

"아, 젠장," 나는 자리를 털고 일어났다. "이제 슬슬 집에 가자. 내일도 아침부터 병원 가야 되거든……. 아, 이거 하나 가질래? 마침 많이 갖고 있어서."

"지랄. 그딴 건 줘도 안 가져." 친구는 정말이지 싫다는 눈치였다.

"왜? 오천 원, 아니, 하나에 삼천삼백삼십삼 원짜리 치곤 고급스러워 보이지 않냐? 무늬가 약간 그거 닮았는데. 뭐냐, 그……, 무슨 영국 브랜드 있었는데."

"딱 봐도 짝퉁이잖아. 자꾸 이상한 소리 하지 마. 안 그래도 속 더부룩해서 금방이라도 올라올 것 같으니까." 친구는 입을 막고 연신 트림을 하며 말했다. 확실히 주량이 대단치 않은 놈 치곤 그날따라 무리를 했다.

하지만 그 정도로 무리했을 줄은 몰랐다. 걸어서 십 분쯤 안 되는 거리에 전철역이 있었는데, 친구는 오 분도 채 못 간 지점에서 전봇대에 머리를 박았다. 어둑어둑한 골목길에 주황색 가로등만 하나 매달린 것이 국산 느와르 영화에 자주 나오는 장면 같았다.

"으어, 으어어억……컥컥……."

친구는 계속해서 헛구역질을 했다. 나는 어이가 없었다. 다만 안쓰러운 마음에 곁에서 등을 두들겨 줬더니, 이윽고 본격적인 토악질을 시작하는 것이다. 형형색색의 토사물이 척, 척, 소리를 내면서 아스팔트에 퍼질러졌다.

"으, 설마!" 나는 기겁했다.

말수가 적은 편은 아니었지만, 학창 시절에도 좀처럼 속내를 알기 어려웠던 친구였다. 그런데 그날만큼은 지나칠 정도로 많은 것을 보여 주고 있었다. 조금 전까지 먹었던 소주와 양념꼬막은 물론 반찬으로 나온 뚝배기 계란찜이며 오뎅탕까지 모두 꺼내 보였다. 나로선 가까스로 색과 형체를 알아볼 수 있다는 점이 더 고역이었다.

얼마나 지났을까? 친구는 전봇대 밑으로 모든 걸 쏟아내고 죽어 버렸다. 엄밀히 말하면 진짜 죽은 건 아니었지만, 이성을 가진 인간으로선 죽은 것과 마찬가지였다. 바로 옆에서 기다리고 있던 내겐 청천벽력 같은 상황이었다.

"야, 야. 정신 차려. 야!" 나는 친구의 뺨을 몇 번이나 때리며 소리쳤다. 그중 두세 대는 정말 온 힘을 다해 후려갈겼지만, 여전히 묵묵부답이었다. 자신이 토해 낸 피조물에 범벅이 된 채 의식불명이 된 친구의 모습. 난 살면서 위생이라는 것을 우정과 비교하게 될 줄은 꿈에도 몰랐던 것이다.

"아, 진짜 드러워 죽겠네." 콜택시 기사님은 노골적으로 짜증을 내며 말했다. "뭐 닦을 거 없어요? 이거 그대로 태우면 시트다 더러워져서 안 돼. 좀 닦아서 태워야지."

"아, 있어요. 손수건이 좀 많아서." 나는 가방에서 새 손수건을 몇 개 꺼내 포장을 뜯었다. 그리고 한 손으로 코를 막고, 손수건으로 친구의 옷에 묻은 토사물을 쓸어 닦았다.

"냄새는 왜 이래? 대체 뭘 먹었길래 이런 냄새가 나지?"

"아, 술을 평소보다 많이 마셔서 그런가 봐요."

"이 양반이, 내가 술주정뱅이 하루 이틀 태워 보나. 이런 냄새 아무한테서나 안 나요. 술 먹는다고 다 이런 냄새 안 난다니까? 어우, 세상에. 무슨 냄새가 이래. 내 참 드러워서……."

"아하하……." 계속된 불평에도 나는 멋쩍게 웃어 보일 수밖에 없었다. 택시기사의 말이 다 맞았다. 나조차 술기운에 반쯤 마비된 후각에도 불구하고 느낄 수 있었던 것이다. 세상에 향기로운 토사물이 어디 있겠느냐만, 그건 실로 대단한 악취였다.

"근데 무슨 손수건을 그렇게 많이 들고 다니나? 다 큰 청년이." 쓰러진 친구를 택시 뒷좌석에 겨우 태운 다음, 택시기사가 물었다.

"아, 뭐 사정이 있어서……."

"무늬도 보니까 꽤 비싼 것 같던데. 명품 아냐?"

"뭐, 비슷합니다."

"그래요. 친구 잘 데려다주고 연락 줄 테니까. 조심히 들어가시고. 이 사람 이거 참 좋은 친구 됐네. 나중에 술 사라고 해요. 꼭."

"이제 술은 됐고 밥이나 사달라고 하려고요."

"하하하……."

택시는 너털웃음과 함께 출발해서, 큰 도로 오른쪽으로 꺾어 사라졌다. 취기는 한바탕 난리를 치는 동안 증발한 모양이었다. 이상한 냄새가 코를 찔러 방금 썼던 빨간색 손수건을 활짝 펼쳐 들었다. 손수건 무늬는 온갖 색깔의 꽃으로 화사한 가운데, 곳곳에 묻은 토사물이 제법 예술적이었다. 나는 웃고 말았다.

<역류>

56

"자. 이제 올해도 사분의 삼이 지나갔습니다. 날씨가 풀려 무더워지기 시작한 게 불과 얼마 전 같은데, 어느새 하늘이 높고 선선한 바람이 부는가 하면 아침저녁으로 가을 냄새가 물씬 풍기는데요." 아나운서는 명랑한 톤으로 말했다. "새로운 계절을 맞아 시민 여러분들의 이야기를 들어 보겠습니다. 서울광장에 나가 있는 이수지 리포터 연결해 볼까요. 이수지 리포터?"

"네, 이수지입니다." 화면이 전환되자 곧바로 정갈한 가을 옷차림에 머리가 큰 마이크를 들고 서 있는 리포터의 모습이 나타났다. "저 역시 2018년을 보내고 새해를 맞은 게 엊그제같이 느껴지는데요. 우리 시청자 여러분이 연초에 세운 계획들은 잘 돼 가고 있는지, 또 불과 세 달여밖에 남지 않은 한 해를 어떻게 보내고 싶은지 이야기를 들어 보았습니다."

▶ 김진호 (32, 서울시 관악구)

"글쎄요……. 올해 딱히 이렇다 할 계획은 없었고요. 굳이 하나 꼽자면 저축을 좀 해서 주위 사람들처럼 해외라도 한 번 나가고 싶었는데, 물가도 오르고 경조사로 돈도 많이 나가고 하다

보니 여태껏 일만 했던 것 같습니다. 소망은 그냥, 올해 들어 유독 어머니가 편찮아지셨거든요. 남은 세 달 동안 몸조리 잘 하셔서 같이 건강한 모습으로 새해를 맞고 싶습니다."

▶ **이수희 (26, 서울시 성북구)**

"작년에 대학을 졸업했는데, 올해 잘 준비해서 번듯한 회사에 취직하는 게 목표였는데 아직은 많이 힘든 것 같아요. 친구들이나 동기들이 사회생활 시작하는 거 보면 좀 조바심도 들고 걱정도 되고……, 집에 계신 부모님한테도 미안해요. 그래도 아직 올해가 다 간 건 아니니까, 남은 세 달 동안 열심히 해서 첫 월급으로 빨간 내복 사 드리고 싶어요."

▶ **최상백 (70, 서울시 종로구)**

"저야 뭐 나이도 먹었고 큰 바람이랄 게 있겠습니까? 다른 양반들처럼 자식내외가 잘 되길 바라는 건데, 요즘 영 흉흉하고 안 좋은 상황으로만 계속 가니까 많이 힘들어 보입디다. 이번 추석에도 일한다고 얼굴도 못 비치고. 앞으로 얼마나 더 볼지도 모르는데. 해 넘어갈 때 돼선 좀 풀려 가지고 얼굴이나 자주 볼 수 있으면 딴 건 필요도 없지……."

▶ **박미영 (43, 고양시 일산동구)**

"아이가 고삼이거든요. 수능이 얼마 안 남았는데, 밤늦게까지 고생하고 돌아오는 모습 보면 엄마로서 속상하죠. 그래도 그런 고생도 얼마 남지 않았으니까, 남은 기간 동안 잘 준비해서 좋은 결과 얻을 수 있으면 소원이 없겠습니다. 우리 딸 파이팅!"

▶ 정소현 (19, 성남시 분당구)

"수능은 다가오는데 성적이 점점 떨어져서요. 더 열심히 안 하면 안 될 것 같아요. 그래서 원하는 대학 가서 노래도 부르고 춤도 추고 하고 싶은 것들 많이 해 보고 싶어요."

▶ 성재준 (9, 서울시 강동구)

"음, 어…… 안녕하세요. 저는 성재준이고요. 초등학교 2학년 이고요……."

"아아, 그렇군요." 곁에 선 리포터가 상체를 숙이고 말했다. "우리 재준 어린이는 올 한 해 어떤 게 아쉬웠어요?"

"어, 제가요……, 친구들이랑 물 로켓을 쐈었는데 제일 못했 거든요? 저만 상장을 못 받았어요. 그래서요, 좀 더 연습해서 친 구들보다 더 높이 올라가고 싶어요. 계속 연습할 거예요." 아이 가 말했다.

"그럼 내년에 하려고 세워 둔 계획이 있나요?" 리포터가 친 절히 물었다.

"잘 모르겠어요. 없어요. 동영상도 찍고 다른 친구들처럼 유 튜브도 하고 싶은데 엄마가 하지 말래요."

"우리 친구, 앞으로 어떤 사람 되고 싶어요?"

"음……, 저는," 아이는 잠깐 어물대다가 이렇게 대답했다. "초등학교 3학년요."

<상향평준화>

57

이상한 사건이었다. 도굴이나 시체 훼손이라는 것부터가 요즘 시대에 통 보기 드문 범죄이기도 했지만, 무엇보다 놀라운 건 피의자의 신분이 최근 로스쿨을 수료한 뒤 막 검사 임용을 앞두고 있던 한 젊은이라는 사실이었다. 도굴같이 철지난 범죄를 저지르는 사람들이라면 대개 교육 수준이 턱없이 낮거나 정신 병력이 있는 저소득층인 경우가 일반적이기 때문이다.

하물며 얼마 전 늙어 죽은 한 노인의 분묘를 헤집고 사체를 마구잡이로 훼손한 범인이, 앞길이 창창한 어느 엘리트 여성의 짓이라 상상하기란 누구라도 어렵다. 상식선에선 체포는커녕 주요 용의선상에도 오르지 않았을 인물이었다. 노인의 묘지 근처에 남몰래 설치돼 있던 수십 대의 폐쇄회로 카메라가 아니었더라면 실제로 그리 됐을지 모를 일이다.

피해자는 노환으로 타계한 지 불과 한 달도 되지 않았던 대학 교수였다. 이 교수는 한평생 법학 연구에 몰두하다 얼마 전 일선에서 물러나 요양하던 중, 평소 앓던 지병이 심해져 사망한 것으로 밝혀졌다. 다만 은퇴한 뒤에도 뭇 교수들이 수시로 자문을 구하러 찾아갈 만큼 저명한 교수였거니와, 비교적 건강했을 당시에는 몇몇 정당에서 스카웃 제의를 해 왔을 정도로 존경받던 인물이었다. 따라서 사망 당시에는 유명 정치인을 비롯해 학계의 여러 인물들이 이 교수의 죽음을 안타까워하는가 하면 직접 빈소를 찾아와 눈물로 애도하기도 했던 것이다. 장례식에는 양가 가족들을 포함해 수백 명의 조문객이 참가했으며 이 교수의 시신은 가문의 전통에 따라 고운 삼베옷을 입힌 뒤 부친이 묻힌 선산 어느 양지바른 곳에 매장됐다.

그런데 그로부터 겨우 한 달쯤 지난 어느 날. 이 사건이 벌어졌다. 사회적으로 존경받던 노교수가 그런 일의 피해자가 됐다는 사실에 국민들 대부분이 경악해 마지않았다. 더구나 포토라인에 선 피의자 여성이, 도굴된 시신의 행방을 묻는 기자의 질문에 '토막 쳐서 아무렇게나 내다 버렸다'는 대답을 내놓으면서 보다 많은 사람들의 공분을 샀음은 물론이다.

하다못해 동기라도 분명했다면 충격이 덜했을는지 모른다. 피해자가 전 법학 교수이고, 피의자가 법학전문대학원에 있었다는 것 이외에는 그 어떤 연결고리도 없었다. 제각기 재적 중이던 학교 역시 꽤 멀리 떨어진 곳에 위치했던 데다 이렇다 할 학문적 교류도 전무했다. 피의자 주위 인물들을 중심으로 탐문 조사를 실시하기도 했으나 '무척 열심히 공부했던 모범생으로 기억한다'는 것 이외에 원한 관계를 추측할 만한 증언은 나오지 않았다. 애당초 워낙 평판이 좋았던 이 교수가 누구에게 원한을 살 만한 일을 했으리라고는 생각되지도 않았다.

재판부는 검찰이 제기한 분묘 발굴, 사체손괴 등의 혐의를 인정함으로써 피고인 여성에게 징역 오 년을 선고했다. 여자는 사뭇 차분한 표정으로 재판정을 빠져나왔다. 입구에서 대기하고 있던 기자들은 곧장 피고인을 둘러싸더니 질문 세례를 퍼붓기 시작했다.

여자는 '항소계획은 없다. 재판결과를 겸허히 받아들이겠다'는 말만 짧게 남긴 뒤 호송 차량을 향해 계속해서 걸어갔다. 그러나 기자들, 아니, 전 국민이 여자에게 진정 궁금해했던 것은 따로 있었다.

"아니! 왜 그래야 했습니까? 이유가 대체 뭡니까?" 한 젊은 기자가 돌연 고함쳤다. 마침내 걸어가던 여자의 발길을 멈춰 세울 만큼 큰 목소리였다. 여자는 몇 초가량 그 자리에 서 있다가 이내 고개를 치켜들고 대답했다.

"저로선 그게 최선이었습니다."

여자의 얼굴에 플래시 불빛이 쏟아졌다.

• • •

여자가 아직 소녀였을 때였다. 소녀의 어머니는 대학에서 교육학을 전공했다. 교사가 꿈이었던 그녀는 졸업하기 직전 사귀던 남자친구의 아이를 임신했고, 이듬해 소녀를 낳게 되면서 전업주부로서의 삶을 선택했다.

얼떨결에 교사의 꿈은 고꾸라졌지만, 어머니는 소녀를 직접 낳아 기르는 데 큰 보람을 느꼈다. 소녀는 다른 아이들에 비해 훨씬 배우는 속도가 빨랐고, 기본지식을 가르쳐 주면 응용에서 심화까지도 척척 해내는 것이 영 기특하기 짝이 없었다. 거기에 어린아이치곤 학업에 대한 열정도 대단한 수준이어서, 어쩔 때는 집안일하기가 힘들 정도로 어머니를 귀찮게 했다. 그럴 때마다 어머니는 모든 일들을 제쳐놓고 소녀의 궁금증이 모두 풀릴 때까지 정성을 다해 가르쳤던 것이다.

그러나 행복은 오래가지 않았다. 모두가 잠들어 있던 어느 날 새벽, 어둠을 틈타 강도 하나가 가족이 살던 집에 침입했다. 당시 강도는 은밀히 패물이나 몇 개 훔쳐 달아날 작정이었다. 그러나 때마침 잠에서 깬 화장실에 가던 남편과 마주친 것이다. 뜻밖의 격렬한 저항에 부딪힌 강도는 품속의 칼을 꺼내들었고, 몸싸움을 하던 와중에 느닷없이 급소를 찔러 버린 것이다. 삽시 간에 벌어진 일이었다.

강도는 그 길로 도주했다. 남편은 거실에 쓰러진 채 피를 흘리다 죽었다. 겨우 잠에서 깬 아내가 방문을 열고 나왔을 즈음 남편은 이미 싸늘한 주검이 돼 있었다.

다음날, 사건을 접수한 경찰이 현장 곳곳을 수색했지만, 집 안에는 희미한 발자국 이외의 어떤 단서도 남아 있지 않았다. 유일한 목격자라고 할 수 있는 아내 역시 '잠결에 들었던 낯선 목소리가 이삼십 대의 젊은 남성 같았다'는 추상적 증언 밖에는 할 수 없었다. 오히려 그녀 자신이 유력 용의자로 몰려 남편을 죽인 혐의에 대해 해명하는 고초를 겪기도 했다.

그녀 이외의 용의자가 전혀 없었던 것은 아니다. 경찰은 현 장에서 도보로 불과 십 분 떨어진 원룸에 살던 한 남자의 행적 을 조사했다. 그 해로 삼십 대 후반에 접어들었던 그 남자는 사 건 당일의 행적이 묘연했으며, 현장에 남겨진 발자국 모양과 비 슷한 밑창의 신발을 갖고 있었다. 또한 최근 카드사로부터 빚 독촉 전화에 시달리는 등 금전적인 문제를 겪고 있기도 했다.

한편 그녀가 그 남자를 범인이라 생각하게 된 가장 핵심적인 증거는 따로 있었다. 경찰서에서 우연히 마주했던 그 남자의 목소리였다. 그 남자는 방문 너머에서 얼핏 들었던 음성과 거의 똑같은 목소리를 갖고 있었던 것이다. 그녀는 매일같이 경찰서를 드나들면서 그 남자에 대한 추가 수사를 요청했다.

얼마지 않아 수색 영장이 발부됐고, 남자를 대상으로 한 정식수사가 이뤄졌지만 결정적인 증거는 발견되지 않았다. 비슷한 발자국의 신발을 갖고 있다는 것, 그 신발을 수색영장 발부 전날에 세탁했다는 것이 의심을 사긴 했지만, 당장 현장에는 흉기도, 대조할 만한 생체 증거도 남아 있지 않았던 것이다.

한편 경찰은 그녀의 끈질긴 요구에 따라 그동안의 수사 기록들을 취합해 담당 검사에게 기소를 요청했지만 받아들여지지 않았다. 혐의를 입증할 만한 증거가 불충분하다는 이유에서였다.

"어떻게 방법이 없을까요? 그 남자를 법정에 세울 수 있는 어떤 방법이라도……."

"어머니 말씀은 백번 이해합니다. 남편분을 그렇게 잃고 얼마나 속상하시겠습니까. 그런데 어쩌겠어요? 대한민국에서 기소라는 건 오직 검사밖에 못합니다. 우리야 아무리 그럴듯하다 해서 증거를 갖다 대도 검사가 싫다면 못하는 거예요. 그렇다고 한 사건에다 영원히 수사 인력을 쓸 수도 없는 노릇이고요. 저희도 참 안타깝습니다만……."

그렇게 수사는 종료됐다. 남자는 혐의로부터 벗어났으며, 어머니는 소녀와 단둘이 남겨지고 말았다. 소녀는 날로 초췌해지는 어머니의 모습을 지켜봐야 했다.

곡기를 끊고 야위어가던 어머니가 활기를 되찾은 것은 법을 공부하기 시작하면서였다. 그녀가 어떤 마음으로 공부를 시작했는지는 이제와 알 길이 없다. 다만 그녀는 학창시절에 들였던 것 이상으로 법학 공부에 공을 들였으며, 딸에게도 '이쯤이라도 알고 있어야 나중에 더 힘들어질 일이 없다'는 말과 함께 상식 수준의 법을 가르쳤다.

그렇게 십사 년 하고도 몇 개월의 시간이 흘렀다. 소녀는 어느덧 수능을 준비하는 수험생이 됐고, 어머니는 자그마한 공부방을 운영하며 생계를 이어가고 있던 어느 하루였다. 어머니는 공부방에 매일같이 쌓여가던 폐지며 이면지들을 처분하고자 인근의 고물상을 찾았는데, 공교롭게도 십수 년 전 자신이 범인으로 의심했던 그 남자가 거기 있었던 것이다.

남편을 잃었던 슬픔도 시간 속에 무뎌졌던 걸까? 어머니는 그 남자에게 살갑게 인사를 건넸다.

"안녕하세요? 오랜만이에요. 저 기억하실지 모르겠네요."

"어우, 당연히 기억하죠. 아가씨는 나이를 거의 안 먹었네요? 하마터면 학생이라고 부를 뻔했다니까요." 남자가 대답했다. 그새 머리카락이 희끗희끗한 것이 제법 중장년 같은 인상이 풍겼다. "그래서 저는 알아봤는데, 이렇게 먼저 인사해 오실 줄은 몰랐습니다. 아무래도, 저에 대한 감정이 안 좋으시잖아요? 아가씨는……."

"아, 그랬죠. 확실히 그랬는데. 그동안 저도 공부를 좀 했거든요. 법 공부를 좀 해서……."

"와, 사법고시 준비하시는 거예요? 아니면 대학에서?"

"그런 건 아니고요, 그냥 집에서 조금 독학을 했죠."

"아아," 남자는 잘 알겠다는 듯 고개를 끄덕이며 말했다. "독학이라구요."

"네. 깊게는 아니고 그냥 상식 수준으로 공부를 좀 했는데, 공부하다 보니 그때 제가 얼마나 터무니없는 증거들로 몰아붙였는지 알겠더라구요. 그때는 제가 감정이 너무 앞서가지고……"

"에이, 뭘 그런 거 갖고 그러세요? 이제는 잘 끝났잖습니까. 서로 귀찮은 일이 많긴 했지만, 그래도."

"그래서 언젠가 만나게 되면 꼭 죄송하다는 말을 드리고 싶었어요."

"뭘, 죄송까지야……. 그러지 마세요." 남자가 멋쩍다는 듯 머리를 긁으며 말했다.

"그래도요. 그래야 제 마음이 편할 것 같아요."

"아닙니다. 정말 죄송하실 필요 없어요. 사실은 제가 한 게 맞거든요."

"……네?" 그녀의 머리가 얼어붙었다. "뭐라고요……방금 뭐라고 했어요?"

"제가 죽인 게 맞다니까요. 사실 죽일 생각까지는 없었는데, 남편분이 좀 발악을 해야 말이죠. 솔직히 저도 억울했어요. 막 거실 들어가서는 뭐 뒤지지도 못했을 때였고."

"아니……당신, 지금 하는 말……." 그녀는 얼어붙은 채 본능적으로 호주머니를 뒤적였다. 휴대폰은 좀처럼 손에 잡히지 않았다.

"처음엔 왜 그랬나 싶었는데, 지금 생각해 보면 좀 오해가 있었던 것 같아요. 내가 그때 안방으로 걸어가고 있었으니까. 남편 분은 뭐 내가 아가씨 강간이나 치려는 줄 알았겠지……. 그러니까 좀 이해가 가기도 했습니다. 그 양반, 아가씨를 정말 아끼고 있었구나 싶었어요. 좋은 양반이었는데. 좋은 데 가서 지금쯤 잘 지내고 있을 겁니다."

"……다시, 다시 말해 보세요. 지금 뭐라고 했죠?" 그녀는 주머니 속 휴대폰으로 겨우 녹음 기능을 켰다. "다시……말해 주세요."

"이거 참, 아가씨도 법 공부했다면서 또 이러네. 여기서 이렇게 녹음한다고 증거가 되겠습니까?" 남자는 노골적으로 비웃으며 말했다. "거기다 다음 달이면 공소시효도 끝납니다. 나 같은 무식이도 공소시효라는 것 정도는 알고 있어요. 설령 다시 범인으로 몰린다고 해도 말입니다. 이제와서 따져봤자 저는 할 말 없어요."

"아니! 지금 무슨……." 그녀가 버럭 화를 내며 말했다. "방금 전에 했던 말이랑 다르잖아요! 다시 똑바로 말해 보라고요! 방금 했던 말!"

"쯧쯧, 아직도 포기를 못하셨네……. 여러 사람 힘들게 하지 말고 그만 가요. 나도 일해야 하니까. 자꾸 이러면 경찰에 신고할 거니까 그렇게 아십쇼."

남자는 툭 뱉듯이 말하고 나선 고물상 뒤꼍의 사무실로 유유히 걸어 들어갔다. 그녀는 넋이 나간 사람처럼 그 자리에 서 있었다. 꽤 시간이 지나 폐품을 가득 실은 봉고차 한 대가, 입구를 막고 있는 그녀를 향해 몇 번이나 크낙션을 울릴 때까지 그대로 있었다.

어머니는 일주일 넘게 고통으로 울부짖었다. 미친 사람처럼 괴성을 지르는가 하면, 거실 구석에 퍼질러 누워 하루 종일 꼼짝도 않고 흐느낄 때도 있었다. 수험생이었던 소녀는 갑작스런 어머니의 기행에 짜증이 치밀었다. 하필이면 미래가 걸린 시험을 목전에 둔 시기였다. 아무리 캐물어도 그럴 듯한 이유 하나 말해주지 않는 엄마에게, 소녀는 소리를 지르며 역정을 내기도 했다.

"이렇게 방해할 거면 왜 날 길렀던 거야? 차라리 같이 죽어버렸으면 좋았잖아!"

그럼에도 불구하고 어머니는 끝까지 그 남자에 대한 이야기를 하지 않았다. 초인적인 인내심이었다. 그런 그녀의 마음이야 소녀는 영원히 알 길이 없었다.

• • •

소녀가 무사히 수능 시험을 치르고 났을 무렵이었다. 그 사이 어머니의 상태는 눈에 띄게 나아졌다. 오랫동안 휴업 상태였던 공부방도 운영을 재개했고, 주말에는 그동안 거의 하지 않았던 화장까지 하고 집을 나섰다. 누굴 만나러 가는지 자세히 묻진 않았다. 다만 '법학 공부를 하면서 알게 된 선생님'이라는 것 정도만 얼핏 들어 알고 있었다.

소녀는 시험 결과가 생각 이상으로 좋았던 것보다도, 차츰 어머니가 긍정적으로 변하고 있다는 사실이 더 기뻤다. 물론 아빠가 그렇게 죽은 건 슬픈 일이다. 그래도 산 사람은 어떻게든 살아가는 것이 도리 아닌가. 엄마도 이제는 그걸 받아들이신 거겠지.

어머니의 음독자살은 소녀가 그런 생각을 한 지 한 달도 채 지나지 않아 벌어진 사건이었다. 소녀가 학교 친구들과 함께 밤 늦게까지 술을 마시다 돌아왔을 때, 어머니는 거실 소파 바로 아래쪽에 쓰러져 죽어가고 있었다.

"엄마, 엄마! 무슨 일이야! 말 좀 해 봐!" 불현듯 정신을 차린 소녀는 쓰러져 있는 엄마를 흔들어 깨웠다. 그러자 엄마의 입에서 짙푸른색의 액체가 새어 나왔다. "이게, 이게 뭐야. 뭘 마신 거야, 엄마?"

"이, 이제 왔구나……." 어머니는 고통스러워하고 있었다.

"어, 엄마……, 농약이야, 이거? 농약이야? 아니지? 응?" 소녀는 부정하고 싶은 마음에 몇 번이나 다시 물었다. 그러나 그때마다 어머니는 고개를 조금 움직일 뿐 제대로 된 대답은 하지 않았다.

어머니는 고통에 몸부림쳤다. 명백하게 죽음을 향해 가는 모습이었다. 그동안 소녀는 구급대에 전화를 걸어, 거의 울다시피 한 목소리로 어머니의 상태를 설명했다. 신고를 받은 구급대원은 '지금 막 출발했다'는 말을 남기고 전화를 끊었다.

"엄마, 방금 119에 신고했어. 곧 구급차랑 사람들이 올 거야. 다 괜찮아질 거야. 응? 엄마. 다 괜찮을 거라고 말해 줘. 제발……." 소녀가 죽어가는 엄마의 머리를 받아 올리며 말했다.

"딸, 우리 딸……."

"그만, 그만 말해. 무리하면 더 안 좋아질 거야. 응?"

"아니……나는 우리 딸한테……할 얘기가 있어. 꼭 해야 하는 얘기야……." 어머니는 그렇게 말을 이어갔다.

끝내 소녀는 사건의 전말을 알게 됐다. 어머니가 수소문 끝에 법학박사였던 이 교수와 면담하게 된 것, 이 교수가 '공소시효가 지났어도 처벌할 방법이 있을지 모른다'고 말해 온 것, 사건에 대한 심층적인 연구가 필요하다는 이유로 어머니를 유인

한 것, 자신의 연구실에서 강제로 성폭행한 것, 고소하겠다는 어머니를 향해 자신의 법조계 인맥을 거들먹거리며 조롱한 것, 실제로도 자신이 그 어떤 조치도 할 수 없는 주부라는 것, 그래서 아무도 그녀의 말을 믿어주지 않을 거라는 사실까지.

"……사랑하는 우리 딸! 아직 못해준 게 너무 많은데……, 이렇게 떠나게 돼서 엄마가 미안해. 네가 좋아하는 공부도, 일을 관두면 좀 더 가르쳐 주고 싶었는데……." 어머니는 고통이 한결 잦아든 모양이었다. 더 이상의 몸부림 없이, 딸의 무릎에 편하게 머리를 뉘인 채 말을 이어갔다. "기억 나니? 니가 한참 어렸을 때……내가 한글이며 알파벳 같은 것들부터 차곡차곡 가르쳐 주곤 했는데……이제는 우리 딸이 엄마를 가르칠 나이가 됐구나. 우리 딸은 틀림없이 명문대에 들어갈 테니까……."

"엄마, 더 이상 말하지 마. 제발." 소녀는 울먹이며 애원했다.

"……마지막으로 우리 딸한테 부탁 하나만 해도 될까? 이런 엄마 주제에, 염치없는 거 알지만……."

"응, 당연하지. 뭐든지 말해. 뭐든지."

"우리 딸이 이다음에 커서……훌륭한 사람이 되면 있지……, 엄마가 얼마나 아프고 고통스러웠는지 가르쳐 줄래? 마구잡이로 당하고 버려지는 게 어떤 기분인지……그 아저씨한테 말이야……. 아주 조금이라도 좋으니까……."

"응, 그럴게." 소녀는 대답했다. "꼭 그렇게 할게."

<공소시효없음>

58

"적어도 한국보다는 낫지 않을까? 최소한 미국이나 캐나다는⋯⋯."

"멍청한 소리야."

건너편에서 대화를 듣고 있던 여자가 말을 가로막았다. 나는 하던 하던 말을 멈추고 여자가 있는 방향을 바라봤다. 눈썹 바깥쪽으로 아이라인을 굵고 날카롭게 그려 올린 여자였다. 보라색 아이섀도와 함께 눈꺼풀을 들어 올리며 나를 쳐다봤다. 강의실은 수업이 끝난 지 일 분이 넘었지만, 함께 밥 먹을 친구를 구하거나 짐을 챙기거나 하는 학생들로 붐벼 어수선했다.

"서양 애들만큼 미개한 새끼들도 없어. Trust me."

"아, 네 이름이⋯⋯?"

"수잔이야. 캘리포니아에서 육 년? 오 년? 아무튼 오래 살다 왔다 그랬지?"

내가 어물거리자, 곁에 있던 친구가 대신 말했다. 수잔은 노란 백팩에 교재를 마저 챙겨 넣곤 우리가 있는 곳으로 걸어왔다.

"Yeah, 들으려고 한 건 아닌데, 어쩌다 보니까 들어 버려서.

그럼 같이 밥 먹으러 갈래?"

"어, 그럴까? 넌 어때? 수잔이랑 얘기도 하고."

"어…… 나도 괜찮아. 근데 강의가 한 시간 뒤에 바로 있어서 멀리는 못 가."

"멀리 갈 필요 없어. 그냥 학식이나 먹으러 가자."

학식까지는 십 분이 좀 넘는 거리였다. 그동안 나와 내 친구, 그리고 수잔은 나란히 걸어가면서 내 북미 유학 계획에 대해 토론하기 시작했다.

"영어, 잘하는 거야?" 수잔이 물었다.

"아니, 잘하고 싶어서 가는 거지. 이미 잘하면 유학 같은 걸 왜 가겠어." 내가 대답했다.

"간다고 다 잘하게 되는 건 아닌데. 그 돈 주고 와서, 한인들 끼리만 어울려 다니다가 그냥 한국 돌아가는 애들도 많이 봤 어."

"하긴, 정말 배울 거면 한국에서 못 배울 건 없지. 원어민 교 사도 얼마나 많은데. 우리나라처럼 공부하기 좋은 나라도 없다 니까."

친구가 거들었다. 나는 얼떨떨한 얼굴로 웃었다.

"웃을 일이 아니야. 유학 가면 일이 년은 기본인데. 신중하게 결정해야지."

"뭣보다 인종차별, so 심해. California가 비교적 덜한 데도 그래. 백인 애들이 Asian girls 어떻게 취급하는지는, 오, 정말 경험해 봐야 알아."

"그렇구나. 나는 그냥, 뭐 진지하게 생각하는 건 아니고……, 그냥 아빠가 생각해 보라니까 얘기한 거지, 뭐."

나는 눈도 마주치지 못한 채 반성하듯 말했다. 수잔은 끊임 없이 나와 아이 컨택을 시도했는데, 난 그게 말할 수 없이 부담 스러웠다. 일 년 간 뉴욕인지 뉴저지인지를 다녀왔다는 내 친구 는 수잔과 능숙하게 이야기를 나눴다. 복잡한 기분이었다. 말하 자면 소외감과 가장 비슷했다.

"갔다 와서도 TOEIC Score 팔백 점도 안 나오는 애들 수두 룩해. 그럴 거면 유학을 왜 가는 거야? I don't get it, 진짜 모르 겠어. 너무 멍청해. 강남에서 바보 같은 어학원 다니는 게 몇 배 는 나아."

"아하하, 얘는 그 바보 같은 어학원도 다녔다니까. You know. 파고다였나?" 친구가 또 다시 수잔을 거들었다.

"영단기야. 파고다 아니고." 나는 나도 모르게 삐진 목소리로 대꾸했다.

"그게 그거지. 이름만 다르고 모회사는 다 똑같을 걸? 왜 그 렇게 영어에 집착하는지 통 모르겠다니까!"

"That's exactly what I think! 왜 그러는 거야? 정작 회사 들 어가고 나선 쓸모없잖아. SO useless, Isn't it?"

수잔은 크게 맞장구치곤 친구와 함께 웃어댔다. 나는 가만히 있기가 그래서 따라 웃었는데, 막상 웃고 있자니 더 어색했다.

"그럼 너는 인종차별 같은 게 불편해서 대학을 한국으로 온 거야? 재외국민 전형, 뭐 그런 건가?" 친구가 수잔에게 물었다.

"No, No, 나는 특기자 전형이었어. 재외국민은 체류 시간인 가 뭔가가 기준이 좀 안 맞아서. 그래도 영어를 하니까."

"아, 그렇구나. 그럼 수능은 본 거야?" 내가 물었다.

"Wut, 수능? 아아, Korean SAT, I know it, but I didn't."

"특기자니까 수능 안 치지. 너 같음 치겠냐? 수잔, 네가 이해해. 얘가 수능으로만 대학을 왔거든. He did very well, so……."

"Yeah, I understand, 공부 잘했구나."

"그래, 고등학교 땐 잘했지, 고등학교 때는……."

나는 말끝을 흐렸다. 친구와 수잔의 대화는 점심식사가 끝날 때까지 이어졌다. 수잔은 식사가 끝나자마자 급하게 전화를 받더니, 몇 마디 영어로만 된 대화를 하다 돌연 문 바깥으로 사라져 버렸다. 나는 수잔이 입은 줄무늬 민소매와 갈색 숏팬츠, 그리고 그 옆과 아래로 내리 뻗은 두 쌍의 곡선과 살짝 그을린 살결이 멀어지는 것을 멍하게 지켜봤다.

"수잔 예쁘지?" 내 시선을 눈치챈 친구가 얄궂게 물었다.

"응. 피부톤이 매력적이네." 난 솔직하게 대답했다.

"그런데 남자친구 있다더라. 한국인인데, 걔도 유학생이래."

"엄청 잘 아네." 나는 조금 비아냥대는 투로 말했다.

"엄청 잘 알지. 관심 있어서 여기저기 물어봤거든. 지금은 아니지만. 아, 수잔네 아빠가 대림동인지 어딘지에서 엄청 사업을 크게 하신다던데. 따로 공장도 있다더라."

"……그래? 그럼 그 사업 물려받아도 되는 거 아니야? 왜 굳이 캘리포니아까지 유학을 보냈대?"

"물려받기는. 공장일 같은 걸 수잔 같은 애가 어떻게 감당해? 거기 외노자가 얼마나 많은데. 그런 곳에서 젊은 여자 혼자 사업해보겠다고 했다가 봐. 차라리 할렘에 혼자 있는 게 더 안전할 걸."

나는 친구의 말에 대답도 하지 않고, 퇴식구에 먹다 남긴 학식을 던져 놓은 뒤 혼자 다음 강의실로 향했다. 개강한 지 얼마지 않은 캠퍼스는 유독 생기가 없어 보였다. 바쁘게 돌아다니는 학생들 대부분은 희거나 검은 방진 마스크를 하고 있었다. 생각 없이 보고 있던 휴대폰 화면에 익숙한 기사들이 지나다녔다. 중국발 황사 및 미세먼지의 영향으로 호흡기 질환자가 이십 프로 넘게 증가했다는 소식, 지난달 해외여행을 떠난 내국인이 역대 최대 규모였다는 것이며, 평년 기온에 비해 급격히 하락해 당분간 무척 추울 예정이라는 이야기나 국민연금의 지속 불가능성에 대한 말들이, 오늘도 어김없이 오가는 중이었다.

정문 근처에 위치한 강의동에는 바람이 많이 불었다. 강의동 입구 옆에는 낡은 게시판이 있었는데, 해외 취업 컨퍼런스에 대한 안내와 창업 지원사업 소개 포스터가 연달아 붙어 있는가 하면 또 그 옆에 작은 글씨로 따박따박 채워 넣은 대자보가 왼편 한쪽 끝 테이프가 떨어져 나간 채 바람에 나부끼고 있었다. 대자보는 얼마지 않아 완전히 떨어져 나갈 것 같았는데, 지나가는 사람 가운데 그 대자보를 걱정하는 사람은 단 한 명도 없었다. 마지막 수업이 끝나고 강의동에서 빠져나오니 저녁 무렵이었다. 대자보는 흔적도 없이 사라져 있었고, 나는 곧 그런 대자보가 있었다는 사실조차 까맣게 잊어 버리고 말았다.

<금의야행>

59

"넌 믿겨져? 인류가 저 달까지 가봤다는 게." 다영은 문득 밤 하늘을 올려다보며 말했다.

시간이 늦어선지 탄천은 고즈넉했다. 가을 저녁의 쌀쌀한 바 람이 불었다. 폭 좁은 강가에서 풀잎이 비비적대는 소리가 뒤따 라 들렸다. 산책하는 사람은 얼마 없었다. 이따금 길섶에 가로 등이 놓였지만, 유난히 달빛이 밝아 아래가 침침해 보이는 그런 날이었다.

"……갑자기 뭔 말 같지도 않은 소리야." 윤지는 어이가 없다 는 듯 대답했다. "너도 혹시 그거냐? 달착륙 음모론자인가 뭔가 하는."

"음. 아니, 음모론까진 아닌데."

"중학교 때에도 배우는 거잖아. 교과서에서 나오지 않냐? 아 니, 누가 가르쳐주지 않아도 그런 건 상식상……."

"교과서에 나온다고 해서 다 진실인 건 아니야." 다영이 윤지 의 말허리에 끼어들었다. 고개는 여전히 환한 보름달을 향해 있 었다.

"가장 진실에 가까운 것들이 있긴 하잖아."

"하긴 그래."

"우리가 믿을 건 교과서밖에 없지……. 적어도 대학에 들어가기 전까지는 말이야." 윤지는 별 수 없다는 듯 눈썹을 올려 보이며 대꾸했다. "그러니까, 한 달만 더 믿으면 돼. 그치?"

"한 달이 아닐 수도 있지."

"재수 없는 소리 하지마."

"그냥 믿기질 않아서 그래." 다영이 말했다.

"뭐가? 수능이 한 달 남았다는 게?"

"아니, 달에 갔다는 거 말이야."

"아, 그 얘기야. 계속?"

"우리가 독서실에서 집까지 걸어가는 데도 삼십 분이나 걸리잖아."

"버스가 끊겼는데 그럼 어떡해?"

"어떻게 하라는 게 아니라, 그냥 나는……," 다영은 할 말을 잊어버린 것처럼 잠깐 동안 숨을 멈췄다가, 도로 말을 이었다. "사실인지가 궁금해. 우리가 정말 저렇게 먼 곳까지 갈 수 있는 게 틀림없는지."

"그냥 믿고 싶은 대로 믿으면 되지, 뭘. 믿기 싫으면 안 믿으면 되는 거고. 다만 여러 가지 증거자료로 봤을 땐……,"

"나도 믿고 싶어. 믿고 싶은데……," 다영은 돌연 이야기를 멈췄다. "정말 그렇다고 믿을 수 있는 게 많은 데도 믿기 어려울 때가 있어. 왜 그런지 생각을 해 봤는데,"

"응."

"상처 받는 게 무서워서 그런 거야. 내가 볼 땐. 정말 보고 싶은 것만 보고, 듣고 싶은 것만 듣고, 그렇게 믿고 싶은 것만 믿다가, 그런 줄로만 알고 있다가, 어느 날 갑자기 그게 다 사실이 아니라는 게 증명되면 어떡해? 내가 믿어 온 모든 게 거짓이고, 뒤늦게 틀린 걸 알았지만 결과는 돌이킬 수 없잖아."

"다영아."

"그냥 나는 바보가 되기 싫은 거야. 그렇게 철썩 같이 믿었다가, 매일매일 그것만 바라보면서 살다가, 당장 내일 모든 게 무너져 버려서 스스로가 바보 취급 당하는 게 무서운 거라고."

"그런 건 당연한 거지. 믿는 게 잘못은 아니잖아."

"잘못은 아니지만, 상처는 돼. 정말 큰 상처야. 정말로…… 나는 아빠가 언젠가 돌아온다고 했을 때 정말 그런 줄 알았단 말이야. 내가 고등학교 들어가기 전에 꼭 돌아오겠다고 한 걸 정말 끝까지 믿었어. 고등학교 입학식이 끝나는 그 순간까지 교문에서 기다리고 서 있었어. 할머니가 그렇게 가자고, 그냥 가자고 했는데도."

"아빠는 돌아오실 거야."

"그만해."

"그냥 연락이 오랫동안 안 될 뿐이지. 어떻게 됐는지 아직 모르잖아? 조금 늦는 거라고 생각하고……."

"그만하라니까!" 별안간 다영이 고함쳤다. 조용히 흐르는 탄천위로 다영의 목소리가 메아리쳐 스며들었다.

"……소리 지르지 마. 많이 늦었어." 윤지는 당황했지만, 어떻게든 차분하게 얘기해 보려 안간힘을 쓰고 있었다.

"……미안." 다영이 희번득 떴던 눈을 옷 소매로 훔쳐 닦았다. "소리 질러서 미안해……."

"괜찮아. 그만하라고 했는데 계속 말한 내 잘못이지."

"……."

"뭐 걱정되는 거 있어?"

"……우리 할머니 수술 있잖아." 다영이 한층 잠긴 듯한 소리로 말을 꺼냈다.

"응."

"성공 확률이 팔십 퍼센트래."

"그래?"

"많이 진행되긴 했는데. 갑상선암은 암 중에서도 예후가 좋은 편이래. 웬만하면 성공할 거라고……. 집도하는 의사선생님도 그쪽 전문인데 수술이 잘 안돼서 사망한 적은 없다고 들었어."

"정말 다행이다. 나도 걱정 많이 했는데."

"근데 그걸 믿을 수가 없어. 그런 말을 철썩 같이 믿었다가 또 틀리면 어떡해? 또 배신 당하면 어떡하냐고. 그럼 나는 정말 못 버틸 것 같단 말이야. 그럴 바에야 그냥 죽어 버리는 게 낫다는 생각이 들만큼."

"그런 말 하지 마. 나랑 있을 땐 그런 말 안 하기로 했잖아?"

"그런데 정말 그런 생각이 든단 말이야. 공부하면서도. 자습하면서도. 확률이나 통계 문제 하나를 풀 때도. 그 숫자들이 날 배신하는 상상을 끊임없이 해. 성공 확률이 8할이면 실패할 확률도 2할인 거지. 난 항상 그렇게 배신 당해 왔어. 계속. 계속……." 다영은 목이 메여 오는 모양이었다. "나라고 왜 안 믿고 싶겠어? 할머니가 항암 치료까지 마치고 건강하게 병원에서 나왔으면 좋겠어. 내가 대학에 합격하면 기뻐하실 모습도 보고 싶어. 예전처럼 같이 여기 탄천 따라 계속 걸으면서, 풀이랑 새랑 벌레들 이름까지 하나하나 다시 물어보고 싶어. 그런데 이십 프로나 된단 말이야. 내가 꼼짝없이 혼자가 될 확률이 이십 프로라고……. 우리 할머니 어떡해? 정말 돌아가시면 어떡해? 그런 생각 때문에 잠도 제대로 못 자. 팔십 프로의 확률로 건강하게 돌아오시면 좋은데, 그러다 또 상처받을까 봐 나머지 이십 프로에 내 정신을 맞추고 있다는 걸 느꼈어. 무슨 소린지 알아? 내 마음 속에서는 이미 할머니의 죽음을 받아들이려고 노력하는 거야. 설령 이십 프로가 현실로 닥쳐오더라도 상처를 받지 않게끔 말이야. 믿지 않으면 배신당하지도 않으니까."

"나도 조금은 알 것 같아. 그럴 수 있다고 생각해. 그게 잘못된 건 아니야. 넌 너 나름대로 상황을 극복하려고 노력하는 것뿐이잖아."

"아냐. 잘못됐어. 내가 상처받지 않으려고, 아직 살아계신 우리 할머니를 죽은 사람 취급하고 있잖아……. 그깟 공부가 뭐라고? 혼자 애써서 키워 준 할머니를 그렇게 생각하는 주제에 대학은 가서 뭐해? 인성이 글러 먹었는데. 나는 쓰레기야. 의사 같은 거 될 자격도 없고, 돼서도 안 되는 못 돼 처먹은 년이야."

"아니야. 그렇지 않아."

"그래. 그렇지 않겠지……. 나도 알아! 내일도 아무렇지 않게 일어나서 학교에 가고, 독서실에도 가고……한 달 뒤에는 아무 일 없는 것처럼 수능까지 치고 나오겠지……. 왜 그래야 하는 거지? 난 왜 그러는 거지? 왜 이렇게까지 해야 하는 거야? 응?"

"어차피 그래야 하니까." 윤지는 덩달아 울먹거리고 있었다. 뒤로 껴안은 다영의 등줄기가 희미하게 떨렸다. "그럴 수밖에 없으니까. 그렇게라도 버텨야 하니까. 넌 바보가 아니야. 어떻게든 버텨 보려는 어린애지…….”

“있지, 할머니는 아직도 자기 아들이 돌아올 거라고 믿어. 그게 너무 슬퍼. 아빠가 너무 미워. 할머니가 너무 불쌍해…….”

“할머니는 불쌍하지 않아. 다영아, 할머니를 불쌍한 사람으로 만들지 마.”

“그래도 그런 마음이 드는 건 어쩔 수 없잖아.”

“나는 네 할머니가 믿었다고 생각하지 않아. 아마 아빠가 돌아올 거라고 굳게 믿진 않았을 거야. 외국에서 실종된 아빠가 돌아올지 돌아오지 않을지는 확률의 문제니까. 할머니 수술이 성공할지 말지도 마찬가지고…….”

“안 믿었다고?”

“응. 믿기보단 그냥 간절히 바라셨던 거지. 희망하는 것과 무작정 믿는 건 비슷하지만 달라. 믿는 건 어떻게든 버티기 위해서 하는 일이지만, 희망하는 건 매일 조금이라도 나아가기 위해 하는 거야.”

“……그럴까? 정말 그럴까? 윤지가 하는 말이니까 믿어도 되겠지? 그치?” 다영은 불쑥 고개를 돌려 윤지의 눈가를 쳐다봤다.

“아니. 믿지 마.” 윤지가 대답했다. “그냥 간절하게 바라기로만 하자. 달에 정말 착륙했다는 것도, 할머니 수술이 잘 끝나는 것도, 내가 지금 너한테 하는 말이 정말인지까지도. 모두 사실이 되길 바라. 진심으로.”

두 사람은 말없이 개울가를 따라 걸었다. 십 분쯤 지나선 아파트 단지 입구에서 헤어졌다가 다음날 학교에서 다시 만났다. 다만 그 뒤로 다영이 할머니나 아빠에 대한 이야기를 꺼내는 일은 없었다. 윤지도 더 이상 캐묻지 않았다. 아이들에겐 절실히 바라는 것 이외의 숙제가 없었다.

수능이 끝나고 한 달이 더 지났을 무렵이었다. 달은 꼭 그날 밤처럼 동그랗게 찼다. 온통 캄캄한 가운데 달 주변의 구름들이 빛을 머금고 희끄무레 비쳐 보였다.

윤지가 빈소에 도착할 즈음, 대부분의 조문객들은 집에 돌아가고 없었다. 사진 속 다영의 할머니는 희미하게 웃고 있는 것 같았다. 윤지는 영정을 향해 두 번 절을 올렸다. 그러고 나서 곁에 서 있던 상주와 최초의 악수를, 그 옆의 다영이와 적막한 포옹을 차례로 나눴다.

"와 줘서 고마워." 다영이 말했다. "정말 네 말이 맞았어. 간절하게 바랐거든. 정말 편안히 가셨어. 활짝 웃으시면서. 무슨 영화의 한 장면 같았다니까."

윤지는 아무 대답도 하지 않았다. 그저 돌아온 상주와 다영의 얼굴을 번갈아 보며 빙그레 미소 지었을 뿐이다.

<Fly Me to the Moon>

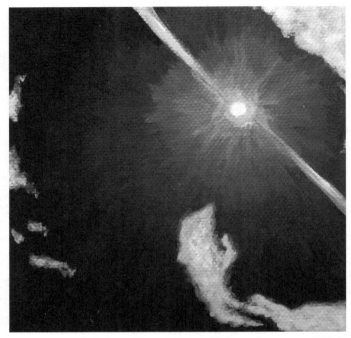

Fly me to the Moon, 13×13, acrylic on canvas, 2019. 10

서울 모처에 있는 A대학교에 새로운 총장이 부임했다. 총장은 A대 재학생들의 니즈나 불만사항을 재빨리 파악해 학교 운영에 반영하고자 했다. 그래서 A대 캠퍼스에서 가장 접근성이 좋은 광장에 건의함을 설치하고, 한 달마다 가장 많았던 요청에 대해 조치하기로 했다.

건의함을 설치한 지 정확히 한 달이 지났다. 이제 건의함을 관리하기로 된 행정부장이 총장실에 찾아와서, 지난 한 달간 가장 많았던 건의사항에 대해 보고하기로 돼 있었다.

"그래, 지난 한 달 동안 가장 많았던 요청은 뭐였나요?" 총장이 물었다.

"확인해 본 결과, 캠퍼스 내에 남학생 휴게실을 설치해 달라는 건의가 가장 많았습니다." 행정부장이 대답했다.

"응? 남학생 휴게실이 우리 캠퍼스에 없었나요?" 총장이 의아하다는 듯이 물었다.

"지금으로써는 그렇습니다. 여학생 휴게실은 세 곳 쯤 있지만요."

"그런가? 난 왜 몰랐죠?"

"그야, 교수 휴게실은 따로 있으니까요."

"아. 그렇군. 그런데 남학생들 휴게실이 따로 필요한 이유가 있나요?"

"글쎄요. 여학생들은 휴게실에서 낮잠도 자고, 화장도 하고, 옷도 갈아입는 등 여러모로 활용을 잘 하고 있습니다. 남학생들에게도 그런 공간이 있으면 나쁘지 않겠죠. 예산상으로도 균형을 맞출 수 있을 거구요. 남학생들에게는 아무래도 불공평하다는 느낌이 있나 봅니다."

"흠, 남학생과 여학생에게 가는 예산이 구분돼 있나요?"

"아뇨, 그럴리가요."

"거참 희한한 일이군……. 뭐, 그렇게 어려운 요청은 아니니까요. 캠퍼스에 빈 공간이 많기도 하고, 시공 업체랑 계약해서 최대한 빨리 마련합시다. 또 요즘은 학내 성평등 문제가 화두니까요. 학교 측에서 할 수 있는 일이라면 기꺼이 반영해야죠."

"네, 그럼 그렇게 하겠습니다." 행정부장이 대답했다.

머잖아 A대 캠퍼스에는 세 곳의 남학생 휴게실이 마련됐다. 남학생 휴게실에는 간단한 다과, 편하게 쉴 수 있는 침대와 탈의실, 샤워실 등 여학생 휴게실에 있는 건 전부 갖춰졌다. 그러나 A대 남학생들의 휴게실 이용은 보름이 채 안 돼서 차츰 시들해졌으며, 휴게실 내에서의 위생문제(땀냄새와 발냄새, 뭇 동아리에서의 음주파티)가 불거지는가 하면 심한 코골이로 인한 남학우들 간의 주먹다짐 같은 사태가 있은 뒤로는 있던 발길마저 뜸해지고 말았다.

A대는 남학생 휴게실의 효율적 관리를 위해 각실에 CCTV 설치를 시도했지만, 학생회의 강력한 반대에 부딪혀 무산됐다.

결국 A대는 남학생 휴게실의 각별한 위생관리를 위해 별도 청소 인력을 편성했다. 다만 이런 노력에도 불구하고 남학생들의 휴게실 이용 빈도는 여학생과 비교해 삼분지일 수준도 되지 못했다. 한 교내 언론은 〈"예산먹는 하마" 애물단지로 전락한 남학생 휴게실! 대체 무엇을 위해 존재하는가?〉라는 제목으로 기획 기사를 발행했는데, 한 익명의 남학생이 "생각 좀 해 보십쇼. 냄새나는 남자들만 잔뜩 있는 휴게실에 누가 가고 싶어 하겠습니까? 차라리 벤치에 누워서 쉬는 게 나을 걸요."라고 인터뷰한 내용이 뭇 남학생들의 공감을 사기도 했다.

• • •

한 달이 지났다. 행정부장은 건의함에 들어 있던 학생들의 요청을 서류에 정리한 다음, 총장실을 찾아갔다.

"얼른 와요. 여기 앉아서 이야기합시다." 총장은 들뜬 표정으로 행정부장을 맞았다. "이번에는 학생들이 어떤 건의를 했던가요?"

"저, 그게," 행정부장은 조금 곤혹스럽다는 눈치였다.

"자, 빨리 말해요. 현기증 나니까."

"음……, 그……, 이게 좀……,"

"아, 대체 뭐길래 이렇게 질질 끌어요? 제가 이 시간을 얼마나 기다려 왔는지 압니까? 학생들을 위해서 제가 할 수 있는 일은 뭐든지 다 할 겁니다. 아무리 어려운 일이라도요. 그게 총장의 일이고, 학교의 일 아닙니까. 자, 말씀하세요. 학생들이 어떤 요청을 해 왔습니까?"

"아, 알겠습니다." 행정부장은 못내 말을 꺼냈다. "현재 캠퍼스에 있는 운동장, 그러니까. 중앙 운동장에서 남학생들이 많은 체육활동을 하고 있습니다. 그런데 이게, 축구며 야구 경기 같은 것들을 할 때 온통 남학생들 또는 남학생 위주의 동아리가 운동장을 독점하는 경우가 잦다는 거죠. 여학생들이라고 운동을 하고 싶지 않은 건 아닌데, 워낙 남학생들이 이용하는 빈도가 높다보니 이용에 불편을 겪는 모양입니다. 그래서 여학생 전용의 운동장을 별도로 만들어 달라는……요청인데요."

"음……," 총장은 생각에 잠긴 표정이었다. "그런데, 중앙 운동장에 여학생 출입이 안 되나요? 아니면 여학생 위주의 동아리가 사용하기 어려운 규정이 있다거나……."

"그럴 리가 있겠습니까. 요 근처 동네 주민에 개랑 고양이까지 돌아다니는데요."

"아니, 그런데 여학생 전용 운동장이 왜 필요하다는 거죠? 그냥 쓰면 되잖아요."

"뭐, 규정상으로는 문제가 없는데. 아무래도 분위기나 그런 것들도 있고……왜, 운동장이 좀 마초적인 분위기다 보니 여학생들은 적응하기 어려운 부분도 있고 그런가 봅니다. 또 일 년에 운동장 관리에 드는 예산이 상당한 편인데, 그런 예산의 혜택을 남학생들이 독점하고 있는 셈이니까요."

"음, 불공평하다 이거죠?" 총장이 물었다.

"네. 말하자면 그렇습니다."

"그럼 어쩔 수 없군요. 캠퍼스에 있는 운동장 하나를 여학생 전용으로 지정하고, 관리 인력을 투입하기로 합시다. 사용 예약도 여학생들만 받기로 하고요. 접근성도 개선하는 게 좋겠어요."

"그렇게 하겠습니다." 행정부장이 대답했다.

머잖아 A대는 캠퍼스 후문 근처에 있는 중간 크기의 운동장을 '여학생 전용 운동장'으로 지정했다. 일반 통행로와 차로를 부가로 연결, 확장하는 등 접근성도 중앙운동장 못지않게 개선했으며, 새 축구골대와 농구코트, 배드민턴 네트를 구축해 구기 종목도 즐길 수 있게끔 했다. 그러나 A대 여학생들의 운동장 이용은 보름도 안 돼 시들해졌다. 운동 경기나 행사를 위한 운동장 예약도 거의 이루어지지 않았다. 그 대신 운동할 곳을 찾아 헤매던 남학생들이 몰래 출입하며 이용하는 탓에 별도의 경비 인력을 마련해야 했다.

A대는 여학생 전용 운동장의 관리 비용을 충당하기 위해 인근 주민 동호회의 유료 대여를 허용하려고 했지만, A대 여학생회의 강력한 반대에 부딪히면서 무산됐다. '여학생들의 권익을 위해 조성된 운동장을 어떻게 영리적 목적으로 이용할 수 있느냐'는 이유에서였다. 나아가 '이같이 쫌생이처럼 굴어대는 학교의 태도는 과연 진심으로 성 갈등을 해소하고자 하는 의지가 있긴 한 건지 의심하도록 만든다'는 비판의 목소리가 나오기도 했다.

한 교내 언론은 〈"예산먹는 코끼리" 애물단지로 전락한 여학생 전용 운동장! 대체 무엇을 위해 존재하는가?〉라는 제목으로 기획 기사를 발행했는데, 한 익명의 여학생이 "생각 좀 해 보라구요. 학교 오는 날에는 다들 화장하고, 고데기도 하고, 옷도 좀 신경 써서 입고, 신발도 굽 있는 거 신고 오고 그러잖아요. 그런 상태에서 어떤 여자가 땀 뻘뻘 흘리면서 운동을 하고 싶겠냐고요."라고 인터뷰한 내용이 뭇 여학생들의 공감을 사기도 했다.

． ． ．

또 한 달이 지나 행정부장이 총장실을 찾았다. 총장은 다소 바빴는지 귀찮은 내색을 했다.

"아, 뭐야. 벌써 시간이 그렇게 됐나? 제기랄⋯⋯아, 아닙니다. 이건 다른 신경 쓰이는 일이 있어 가지고, 하하, 이번에는 무슨 요청을 하던가요? 우리 학생들이 말이죠. 또 어떤⋯⋯."

"음, 그게,"

"아니, 왜 이거 할 때만 말을 더듬는 겁니까? 평소에는 따박따박 말 잘 하잖아요?"

"그러게요? 저도 잘 모르겠네요." 행정부장이 멋쩍게 대답했다. "이번에는 건의가 반반으로 나뉘었거든요. 그래서 한 가지만 고르기가 어렵습니다."

"우리 학교에 있는 건 돈밖에 없어요. 빨리 처리합시다. 뭔데요?"

"최근 뉴스에서 화장실 몰카 문제가 불거지지 않았습니까? 우리 학교에서는 아직 아무 문제가 없지만, 많은 여학생들이 두려움에 떨고 있어⋯⋯."

"양쪽 화장실 다 전수 조사하고, 정기적으로 점검하세요. 다음."

"네, 그럼⋯⋯," 행정부장은 서류를 몇 장 넘기며 말을 이어갔다. "한 삼 년 전부터, 학생 대상 복지 사업의 일환으로 학생용 보건실에 예산이 배분됐는데요. 캠퍼스 안에서 갑작스런 생리나 부정출혈 등으로 보건실을 찾는 여학생이 많았던 모양입니다. 그래서 해당 예산으로 매월 생리대를 사이즈별로 구비해 놓고, 필요한 여학생들에게 무료로 나눠주고 있었다고 합니다."

"아이, 씨……." 총장은 불쑥 짜증이 치솟았다. "그래서, 남학생들이 뭘 해 달랍니까? 콘돔이라도 달래요?"

"글쎄요. 혹시나 해서 보건실에 콘돔도 구비해 놓긴 했는데, 그나마 몇 개씩 받아가는 것도 다 여학생들이었다고 합니다."

"아니, 그럼 어쩌란 겁니까?"

"그냥 뭐, 비슷한 예산으로 할 수 있는 걸 해 달라고……"

"애초에 보건실 찾는 남학생이 몇 명이나 된다고!" 총장이 울분이 가득한 목소리로 말했다.

"거의 없긴 합니다. 애초에 남학생들이 뭘 하다가 다치면 응급실로 곧장 실려가는 케이스가 대부분이고……보건실 갈 정도의 찰과상이면 치료를 안 받거든요."

"야, 이……아, 알아서 해요. 그냥, 알아서 잘." 총장이 손사래를 치며 말했다. "진짜 못해먹겠네……."

A대는 전문 점검업체와 계약해 캠퍼스 내에 있는 모든 남자, 여자 화장실을 대상으로 몰카 수색 작업을 벌였다. 결과적으로 몰카는 학교 어디에서도 발견되지 않았다. 다만 A대는 한동안 학내 커뮤니티의 익명 게시판에서 "남자가 바지 벗고 똥 싸는 걸 누가 보고 싶어 한다고 남자 화장실까지 조사하냐" 같은 내용으로 조롱 당해야 했다.

행정부장은 보건실 측에서 생리대 구매에 사용해 온 예산을 정돈해, 새로운 예산 카테고리를 만들고자 했다. 그러나 남학생들의 요구는 제각각인데다 일관성이 없었으며, 경험적인 통계로 봤을 때 대부분의 남학생들은 뭘 나눠준다고 해 봤자 받아가지도 않았다.

행정부장은 이 문제로 말미암아 오랫동안 골머리를 앓았다. 얼마나 스트레스를 받았던지, 밤늦게까지 잠들지 못한 채 거실에서 고민에 빠져 있곤 했다. 그러다 야간 자율학습을 끝내고 돌아오던 고등학생 아들과 마주쳤는데, 마침 교복을 벗던 아들은 아버지의 고민을 듣자마자 천연덕스럽게 대답하는 것이었다.

"대학생 형들 졸라 심심할 텐데, 그냥 게임기나 사 줘."

얼마지 않아서, 행정부장은 해당 예산으로 몇 대의 TV 모니터와 게임 콘솔을 구매해 각 남학생 휴게실에 배치했다. 게임팩도 이것저것 구비해 놓으려던 것을 '어차피 위닝 밖에 안 할 것'이라는 아들의 조언을 바탕으로 축구 게임만 하나씩 마련해 놓았다.

그러자 예산 불균형에 대한 남학생들의 불만은 마치 언제 그런 게 있었냐는 듯 삽시간에 잠잠해졌다. 대신 남학생 휴게실에서는 매일같이 즉석 위닝 토너먼트가 열렸다. 나아가 몇몇 남학생은 관련 동아리 개설 허가를 요청하는가 하면, '사람은 많은데 화면이 하나라 답답해 죽겠다'며 직접 돈을 모아 중고 모니터와 콘솔을 사서 갖다 놓기까지 했다.

이 이야기를 전해들은 총장은 '정말이지 기가 찬다'는 반응과 함께 이달 내로 광장에 있던 건의함을 제거하기로 결정했다. 행정부장은 이 조치로 인해 딱 한 건 불만사항을 접수했는데, 확인해 본즉 '엑박에서 위닝 안 돌아가는 것도 모르냐? 싹 다 플스로 바꿔라'는 내용이었다.

<합리적 불평등>

61

꽃밭은 울창한 숲 한가운데 있었다. 공주는 연분홍색 꽃으로 된 덤불 위에 반듯이 누워 있었다. 갑작스레 의식을 잃은 것치곤 편안한 표정이었다.

"여기예요, 용사님." 난쟁이 요정이 숲속에서 빠져나오며 말했다. "여기에 공주님이 쓰러져 있어요."

"앗, 따가워……. 어디 말하는 거야?" 더벅머리를 한 남자가 팔을 헤집으며 뒤따라 나왔다.

"여기요, 여기 꽃밭 위에 누워 계세요." 난쟁이 요정은 공주가 쓰러져 있는 곳 바로 위까지 날아가 빙글빙글 원을 그렸다. 더벅머리 남자는 공주가 있는 쪽까지 다가섰다.

"오오……." 남자가 흠칫 놀라 말했다. 공주는 쓰러진 채 미동도 없었지만 무척 아름다웠다. 분홍색 꽃에 둘러싸인 모습이나 그 위로 반짝거리며 나는 난쟁이 요정, 홍옥처럼 새빨간 윤기가 도는 공주의 입술까지 모두 현실이 아닌 것처럼 느껴졌다.

"지금 뭐하고 있어요? 한시가 급해요. 얼른 공주님께 입을 맞추세요." 난쟁이 요정은 타박하는 투로 말했다. "빨리 생명의 숨결을 불어넣어 주세요."

"윽. 그래, 잠깐만. 마음의 준비를……."

"빨리 하라고요."

"알았다니까." 더벅머리 남자가 손사래를 치며 대답했다. 그러고 나서 천천히 공주의 입술을 향해 얼굴을 들이밀기 시작했다.

남자와 공주의 입술이 포개지려고 하는 찰나, 별안간 남자의 머리가 큰 충격과 함께 땅바닥으로 내동댕이쳐졌다. 한순간에 일어난 일이었다.

"뭐, 뭐야……?" 난데없이 머리를 얻어맞은 남자는 혼란스러웠다. 방금 전까지 남자가 서 있던 자리에는 웬 사나이가 경멸스러운 눈으로 남자를 내려다보고 있었다. 화가 날 법한 상황이었지만 별다른 말은 하지 못했다. 치렁치렁한 옷차림으로 미루어보건대 귀족이나 왕가 출신처럼 보였기 때문이다.

"이 천한 것이 어디서!" 도련님이 말했다. "네깟 놈이 감히 공주님을 희롱하려 들다니……빼도 박도 못 하는 사형감이다!"

"아니, 나리……제 얘기 좀 들어 보십쇼." 남자는 다리를 휘청거리며 겨우 일어나 말했다. 더벅머리는 그사이 더더벅머리가 돼 있었다. "희롱하려고 한 게 아니라요."

"아니긴 뭐가 아냐? 요즘은 말 한 번 잘못해도 성희롱인 거 몰라? 의식불명의 여성에게 의사도 한 번 묻지 않고 키스하려고 했잖아. 심지어 공주님인데!"

"아아, 그게 아니라……," 더더벅머리 남자가 버벅거렸다.

"지금 다들 뭐하자는 겁니까? 한시가 급하다고요! 누가 돼도 좋으니 공주님한테 입을 맞추세요! 공주님을 살려 주세요!" 상황을 지켜보던 난쟁이 요정은 바짝 열이 올라 소리쳤다.

"어? 누가 돼도 좋은 거였어? 그럼 왜 나를……."

"그럼 내가 하도록 하지." 도련님이 더더벅머리 남자의 말을 가로막았다. "아무래도 어쩔 수 없는 사정이 있는 것 같으니까. 공주님께 키스를 하면 되는 건가?"

"키스가 아니라 생명의 숨결을 불어넣어 주셔야 해요."

"혀도 넣어서 해? 아니면……."

"뭐라는 거야, 이 변태새끼가!" 더더벅머리 남자가 도련님의 뒤통수를 갈기며 말했다. "지금 보니까 희롱은 니가 하네! 내가 아니라."

"아! 야, 너 봤지? 이 천한 게 내 뒤통수 때리는 거 봤지? 지금부터 이건 정당방위다. 알겠어?" 도련님은 뒤통수를 어루만지며 분노에 가득 찬 목소리로 이야기했다.

"내가 뒤통수 친 것도 정당방위야! 이 새꺄!"

"아, 누구라도 좋으니 빨리……."

"너 같은 반체제주의자는 죽어 마땅해." 도련님이 허리춤에 있던 칼을 뽑아들었다. "내가 니 목을 쳐서 계급 의식이 희미해진 우리 사회에 경종을 울릴 것이다."

"후우……, 이거 어쩔 수 없군." 남자는 고개를 저으며 말했다. 그러자 더더벅머리가 쏟아져 그냥 더벅머리가 됐다. 그리고 무릎을 꿇어 장화에서 단검을 빼들었다. "나는 너같이 역겨운 유산자를 보면 참을 수가 없거든."

"여보세요, 거기 경찰이죠? 여기 미친……," 보다 못한 난쟁이 요정은 품속의 갤럭시탭을 꺼내들어 전화를 걸고 있었다.

"역시 내 예감은 틀리는 법이 없군……. 너 같은 마르크스주의자는 하루라도 빨리 박멸하는 게 답이야!"

"죽어라! 부르주아지!" 더벅머리 공산주의자의 칼끝이 유산 계급자의 검과 맞부딪히며 몇 번이고 날카로운 소리를 냈다.

공산주의 혁명을 이룩하기 위해 매일같이 단련에 단련을 거듭한 더벅머리 남자였다. 허나 어릴 때부터 강도 높은 엘리트 교육을 받아 온 유산 계급 도련님도 만만치 않은 실력을 갖고 있었다. 싸움은 쉽게 끝날 기미가 보이지 않았다.

두 사람이 계속해서 합을 겨루며 지쳐 갈 무렵, 경찰이 출동했다. 비포장도로를 지나 온 앰뷸런스는 그보다 늦게 도착했으나 공주는 이미 숨을 거둔 뒤였다.

경찰에 의해 연장 체포된 두 남자는 납치 및 감금치사를 사유로 나란히 거열형에 처해졌다. 그럼에도 분이 가시지 않은 왕은 갈기갈기 찢긴 두 남자의 시신을 들소의 여물로 주라 명령했다.

머잖아 공주의 장례는 국장으로 치러졌다. 얼마 후, 왕은 공주의 죽음과 같은 비극이 다시 일어나지 않도록 하기 위해 CPR 교육을 제도화했다. 그 덕분일까? 왕국의 내원 전 뇌졸중 사망률은 최근 5년간 급격한 감소 추세를 보였으니, 인간의 죽음은 순간인 반면 예방은 대를 넘어 이어지는 것이라 하겠다.

<'잠자는 숲속의 공주'로 보는 심폐소생술의 중요성>

4부,
시간과 장의사

62

"그러니까,"

나는 입술에 침을 바르며 말했다.

"죽는 날을 스스로 결정할 수 있다고 치자구."

"응."

너는 짧게 대답했다. 시선은 여전히 책을 향해 있었다.

"그럼 나보다 하루 먼저 죽을래, 하루 지나서 죽을래?"

"뭐?"

너는 '터무니없는 질문이야'란 말을 표정으로 같이 했다. 나는 네 시선을 끈 것만으로도 기뻤다.

"너는 어떤데?"

영리한 질문이었다. 나는 뜸 들이지 않기로 했다.

"아무래도 난 하루 먼저 죽는 게 나을 것 같아. 네가 죽어 없어지는 슬픔을 견딜 자신이 없거든, 나는."

"그러니?"

"응."

"그럼 난 네가 죽고 난 다음 날에 죽을게."

아주 침착한 목소리였다.

"넌 슬프지 않아? 하루라도 내가 세상에 없으면."

"슬프지, 당연히."

"그런데 왜?"

나는 예상에 없던 질문을 던졌다. 너는 습관처럼 검지를 펴고 곰곰이 생각하는 시늉을 했다.

"음, 슬프긴 하지만, 네가 죽고 나서 뒷정리할 사람은 있어야 하잖아. 사망신고도 하고, 쓰던 물건도 정리하고, 너도 양지바른 곳에 옮겨 주고, 그러고 죽어야지. 넌 그런 거 못할 테니까."

확신에 찬 말투였다. 당시의 나는 '고마워' 이외의 어떤 말도 덧붙일 수 없었다. 그리고 널 꼭 껴안고 십 분 동안이나 흐느꼈다. 네 목에선 어제 뿌린 향수 냄새가 아련하게 났다. 지금 나는 그때의 냄새를 정확하게 기억할 수 없다. 다만 돌아간다면 나 역시 하루 지나 죽고 싶다고 말할 것이다. 결국에는 너와 미래에 널 잃을 슬픔까지 몽땅 사랑하게 됐기 때문에.

<시간과 장의사>

63

'마포대교의 자살률은 나날이 증가했고⋯⋯'
결국 이듬해 서울시청은 아래와 같이 발표했다
"자살방지를 위한 새로운 문장들을 준비했습니다
기존의 와 닿지 않는 내용을 개선하고
서울 시민들의 생존권을 지키기 위해
우리 시는 최선을 다해 노력하겠습니다"

얼마쯤 시간이 지나고 나서 발표됐다
자살대책이랍시고 등장한 그 글은
어느 날 지나는 한강다리에서 볼 수 있었다

"부탁드립니다"
"부디 살아남아 주세요"
"나 자신을 위해서라도 죽지 마세요"
"최고의 순간은 오지 않았습니다"
"아직도 만족스러운 삶을 살지 못했죠"
"우리는 많은 것들을 누릴 수 있어요"

"물론 희생해야 하는 것도 많습니다만"

"최선을 다해 노력하는 당신은"

"우린 정말이지 소중한 사람입니다"

"당장은 무의미한 존재처럼 느껴지겠지만"

"당신이 할 수 있는 일은 아직 많아요"

"맛있는 음식을 만들어 줄 수도 있겠죠"

"높고 위대한 건물을 쌓아올릴 수도 있고"

"밤새 편의점의 불빛을 지킬 수도 있고"

"새벽 시간 누군가의 발이 되어 줄 수도 있고"

"지저분한 길을 깨끗하게 치울 수도 있으며"

"울며 보채는 아이를 돌봐 줄 수도 있겠죠"

"그저 특별한 나를 위해서"

"살아 주세요"

"당신은"

"오직 사랑받기 위해 태어났죠"

"비록 현실과 동떨어진 곳에 있지만"

"여전히 아름다운 세상에 사는 우리는"

"지금 이 순간에도 느낄 수 있습니다"

"매일같이 더 멋진 세상이 펼쳐지는 이유는 바로"

"오늘도 열심히 살아가는 사람들이라는 것"

"이 글을 읽고 있는 당신은"

"결코 잊지 마시길 바랍니다"

……어느 대기업 임원이 남긴 말이었다

시민 공모를 통해 다시 결정된 그 글귀는

더 많은 사람들을 죽음으로 몰아넣었고
그들은 뭐가 문제인지도 전혀 모른 채
오늘도 심금 울리는 문장을 회의하고 있다

<생명의 다리>

64

"……대한민국 사람들이 가장 많이 쓰는 말 중 하나가 '귀찮다'입니다. 그야 우리가 살면서 귀찮은 일이 한두 개가 아니니까요. 주말이 지나 월요일에 출근하는 것도, 일주일간 쌓여서 냄새나는 설거지를 하는 것도, 땡기는 담배 사러 집 앞 편의점에 나가는 것도, 어떨 땐 배고파 밥 먹는 것도 다 귀찮게만 느껴지곤 해요. 저를 포함해 대부분의 사람들이 그럴 겁니다. 그런데 귀찮다는 말이 정말 어떤 의미인지 생각해 보기란 쉽지 않아요. 너무 일상적인 언어라서 그런 걸까요? 기자님은 귀찮다는 말의 뜻에 대해 생각해 본 적 있으신가요?" 변호사가 말했다. 초췌한 인상이었다. 취재 카메라에서 쏟아져 나온 플래시 불빛을 받아 핼쑥한 얼굴 윤곽이 한층 더 도드라져 보였다.

"……." 기자는 아무 대답도 하지 않았다. 소형 마이크를 포토라인 앞에 갖다 댄 채 그대로 서 있었다.

"뭐, 생각해 보면 금방 알 수 있어요. 발음을 천천히 해 보면 누구라도 금방 알 수 있죠. 많은 어휘들이 그렇습니다만……." 변호사는 정장의 옷매무새를 가다듬고 다시 말을 이었다. "귀찮다는 말이 '귀하지 않다'는 말이 쪼그라들어서 생긴 말이라는 사실 말이에요. 귀하지 않다. 귀치 않다. 귀찮다. 이렇게 변해 온 것이 지금에는 '쓸데없이 거추장스럽고 까다롭다'는 의미를 갖게 된 셈입니다. 사전 찾아 보셔도 돼요. 정말이니까요. 귀찮다의 '귀' 자가 귀할 귀라는 한자어라는 걸 아는 분들은 정말 많지 않죠. 가만히 듣고 보면 웃긴 말입니다. '그건 귀찮아'라고 말하는 건, '그건 내가 맡기엔 충분히 귀하지 않은 일이야'라고 말하는 거니까요. 내가 뭐 세상에서 귀하디귀한 일만 골라 할 만큼 거룩한 인간도 아닌데. 안 그래요?"

"하고 싶은 말이 뭔가요?" 상황을 지켜보던 다른 기자가 말했다.

"아, 바쁘신 분들을 모아 놓고 이상한 소리를 했군요. 최대한 빨리 끝내겠습니다. 원래는 엄청 긴 이야기인데…… . 제 친아버지는 일찍 교통사고로 돌아가셨습니다. 얼굴도 기억이 안 나요. 어머니는 절 데리고 재혼한 지 일 년쯤 지나서 병으로 가셨고요. 그래서 저는 피 한 방울 안 섞인 새아버지와 단 둘이 자랐어요. 가정 형편은 형편없었습니다. 부자(父子) 가정이긴 했지만 부자(富者)는 아니었던 거죠. 하하. 새아버지는 일용직 노동자였습니다. 공사 현장을 전전하셨는데 툭하면 저를 귀찮은 놈이라고 부르곤 했어요. 다른 욕은 안 하셨는데 그 말만큼은 워낙자주 하셔서, 저는 어렴히 제가 귀찮은 인간이라고 생각하며 자라게 됐습니다. 조금 전에 말했던 것처럼 중의적인 의미를 갖고 있다는 건 아주 나중에 알게 됐지만요."

"결론을 말해!" 누군가 소리 질렀다. 변호사는 고개를 돌려 소리가 난 방향을 잠깐 바라봤다.

"……제가 막 고등학교를 졸업했을 때였습니다. 아버지가 공사 현장에서 다리를 크게 다치셨어요. 다들 아시다시피, 다리를 다치면 공사장에서 일 같은 건 할 수 없죠. 그런데도 제 학비며 원서 비용 같은 걸 대려니 작업반장이라는 사람한테 싹싹 빌 수밖에 없었고요. 그렇게 다치신 뒤에도 몇 번 일을 하시겠다고 나가셨습니다. 평생 해 왔고 할 줄 아는 일이라곤 그것밖에 없으셨으니까. 그런데 몸 상태가 상태다 보니 현장에 도움은 안 되셨던 모양이에요. 하루빨리 공사를 끝내 대금을 받아야 하는 건설사 입장에선 아버지가 엄청나게 귀찮은 존재였겠죠. 그래서 아버지가 절룩거리면서 나타날 때마다 밥값에 차비까지 해서 만 원씩 쥐여 주고 집에 보냈답니다. 전 그걸 아버지가 어떻게 일해서 벌어온 돈인 줄 알고 있었고요. 누가 상상이나 했을까요? 그냥 걸어도 왕복 한 시간은 걸리는 거리를, 매일 그런 다리로 왔다갔다했다는 걸요. 겨우 도착해 봤자 듣는 소리라곤 '넌 귀찮은 인간이니까 이거 받고 돌아가라'는 얘기뿐인데도요. 정작 그 돈으로는 밥도 안 먹고 버스도 안 타셨죠. 머잖아 아버지는 흔적도 없이 사라지셨습니다. 하필이면 고등학교 졸업식 날이었어요. 딱 하나 남겨 놓은 편지에 '사는 게 귀찮아 먼저 간다'고만 써 놓으셨죠. 그때까지 겨우 버티셨던 거예요. 하나밖에 없는 애새끼 학교는 졸업시키고 가겠다고. 그게 새아버지의 인생이었습니다. 귀찮은 자기 자식을 조금이라도 더 귀하게 만들어보겠다고, 하루하루 더 귀찮은 존재가 되다가 끝내 사라지셨어요. 전 그때 결심했습니다. 아버지처럼 귀찮은 존재가 되겠다고. 우리처럼 귀하지 않은 사람들을 위해 귀하지 않은 일을 대신 하는 사람이 되겠다고요."

"그래서 계속하겠다는 겁니까?" 곁에 마이크를 들고 서 있던 기자가 질문했다.

"계속하고말고요. 이게 제 일인데요. 얘기는 많이 들었습니다. 여러분도 그렇게 생각하시겠죠. 일찍이 형사님들, 검사님들이 저한테 말씀하셨던 것처럼, 왜 변호사씩이나 돼서 그렇게 귀찮은 일들만 골라서 하냐고, 이미 지나간 일을 꺼내 와서 귀찮은 상황을 만드는 이유가 대체 뭐냐고, 사법시험씩이나 통과해 놓고 질리게 삽질이나 하고 자빠졌냐고요. 그런데 저한테 이런 질문은 시간낭비일 뿐더러 의미도 없습니다. 애초에 저는 귀찮은 인간에게서 난 귀찮은 인간이거든요. 저와 달리 귀하게 태어나신 분들은 좀처럼 이해를 못하시는 모양들이지만."

"당신이 옳다고 생각하세요?" 또 다른 기자가 물었다.

"제가 옳기는요. 사실은 잘 모르겠어요. 이제는. 뭐가 옳고 뭐가 그른지를요. 인간이 옳나요? 그럼 인간을 옭아매는 법은 옳지 않나요? 법 위에 있는 헌법은 대체 얼마나 옳은 건가요? 그건 알 수 없습니다. 저는 한낱 인간일 뿐이니까요. 다만, 뭐가 옳다 그르다 대신에 귀찮다고는 말할 수 있을 겁니다. 저는 귀찮은 인간입니다. 법은 사람에게 귀찮은 것이고요. 전 귀찮은 인간으로서 귀찮은 법을 다룰 뿐입니다. 그저 사법부만큼은 스스로를 귀하다고 생각하는 모양인데, 저는 그게 웃겨요. 제 고귀함을 지키기 위해 다른 국민들을 귀찮은 존재로 만든다면, 세상에 그만큼 하찮고 귀찮은 사법부가 어디 있겠습니까? 저는 제가 하는 일이 옳다고 생각하지도, 헌법 수호나 정의사회 구현 같은 거창한 사명을 갖고 있지도 않습니다. 그냥 저는 귀찮은 일개 국민으로서, 귀하지 않은 것들을 위해 귀찮은 일들을 할 따름입니다."

변호사는 말을 마치자마자 앞으로 걸어 나갔다.

．．．

　수 년 전, 서울역 인근 로터리에서 여대생이 괴한에게 성폭
행 당한 뒤 무참히 살해 당하는 사건이 발생했다. 발견 당시 시
신은 참혹하게 훼손된 상태였는데, 피해자가 불과 한 달 전 명
문대에 진학한 새내기 여학생이었다는 사실이 밝혀지면서 국민
적인 공분을 샀다. 다만 사건 자체가 인적이 뜸한 새벽 시간에
벌어졌거니와 주변 CCTV나 목격자 등 이렇다 할 증거도 없어
경찰은 범인 특정에 어려움을 겪어야 했다.

　그러던 중 느닷없이 유력 용의자로 체포된 것이 김 씨였다.
역 주변에서 노숙 생활을 하던 쉰두 살 김 씨는 범행 일체를 자
백했고, 검찰은 김 씨를 살인, 강간 및 사체 훼손 등의 혐의로
기소했다. 김 씨의 국선변호사는 당시 담당 경찰관들이 허위 자
백을 강요한 정황을 포착, 이의를 제기했으나 받아들여지지 않
았다. 그 결과 김씨는 징역 이십 년을 선고받아 교도소에 수감
되고 말았던 것이다.

　"변호사님은 제가 귀찮지도 않으십니까?"김 씨가 면회실 맞
은편에 앉아 있던 변호사를 향해 물었다. "가뜩이나 다른 일도
많으실 텐데……."

　"저는 원래가 귀찮은 인간인데요. 뭘, 새삼스럽게."변호사가
말했다. "아, 다리 편찮으신 건 요즘 어떠세요? 좀 괜찮아지셨
나요?"

<귀찮은 변호사>

65

"저놈 저거, 내가 그럴 줄 알았지. 뭔가 일을 낼 것 같더라니! 쯧쯧……." 그 사건에 대해 할머니가 꺼낸 첫 마디는 이랬습니다. 그때 저는 할머니 곁에 서 있었는데, 이 말을 듣자마자 소스라치게 놀랐죠. 하기야 겨우 일곱 살 된 꼬마아이에게 환멸이라는 감정은 너무 어렵기도 했을 것입니다.

할머니는 막냇손자인 제게 한사코 좋은 것만 주려고 노력하셨습니다. 생각해 보면 당연한 일이었어요. 당시 물리적인 성장을 모두 마친 형과 누나는 방에 들어가 나오는 법이 거의 없었으니까요. 이런 상황에서 십수 년 만에 태어난 손자가 얼마나 귀하고 소중하게 느껴졌을지는, 구태여 말할 필요도 없을 것입니다.

할머니는 거의 매일같이 저를 업고 다니셨습니다. 그래서 저는 걷는 법을 느리게 배웠습니다. 저는 다섯 살이 돼서, 그래서 몸무게가 제법 나가게 될 때까지 포대기 속에서 둥둥 떠다녔죠. 하다못해 밥을 먹을 때도 마찬가지였어요. 할머니는 늘 당신 무릎에 절 앉혀 놓곤, 밥이며 반찬을 직접 손으로 싸서 먹여 주셨습니다. 덕분에 저는 젓가락질을 배울 필요가 없었고, 생선가시를 발라 먹는 방법도 몰랐습니다.

아무튼, 이런 연유로 할머니는 제게 절대적으로 선하고 좋은 사람이었습니다. 적어도 예의 그 말을 하기 전까지는 분명 그랬죠. '내 이럴 줄 알았다'는 말은 누구나 할 수 있는 말이지만, 적어도 그 상황에서 할 말이 아니었다는 건 일곱 살짜리 아이로서도 알 수 있었기 때문입니다.

그날은 유치원에서 처음으로 실로폰 연주를 했던 날이었습니다. 저는 집에 돌아가자마자 집에 계신 할머니며 교복을 입은 누나, 그리고 밤늦게 가게에서 돌아올 아빠와 엄마에게 '반짝반짝 작은별'을 들려줄 생각으로 몹시 들떠 있었죠.

하지만 제가 집에 돌아갔을 때, 이미 모든 일은 벌어져 봉합할 수 없는 상태가 돼 있었습니다. 집안에는 사람이 많았어요. 제복을 입은 커다란 경찰 아저씨 두 명이 와 있었고, 웬일인지 지금쯤 가게에 있어야 할 부모님도 거기 있었습니다. 경찰과 부모님은 얼마간 이야기를 하더니, 안쪽 방에 들어가 형에게 수갑을 채운 다음 현관 밖으로 함께 걸어 나갔습니다.

한편 제가 가장 이상하게 여긴 것은 누나였습니다. 이 일련의 시간 동안 누나는 거실 한쪽 구석에 엎드려 있었거든요. 그리고 얼마지 않아 부모님을 따라 밖으로 나갔습니다. 경찰서에 조서를 작성하러 갔던 거였죠. 그 와중에 할머니는 누나가 나갈 채비를 하던 현관 앞에 서서 대수롭지 않게 말했던 겁니다. 내 그럴 줄 알았지, 하고.

그때 막 군대에 다녀온 스물네 살 형이, 수험 공부를 하던 열아홉 살 누나를 강간했다는 사실은 꽤 시간이 흐른 뒤에야 알았습니다. 다만 제가 더 놀랐던 것은 경찰에 체포된 그날 처음 벌어진 일이 아니었다는 것, 그동안 할머니가 집안에 늘 계셨다는 것, 그리고 견디다 못해 신고한 사람이 피해 당사자였던 누나라는 것이었어요.

형은 삼 년 뒤 출소했습니다. 그 이후 부모님은 이 사건에 대해 일언반구도 하지 않았어요. 다만 할머니는 이따금 혼잣말처럼 '하필이면 그런 일이 벌어져 가지고' 같은 말로 운을 떼기 시작해서 아무렇게나 말한 뒤 마무리짓곤 했는데, 가만히 듣다 보면 '어떻게 가족끼리 그런 일을 할 수가 있느냐'보다는 '혈기왕성한 나이에 그런 일은 얼마든지 벌어질 수 있는 건데 운 나쁘게 걸렸다'는 쪽에 가까웠습니다. 그럴 때마다 누나는 방으로 뛰쳐 들어가 문을 쾅 닫아 버렸고, 할머니는 그 모습을 보며 또다시 혀를 차셨죠.

그로부터 몇 년이 지나 할머니는 오래 앓던 지병으로 임종하셨습니다. 우리 가족은 집 근처에 있는 한 종합병원에서, 할머니의 마지막 모습을 지켜볼 수 있었죠. 다행히도 할머니는 죽기 직전 몇 마디 남길 만큼의 기력은 남아 있으셨는데, 그 대상은 놀랍게도 별달리 슬퍼 보이지도 않던 누나였습니다.

"은설아, 이제 그만 용서하거라. 용서해⋯⋯."

이 말을 듣고 저는 기뻤습니다. 형용할 수 없으리만치 기뻤어요. 이제 막 죽음의 순간에 임박한 할머니가, 비로소 자신의 죄를 마주하고 누나에게 용서를 구하는 줄로만 알았으니까요.

그러나 저는 검게 짙어져 가는 누나의 표정, 그런 누나와 멀뚱히 서 있던 형을 번갈아 보는 할머니의 눈짓을 보며 뒤늦게 깨달았습니다. 할머니는 당신 최후의 순간, '네 오빠가 한 짓을 용서하라'는 유언을 남긴 채 죽음으로 도망쳐 버렸던 겁니다.

그날 우리 가족은 한마디 말도 없이 집으로 돌아왔습니다. 그리고 제각기 아무 말도 없이 방으로 돌아가 잠들었습니다. 마치 아무 일도 없었고, 아무 말도 들은 적 없다는 듯이.

누나는 그날부터 일주일 동안 방에 틀어박혀 있었습니다. 할머니의 장례식에도, 발인에도 가지 않았죠. 회사에도 출근하지 않았습니다. 밥도 먹지 않았고, 물도 거의 마시지 않았어요. 저는 저러다 누나가 죽는 것 아닌가 하는 걱정이 들었습니다. 그러나 우리 가족 가운데 그 누구도 누나에게 말을 걸지 않았으므로, 자연스레 저도 그렇게 했습니다. 할머니의 비겁한 유언을 감당하는 것이 그 누구도 아닌 누나 혼자여야 한다는 것처럼요.

그래도 그때 누군가는 말했어야 했어요. 야위어 죽어가는 누나에게 다가가서, 그 무엇도 너의 잘못이 아니라고 말해줘야 했어요. 누나에게 그 어떤 것도 책임질 필요가 없으며, 그 어떤 사건이나 말도 누나의 가치를 훼손할 수 없다는 걸 이야기해 줘야 했습니다. 그러나 저를 포함한 그 누구도 그렇게 하지 않았죠. 결국 이렇게 될 줄 알고 있었으면서.

'내 이럴 줄 알았다'라는 말이 얼마나 무책임한지를 이제는 알 수 있습니다. 물론 시간을 되돌린다고 한들 모든 걸 알 순 없었을 것입니다. 한 달 뒤 누나가 자고 있던 형의 심장에 칼을 찔러 넣고, 십칠 층 아파트 베란다에서 뛰어내릴 거라는 걸 누가 상상할 수 있었을까요? 그러나 저는 뭐라도 했어야 했습니다. 어떤 일이 일어날 줄 알았다면, 그때 어떤 수라도 써서 죽을 각오로 막아 냈어야 했습니다. '이럴 줄 알았다'라는 말은 그렇게 한 사람들에게나 겨우 허락되는 말입니다. '이렇게 될 줄 알아서 최선을 다했는데 나로선 어쩔 도리가 없었다'처럼요.

제가 할머니를 찾아오는 일은 이제 두 번 다시 없을 겁니다. 저는 스스로가 미운만큼이나 할머니가 밉거든요. 아무리 힘들어도 죽지는 않을 겁니다. 부모님께는 이제 제가 마지막 남은 자식이니까요. 후천적 외동아들이라고나 할까요. 어쩜 할머니는 이렇게 될 줄도 다 알고 계셨을까요?

아무튼, 저는 뒤늦게라도 제가 할 수 있는 일을 할 생각입니다. 제가 할머니를 통해 제대로 배운 것이라곤 그뿐이니까요. 부디 제가 지은 묘비명이 마음에 드셨으면 좋겠습니다. 그럼 안녕히.

<우물쭈물하다가 내 이럴 줄 알았지>

66

"고양이는 정말 귀여워."

"고양이 진짜 좋아하는구나."

"응."

"왜 안 키우는 거야? 그렇게 좋아하면 한 마리 키우면 될 텐데."

"집주인이 동물을 안 좋아해."

"그래?"

"표면적으로는 그래."

"표면적이라고?"

"응. 키우려면 몰래 키울 수도 있겠지. 매일 방을 검사 받는 것도 아니니까."

"나도 그런 생각했어. 너만큼 좋아하면 잘 숨겨 가면서 키울 수도 있을 것 같았거든."

"맞아."

"그럼 표면적이지 않은 이유는 뭔데?"

"내가 고양이를 너무 사랑하기 때문이야."

"……뭐?"

"내가 고양이를 너무 사랑하기 때문이라구."

"아니, 무슨 소리야? 사랑하면 키우면 되는 거잖아. 좀 번거롭긴 하겠지만."

"사랑하면 꼭 키워야 해?"

"음, 그런 건 아닌데."

"그럼?"

"그래도 좋잖아. 내가 사랑하는 대상이 매일 곁에 있으면."

"그럴 필요 없어. 우리나라에는 길고양이가 많으니까."

"길고양이가 없으면?"

"유튜브로 보면 돼."

"그것만으로 돼? 그냥 보기만 하는 거잖아."

"보기만 해도 좋아. 그리고 길에서 우연히 발견하는 쪽이 재밌기도 하고."

"고양이 엄청 좋아한다며. 보는 것만으로는 못 견딜 것 같은데."

"응. 견디기 힘들어."

"왜 말이 오락가락해?"

"오락가락한 적 없어."

"그럼? 보는 것만으로 견디기 힘든데 왜 안 키우는 거야? 고양이가 네 곁에 있으면 모든 게 해결되잖아."

"내가 사랑하는 것을 곁에 두지 못해서 괴로운 것보다 더 견딜 수 없는 게 있거든."

"그게 뭔데?"

"내가 사랑하는 것이 내 곁에 있어서 불행한 거야."

"음."

"나는 고양이를 너무 사랑하지만, 함께 사는 고양이를 행복하게 해 줄 자신은 없어."

"왜?"

"왜냐면, 나는 고양이 밥은커녕 내 밥도 제때 못 챙겨먹고, 가끔 느닷없이 집을 떠나고 싶고, 일하고 있을 때 방해받는 걸 견디지 못하고, 외로운 주제에 먼저 다가와 주지 않으면 속상해하고, 피곤할 때 잠을 못 자게 하면 엄청 화를 내는 인간이거든."

"그런데 그건 그냥 이기적인 거 아냐?"

"그럴 수도 있겠지."

"네가 아무리 고양이를 사랑한다고 해도, 너 자신보다 사랑하진 않는거야."

"맞아. 이기적이지. 더 이기적인 걸 알려줄까?"

"더 이기적인 거?"

"고양이를 두어 달 정도 키워 본 다음에야 알았다는 거야. 내가 이기적이라는 사실을."

"키워 봤구나."

"응."

"그 고양이는 어떻게 됐는데?"

"좋은 분한테 입양 보냈지. 행복해 보이더라구. 새끼도 다섯 마리인가 낳고."

"슬프지 않았어?"

"슬펐지."

"왜 슬펐는데?"

"글쎄, 내가 이기적이라는 사실이 견디기 힘들어서?"

"좋아. 더 배운 건 없어?"

"있어."

"뭘 배웠는데?"

"갖고 싶은 마음이 곧 사랑은 아니라는 거야. 소유욕과 사랑은 다른 거니까."

"사랑하니까 갖고 싶은 게 아니고?"

"단순히 갖고 싶은 것은 소유욕이야."

"맞아. 많은 사람들이 착각하지. 갖고 싶으면 그게 사랑인 줄 알거든."

"소유욕은 가진 뒤에는 없어지잖아. 내 생각에 사랑은 좀 더 고차원적인 거야. 소유하지 않아도 느낄 수 있는."

"정말 그랬으면 좋겠는데."

"그래도 개츠비는 괜찮은 놈이라고 생각해."

"그건 네 생각이고."

"그렇긴 해."

"잘 있어."

"응. 잘 가. 사랑해."

"이제야 좀 진심 같은 걸."

"나도 알아."

넌 더 이상 아무 말도 않고 뒤돌아 나갔다. 난 뒤따라 일어나지 않으려고 안간힘을 썼다. 머릿속에는 온통 아우성치는 소리. 그럼에도 삼십 분 넘게 아무말 않고 그 자리에 앉아 있을 수 있었던 것은 내가 생각해도 기적적인 발전이었다. 그날 이후 내가 널 만날 수 있는 방법은 슬픔과 그리움뿐이었다. 야속하게도 내가 가는 길에는 고양이가 무척 많았다.

<고양이 키우기>

67

유정은 예정일보다 한 달이나 일찍 태어났다. 맑고 아름다운 눈, 투명하게 비쳐 보이는 뽀얀 피부와 생글생글한 미소를 짓는 아기였다. 얼마나 예쁘고 평화로운 표정을 하고 잠들어 있는지, 일찍 나온 만큼 어디가 아프진 않을까 하는 어머니의 걱정이 무색할 정도였다. 아버지 역시 아기를 받아 들자마자 '우리 유정이가 백만 불짜리 눈을 갖고 태어났구나' 하며 함박웃음을 지었다.

그 아기는 십수 년 동안 집안과 주위 친척들의 사랑을 독차지하며 자라났다. 학교에서는 말 한마디 먼저 꺼내지 않아도 친구들이 먼저 다가왔고, 학기 초부터 남녀를 불문하고 가장 인기 있는 아이가 됐다. 때문에 유정은 모든 사람들이 자신의 순백색 피부, 별 관리도 없이 윤기가 자르르한 머릿결이며 또렷한 이목구비와 목에서 종아리까지 이어지는 섬세한 곡선을 사랑한다는 사실을 자연스레 알 수 있었다.

누가 봐도 예쁜 여자들 중에서 '난 별로 예쁜 편이 아니다'라고 생각하는 사람은 단 한 명도 없다. 다만 대부분의 예쁜 여자들은 여러 인간관계나 사석에서 '스스로가 예쁜 걸 모르는 여자'처럼 구는데, 아름다움은 사랑과 경외의 대상임과 동시에 질투와 증오의 대상이기도 하기 때문이다. 그래서 많은 사람들은 '스스로 예쁘다는 사실을 너무 잘 알고 있는 사람'을 오만하다고 여기며, 쉽게 접근할 수 없는 두려움과 공포심을 동시에 느낀다.

가장 사랑받으며 자란 사람만큼 미움받길 두려워하는 사람도 없다. 결과적으로 유정 같은 여자아이들은, 자신의 아름다움을 누구보다 잘 알고 있음에도 불구하고 꽁꽁 숨기며 사는 법을 배운다. 그러나 사람들의 시선과 관심을 독점하고자 하는 아이들은 이런 종류의 억압으로부터 견딜 수 없는 구속감을 느끼기 마련이다.

• • •

유정은 고등학교에 진학할 무렵에 연습생 생활을 시작했다. 어떻게 보면 당연한 귀결이었다. 이미 유정은 주위 친구들의 경외심과 질투심으로부터, 남자들이 자신의 소유권을 놓고 시도 때도 없이 벌여대는 암투로부터, 마흔이 넘은 체육교사의 끈적한 시선으로부터, 스스로의 의지와 전혀 관계없이 이뤄지는 특수한 취급으로부터 이골이 나 있었다. 유정의 부모님은 크게 걱정했지만, 하나뿐인 외동딸의 고집을 꺾을 방법도 달리 없었다.

연습생 생활은 어린 소녀들에게 잔인할 정도로 가혹했다. 다행히 유정은 하루 온종일 음악과 춤에 빠져 사는 그 생활이 마음에 들었으며, 온갖 욕구를 참고 견디며 동료 연습생들을 하나둘 밟고 오르는 과정으로부터 큰 기쁨을 느꼈다. 은퇴한 그룹의 댄스 담당이었던 안무 선생님과 연예기획사 사장으로부터 특별한 총애를 받은 유정은 곧 유망한 아이돌 연습생으로서 이름을 알렸다. 계약 문제로 인해 두 번이나 기획사를 옮긴 뒤로는 더욱 그랬다.

2년쯤 지났을 때였다. 유정은 업계에서 한 손에 꼽히는 대형 기획사와 계약했다. 유정의 부모님은 일확천금에 대한 희망에 부풀어 계약서에 몇 번이나 서명했다. 유정은 서울로 올라와 기숙사 생활을 하며 아이돌로서의 데뷔를 준비했다. 새벽까지 이어지는 안무 연습은 물론이거니와 전직 가수 출신과 함께하는 보컬 트레이닝, 다 지쳐 쓰러질 것 같은 몸을 이끌고 러닝과 하체 근력운동까지 마치고 나면, 기숙사에 돌아와 씻자마자 침대에 쓰러져 잠들었다. 잡생각은 감히 할 겨를도 없었다.

계약 당시 기획사는 '2년 안에 데뷔를 약속한다'고 했다. 그러나 사장을 비롯해 여러 기획사 직원들이 돌아가면서 '바뀐 시장 흐름으로 인해 그룹 콘셉트를 바꿔야 한다' '다른 그룹 데뷔 시점과 겹쳐서 일정을 조율해야 한다' '포지션이 애매한 멤버를 교체할 필요가 있다' '당장 데뷔도 가능하지만 마케팅 예산을 확보하지 못하면 성공을 장담할 수 없다' 같은 이유를 대는 통에 데뷔 시점은 계속해서 미뤄졌다.

유정과 함께 데뷔하기로 했던 네 명의 멤버는 합숙 3년 차에 이르러 전부 교체됐다. 그만두는 이유도 각양각색이었다. 오버 트레이닝으로 허리가 나가 버려서 더 이상 안무를 소화할 수 없게 됐다든가, 계속 늦춰지는 데뷔 일정에 타 기획사로 이적하게 됐다든가, 사장으로부터 '재능이 없다'는 평가를 받고 일방적인 계약해지를 당했다거나 수긍할 만한 이유도 없이 '그냥 멤버를 교체하게 됐다'는 식으로 통보받는 경우도 있었다.

그즈음 해서 유정은 방황하기 시작했다. 자신보다 춤도 잘 추고, 노래도 잘하고, 몸매도 좋은 멤버까지 죄다 떨어져 나갔는데 오직 자신만이 연습생 생활을 이어가고 있었다. 새로 들어온 교포 출신 멤버와는 말도 잘 통하지 않았다. 오래전에 그만둔 친구는 피팅모델을 시작해 돈을 벌고 있었고, 또 다른 친구는 오디션 프로그램으로 데뷔해 적잖은 팬을 거느리기 시작했다. 기획사 사장은 여전히 '곧 데뷔할 수 있을 것이다'라는 말만 되풀이했다. 그 웃는 얼굴 뒤에 어떤 속셈이 숨겨져 있는지, 유정은 이제 추측하고 의심하는 일조차 지쳐버렸다.

보컬 트레이너와 첫 성관계를 가졌던 것도 그 무렵이었다. 보컬 트레이너는 이제 삼십 대 초반에 접어든 젊은 가수로 연습생 시절에는 무척 촉망받는 유망주였다. 그러나 첫 앨범 타이틀 곡이 차트 진입조차 하지 못하자, 기획사가 '우리는 더 이상 가수로서의 활동을 보장할 수 없다. 코치 계약을 하든지, 다른 기획사를 알아보든지 하라'고 통보해 왔다는 것이다.

그렇게 월 이삼백만 원의 월급을 받아가며 트레이너 생활을 한지 팔 년이 지났다. 가수로서의 꿈은 아직 포기하지 못해서 몰래 독립 앨범을 준비한다는 모양이었다. 유정은 이 이야기를 기획사 근처에 있는 한 싸구려 모텔에서, 관계가 끝난 뒤 벌거벗은 몸으로 담배를 피우던 보컬 트레이너로부터 들었다. 유정은 이름만 대면 다 알 법한 초대형 기획사에서도 그런 일이 일어난다는 것이 두려웠고, 자신이 사랑한다고 생각하는 사람에게 연민을 느끼는 한편 똑같이 되고 싶지 않은 스스로가 실망스러웠다. 두 사람은 두 달가량 몰래 더 만나다가 보컬 트레이너의 계약 만료로 인해 헤어졌다.

그로부터 반년이 더 지나서, 유정이 슬슬 연습생 생활을 관두고 뒤늦게나마 대학 입시를 준비하려고 마음먹고 있을 즈음이었다. 기획사 사장이 느닷없이 연습실에 찾아와서는, 그동안 본 적 없었던 표정으로 '세 달 뒤에 데뷔가 확정됐다'고 말했다. 그간 명확하지 않았던 그룹명도 확정됐고, 우려했던 초기 팬덤 구성도 순조롭다는 소식도 덧붙였다. 땀을 뻘뻘 흘리던 다섯 명의 멤버는 '정말, 정말이에요?' 하고 몇 번이나 다시 물어보면서, 기쁨에 겨워 울음을 터트렸다. 유정도 울었다. 그렇게 기다리던 데뷔인데, 자신이 진심으로 기쁜지조차 확실하지 않았다. 막상 들이닥치니 두려운 마음이 먼저 들었던 것이다.

데뷔에 앞서 전에 없던 강행군이 이어졌다. 매일 하던 연습량을 두 배로 늘리는 것쯤은 별 문제도 아니었다. 기획사는 멤버 전반에 대한 비주얼 개편에 돌입했는데, 대부분의 수술은 강남에서 한 시간 이상 떨어진 교외의 병원이나 중국의 모 도시에서 이뤄졌다. 되도록이면 성형 사실을 비밀리에 부치기 위해서였다. 수술이 끝난 뒤로도 마스크로 수술 사실을 최대한 숨겨야 했으며, 메이크업 담당에게는 학창 시절 졸업 앨범과 비교했을 때 비정상적인 차이가 없게끔 하라는 지시가 떨어졌다. 다섯 명의 멤버들 가운데 얼굴에 칼을 대지 않은 건 오직 유정뿐이었다. '승모근이 너무 도드라진다'는 기획사 사장의 언급으로 인해 한 차례 수술을 받긴 했지만, 부모님도 못 알아볼 만큼 많이 뜯어 고친 다른 멤버에 비하면 천만다행인 수준이었다.

눈 깜짝할 새에 세 달이 지났다. 유정은 대형 기획사가 야심

차게 공개한 아이돌 그룹의 센터로 섰다. 데뷔 무대는 더할 나위 없이 성공적이었다. 공식 팬덤은 기획사의 전략 아래 하루가 다르게 성장했으며, 데뷔한 지 얼마지 않아서 음악방송 1위를 차지하는가 하면 멜론 차트에서 소위 말하는 '지붕킥'을 달성하기도 했다. 매출이 급격히 상승한 기획사는 '전무후무한 성공'이라 치켜세워 줬다. 유정은 첫 정산금을 받자마자 유명 브랜드에서 빨간색 코트와 넥타이를 사서 부모님께 선물했다.

그룹의 성공에는 '비주얼 담당'이었던 유정의 공이 지대했다. 데뷔 초부터 우월한 외모와 기럭지로 주목받았던 유정은 소속사로부터 노골적인 푸시를 받았다. 공중파를 비롯한 각종 예능에 단독으로 출연했으며, 무대에서도 가장 눈에 띄고 예쁜 안무는 유정을 중심으로 이뤄졌다. 유정으로선 참 부담되는 일이 아닐 수 없었다. 다른 멤버에 비해 연습에 투자할 수 있는 시간은 절대적으로 적었던 한편 가장 높은 주목과 기대 그리고 압박을 받았기 때문이다.

이때부터 유정은 정신과 상담을 받기 시작했다. 의사는 유정에게 '신경쇠약 증세가 보이는 것 같다'는 진단을 내린 뒤, 안정제를 비롯한 향정신성 약물을 처방해 줬다. 유정은 처방 받은 약을 며칠간 꾸준히 복용했다. 그러나 쉽게 살이 찔 수도 있다는 부작용이 있다는 걸 알고 나서는 두 번 다시 먹지 않았다.

유정의 개인적인 상황과는 별개로 그룹의 두 번째 앨범은 압도적인 성적을 거뒀다. 그 엄청난 성공의 핵심 멤버였던 유정은 명실상부한 대세 연예인으로 자리잡았다. 유명 제조사들로부터 수시로 러브콜을 받았고, 단독으로 주류 CF와 커피 광고에 출연했으며, 곁다리로 연기 교습을 받으면서 단편 드라마와 대형

배급사를 등에 업은 영화의 카메오로 등장하기도 했다. 얼마나 일정이 빡빡한지 걸그룹들의 대목이라 할 수 있는 대학 축제 시즌에도 유정 혼자 참여할 수 없을 지경이었다. 유정 역시 이러한 상황에 고통을 호소했지만, 기획사 측은 '순수익과 주식 가치가 유정의 활동 범위에 좌우되기 때문에 조금만 참아 달라'고 말할 뿐이었다.

• • •

다른 멤버들과의 불화가 시작된 곳은 다름 아닌 한 뉴스 기사의 댓글 창이었다. 포털 메인에도 등장한 이 기사는 '모 기획사의 경영 불안으로 인해 유정이 혼자 소녀 가장 역할을 떠맡고 있으며, 다른 멤버들은 유정이 벌어 오는 수익을 고스란히 분배받고 있다' 정도로 요약되는 내용이었는데, 수천 개의 댓글 목록에서 그룹 자체의 팬과 유정 개인의 팬이 모종의 알력 다툼을 벌이는 모습이 그대로 노출된 것이다.

제 아무리 사이가 좋다고 한들, 외부에서 '이러저러한 불화가 있는 것 같다'고 하면 정말이지 데면데면해질 수밖에 없었다. 웃긴 건 기획사에서 이 '루머'를 불식시키기 위해 팬 미팅이며 단독 콘서트 같은 단체 활동의 비중을 대폭 늘렸다는 것이고, 뒤에서 어떤 크고 작은 갈등이 있었던 간에 비즈니스 앞에서는 '우리는 아무렇지 않고, 어떤 문제도 없이 자매처럼 친하게 지내고 있다'는 걸 보여 줘야 했다는 것이다.

이 과정에서 그룹 내부의 파벌 싸움은 현실이 됐다. 유정에 대한 노골적인 왕따설이 제기됐으며, 팬덤 역시 사분오열돼 저들끼리 싸워댔다. 기획사는 '친하게 지내라고는 안 할 테니 싸우지만 말아라' 같은 별 도움 안 되는 중재만 하고 돌아갔다. 단체 기숙사 생활은 끝난 지 오래였다. 유정은 별 이유 없이 스케줄을 취소하는가 하면 하루 종일 신사동의 한 오피스텔에 처박혀 있었는데, 그럴 때마다 선글라스며 마스크로 얼굴을 완전히 가린 남자가 건물 지하 주차장으로 왕래하곤 했다. 라이벌 기획사에서 활동하던 남자 아이돌이었다.

두 사람은 바쁜 와중에도 일주일에 꼭 한 번은 만남을 가졌다. 스케줄을 너무 늦게 끝마쳤을 때는 얼굴을 가릴 새도 없이 들이닥쳐서, 격렬하게 관계를 한 뒤 새벽바람에 헤어지기도 했다. 그룹 내의 파벌 싸움, 기획사로부터의 억압, 연예계 그리고 팬미팅 등에서 마주하는 추악한 군상들 속에서, 이 비밀스러운 만남만이 유정의 정신을 지탱해 주고 있었다. 유정은 난생 처음 진심으로 사랑을 느끼고 있다고 생각했다. 한 언론사에서 오피스텔 주차장에서 헤어지는 두 사람의 모습을 몰래 찍어 공개하기 전까지는 분명 그랬다.

유정의 이름이 하루 종일 실시간 검색어 순위에 오르내렸다. 팬들은 무척 혼란스러워했다. 그간 순진무구했던 유정의 이미지가 파괴된 것과는 별개로, '어째서 톱스타인 유정이 그런 후레잡놈 같은 남자 아이돌을 만나는지 모르겠다'는 반응이 대부분이었다. 톱스타라면 반드시 자신과 비슷하거나 더 높은 레벨의 연예인과 사귀는 게 당연하다는 것처럼.

다음 날 아침, 두 기획사는 '두 사람이 좋은 마음을 갖고 서로 알아가는 중'이라는 입장을 각각 밝혔다. 전날 밤까지 수십 번의 공문서가 오간 끝에 나온 결론이었다. 유정은 자신이 몰래 가꿔왔던 사랑이 무참히 짓밟힌 것 같은 기분에 사로잡혔다. 또, 기사에는 '그놈 딱 봐도 커 보이던데, 이제 유정의 ××는 완전히 헐거워졌을 것이다' '청순 이미지로는 더 이상 활동할 수 없겠다' '왜 공인이 연애 같은 걸 해서 같은 그룹 멤버들에게 피해를 입히는지 모르겠다' '몸값 떡락하는 소리가 여기까지 들린다' '왜 이런 연놈들이 사귀는 걸 뉴스 기사에서 봐야 하냐' 같은 댓글이 달렸다. 결국 유정은 이틀 밤을 꼬박 새면서 모든 댓글을 확인하고 말았다.

일주일이 지났다. 실시간 검색어에서 유정의 이름은 사라졌다. 여태 유정에게 더러울 정도로 매달렸던 방송국 피디와 광고주들, 행사 관계자들로부터의 연락은 완전히 끊겼으며, 심지어 기획사 측에서 먼저 연락하더라도 냉랭한 반응만이 되돌아왔다. 얼마 뒤, 유정은 기획사로부터 무기한 휴가를 받았다. 사실상의 활동 중지 선언이었다. 유정에게 주어지던 기회들은 산산조각 난 채 다른 멤버들에게로 돌아갔다. 유정은 잠시 고향에 내려가 부모님과 함께 시간을 보내기로 했다.

명백히 대세 반열에 있던 유정이 열애설 보도 이후로 고꾸라진 반면, 같은 보도 대상이었던 남자 아이돌은 인지도가 급격히 상승해 각종 방송에 출연하고 있었다. 이를 놓고 일각에서는 '자신과 소속 그룹의 인지도를 높이기 위해 유정을 이용한 것이 아닌가'라는 음모론을 제기했지만, 유정은 이미 헤어진 마당에 아무래도 상관없다는 입장이었다. 오히려 답답했던 아이돌 생활을 청산하고, 새로운 도전을 할 수 있는 기회로서 받아들이기로 했다. 유정은 공식적으로 활동 중지를 선언했다. 그리고 경기도 모처의 조용한 지역에 작업실을 하나 마련하곤 솔로 앨범을 준비하기 시작했다. 소속사 측에서도 '유정의 인지도 자체는 건재하고, 음악적 성공이 바탕된다면 이미지 반등에도 성공할 수 있을 것'이라는 판단 하에 적극적인 도움을 약속했다.

그러나 유정이 1년간 준비한 솔로 앨범은 애매한 성적을 거둔 채 관심에서 멀어져 갔다. 겨우 타이틀곡 하나가 한 달 동안 차트에 진입했을 뿐, 프로듀싱과 마케팅 등에 투입된 비용을 감안하면 사실상 실패와 다름없었다. 기획사 사장은 유정의 실패로 말미암아 이사회로부터 강한 비판에 부딪혔다. 처음부터 음악적인 재능이라곤 없었고, 단지 비주얼 하나로 성공했던 유정에게 솔로 앨범은 너무 지나친 투자였다는 것이었다. 이사회의 의견은 문자 그대로 유정에게 전달됐다. 유정은 '자신에게 음악적 재능이 없다'는 사실을 처음으로 깨달았다. 그전까지는 아무도 말해 주지 않았기 때문이다.

끝없는 절망감과 우울함이 엄습했다. 정신은 벼랑 끝까지 내몰렸다. 뒤늦게 정신과 약을 복용하기 시작했지만 큰 차도는 없어 보였다. 유정은 마침내 자신을 고꾸라트리고, 이제는 완전한 대세로 떠오른 남자 아이돌에게 전화를 걸었다. 방송 출연이며 해외 공연으로 바쁜 하루하루를 보내던 남자는 의외로 살가운 반응을 보였다. 다만 그마저도 새벽녘에 찾아와 자신의 욕심을 채우고 돌아간 뒤로는 연락조차 닿지 않았다. 유정은 남자를 원망하지 않았다. 오히려 나락에 처박힌 자신을 안아준 것에 믿을 수 없는 고마움마저 느꼈다. 그렇게라도 하지 않으면 자신의 비참함을 납득할 수 없을 것 같았다.

유정은 집에 틀어박혀 칩거 생활을 이어갔다. 기획사가 재계약을 제시하지 않았기 때문에, 유정은 얼마지 않아 자유 계약 상태가 됐다. 소식을 들은 소형 기획사 몇 군데서 유정에게 연락을 보내왔지만 영 마음에 차지 않았다. 아이돌 생활을 이어가는 것도 더 이상 지긋지긋했다. 집에 처박혀 치킨이며 아이스크림을 원 없이 먹을 수 있는 지금에 만족했다. 음악 방송은 보지 않았다. 자신보다 몇 살이나 어린 후배들이 생글생글 웃으며 춤추는 모습을 보고 있으면 구역질이 났다. 생각해 보면 불쌍하기도 했다. 아무것도 모르는 표정으로 춤추고 있는 저 아이들 역시, 실컷 이용이나 당하다가 별 것도 아닌 일에 바닥에 처박힌 다음 무참히 버려지지 않을까……. 아니, 꼭 그렇게 돼야지. 암, 그렇고말고.

· · ·

다시 일 년이 지났다. 유정은 예전에 그만뒀던 연기를 다시 시작했다. 어차피 더 이상 아이돌로 활동하기란 어려웠고, 운 좋게 복귀한다 한들 평생 할 수 있는 일도 아니었다. 유정은 과거에 '아이돌을 그만두고 배우로 전향한 선배들을 이해할 수 없다'는 식으로 말한 적이 있었는데, 막상 상황이 이렇게 되자 선배들의 행동이 엄청난 혜안이라도 됐던 것처럼 느껴졌다. 한동안 충무로를 드나들었던 유정은 잠깐이나마 대단했던 과거의 인기에 힘입어 적당한 규모의 영화의 여주인공으로 발탁됐다. 조금이라도 관객몰이에 도움이 되리라는 영화사의 판단 때문이었다.

그러나 반은 맞고 반은 틀린 판단이었다. 영화 개봉 직후 관객몰이 자체에는 성공했지만 유정의 연기력에 대한 혹평이 우후죽순 쏟아졌던 것이다. '유정은 영화계에 기웃거리지 좀 마라' '춤추고 노래나 부르던 딴따라가 무슨 연기를 한다고 하나' '이런 애까지 연기를 한다고 설치니까 아이돌들이 배우 흉내를 내는 거다' 같은 멘트들이 한 개의 별점과 함께 빗발쳤다. 결국 영화는 곤두박질치는 평점과 함께 한 달도 안 돼 막을 내렸다. 이제 유정이 배우 활동을 지속할 수 있는 방법이라곤 저질 성인 영화에 등장해 옷을 벗는 수밖에 없었다. 그러면 곧 인터넷 뉴스에서는 〈유정, 저질 성인영화에서 파격적인 노출 시도〉 같은 기사를 이틀쯤 펑펑 찍어내다가 그만둘 것이다. 유정은 얼마 안 가 배우 생활도 그만뒀다.

유정은 서울에서의 생활을 청산하고, 아버지와 어머니가 삼십 년째 살고 있는 집으로 돌아갔다. 한창 잘 나가던 시절, 으리으리한 전원주택을 사 준다고 해도 한사코 거절했던 부모님이었다. 마당에 있던 개는 죽어서 개집만 덩그러니 남았다. 담벼락에는 못 보던 담쟁이덩굴이 이리저리 뒤엉켜 자라 있었다. 병마와 싸우고 있다는 아버지는 사랑방에 누운 채 움직이지 않았다. 어머니는 돌아온 유정을 보자마자, 아이고 우리 유정이, 서울에서 온갖 고생은 다 하고 언제 이리 왔누, 하며 눈물을 흘렸다. 유정은 울지 않을 작정이었지만, 금방 눈시울이 새빨개지는 건 어쩔 수 없었다. 어머니는 유정을 껴안고 한참을 더 울었다. 유정도 울었다. 별 수 없었다.

아버지가 돌아가신 뒤, 유정은 여태껏 모아놨던 돈과 부모님의 집을 처분하고 받은 돈을 모아 캐나다로 떠났다. 어머니도 함께 떠났다. 해외는 난생처음이라 무섭다던 어머니였지만, 우리 귀여운 딸과 함께라면 어디든 갈 수 있다고 말했다. 토론토

교외에 작은 주택 하나를 마련했다. 토론토에는 작게나마 한인 사회가 구축돼 있었다. 유정을 알아보는 이도 몇 명 있긴 했지만 소수에 불과했다. 유정은 마음 편히 새로운 삶을 시작할 수 있었다.

직업을 구하는 데는 과거의 유명세가 퍽 도움이 됐다. 이십 대 후반에 뒤늦은 회사 생활을 시작한 유정은 얼마 안 가 한 무역회사의 상무와 사랑에 빠졌다. 결혼식은 비공개로 치러졌지만, 어떻게 알았는지 한국에서는 '前 대세 아이돌 유정, 캐나다 토론토서 한 외국계 재력가와 비밀리에 웨딩 마치' 같은 기사가 하루 종일 업데이트됐다. 검색어 순위에서 오랜만에 유정의 이름이 오르내렸고, 메인 기사에는 '유정이 옛날에는 진짜 엄청났는데……역시 돈이 최곤가보다'라는 댓글이 추천 수천 개를 받고 최상단에 올랐으며, '유명해진 뒤에 사업가랑 결혼하는 게 아이돌 유행인가 보네' '왜 관심도 없는 년 결혼 소식을 뉴스 기사에서까지 봐야 하냐'는 댓글들이 뒤를 이었다.

<백색왜성>

68

"그림이 그리고 싶어요, 아빠."

재현이는 어린 아이치고 조르는 법이 거의 없었다. 표현이 서투른 것인지, 아니면 정말 원하는 게 없는 것인지. 나는 후자 쪽이길 바랐던 것 같다. 그래서 재현이가 말도 꺼낸 적 없는 만화책이며 꽤 좋은 사양의 노트북, 휴대폰 같은 것들을 잔뜩 사서 가져다주곤 했던 것이다. 이마저 할 수 없다면, 어떻게 아빠 노릇이라는 걸 흉내나마 낼 수 있을지 짐작도 가지 않았다.

그래서 '그림을 그리고 싶다'며 느닷없는 이야기를 하는 재현이의 모습이 내심 반갑기도 했다. 나는 마음 같아서는 십이 인치짜리 아이패드라도 사 주고 싶었지만, 보험료 지급이 영 늦어지는 통에 그만한 여유는 없었다. 결국 꿩 대신 닭이라는 심정으로, 예쁜 스케치북 하나와 크레파스 한 세트를 사서 건네기로 마음먹었다.

수술일에 보호자는 달리 할 것이 없다. 사실, 수술이 끝나기 전까지는 잠을 자도 상관없다. 보호자가 잠에 든다고 해서 성공적으로 끝날 수술이 실패하거나 하는 일은 없기 때문이다. 도리어 상관이 있다면 당일 집도의가 전날 얼마나 잠을 푹 잤느냐

하는 쪽일 것이다. 보호자가 어떤 마음과 태도로 기다리느냐 하는 것은 순전히 독립된 변수다.

다만 나는 지난 2년간의 병원 생활 동안 편하게 잠들고 깨는 보호자는 단 한 명도 본 적이 없다. 더구나 수술실에 사랑하는 사람을 보내 놓은 대기실에선, 꾸벅꾸벅 조는 사람조차 볼 수 없었다. 개중에는 합장한 채 몇 시간이고 기도인지 뭔지를 하는 분도 있었다. 어쩜 인간이라는 게 그렇게 생겨먹은 족속일지도 모르겠다. 내가 어쩔 수 없는 일이라도, 어떻게든 해 보려 안간힘을 쓰는 동물 말이다.

재현이가 수술실에 들어간 지 두 시간이 지났을 때였다. 반차를 내고 나온 아내가 대기실로 뛰어 들어왔다. 아내는 내 몰골을 한 번 훑어보더니, 끝날 때까지 시간이 많이 남았으니 근처 공원에서 바람이나 쐬고 오라고 했다. 나는 아무데도 가고 싶지 않았다. 그러나 정장 차림의 아내가 하는 말에는 늘 거부할 수 없는 둔중함이 있었다.

병원 앞 광장에 앉아 캔 커피를 마셨다. 적잖이 내성이 생겨 버렸는지 각성 효과는 거의 없다. 다만 이렇게라도 당을 섭취하지 않으면 하루 종일 달달한 음식이라곤 먹을 틈이 없었다. 커피는 너무 달았고, 해는 광장의 돌바닥 위로 찬연히 흐드러졌다.

광장에 바짝 붙어 있는 도롯가에는 오래된 가로수가 있었다. 선선한 바람이 불어오자 이어진 가로수에서 잎사귀들이 서로 부비는 소리가 났다. 난 제법 기분이 좋았다. 10년 전만 해도 이런 날씨에는 아내와 단둘이 아무 곳으로나 산책을 나가곤 했었다. 때마침 나는 하품을 했다. 그래서 눈물이 찔끔 나온 이유가 하품 때문인지 추억 때문인지를 분간할 수 없었다. 재현이에게 조금 미안한 마음이 들었다.

아내가 말한 대로, 나는 근처 공원에 가서 삼십 분 정도 거닐었다. 그러다 문득 '그림을 그리고 싶다'던 재현이의 말이 떠올라, 근처에 있는 가장 큰 문구점까지 걸어갔다.

문구점에는 사람이 거의 없었다. 크레파스가 있는 매대를 찾아가 보니 종류가 꽤 많았다. 나는 그중에서 가장 비싼 36색 크레파스 세트 하나와, 표지에 예쁜 고래가 그려진 스케치북 한 권을 사서 나왔다.

크레파스를 손에 쥔 것이 얼마 만이지? 적어도 이십 년은 됐을 것이다. 나는 열두 색깔뿐인 내 크레파스 세트가 부끄러웠다. 그때는 금색과 은색, 노을색이며 바다색같이 생소한 색깔의 크레파스가 얼마나 갖고 싶었는지. 한푼이라도 아끼겠다고 가장 저렴한 걸 사 오신 어머니에게 더럭 화를 낸 적도 있었다.

한편 집에 오랫동안 보관돼 있던 그 크레파스는 십몇 년 전 어머니가 돌아가시자마자 감쪽같이 사라졌다. 유품을 정리하면서 어디론가 사라진 모양이었다. 그때 나는 크레파스를 쓸 나이는 한참 지나 있었지만, 어쩐지 한동안 슬픈 기분을 떨칠 수 없었다. 이제 내 인생에 크레파스는 두 번 다시 없을 것만 같아서.

수술을 한 번 끝낼 때마다 무척 힘들어했던 재현이었다. 곁에서 안절부절하는 아내도 무진 마음고생을 했을 것이다. 나는 재현이를 위해 크레파스를, 아내를 위해 안개꽃 한 다발을 사서 병원으로 돌아갔다. 대기실에는 아무도 없었다.

재현이는 내가 나간 지 10분도 되지 않아 죽었다고 했다. 아내는 소식을 전해 온 의사와 한바탕 실랑이를 벌이다 바닥에 엎드려 흐느끼고 있었다. 나는 아내에게 '왜 전화를 하지 않았느냐' 따위의 말을 꺼낼 수 없었다. 아내는 재현이가 우리 곁에서 완전히 떠나버린 삶을 나보다 한 시간이나 더 살아왔던 것이다.

그날 우리는 하루를 꼬박 새우고 나서 집에 돌아왔다. 나는 슬픈 얼굴로 집안 곳곳을 살폈다. 재현이는 집에 없었다. 재현이의 방은 재현이가 떠나기 전과 거의 똑같았다.

나는 재현이의 침대 위에 전날 산 크레파스를 내려놓으려다 말았다. 그리고 크레파스를 그대로 든 채 안방의 아내 옆에 주저앉았다. 우리는 한참을 함께 울었다. 이제는 꼼짝없이 내 것이 돼 버린 크레파스를 사이에 두고.

<아빠의 크레파스>

"그럼 날짜 순서대로 부르겠습니다." 검사가 말했다. "전자사전. 태블릿 PC. 9급 공무원 교재 열두 권. 만년필. 비단 저고리. 금목걸이. 옥가락지. 은색 비녀. 한쪽 바퀴가 빠진 리어카. 보행용 보조기. 금니. 부분 틀니. 중간 길이의 하얀색 모발. O형 혈액약 3리터. 안구 한 쌍. 간. 콩팥 두 개. 심장. 틀림없습니까?"

"심장은 없고, 삼베로 된 수의가 마지막입니다." 증인석에 앉아 있던 전당포 여주인이 대답했다. "나머지는 틀림없습니다."

"알겠습니다." 검사는 고개를 돌려 한 차례 피고인을 쳐다봤다. 마침 남자는 웃고 있었다. "……이상입니다."

재판은 몇 분도 안 돼 끝났다. 판사는 유일한 증인이었던 전당포 여주인에게 징역 3년을, 피고인에게는 사형을 선고했다. 남자는 항소했고, 이듬해 법원 앞에서는 대규모 시위가 벌어졌다.

<김순례 할머니(73) 실종 사건의 전말>

"우리가 같이 산 지 얼마나 됐지?"

나는 침대 머리맡에 앉아 물었다. 넌 헤드 쿠션에 등을 기대고, 이불을 허리까지 올라오도록 덮은 채 책을 읽고 있었다. 말을 걸자 내게 시선을 돌렸다. 네 얼굴에는 마스크팩이 붙어 있었다.

"……."

"그거 이제 떼도 될 걸? 붙인 지 한 시간도 넘었어."

내가 말했다. 네가 어딘가 집중하다 팩 떼어 내길 잊어 버리는 건 꽤 자주 있는 일이었다. 너는 멍하게 나를 바라보더니, 나는 지금 움직이기도 싫고 책을 잡고 있으니 네가 잡아 떼 줘, 하는 눈치를 던졌다. 난 한숨을 짧게 쉬었다. 그리고 네 얼굴에 붙어 있는 팩을 턱 부분에서부터 잡고, 이마 위까지 잡아 올려 떼어 냈다.

"쓰레기통에 버리면 돼."

"알고 있어."

내가 대꾸했다. 손끝으로 잡은 마스크팩은 한 시간이 넘게 지났는데도 물기가 남아 있었다. 난 일어나 팩을 쓰레기통에 집어넣고, 다시 침대 머리맡에 걸터앉았다.

"그래서 대답은?"

"음……, 미안. 뭐라고 물었더라?"

넌 책에 도로 시선을 고정한 상태로 되물었다. 난 입술을 양쪽 끝으로 늘려보였다. 무안할 때의 내 버릇이었다.

"우리가 같이 산 지 얼마나 됐냐고 물었어."

"음, 글쎄, 사 년 하고 삼 개월 쯤 된 것 같은데? 내가 팔월 즈음에 들어왔으니까……."

"그렇구나."

"근데 그건 왜?"

너는 아직까지 책을 읽으며 말했다. 나는 침을 꿀꺽 삼켰다.

"나랑 결혼할 생각 있는지 물어봐도 돼?"

내가 물었다. 너는 마침내 날 쳐다보는가 싶더니 다시 책을 바라봤다.

"……그건 이미 질문이잖아. 물어봐도 되냐고 묻는 게 무슨 질문이야."

"생각해 보니까 그러네."

내가 머리를 긁으며 맞장구쳤다. 우리는 일 분 쯤 말없이 있었다. 넌 계속해서 책을 읽었고, 난 머리맡에 앉아 턱을 괴고 네 책 읽는 모습을 지켜봤다. 기묘한 정적이었다.

"나는 결혼할 생각 없어. 너뿐만 아니라 누구하고도."

네가 탁, 하고 양손으로 책을 포개 덮으며 말했다. 난 턱을 괸 손에서 얼굴을 떼고 네 표정을 살펴봤다. 조금 불안한 마음이 들었던 것도 사실이다.

"왜? 지금이랑 별 차이도 없잖아? 말하자면 우리는 사실혼

관계고, 아이가 없다는 걸 제외하면 누구보다도 부부 같은 사이
아냐? 여기서 혼인신고만 더 하는 거잖아. 딱히 싫을 이유는 없
다고 생각하는데…….”

“별 차이도 없는데 왜 하려고 하는 거야?”

잠자코 듣던 네가 말을 자르고 되물어왔다. 나는 당황한 기
색을 보이지 않으려 안간힘을 썼다.

“아니, 뭐, 나도 이제 서른이잖아. 여러모로 안정적인 상황이
이어지기를 바라는 거지.”

“난 네 안정감을 위한 도구가 아니야.”

“알아, 그치만 차이가 나는 건 사실이잖아. 사람들이 통상적
으로 생각하는 기준에서도 그렇고. 기혼자와 미혼자에게 주어
지는 시선에 차이가 없다고는 할 수 없잖아? 언젠가 아이를 갖
고 싶어질 수도 있는 거고…….”

“난 애 갖기 싫어. 너도 아이는 낳기 싫다며?”

넌 언짢은 표정으로 대꾸했다.

“말이 그렇다는 거지, 어쩌면……나중에 바뀔 수도 있는 거
니까. 생각이라는 게 말야.”

“나중에 생각이 바뀔 확률이 있으니까 지금 결혼하자고? 그
게 말이 돼?”

네가 매섭게 몰아붙였다. 난 더 이상 굳은 표정을 감출 수 없
었다. 또, 마음 깊은 곳에서 속상함인지 억울함인지 모를 감정
들이 피어올랐다.

“날 사랑하지 않는 거야?”

“당연히 사랑하지.”

“그런데 왜 결혼하기는 싫다는 거야? 벌써 같이 산 지 햇수로

오 년째잖아. 넌 내 가족보다도 더 가족 같은 존재가 됐고, 나도 너한테 엇비슷한 존재가 됐다고 생각해…… 솔직히 말하면 결혼하지 않고 그저 동거인 상태로 불안정하게 지내다가, 언젠가 네가 떠나버리잖아? 난 영영 다른 사람을 못 만날 것 같아. 새로운 사랑을 시작하기에는 너무 늦기도 했고, 이 이상의 진심으로 대할 수 있는 관계를 상상할 수도 없거든. 내 말은, 그저 서류 하나만 작성하면 된다는 거야. 서류만 작성하기 싫으면 사진 정도만 같이 찍어도 돼. 너도 웨딩드레스는 꼭 한 번 입어보고 싶다고 했잖아."

"그게 결혼을 하고 싶다는 의미는 아니었어. 정말 예쁜 드레스를 보면 입어보고 싶은 마음이 드니까, 딱 그런 의미로 얘기한 거지."

너는 무심한 듯 대답했다. 난 웬일인지 답답하고, 한편으로는 공허하면서 미운 마음까지 들었다. 눈물은 딱 나올 것 같은 느낌에서 그쳐버렸다.

"난 그냥……너한테 있어 평생 동거인으로 남고 싶지는 않단 말이야. 이렇게 정의된 관계는 영 불안정하고, 또, 언제 멀리 떠나가 버릴지 무섭고."

나는 먹먹한 목소리로 말했다. 비참하게 고개를 숙이며 말하는 내 머리 맞은편으로 시선이 느껴졌다.

"네 마음은 이해해. 그렇지만, 나는 여기서 같이 살고 있잖아. 사실상 부부관계인데 그걸 굳이 부부라고 정의하는 일이 무슨 의미가 있겠냐는 거야. 네가 말한 대로 별 차이가 없다면, 그냥 이대로 살아도 되는 거잖아? 이건 어디서 들은 이야기인데, 프랑스에서는 가족이나 부부를 따로 정의하는 문서는 없고 그냥 동거 계약서만 있다더라구. 무엇을 가족으로 정의할 수 있느냐고 하면, '생활공간을 공유하면서 친구 이상의 정서적 교감을 나눌 수 있는 사람'이라고 생각해. 그런 의미에서 너는 이미 내 가족이고, 나도 네 가족인거지. 여기서 서로를 배우자라고 정의한들 무슨 차이가 있겠어?"

"네가 언제든 떠날 수 있다는 차이가 있겠지. 내가 아주 작은 잘못을 하더라도."

"애초에 잘못을 하지 않으면 되는 거잖아. 네가 원하는 건 '아무리 잘못을 하더라도 내 곁을 떠나지 않는 사람'으로부터 얻는 안정감이야? 나는 있잖아, 행복한 연애나 동거 생활을 거쳐 결혼으로 이어진 사람들이 어떤 어려움을 겪는지 꽤 많이 봐왔어. 사람은 가졌다고 생각하는 존재에 대해서는 무서우리만큼 함부로 대하지. 하지만 사람은 진정으로 가질 수 있는 존재가 아니야. 상대방이 아무리 밉고 싫어도 배우자로 정의된 서류 때문에 떠날 수 없다면 그게 더 불안정한 거 아닐까?"

"하지만……."

나는 더 이상 말을 이어가지 못했다. 순간 튀어나오려고 했던 것은 논거가 아니라 감정이었다.

"언제든 내가 떠날 수 있다는 사실은 슬프거나 불안정한 것이 아니야."

"……그럼?"

"네가 내 존재에 언제까지고 감사할 수 있게끔 되는 거지."

네가 내 눈시울을 어루만지며 말했다. 난 말없이 고개를 끄덕였다. 그리고 옅게 미소 짓는 네 표정을 한참 동안 바라봤다. 그러나 나는 어느 날 떠나려던 네게 마땅히 남아야 할 이유 하나

내밀지 못했고, 그래서 이날의 기억을 영원히 후회하게 될 줄 꿈
에도 알지 못했다.

<선녀와 나무꾼>

71

어제 엄마가 죽었다. 좀 더 정확히 말하면, 엄마는 어제 땅에 묻혔다. 아빠는 장례식이 시작하고 이틀 동안은 쉬지 않고 울었다. 그러나 마지막 날이었던 어제는 신기하리만큼 무표정했고, 때때로 웃기도 했다. 어쩐지 나는, 아빠가 외도하지 않았다면 엄마가 좀 더 오래 살 수 있었을 거라고 생각했다. 엄마의 사인이 그것과는 전혀 관계없는 뇌졸중인데도 그런 생각이 드는 건 별 수 없었다.

경기도 오지의 공원묘지로부터 집까지 오는 길은 몹시 길게 느껴졌다. 엄마의 짐은 내일 정리하기로 돼 있었다. 지칠 대로 지친 상태로 집에 돌아오기도 했거니와 아빠가 방에 들어가 나올 생각을 않았기 때문이기도 했다. 그러나 나는, 아주 우연한 사건으로서 엄마의 휴대폰을 발견했다. 엄마의 휴대폰은 삼 년 전으로 돌아가야 겨우 최신폰이라고 해줄 수 있는 모델이었다. 엄마는 종종 화면이 멈춘다고 불평불만하면서도, 새 걸로 하나 맞추라는 말에는 한사코 거절을 놓았다.

나는 죽은 사람의 휴대폰이, 장례식을 끝내고 마음속에서 영영 보낸 사람의 휴대폰이 정상적으로 작동한다는 것에 짐짓 놀랐다. 생각해 보면 사람이 죽은 것이지 사람이 쓰던 물건마저 죽은 것은 아니므로 당연한 일이었다. 배터리는 이십 퍼센트도 채 남아 있지 않았다. 지난 며칠 동안 자연스레 방전이 된 모양이었다. 출시된 지 한참 지난 모델이라 더욱 심했을 것이다.

　엄마의 휴대폰은 올해 초에 산 내 휴대폰과 비교해 너무 작게 느껴졌다. 어찌나 작은지 되려 내 손가락이 커진 느낌이었다. 나는 엄마의 휴대폰 잠금을 풀어 보려 했다. 엄마는 오랫동안 내 생일을 비밀번호 삼아 써 왔는데, 언젠가 내게 '그건 너무 쉬운 비밀번호야' 라는 타박을 듣고는 바꾼 모양이었다. 사실은 정말 쉬운 비밀번호였다기보다는, 그저 내가 민망했을 뿐이었다. 그러나 나는 엄마가 바꿔 놓은 비밀번호를 금방 알 수 있었다. 고작 바꾼 게 아빠의 생일일 거라고는 전혀 기대하지 않았는데도, 엄마는 생사여부 이외에는 전혀 다른 생각이 없어 보였다. 참 이기적이라는 생각이 들었다.

　엄마의 휴대폰은 볼품없었다. 외양도 그랬고, 내용물은 더더욱 그랬다. 윗집 아주머니와 나눴던 메시지에는, 띄어쓰기도 제대로 돼 있지 않은 문자가 대문짝만하게(엄마는 시력이 좋지 않았기 때문에, 내가 문자 크기를 최대로 조절해 줬다) 찍혀 있었다. 메모 기능은 전혀 쓰지 않았던 것 같고, 유튜브 라이브러리에는 '기름때 5분 만에 쉽게 제거하기' '쉽게 쉬어 버리는 밥, 왜 그럴까?' 같은 시답잖은 영상들만 남아 있었다. 어플도 별 볼 일 없었다. 기본 어플을 빼면 새롭게 받은 것이 열 개도 채 되지 않았다. 그마저도 대여섯 개는 내가 투덜대며 깔아준 것이었다. 나머지는 아빠든 윗집 아주머니든 물어물어 받았으리라.

　나는 마지막으로 인터넷을 켜 봤다. 엄마는 휴대폰에 기본으로 깔린 브라우저를 썼다. 기본으로 주는 건 느려 터졌으니까, 내가 깔아준 크롬을 쓰라고 그렇게 말했는데도 역시 바뀌는 법이 없었다. 인터넷 사용기록을 들어가 봤다. 별 생각 없이 한 행동이었다. 사용 내역에서 가장 눈에 띄었던 것은 쇼핑몰이었는데, 누르자마자 장바구니가 나왔다. 그래, 생전 엄마는 뭘 갖고 싶어 하셨나, 들여다봤더니 마찬가지로 죄 추레하기 짝이 없는 것들이었다. 이십만 원도 안 되는 저가형 로봇청소기, 고리가 달린 하얀색 고무장갑, 할머니가 아니라면 도저히 소화할 수 없을 것 같은 무늬의 스카프⋯⋯. 참 내.

엄마의 장바구니에 담겨 있는 물건 중 그나마 의외라고 할 수 있는 거라곤 홍삼과 고가의 헤드셋 정도였다. 홍삼? 엄마가 홍삼 같은 걸 먹으실 분이 아닌데. 아빠는 옛날부터 몸에 열이 많아서 삼이 안 맞는다고 했고, 취업 준비나 이 년째 하고 있는 내 주제에 홍삼을 먹일 리는 없었다. 고가의 헤드셋은 더 이상했다. 삼십만 원이 넘어가는 그 헤드셋은 무척 멋들어진 마이크가 달린, 게임할 때나 쓸 법한 하이엔드 모델이었다.

적어도 내가 알기로는, 엄마는 생전 게임 같은 걸 해 본 적 없는 분이었다. 난 엄마가 게임하는 모습을 상상할 수도 없었고, 하물며 그런 '장비빨 세우기 좋아하는 게이머들이나 쓸 법한 헤드셋'을 양쪽 귀에 두르고 있는 모습이란 더더욱 불가능한 일이었다. 아마도 메인 화면에서 잘못 누르거나 했겠지. 엄마가 터치를 잘못해서 일을 저지르는 건 꽤 자주 있는 일이었다. 두 달 전에는 관리비에 자릿수 하나를 추가해 송금하는 바람에 사달이 난 적도 있을 정도니까.

그렇게 나는 엄마의 휴대폰 전원을 껐다. 배터리가 오 퍼센트 남짓 남아 있던 것을, 다 방전돼서 꺼질 바에야 내가 직접 끄는 것이 좋겠다고 생각했던 것 같다. 나는 휴대폰을 거실 탁자 위에 던져 놓고 방으로 돌아 들어가자마자 침대에 쓰러져 잠들었다. 눈을 떠서 일어나 보니 새벽 네 시였다. 방 안은 온통 깜깜해 아무것도 보이지 않았다. 나는 잠시 동안 침대에 걸터앉아서, 야식이라도 먹을 요량으로 집 앞 편의점에 들를지를 고민하다가 말았다.

대신 꿀꿀한 기분을 어떻게든 달래기 위해, 적당히 게임이나 하다가 잘 생각이었다. 그러고 보니 마지막으로 배틀그라운드를 한 게 언제였지? 세 달은 족히 된 것 같았다. 나는 컴퓨터 전원을 올리면서, 멀쩡하게 잘하던 게임을 왜 세 달 전에 접었는지를 기억해 내려 애썼다. 그냥 흥미를 잃었던가? 아니면 '그렇게 게임이나 할 거면 나가서 노가다라도 하라'는 엄마의 타박에 자극을 받아서였을지도 모르겠다. 그렇게 본격적으로 게임을 켜서 시작하려던 찰나였다. 컴퓨터에 연결된 헤드셋을 들어 올렸는데, 마이크가 보기 흉하게 부러져 있었다. 난 그대로 침대에 처박혀 몇 시간 동안 울었다. 얼마나 울어 댔는지 그땐 해가 뜨는지도 몰랐다. 정말 몰랐다.

<반송함>

72

시력은 하루가 다르게 나빠졌다. 내가 있던 병실은 이따금 구성원과 자리에 변화가 있을 뿐 으레 만실이었다. 대부분이 교통사고로 인한 중상자였지만, 나처럼 시력에 이상이 생긴 경우는 드물었다. 상석에 가만히 앉아 있다가 뒤로 들이받히는 사고가 그리 흔한 것도 아니거니와, 하필이면 머리를 때린 곳이 시신경과 관계가 있는 경우는 더욱이 드물었다.

"이 글자는 보여요?" 의사가 물었다.

"……어떤 글자를 말씀하시는 거예요?" 내가 대답했다. 시야에는 희끄무레한 영상이 좌우로 움직일 뿐이었다. 글자 같은 건 어디에도 없었다.

입원한 지 한 달께 지났을 때부터는 거리 감각도 무뎌졌다. 이제는 눈으로 뭘 본다는 것도 생경할 지경이어서, 바로 눈앞에 있는 게 어떤 색인지만 겨우 알아볼 수 있었다. 사람은 목소리로, 음식은 냄새로, 이불과 쿠션은 촉감으로 구분해야 했다.

"아마도……한 달 정도 남은 것 같습니다. 정확하진 않지만 추측하기로는…….." 의사는 아주 조심스레 말을 꺼냈다. 내 눈 안쪽으로 라이트를 몇 번 깜빡이는 모양이었다. 눈부신 느낌은 없었다.

"제 목숨이요?" 내가 물었다.

"아뇨. 목숨이 아니라" 의사가 즉시 대꾸했다. "눈 말이에요. 시력······."

"죄송해요. 선생님. 얘가 철이 없어서······. 재수 없는 소리만 골라서 하고 있어!" 곁에 서 있던 엄마가 역정을 냈다. 동시에 등짝이 얼얼한 게 손바닥으로 힘껏 갈긴 모양이었다. 정신이 바짝 들었다.

한 달 뒤면 아무 것도 보지 못한다는 사실이 좀체 실감이 나질 않았다. 아무 것도 못 보는 건 지금도 별 차이는 없다. 그저 좀 더 지나면 그 희미한 형체나 색까지도 잃어버리게 되고, 빠져나올 수 없는 완전한 어둠의 세계로 곤두박질치는 것이었다.

이 모든 게 꿈이라고 생각한 적도 있었다. 정말 빌어먹게 질 나쁜 꿈이라서, 깨어나기까지 아주 긴 시간을 필요로 하는 악몽은 아닐까. 그런 마음으로 눈을 감았다 뜨면 어제보다 더 희미한 천장이 올려다보였다. 정확히 말하면 천장처럼 보이는 것이 보였다. 눈앞에다 하얀 도화지 한 장을 갖다 댄들 구분이 될 것 같지 않았다.

"혁아, 몇 숟갈이라도 좀 먹어." 엄마가 음식 냄새 나는 형체를 내게 들이밀었다. "밥을 먹어야 조금이라도 낫지."

"낫긴 개뿔이 나아." 나는 고개를 뒤로 빼면서 뇌까리듯이 말했다.

"영양이 부족하면 원래 나을 것도 안 나아. 응? 착한 우리 아들······."

"글쎄. 엄마 아들 죽었다니까요. 그러니까 찾지 마세요."

"아니야. 내 아들 여기에 있어. 여기서 차근차근 회복하고 있는 거야. 조만간 몸도 회복하고 시야도 돌아와서 같이 퇴원할 거야."

"아직도 꿈 같은 소릴 하시네. 그냥 솔직하게 말해 주세요. 저한테는 이게 더 힘드니까."

"엄마는 정말로 그렇게 생각해."

"……." 정말 그렇게 생각한다니. 명백한 헛소리였지만, 마땅히 받아칠 만한 것도 없었다. 본인이 그렇게 생각한다는데 뭐 어쩌겠는가. 단지 대화가 골치 아픈 흐름으로 가고 있으니 주제를 바꿔볼 속셈이었다. "보험료는 나왔어요? 전에 수술했던 거."

"응. 나올 건 다 나왔지."

"불행 중 다행이네요." 난 진심으로 말했다.

"……필요한 건 없어? 다른 거 뭐 먹고 싶거나, 듣고 싶은 거라든가."

"없어요. 보고 싶은 건 많은데."

"뭐가 제일 보고 싶은데?"

"뭐가 됐든 아무 거라도 선명하게 봤으면 좋겠어요. 다 못 보게 되기 전에. 한 번이라도."

"그중에서도 제일 보고 싶은 게 있을 거 아냐."

"제일 보고 싶은 거요?"

"응." 엄마가 답했다. 한 번이라도 보고 싶은 것 중에 제일 보고 싶은 거라니. 그 전엔 생각해 본 적 없는 주제였다.

"음……." 나는 목을 침상에 뉘이며 말했다. "아무래도 그거 아닐까요."

"그게 뭔데?"

"마지막에 보려고 했다가 못 본 거요."

"아"

"내가 그랬잖아요. 바다 보고 싶다고. 오랜만에 모자끼리 일광욕도 좀 하고. 석양도 보고. 그러려고 가는 길이었는데."

"그랬지."

"그런데 이제와 얘기해 봐야 어쩌겠어요. 그냥 이럴 팔자였겠죠. 언젠가는."

"굳이 그렇게까지는, 생각 안 해도 돼."

"억지로 하는 거 아니예요. 그냥……이렇게라도 받아들이려는 것뿐이에요." 말을 마치자마자, 나는 멋쩍은 기분에 얼굴을 왼쪽으로 돌렸다. 병실의 콘크리트 벽면이 있는 방향이었다. 별안간 떠오르는 게 있어 말을 물었다.

"아. 전에 얘기했던 건 어떻게 됐어요? 창가 자리로 옮겨달라고 한 거."

"자리가 나면 바로 바꿔 주겠대. 그런데 꽤 오래 걸리겠더라. 창가에 있는 사람들은 대부분 장기 입원자들이라니까."

"얼마나 걸릴 것 같은데요?"

"잘 모르지만 적어도 두 달은 있어야 한다더라."

"그럼 옮겨봤자 아무 소용도 없잖아요. 그땐 아무 것도 안 보일 텐데."

"다시 얘기를 해 볼게. 사정을 말하면 어떻게……."

"됐어요. 어차피 지금도 아무 것도 안 보이는데. 다 필요 없는 짓이야. 그럼. 그렇고말고." 나는 아예 몸을 벽 쪽으로 틀었다. 그날은 그렇게 모로 누워 잠에 들었다.

이상한 꿈을 꿨다. 나와 엄마가 석양이 지는 해변에 나란히 누워 있었다. 태양은 저 멀리 수평선 뒤로 넘어갔고, 옅게 피어 오르는 홍염 위로 땅거미가 가라앉으며 힘을 겨뤘다. 와중에 해를 삼킨 바다는 진한 주황색으로 물들었다. 또 잔잔하게 흔들리면서 마지막 불꽃을 반사시키는데, 한가을 들녘처럼 샛노란 빛을 띠고 있었다. 다시 잠에서 깼을 땐 흐릿한 흰색 도화지, 아니, 천장뿐이었다.

어떤 추억은 너무 아름다워서 지금을 아프게 한다. 일찍이 아빠가 돌아가신 뒤로, 엄마는 매년 가을 서해바다로 나를 데리고 갔다. 작은 어촌에는 값비싼 횟집이 꼭 한 군데는 있었다. 거기서 나는 회덮밥 한 그릇을, 엄마는 막걸리 한 병을 싹 비우고 나오는데, 그즈음 탁 트인 바다 위로 우거지는 일몰이 장관이었다. 내가 기숙사가 있는 고등학교에 가고, 또 서울로 대학을 가면서부터는 다 옛날 일이 돼 버렸지만.

생각이 여기까지 미치자, 어쩌면 내가 실명해 가는 것이 응당 받아야 할 벌처럼 느껴지기 시작했다. 나는 착각하고 있었던 것이다. 멀어진 시간이며 행복을 되돌릴 수 있다는, 그런 오만에 빠져 소중한 매일을 흘려 보냈다. 순리대로 살지 못한 대가가 시력일 줄은 몰랐다. 지나간 것은 지나간 대로 두라는 노래 가사도 있었는데.

뼈저린 반성과 간절한 바람이 시력을 회복시키는, 그런 엿같은 기적은 일어나지 않았다. 나는 거의 하루 종일을 잠으로 때웠다. 너무 많이 잔 나머지 잠이 오질 않으면 그냥 눈감고 자는 체라도 했다. 그래야 엄마도 간호사도 귀찮게 하는 법이 없었다.

그렇게 일주일 쯤 지난 어느 날이었다. 아침부터 주변이 소

란스러웠다. 덜컹덜컹 소리가 나고, 어떨 땐 몸이 들렸다 놓이
는 듯한 기분도 들었다. 그래도 나는 계속해서 자고 있었다. 그
날따라 몸이 나른하게 뻗었기 때문에. 열 시간이든 스무 시간이
든 그대로 더 잘 수 있을 것 같았다. 아예 잠에서 깨지 않았으면
좋겠다는 생각도 했다. 눈을 떠도 감은 것과 별 다를 바가 없는
데. 영원히 잠들어 버리는 쪽이 차라리 편하지 않을까 싶어서.

이뤄질 수 없는 꿈이라는 건 알았다. 다만 잠에서 깨 눈을 떴
을 때, 놀라지 않을 수 없었다. 눈앞에 바다가 있었던 것이다. 무
척 희미하긴 해도, 나는 알아볼 수 있었다. 오래전 마주했던 그
바닷가였다. 거뭇거뭇한 하늘. 켜켜이 쌓인 노을. 그 아래로 눈
부시게 아름다운 주황색 바다까지. 내가 꿈꾸고 추억하던 그 색
깔 그대로였다.

"어때, 놀랐니?" 내 머리맡쯤에서 엄마의 목소리가 들렸다.
"색 예쁘지? 알아볼 수 있겠어?"

"응. 다 보여. 어떻게 된 거야? 창가 자리로는 못 옮긴다며?
어떻게 바다가 여기 있을 수 있지?"

"응. 아무래도 자리는 옮길 수가 없다 그래서."

"병원이라도 옮긴 거야?"

"……그렇게 됐어. 이왕 옮기는 거 바닷가에 있는 병원으로
와 버렸지. 마음에 드니?"

"너무, 너무 마음에 들어. 정말로…… 고마워…… 엄마?"

"응."

"여긴 몇 인실이야? 아주 조용한데?"

"1인실이야. 여기 병원은 다 1인실이거든."

"우와, 정말?"

"그럼. 정말이고 말고."

"엄마, 나는 엄마 같은 엄마를 둬서 정말 행복한 거 같아. 그
치……."

"……나도 우리 혁이 같은 아들이 있어서 너무 행복해."

"아. 그렇게 잤는데도 잠이 오네…… 요즘 들어 부쩍 잠이 많
아졌나 봐."

"그럴 수도 있지. 몸이 안 좋아져서 그런 걸 거야. 피곤하면
다시 자도 돼. 자는 게 잘못은 아니니까."

"그럼 다시 잘래. 여기 바다가 너무 아름답긴 하지만……."

"……맞아. 너무 아름답지."

"너무 선명해서, 꿈에서도 볼 수 있을 것 같아."

"……그래?" 엄마가 되물었다.

"……." 혁이는 대답이 없었다.

"혁아, ……자니?" 엄마가 다시 물었다.

"……." 혁이는 대답하지 않았다.

그날 아침부터 갑작스런 뇌손상으로 중태에 빠진 혁이는, 장
장 일곱 시간에 걸친 대수술을 마치고 나왔다. 성공할 확률이
30퍼센트도 안 되는 수술이었다.

"운 좋게 의식을 되찾더라도 오래가지 못할 겁니다." 주치의
가 냉정하게 말했다. 그럼에도 엄마는 수술을 요청했다. 아주
잠깐이라도 좋으니 살려만 달라고 애걸했다.

수술이 진행되는 동안, 병원 측의 동의를 얻어 간신히 창문
이 있는 회복실을 구할 수 있었다. 그러나 서울 한복판에 있는
병원이었다. 창밖의 풍경이라고 해 봤자 칙칙한 콘크리트 덩어
리에 지나지 않았다.

무던히 궁리하던 엄마는 금방 2절 도화지 한 장을 구해 왔다. 그러고 나서 커다란 페인트 붓으로 색을 칠했다. 아래는 주황색, 위로는 짙은 파란색. 두 색이 만나는 중간 부분은 최대한 자연스러운 색을 섞어 칠했다.

빈 곳 하나 없이 다 칠해 놓고 보니 그만큼 억척스러운 그림도 없었다. 언뜻 보면 로스코의 그림 같기도 했다. 그 정도면 충분했다. 어차피 색밖에 구분할 수 없으니까. 나머지 자세한 부분은 기억이 완성시킬 것이었다.

엄마는 완성한 그림을 천장에 매달아 붙였다. 떨어지지 않게 노끈으로 고정했지만, 어디에선지 불어오는 바람 때문에 도화지가 사방으로 꿈틀거렸다. 혁이 입장에선 더 생동감 있게 느껴질 것 같았다.

혁이는 저녁 무렵이 돼서야 회복실로 옮겨졌다. 준비는 오래전에 끝난 상태였다. 엄마는 누워 있는 아들의 머리맡에서 의식이 돌아오기만을 기다렸다.

마침내 정신을 차린 혁이는 3분도 안 돼서 눈을 감았다. 추억에 잠긴 채, 그대로 잠들었다. 불행 중 다행이었다.

<노스탤지어>

노스탤지어, 30×30, acrylic on canvas, 2019. 10

73

"난 그런 의도가 아니었지만, 네가 그렇게 느꼈다면 미안해."
남자가 말했다. 여자는 남자의 말이 채 끝나기도 전에 테이블에
엎드려 버렸다.

"뭐야? 사람이 사과하는데. 그렇게 반응하는 게 어딨어?"

"그건 사과가 아니잖아." 여자가 엎드린 상태로 대답했다.

"난 미안하다고 했어."

"미안하다고 해서 모든 게 사과는 아니지."

"그럼 뭐? 넌 내가 어떻게 하길 바라는 건데? 무릎이라도 꿇
을까?"

"네가 그런 말을 할수록, 나는 네 미안하다는 말에 진정성을
느끼기가 힘들어."

"아, 그래? 그럼 어쩌라는 건지 제대로 이야기나 해 봐. 진정
성 있는 사과라는 건 어떻게 해야 하는 건지 말해 보라고……."

남자가 계속해서 말했다. 그러자 여자는 엎드렸던 몸을 일으
켜 남자의 눈을 똑바로 응시했다. 남자는 여자가 자신과 기싸움
을 하고 있다는 생각에 사로잡혔고, 이에 질세라 한동안 퍼붓듯
이 이야기를 계속했다. 남자의 목소리는 잠깐 동안 엄청나게 커

졌다 잦아들기를 반복하다가, 이십 분쯤 지날 무렵에는 무척 조곤조곤한 목소리로 말하기 시작했다. 남자는 자신의 감정을 언어로 정리하는 과정 속에서 스스로의 아집과 맹목적인 분노를 발견했다. 또 감정에 못 이겨 가장 사랑하는 사람을 잠시나마 가장 증오스럽고 추악한 사람으로 만들었음을 깨달았다. 여자는 남자의 변화를 아주 편안한 얼굴로 지켜보고 있었다.

"……내가 하고 싶은 말은 끝났어." 마침내 남자가 말을 끝냈다. "너는 무슨 할 얘기 없어?"

"내가 하고 싶은 얘기?" 여자가 되물었다.

"응."

"나는, 음, 할 얘기가 별로 없는 걸. 네가 미안하다고 했고."

"이번에는 진정성이 느껴졌어?"

"응. 많이 느껴졌어."

"아, 모르겠어. 진정성이라는 건 너무 어려운 개념이야, 나한테는."

"그래?"

"너랑 이런 식으로 싸우고 싶지 않았어. 왜 자꾸 이렇게 되는 걸까? 나도 속으로는 내 잘못이나 결함에 대해서 알고 있는데도, 막상 싸울 때가 되면 하나도 인정하고 싶지 않아져. 싸우고 싶진 않지만, 그렇다고 당장의 말싸움에도 지고 싶지 않은 거지."

"그래. 그래 보이더라."

"그러니까 '난 그런 의도가 아니었는데 니가 그렇게 느꼈다면 미안하다' 같은 사과가 나오는 모양이야."

"그런 사과만큼 의미 없는 사과도 없지. 그건 자신의 행동에는 아무런 문제가 없었다는 거고, 상대방이 느낀 감정에 대해 이해하려는 생각이 조금도 없다는 거니까. 당장의 상황에서 벗어나고는 싶고, 그런데 지고 싶지는 않은 사람들이 그런 말을 많이 할 수밖에."

"나는 정말 바꾸고 싶어." 남자가 말했다.

"뭘?" 여자가 물었다.

"이런 내 성격 말이야. 부정적인 상황도 싫고, 타협하기도 싫은……."

"왜 바꾸고 싶은데?"

"왜냐하면, 그런 게 너한테 상처를 주니까."

"……." 여자는 아무 대답도 하지 않았다. 남자의 얼굴이 꺼져 있는 휴대폰 화면에 작게 비쳐 보였다.

"사실, 나는 이런 걸 바꾸고 싶어서 노력하는데, 잘 안 돼. 노력한다고 이런 것들이 다 바뀔 수 있을까? 내가 이십 년 넘게 형성해 온 성격 같은 것들이."

"노력으로 모든 걸 바꿀 수 있는 건 아니겠지. 나는 사람에게 무한한 가능성이 있다고 믿지만, 어떤 것들은 아무리 노력하더라도 영원히 바뀌지 않아. 죽는 그 순간까지 그대로인 것들은 분명 있지. 우리 생각보다 더 많을지도 몰라."

"그렇지, 난 그게 두려워. 내가 내 이런 결함을 영원히 바꾸지 못해서, 너처럼 좋은 사람을 내 곁에서 떠나보낼까 봐 두려워. 너는 내가 바뀔 수 있다고 생각해? 그렇게 믿어?" 남자는 거의 울먹이고 있었다. 한동안 여자는 남자의 빨간 눈시울이며 검은색과 진한 갈색이 반쯤 섞인 눈동자, 흐르는 대신 속눈썹에 스며들어 반질거리는 눈물과 파르르 떨리는 입술을 말없이 쳐다보기만 했다.

"대답해 줘. 바꿀 수 있을까?" 남자가 다시 물었다. "바꿀 수 있다고 말해 줄래? 노력하면 바뀔 거라고. 나한테 용기를 줘."

"아무리 노력한다고 한들, 그런 게 영원히 바뀔 수는 없어." 여자가 대답했다. 남자의 깊은 곳에서 뭔가 쪼개져 산산조각 나는 소리가 들렸다. 여자는 그 소리를 똑똑히 들을 수 있었다.

"그래? 그럼 나는, 너와 언젠가 헤어질 수밖에 없겠네."

"세상에는 헤어지지 않는 관계도 없어. 수십 년을 같이 살아도 언젠가는 헤어지는 거야. 어떤 형태로든."

"그럼 우리가 만나는 것에는 무슨 의미가 있어? 바뀌지 않을 것을 위해 노력하는 게 어떤 의미가 있지? 네 말대로라면 말이야. 우리가 살아가면서 하는 대부분의 것들은 아무짝에도 쓸모가 없는 거라고. 안 그래?"

"아니, 아니야. 언젠가 헤어진다고 해서 모든 만남에 의미가 없어지는 건 아니야. 노력해서 바뀌지 않는다고 해서 노력이 아무짝에 쓸모가 없는 것도 아니고. 오히려 그 반대지."

"무슨 소리야? 그게."

"언젠가 끝나기 때문에 가치가 있는 거 아닐까? 아무리 봐도 끝이 없는 영화를 상상해 봐. 상영 시간이 백 년, 아니, 무한한 시간 동안 이어지는 영화를 생각해 보라고. 그런 영화는 아무런 가치도 없어."

"……." 남자는 왼쪽 소매로 눈가를 훔쳤다. "그래도 끝이 있다는 건 슬픈 거야."

"그래서 슬픔도 가치가 있는 거지."

"난 너랑 헤어지기 싫어. 그래서 노력할 거야. 날 바꿀 수 있을 때까지 최선을 다할 거야. 그때까지 기다려 줄 수 있어?"

"아니. 아무리 기다려도 바뀔 순 없다니까."

"그럼 나더러 어떻게 하라는 거야? 그냥 이대로 받아들이라고?"

"계속해서 노력해야지."

"영원히 바뀌지 않는다 해도?"

"응. 바뀌지 않아도 나는 널 사랑해. 네가 내게 상처 주는 부분을 영원히 갖고 있더라도 사랑할 거야. 그걸 고치기 위해 영원히 노력한다면."

"아, 아……."

"그래 줄 수 있니?"

"그래, 노력할게. 영원히 바뀌지 않더라도 노력할게."

두 사람은 말이 끝나자마자 껴안았다. 그리고 한참 동안 그대로 있었다.

• • •

남자가 이 대화를 기억해 낸 것은 여자와 헤어진 지 십오 년이 넘게 지났을 무렵이었다. 이제 막 사춘기에 접어든 딸이 아빠를 죽일 듯이 노려보고 있었다. 남자는 딸의 얼굴에서 십수 년 전의 자신을 발견했다. 딸이 욕을 하든 소리를 지르든 말없이 쳐다보다가, 가만 있지 말고 무슨 말이라도 해 보란 소리에 입을 열었다.

"……그런 기분을 느끼게 해서 미안해. 내가 잘못했어."

<메아리>

74

　나는 죽었다. 향년 스물아홉 살이었다. 사망 원인은……사실
아직도 잘 모르겠지만. 듣는 얘기론 선천적으로 뇌 어딘가에 있
던 작은 혹이 악성 종양으로 발전했다는 모양이었다. 뇌에 이
상이 있는 것 같은 사람은 더러 만나봤지만, 그게 나일 줄은 꿈
에도 몰랐다. 왜 뇌에서 종양 같은 게 생기는 걸까. 왜 하필이면
나같이 불쌍한 청년에게 걸려 버린 걸까. 생각해 봤자 이미 죽
은 마당에야 별 의미는 없다. 그저 결혼은커녕 제대로 된 연애
한 번 못해 보고 죽은 것이 한탄스러울 뿐이다. 정말이지 너무
도 불쌍한 인생이었다.
　난 스무 살 때부터 화물차를 운전했다. 또 내 동생은 학교를
졸업하는 대로 디스플레이 공장에 들어갔다. 처음부터 집안 상
황이 좋지 않았던 건 아니다. 아닌 수준이 아니라 좋았다. 우리
아버지는 꽤 잘나가는 사업가였고, 우리 가족은 강남의 수십 평
짜리 아파트에서 남부럽지 않게 살았다. 나와 동생은 사립 국제
학교에서 엘리트 교육을 받았으며, 중학교를 졸업하는 대로 미
국에 유학을 가기로 돼 있었다.
　중학교 졸업식을 한 달 앞두고 있을 무렵이었다. 집에 돌아

갔더니 현관이 열려 있었다. 무슨 일이지? 신발을 벗고 들어갔다. 엄마가 거실에서 소리를 지르며 울고 있었다. 얼마나 서럽게 우는지, 나는 '엄마, 왜 울어?'같이 애타는 소리도 한 마디 꺼내지 못했다. 집안 곳곳에는 빨간 스티커가 붙어 있었다. 아침 드라마에서 몰락을 앞둔 가정이 흔히 그렇듯이.

아버지는 안방에 들어가 혼자 술을 마시고 있었다. 그리고 한 달 쯤 지나 돌아가셨다. 아버지의 사체는 한강변에서 수습됐다. 나는 아버지의 사체를 보고도 그리 슬프지 않았던 것 같다. 마침 여름으로 접어들 즈음이라 부패가 빠르게 진행돼 있었다. 영안실에 있던 그것은 수십 년 지난 어떤 잔해일지언정, 어떻게 보더라도 내 아버지처럼 느껴지진 않았다. 그 이후로 나는 죽을 때까지 아버지가 그저 실종된 것으로 믿었다. 언젠가 멋진 정장 차림으로 나타나서, 나와 동생의 처참한 인생을 송두리째 돌려놓아 주리라고 믿었다.

어머니는 장례식으로부터 사흘이 지난 어느 날에 홀연히 모습을 감췄다. 외할머니는 어머니가 뒷산에 들어가서 나오지 않는다고 말했다. 나와 동생은 어머니의 실종신고를 하지 않기로 결정했다. 그 산에 누가, 아니 뭐가 있든 간에 찾고 싶지 않았다. 그마저 찾게 된다면, 우리는 계속 살아갈 일말의 힘마저 모두 잃어버릴 것 같았다.

아버지의 회사가 어떤 경위로 망했는지, 나로선 제대로 알지도 못하고 알 방법도 없었다. 부도가 뭔지 적대적인수합병이 뭔지 내가 어떻게 알 수 있단 말인가? 당시의 나는 겨우 고등학교에 들어갈 나이가 됐을 뿐이고, 호화로운 아파트에서의 생활은 외할머니의 낡은 자택에서 밥과 나물을 먹는 삶으로 곤두박질

첬을 뿐이다. 불과 세 달 만의 일이었다. 나와 동생은 어떤 식으로든 적응하는 수밖에 없었다.

외할머니의 집은 오래된 목조주택이었다. 벌레가 많이 나왔고, 재래식 뒷간이 마당 건너편에 있었으며, 밤이면 사방에 있는 논밭에서 귀뚜라미며 개구리 우는 소리가 귀를 울리곤 했다. 난 새로운 학교에 적응하지 못해 나왔다. 검정고시도 보지 않았다. 열일곱 살의 내가 하는 일이라곤 하루 온종일 집에 틀어박혀 혼잣말을 하거나, 이불에 잠겨 펑펑 울다 잠드는 것뿐이었다. 내가 보살펴야 했을 동생은 오히려 의연했다. 그런 체를 하는 건지 정말인지는 모르겠지만, 학교에서 돌아오는 대로 울고 있던 나를 달래 밥상 앞으로 데려가곤 했다.

그 시절의 내게 좋았던 기억이라곤 기껏해야 하나뿐이다. 읍내에는 문을 연 지 수십 년 된 담배 가게가 한 곳 있었는데, 백발이 성성한 할아버지 한 분이 운영하던 곳이었다. 외할머니는 지독한 골초였다. 나는 최소한 밥값이라도 할 요량으로 걸어서 삼십 분이나 걸리는 읍내까지 담배 심부름을 다녀오곤 했는데, 하루는 할아버지의 손녀딸이 대신 가게를 보고 있었던 것이다.

나는 할 일도 없었거니와, 그런 시골마을에서 또래 여자아이를 볼 기회 자체도 얼마 없었으므로 별 시답잖은 주제를 꺼내며 대화를 시도했다. 숫기라곤 찾아볼 수 없는 뭇 남자아이들이 하는 것처럼 말이다. 그 여자애도 어지간히 지루했는지, 뜬금없이 시작한 대화는 한 시간이 넘게 이어졌다. 그날 집에 돌아간 나는 할머니에게 두 가지 이유로 혼났다. 말 한 마디 없이 늦게 들어온 것, 그리고 그 먼 곳까지 가서 담배 사는 걸 깜빡 잊고 그냥 돌아온 것.

예지의 키는 나보다 조금 컸다. 앉은키가 작아 나보다 작을 거라고 생각했는데. 그러고도 나이는 나보다 한 살 어렸으니 요즘 애들의 발육이란 늘 상상을 초월하는 모양이었다. 그야 내가 작았던 것도 있겠지만.

그러나 나는 예지가 서울, 그것도 강남에서 왔다는 것에 가장 놀랐다. 얼마나 놀랐는지 "아, 나도 엄마 아빠가 둘 다 있을 땐 거기 살았어." 하고 말이 튀어나오려는 걸 겨우 참았을 지경이었다. 예지는 내가 살던 아파트로부터 걸어서 오 분도 안 되는 거리에 살고 있었다. 또 여름방학을 맞아 할아버지 댁에 놀러왔다는 것, 배다른 오빠가 두 명 있다는 것이며, 나만 괜찮다면 당장 결혼하지 않겠느냐는 말까지 했다.

"넌 미쳤어." 내가 말했다.

"무슨 소리야?" 예지가 대꾸했다. "미친 건 오빠가 미쳤지."

"뭐? 내가 왜 미쳤어?"

"나처럼 어리고 예쁜 애가 당장 결혼하자는데, 대답도 안 하고."

예지의 말에 나는 아무 대꾸도 할 수 없었다. 나로선 그 말이 치기어린 장난이든지, 마음에서 우러난 진심이든지 복잡할 수밖에 없었다. 그럴 나이였다.

"나 진심이야. 서울로 다신 돌아가기 싫거든. 오빠랑 결혼해버리면 죽어라 공부하라는 말이랑 영어 공부 열심히 해서 이민 가자는 말도 안 하겠지." 예지는 사뭇 단호한 어조로 말했다.

"웃기고 있네. 공부할 수 있는 걸로도 천만다행인 줄 알아야지. 요즘 세상에 공부도 안 하면 뭐 해서 먹고 살래?"

"뭐 해 먹고 살긴? 오빠가 돈 벌어오면 요 앞 가게에서 쌀 사고, 계란 사고, 야채 사고, 가끔씩 고기나 사서 밥 차려 먹고 살지. 나 정말 집안일 잘할 수 있거든. 아니, 처음부터 엄청나게 잘하진 못하겠지만."

"아, 진짜 미치겠네."

"왜? 내가 뭐 잘못 말했어?" 예지는 정말 아무 것도 모르겠다는 투였다.

"뭐, 어디부터 지적을 해야 할지 모르겠는데," 내가 복잡한 표정으로 말했다. "나는 일단 고등학교도 안 나왔고……,"

"고등학교는 나도 안 나왔어."

"넌 아직 중학생이잖아."

"아, 그럼 중학교도 안 나온 거네. 흠. 오빠는 중졸 이상이어야 결혼해 주는 거야?" 예지는 이렇게 말하고 혼자 웃었다. 생글생글 웃는 얼굴에 희미한 홍조가 눈에 띄었다.

"그런 소리가 아니야. 난 미래가 없어. 공부도 일도 난 하기 싫어. 지금 내 상황을 봐! 부모님도 없이 할머니 집에 얹혀 살면서……밖에 나오는 일이라곤 가끔 할머니 담배 심부름 할 때가 전부야. 그런데 결혼을 하자고? 솔직히 놀리려는 걸로 밖에 안 느껴져. 너처럼 팔자 늘어진 애가 뭘 안다고……."

그렇게 내가 열변을 토하던 와중에 일어난 일이었다. 아마 티비 드라마에서나 나올 법한 장면 아니었을까? 예지의 입술은 몇 초 동안이나 내 입을 틀어막다 떨어져 나갔다. 정말 그랬다.

"나, 처음이야." 예지가 말했다.

"……."

"왜 아무 말도 없어?"

"…… 무슨 말?" 나는 간신히 대꾸했다.

"오빠가 원하는 게 있으면 말해."

"난 원하는 거 없어."

내가 대답하자마자, 예지는 내게 다시 입맞춰 왔다. 이번엔 혀까지 집어넣었다. 우리는 아무도 보지 않는 구멍가게 뒷방에서, 몇 분 동안이나 서로의 혀를 핥고 굴리고 섞었다.

"응……, 이제 필요한 게 있지? 그치?" 예지는 침으로 범벅이 된 입가를 훔치며 말했다. "진심이라고 했잖아. 이것보다 더한 것도 얼마든지 할 수 있어. 그렇게 해서 오빠가 믿어 준다면."

"잠깐, 잠깐만." 나는 겨우 정신을 차리기 바빴다. 일순간에 너무 많은 감각들이 뇌리에 들어 왔다. 과부하라도 걸린 듯 머리가 어질어질했다. 난 어쩌면 이때의 충격 때문에 종양이 생겼거나 더 커진 게 아닐까 하는 합리적 의심을 한 적이 있다.

"뭔데, 오빠 진짜 아무 것도 모르는 거야? 그 나이 되도록 야동도 본 적 없는 거야? 시골이라고 인터넷도 안 되진 않을 텐데."

"제발! 좀 조용히 해 줄래?" 내가 소리쳤다. "생각을 좀 정리할 시간이 필요해. 잠시만……."

"아니, 시간 없어. 빨리 결정해야 해."

"그건 또 무슨 소린데?"

"나 내일 떠나. 아빠한테 전화가 왔는데 생각보다 절차가 빨리 끝나서, 나보고 먼저 미국에 가 있으래. 다니던 학교에 자퇴서도 이미 넣어 놨다고……. 아빠는 항상 이런 식이야! 내 의견은 묻지도 않지. 학교 친구들과 작별 인사도 못 해. 이제 나한테 남은 희망은 오빠뿐이야."

"너무 당혹스러운데." 내가 말했다.

"인생이라는 게, 기회라는 게 다 그래. 갑자기 들이닥치는 거라고. 날 믿어. 항상 그렇다니까!"

"참 내, 몇백 년은 살아본 것처럼 말하네. 중딩 주제에."

"그럼! 그쯤 살아보면 배우게 되는 거지. 어떨 것 같아? 가령……," 예지는 아까와 다른 목소리로 말하고 있었다. 약간 울먹이는 것 같기도 했고, 아예 다른 사람이 말하는 것 같기도 했다. "한 번의 잘못된 선택으로 완전히 불행한 삶을 살았던 거지. 그래서 한평생 똑같은 후회를 반복하는 거야. 그때 조금만 더 솔직했더라면, 그때 아주 약간의 용기만 냈더라면, 하고……."

"잠깐만, 대체 무슨 소리야?"

"그런데 말이지," 예지는 전혀 아랑곳하지 않고 계속해서 말했다. "후회와 불행으로 가득한 삶이 끝나고 죽기 직전의 상황이 된 거야. 딱 그 순간에 터무니없는 생각이 들었던 거지! 진짜, 딱 한 번만 시간을 되돌려서 그때 그 상황으로 돌아갈 수만 있다면, 정확히 그때 다른 선택을 했다면 이렇게 바보같이 살진 않았을 텐데, 하고 말이야. 그렇게 눈을 감았다 뜨니까……,"

"아……?" 그 순간 나는 꿈에서 막 깬 듯한 기분에 휩싸였다. 아주 오랫동안 잠들어 있다가 겨우 일어난, 그런 기분 말이다.

"지금 이 순간이 된 거지. 어때, 오빠? 다시 한 번 오빠에게 기회가 주어진 거야. 정말 꿈에서나 일어날 법한 일이 생긴 거라고. 다 바꿔 놓자. 난 정말 괜찮아! 오빠가 평생 화물차 운전 같은 거 해도, 너무 아파서 하루 종일 병상에 누워 있어도, 난 오빠랑 같이 있으면 정말 행복할 수 있어. 그러니까 대답해 줄래? 나랑……,"

"아니," 나는 대답했다. "하나도 안 괜찮아. 난 너랑 같이 있기 싫어."

"아, 아……."

예지는 더 이상 말을 잇지 못했다. 다리에 힘이 풀린 듯 뒷걸음질을 하다가, 가게 문을 열어젖히고 뛰쳐나가서는 영영 되돌아오지 않았다. 그 뒤로 나는 죽을 때까지 예지를 만날 수 없었다. 다만 먼 소식이나 페이스북을 통해 근황 정도를 알 수 있었을 뿐이다. 그길로 미국에 간 예지가 아이비리그 소속의 명문대학에 합격했다는 것, 법학을 전공해 전도유망한 변호사가 됐다는 것, 그리고 한 벤처 기업의 부회장과 결혼해 슬하 1남 1녀를 뒀다는 것까지.

나는 절대 후회하지 않는다. 몇 번을 더 되돌아간들 똑같이 대답할 테니까. 예지와 결혼하는 일도 두 번 다시 없을 것이다. 이제는 알기 때문이다. 세상에는 너무 비극적인 나머지, 도저히 나눠줄 수 없는 불행도 존재한다는 것을.

<트루 엔딩>

75

"또 시들었네." 나는 반쯤 누렇게 뜬 꽃잎을 어루만졌다. "대체 몇 번째야? 물도 꼬박꼬박 줬는데."

"물을 너무 많이 줘서 그런 거 아냐?" 언니가 말했다.

"아니야. 매일 아침마다 반의 반 컵씩 주면 된다고 했어. 꽃집 아주머니가 그랬단 말이야."

"꽃집 아주머니라고 다 아는 건 아닌데, 뭘." 언니는 별일 아니라는 투로 이야기했다. "그러게, 내가 말했잖아? 우리는 꽃 같은 거 못 키운다니까. 이런 데서 안 시드는 꽃이 어디 있겠어? 애초에 이런 반지하에서 뭘 키운다는 거 자체가 넌센스야."

"……."

"화분 이리 줘. 부스러기 더 떨어지기 전에 싸서 버리게."

"싫어." 나는 화분을 가로막고 섰다. "안 버릴 거야. 시들면 시들어가는 채로 그냥 놔둘래."

"그게 무슨 소리야? 시든 꽃을 집에 왜 놔둬?"

"언니는 드라이플라워라는 것도 몰라?"

"그거야 보기 좋을 때 이야기지. 이건 이파리들이 다 축 처졌잖아. 끝부분은 아예 썩었고. 보기만 해도 힘이 빠지는구만!"

언니는 왼쪽으로 날 밀어 냈다. 그러고 나서 양손으로 화분을 들어 현관 신발장 뒤꼍에 가져다놨다. 화분은 그 자리에 만 하루쯤 있다가 감쪽같이 사라져 버렸다.

그러나 나는 그 뒤로도 몇 번이나 꽃이며 자그마한 화초를 집안에 들여놓았다.

"이 화초는 집안 공기를 정화해 준대."

"뭐야, 얼마 줬는데?" 언니가 시큰둥하게 물었다.

"만 원밖에 안 줬어."

"돈도 많네, 돈도 많아. 용돈 그렇게 쓸 거면 차라리 나 줘. 얼마 안 가서 다 죽을 텐데. 시간 낭비에 돈 낭비라고."

"이번엔 괜찮거든? 꽃집 아주머니가 얘는 햇빛도 물도 많이 필요 없다고 그랬어."

"세상에 그런 식물이 어딨어? 고사리나 이끼도 아니고……. 그거 일일이 치우는 것도 일이라니까. 너 한 번이라도 니가 산 화분 내다 놓은 적 있어?"

"언닌 너무 함부로 버려. 잘 키우다 보면 다시 살아날 수도 있는 건데." 나는 일부러 밉게 말했다. "언젠가 나도 갖다 버리겠네? 언니 생각대로 안 자란다고, 제대로 안 컸다고 말이야……. 아!"

말하는 중에 눈앞이 번쩍했다. 정신이 돌아왔을 땐 고개가 반쯤 돌아가 있었다. 왼쪽 뺨이 얼얼해 오기 시작해서 곧 따갑기까지 했다. 따귀를 맞은 건 그때가 난생 처음이었다. 그 대상이 언니일 거라곤 상상조차 못했다.

"못하는 말이 없어, 진짜!" 언니는 마주선 채 씩씩거렸다. 얼마나 세게 때렸는지 들고 있는 오른쪽 손바닥이 벌개져 있었다.

"언제까지 그렇게 철없이 살래? 엄마 없이 자란 거 티내? 학교 공부도 제대로 안 하는 주제에. 뭐 잘한 게 있다고 이딴 걸 사오고 지랄이야. '만 원밖에 안 줬다'고? 너, 나가서 천 원짜리 한 푼이라도 니 손으로 벌어온 적 있어? 내가 이 나이에 너 먹여 살리겠다고, 밤낮없이 뼈 빠지게 일하면서 벌어 온 돈이야. 니가 정신이 있는 애야? 도대체가, 그딴 데 돈을 써놓고 한다는 말이 뭐가 어째? 내가 널 갖다 버릴 거라고? 야, 내가 널 갖다 버릴 거였으면 이렇게 살겠어? 나 좋다는 사람 붙잡아서 벌써 시집이나 갔겠지!"

"……나도 싫어." 내가 말했다.

"……뭐라고?" 언니는 황당한 표정으로 대꾸했다.

"나도 이렇게 사는 거 싫다고……." 나는 흐느끼면서 말했다. 그렁그렁해진 시야 밑으로 눈물이 흘러내렸다. 그런 상황에 울기는 죽기보다 싫었지만, 의지보다 먼저 반응한 몸이 제멋대로 울먹거리고 있었다. "그냥 가 버리지 그랬어? 그때 결혼하자고 했던 회사원 아저씨한테 갔음 됐잖아. 언니한테 아파트도 해 준다고 했다며……. 그런데 왜 이런 데서 나랑 같이 살아? 내가 언니 인생을 구질구질하게 만드는 거잖아. 언니는 나 때문에 학교도 못가고, 연애도 못해. 그래서 집에 돌아왔을 때 기분이라도 좀 나아지라고 놔둔 거야. 낮에는 잠만 자니깐, 그렇게라도 안 하면 꽃 같은 거 볼일도 없을 것 같아서……."

"……." 언니는 아무 말도 하지 않았다. 얼굴이 납처럼 창백했다.

"아, 진짜. 왜 이렇게 세게 때린 거야. 내일 학교는 어떻게 가라고……." 나는 주저앉아 빨갛게 부은 뺨을 어루만졌다. 주체

할 수 없는 눈물이 장판 바닥에 뚝뚝 떨어졌다.

"……미안해. 미진아. 언니가 잘못했어. 아무리 화가 나도 손찌검은 하는 게 아닌데……." 언니의 목소리가 어렴풋이 떨렸다. "……나도 아빠랑 별 반 다를 바 없나 봐."

아니야, 그래도 아빠보다는 언니가 몇십 배는 더 좋아, 라는 말이 입안에서만 맴돌았다. 나는 벌떡 일어나 방으로 들어가 문을 잠갔다. 언니는 쫓아오는 시늉조차 하지 않았다. 그리고 얼마쯤 지나 방문 너머로 "나 나가서 담배 좀 피고 올게. 먼저 자." 하는 말소리가 들렸다.

밤새 울면서 잠을 설쳤다. 언니는 해가 뜨고 학교에 갈 시간이 돼서도 집에 오지 않았다. 반항심에 아침까지 거르고 등교했지만 좀처럼 집중이 되질 않았다.

야자를 마치고 돌아온 집은 쥐 죽은 듯 조용했다. 하긴 지금은 일하러 나갔을 시간이니까. 돌아올 때까지 할 말이라도 생각해 놓자. 그렇게 생각하고 있을 찰나 집안에 평소와 다른 것이 눈에 띄었다.

화장실 옆쪽 누렇게 뜬 벽에 꽃이 피어 있었다. 초록색 줄기에 같은 색 잎이 주렁주렁 달렸고, 새빨갛고 탐스러운 꽃송이가 여러 송이나 피어 아름다웠다. 다가가 얼굴을 가까이 대 보니 살짝 시큼하고 인공적인 냄새가 났다. 아크릴 물감 냄새였다.

내가 좀 더 어렸을 때, 그러니까, 엄마가 살아 있고 아빠의 사업이 망하기 전에 언니는 미술학원에 다녔다. 매일 학교가 마치자마자 달려가서 몇 시간씩 수업을 듣고 돌아왔다.

언니의 옷에선 거의 항상 물감 냄새가 났다. 유화를 그리고 온 날이면 유난히 심했다. 아크릴 물감을 쓴 날은 한결 덜했다.

냄새가 없으면 종일 스케치를 했거나 수채화를 그렸다는 뜻이었다.

언니가 미대 입시를 준비할 때쯤 가세가 기울었다. 하필이면 그때였다. 상황 판단도 안 될 만큼 어렸던 나와는 다르게, 언니는 일을 할 수 있는 나이였다. 그래서 졸지에 학원을 관두고 일을 찾아 나섰다. 집에 있던 멀쩡한 붓이며 물감은 죄다 내다 버렸다. 눈에 띄면 괴롭기만 하다는 게 이유였다.

나와 단둘이 남겨진 뒤부턴 더 많은 일을 하기 시작했다. 일을 끝마치고 돌아와도 눈을 붙이기 무섭게 일어나야 했다. 과로로 몇 번씩 졸도한 뒤로는 그렇게조차 할 수 없었지만. 그러면서 내게는 일하는 걸 허락하지 않았다. 차라리 공부를 해서 먼 나중에 갚으라는 식이었다.

언니는 하루하루 초췌해졌다. 몇 주 전에는 담배 때문인지 꽤 심한 폐병을 앓기도 했다. 새롭게 시작한 일은 밤늦게 나가 해 뜰 무렵에 돌아와야 했다. 언니의 얼굴을 보는 건 더 어려워졌다. 가끔 보는 모습마저도 화장이 워낙 짙어서, 이제는 원래 얼굴이 어떤지조차 가물가물했다.

그런 마당에 대뜸 벽지에 그림을 그려놓은 것이다. 세 들어 사는 집에 이게 무슨 짓이람. 그런데 분명 붓이고 물감이고 다 갖다 버렸다고 하지 않았나? 그때 버리지 않고 숨겨 놓은 붓이라도 따로 있었던 걸까.

그즈음 방 안쪽에서 희미한 인기척이 느껴졌다. 나는 방문을 아주 천천히 열어 젖혔다. 언니는 전등을 모두 꺼 놓고 잠들어 있었다. 오랜만에 보는 생얼이었다.

'확실히 화장을 잘 한다니까.'

나는 속으로 쿡 웃고는 돌아 나왔다. 부엌은 한참 동안 청소를 안 해 어수선했다. 모서리에 놓인 쓰레기통이 금방이라도 넘칠 것처럼 불룩해져 있었다. 보통 때 같으면 언니가 해 놓았을 일이었다.

'분명 얼마 전에 비웠던 것 같은데…….'

그렇게 생각하면서 부엌 찬장을 열어 여분의 쓰레기봉투를 꺼냈다. 그리고 꽉 찬 쓰레기통의 뚜껑을 집어 들었다. 이윽고 나는 쓰레기통이 빨리 차 버린 이유며 언니가 그림을 그릴 수 있었던 이유까지 모두 알 수 있었다.

버려진 도구들은 하나같이 빨간색 또는 초록색 물감으로 젖어 있었다. 언니가 화장에 쓰는 온갖 크기의 브러시며 아이라이너들이었다. 쓰레기통 안쪽에서부터 아크릴 물감 냄새가 잔뜩 배어나왔다.

문득 고개를 들자, 노란 벽면에 빨간 꽃송이들이 흐드러져 있었다. 언제까지고 그렇게 피어 있을 것처럼. 나는 살면서 그토록 아름다운 꽃을 본 적이 없다.

<화양연화>

화양연화, 25×25, acrylic on canvas, 2019. 9

76

「일어나야지.」

들릴 듯 말 듯한 목소리였다. 아마도 들리지 않은 게 맞을 것이다. 나는 아랑곳 않고 몸을 일으켰다. 침대 아래쪽으로 발을 내려 바닥을 확인했다. 발끝으로부터 차가운 기운이 돌았다. 난 잠들기 전에 난방을 꺼 뒀던 것을 기억해 냈다.

「뭐 하고 있어? 얼른 화장실 가서 씻고 와.」

난 네, 하고 중얼거렸다. 세 뼘 크기의 화장실 창문이 활짝 열려 있었다. 초겨울의 바람은 을씨년스럽게 들어와서, 피곤의 찌꺼기들을 하나 둘 걷어 냈다. 수도꼭지를 올리면 늘 차가운 물이 나왔다. 나는 따뜻한 물이 나올 때까지 기다렸다 씻는 걸 좋아했다. 그러나 정신을 바짝 차려야 할 때는 첫물부터 들이받았다. 살얼음 같은 물방울이 목덜미 아래까지 흘러내리기라도 하면 눈이 와짝 뜨였다.

「그러니까 수건 좀 아껴 써라. 세수 한 번 하고 세탁기에 넣어 버리니까 꽉 채워 놔도 이틀이면 다 없어지잖아.」

화장실 선반에는 바짝 마른 수건이 하나만 놓여 있었다. 나는 젖은 머리를 꽉 쥐어 물기를 최대한 빼냈다. 그리고 수건을 갖다 대 비비며 거실로 나왔다. 거실에도 불은 꺼져 있었다.

「거기 멍청하게 서 있을 시간이 있니? 옷 입고 나와서 밥 먹어.」

내 방 의자 팔걸이에 교복이 무더기처럼 걸려 있었다. 난 무더기를 집어 들고 몸에 붙이기 시작했다. 불은 켜지 않았다. 방에 빛이라고는 북향 창문으로 스미는 회색뿐이었다. 덕분에 셔츠의 팔 빼는 곳을 더듬어 찾느라 헤맸다. 한 달 넘게 그대로 입은 교복에선 퀴퀴한 냄새가 났다.

「미안. 내가 교복 세탁한다는 걸 또 깜빡했네. 고장 난 다리미부터 업체에 맡겨야 하는데 시간이 있어야 말이지.」

거실에는 인기척이 없었다. 테이블 너머에 붙은 베란다에 사람 그림자가 비쳤다. 아빠가 에어컨 실외기에 걸터앉아 담배를 피우고 있었다.

「아이구, 저렇게 해서라도 담배를 피우고 싶을까? 저런 게 뭐가 맛있다고 겨울에 베란다까지 나가서 피고 앉아 있담.」

아빠는 내내 아무 말이 없었다. 담배는 절반을 넘어 필터 바로 앞까지 타고 있었다. 닫힌 베란다 문 너머로 횡, 횡 하는 바람소리가 가끔 일었다.

「주면 주는 대로 먹어. 얘는 엄마가 만날 놀러 다니는 줄 안다니까. 바쁜 와중에 이 정도 해 주면 감사합니다, 하고 먹어야지.」

냉장고에는 반찬통 몇 개가 있었다. 나는 구운 김이 절반 든 락앤락과 김치통을 꺼냈다. 전기밥솥은 전원이 꺼져 있었다. 뚜껑을 열어 젖혀 보니 찬밥이 한 공기 정도 남아 있었다. 부엌에서 밥그릇을 꺼내오는 것이 귀찮다고 느껴진 나는 구운 김을 하나 집어서, 그대로 밥 덩어리에 갖다 대곤 한 줌 쥐었다. 찬밥은 표면이 딱딱하게 굳어서 씹기 어려웠고 별 다른 맛도 나지 않았다. 김치통을 열었더니 위에 하얗게 곰팡이가 피어 있었다. 난 반찬을 다시 냉장고에 집어넣었다.

「그러게, 일찍 일어났으면 좀 든든하게 먹고 갔을 것 아냐. 허구한 날 부실하게 먹고 가니까 학교서 집중을 못 하지.」

불 꺼진 방에서 책가방을 찾아냈지만 가방에 뭐가 들어 있었는지 도통 알 수 없었다. 그렇다고 열어 볼 생각은 하지 못했다. 가방을 메고 나면 시간이 얼마 없다는 충동에 휩싸였다. 난 방에서 뛰쳐나와서, 거실을 가로질러 바쁘게 현관으로 향했다. 현관 천장에 붙은 전등이 기척에 감응해 빛을 뿜었다.

「이걸로 가면서 간단한 거라도 사 먹어. 잘 다녀오고. 오늘 엄마는 좀 늦게 올 것 같으니까, 피곤하면 아빠랑 먼저 자. 알겠지?」

난 손도 안 대고 신발을 신었다. 현관문을 열고 나와서 엘리베이터에 탔다. 엘리베이터는 끊김 없이 내려가다가 삼 층에 멈춰 섰다. 열린 문으로 여자 한 명이 들어왔다. 묶은 머리에 위에는 베이지색 숏 패딩을 걸쳤고 아래에는 두꺼운 츄리닝 바지를 입고 있었다. 나이는 내 또래거나 나보다 조금 더 많을 것 같았다. 여자는 엘리베이터에 올라타곤 문 닫는 버튼을 몇 번 눌렀다. 난 여자가 몇 번씩 힐끔거리는 것을 느꼈다.

아파트 일 층 로비에는 바깥으로 향하는 문이 두 개 나 있었는데, 여자는 엘리베이터 문이 열리자마자 왼쪽 문으로 걸어 나갔다. 난 콘크리트 기둥에 기대서서 주머니를 뒤졌다. 백 원짜리 동전 세 개가 짤랑거리는 소리를 냈다. 휴대폰 액정엔 오래

전부터 금이 가 있었다. 엄지손가락으로 띄운 화면에서 일요일이라는 글자가 반짝였다. 나는 그 자리에 몇 분쯤 더 서 있다가 오른쪽 문으로 걸어 나갔다. 바깥엔 눈도 내리지 않고 겨울이 찾아왔다.

<다음 날>

미공개 단편 ― 상실 3부작

Ex 1

견우직녀도 이날만은 만나게 하는 칠석날
나는 당신을 땅에 묻고 돌아오네
안개꽃 몇 송이 함께 묻고 돌아오네
살아 평생 당신께 옷 한 벌 못 해주고
당신 죽어 처음으로 베옷 한 벌 해 입혔네
당신 손수 베틀로 짠 옷가지 몇 벌 이웃께 나눠주고
옥수수밭 옆에 당신을 묻고 돌아오네
은하 건너 구름 건너 한 해 한 번 만나게 하는 이 밤
은핫물 동쪽 서쪽 그 멀고 먼 거리가
하늘과 땅의 거리인 걸 알게 하네
당신 나중 흙이 되고 내가 훗날 바람 되어
다시 만나지는 길임을 알게 하네
내 남아 밭갈고 씨뿌리고 땀흘리며 살아야
한 해 한 번 당신 만나는 길임을 알게 하네

– 도종환, 〈옥수수밭 옆에 당신을 묻고〉

집 근처에는 고물상이 있었다. 나이가 지긋한 아저씨 두 명과 아주머니 한 분이 작은 주차장과 함께 운영하는 곳이었다. 그 당시 나는 고양이 울음소리에 잠을 설친 지가 한 달이 다 되어 갈 즈음이었는데, 밤마다 귀를 울리는 원흉이 그 지리멸렬한 고물상 풍경 안에 있으리라 믿어 의심치 않았다. 그래서 골목길 할인마트에 장을 보러 가거나 세탁소에 맡겼던 이불을 찾으러 가는 길에 그쪽으로 짜증스런 눈빛을 쏘아붙였던 것이다. 나야 나름대로 스트레스를 받아 한 짓이라지만 고물상 주인내외로선 그것 참 이상한 젊은이네, 하고 한 번쯤 생각했을 법도 하다.

한편 그 표독스런 울음소리에 고통 받는 사람이 나뿐인 건 아닌 모양이었다. 어떤 날엔 구 층으로 올라가던 오피스텔 엘리베이터에서 한 청년을 마주쳤는데, 차림이나 통화 내용으로 미뤄 보건대 십중팔구 근처 법학원에 다니는 학생이었다. 하기야 같은 건물에 공시생이며 법학원 등록학생이 얼마나 많은가. 새삼스러운 일도 아니었지만 승강기에 올라타자마자 블루투스 마이크에다 대고 하던 말이 기억에 남았다.

"그 팽이새끼 때문에, 내가 안 쓰던 헤드폰까지 써 가며 자습한다니까!"

청년은 문이 열리기 무섭게 팔 층 라운지로 걸어 나갔다. 나는 이름도 나이도 심지어 얼굴조차 제대로 보지 못한 그 청년에게 일종의 공감대를 형성했다. 어떤 사람과 친해진 기분을 느끼려면 같은 곳에 살고 있다는 사실 따위보다 공통적으로 미워하는 대상이 무엇인지를 찾아내는 쪽이 훨씬 쉽다.

그로부터 며칠 뒤 고양이를 발견했다. 날 포함해 거의 모든 L오피스텔 입주민들의 밤잠을 설치게 만든 그 고양이 말이다.

놈은 고물상 옆 주차장의 뒤꼍 수풀 사이를 천천히 거닐고 있었다. 성묘라 믿을 수 없을 만큼 작은 덩치에, 때가 묻어 꾀죄죄한 털이 눈에 띄었다.

'누가 챙겨 주는 놈은 아닌가 보네.'

마음 한쪽으론 그런 생각도 했다. 마음씨 좋은 고물상 아주머니가 소음 공해로 인한 이웃사촌들의 고충을 미처 헤아리지 못한 나머지, 그 도시평화의 원흉에게 몰래 밥이며 잠자리를 제공해 주고 있는 건 아닐까 하는 생각. 다행히 신경과민이었다.

그러나 놈을 내가 발견했다 한들 별다른 도리는 없었다. 도망가는 고양이를 잡기엔 인간은 너무 굼뜨기 때문이다. 가던 길을 멈추고, 가만히 고양이의 거동을 응시했다. 별다른 생각이 있어서 했던 행동은 아니다. 단지 부릅뜬 눈으로 문제의 원인을 똑바로 마주하는 것이 스트레스 경감에 도움이 될 수는 있었다. 제 팔에 주삿바늘이 들어가는 모양을 뚫어져라 쳐다보는 아이들처럼 그랬다.

그러다 눈이 마주쳤다. 고양이는 가장 먼저 눈으로 인사를 한다던 말이 떠올랐다. 놈의 눈은 짙은 초록색 바탕에 검은자위를 마름모꼴로 뜨고 있었다. 어릴 적 문방구에서 삼백 원에 한 다발 하던 옥색 구슬이 딱 그렇게 생겨 먹었었다. 돌연 내가 큰 실수를 저질렀다는 생각이 들었다.

무언가를 일방적으로 미워하기 위해선 반드시 지켜야 할 규칙이 몇 가지 있다. 그중에서도 가장 중요한 것이 바로 '정면으로 눈 마주치지 않기'다. 물리적으로든 정신적으로든 한참 먼 곳에 있다고 생각했던 존재와 눈빛을 마주해 버리면, 본능적으로 인정할 수밖에 없기 때문이다. 결국 너와 나는 별다를 것 없는 생명체라는 것을. 이런 세계에 태어나 버린 이상. 그저 각자의 위치에서 발버둥치며 살아갈 뿐이라는 것을 말이다.

그 고등어 무늬의 고양이, 그 구슬 같은 눈을 몇 분이고 응시하다가 집에 돌아왔다. 간단하게 씻고 나와 소파에 앉아 있자니 어쩐지 우울한 기분이 들었다. 곧 방 모서리에서 책을 읽고 있던 동생이 무슨 일이 있느냐고 물어왔다. 나는 어떻게 설명할지를 잠깐 동안 고민하다가, 돌아오는 길에 고양이를 봤노라고 솔직하게 털어 놓았다.

"아. 밤마다 울어대는 개 말하는 거지?" 동생이 대꾸했다.

"아마 그런 거 같은데." 내가 말했다. "어디서 키우는 것 같진 않더라고. 인식표도 없고, 중성화수술도 안 됐고."

"그래서 뭐, 잡아 가지고 엉덩이라도 몇 대 때려 줬어?"

"내가 고양이를 어떻게 잡아? 그냥 눈만 좀 마주치고 있다가 왔지."

"어지간히 귀여웠나 보네."

"예쁘게 생기긴 했어."

"뭐야, 한 달 내내 시끄러워서 잠을 못 자겠다더니 이제 와서 한다는 소리가……." 동생은 별 희한한 놈 다 보겠다는 듯 쳐다보며 말했다.

"아, 욕이야 눈에 안 보이면 얼마든지 할 수 있는 거지. 이미 봐 버렸는데 어떡해?"

"어떡하긴 어떡해? 이제 대충 어디 사는지 알아냈으니까, 고 근처에다 함정 같은 걸 설치해서 콱……."

"콱, 뭐?" 나는 신경질적으로 대꾸했다.

"동물병원에 맡겨야지. 그리고 중성화수술 시켜서 안전하게 돌려보내는 거야. 아니면 좋은 집사를 찾아주거나."

"아쉬운 답변이네. 한 대 때릴 수 있었는데."

"그러게. 아쉽게 됐어." 동생이 말했다. 나는 말이 끝나기 무섭게 동생의 뒷목을 찰싹 때렸다.

· · ·

오랜만의 회식을 마치고 집에 돌아올 무렵이었다. 동생은 소파에 기대앉아 텔레비전을 보고 있었는데, 평소답지 않게 심각한 표정으로 심야 뉴스를 시청 중이었다.

"형. 이거 봤어?" 동생이 말했다. "요 앞 하천에서 변사체가 나왔대."

"뭐?" 나는 외투를 벗어 내리다 말고 화면을 응시했다.

정말이었다. 보도화면 아래쪽으로 '관악구에서 20대 추정 여성 변사체 발견'이라는 자막이 큼지막하게 띄워져 있었다.

"관할 경찰서 관계자는 '피해자의 하의가 완전히 벗겨져 있는 것으로 미뤄 성폭행이 이뤄졌을 가능성을 염두에 두고 수사를 진행하고 있으며, 사건 현장 인근에 거주하는 전과자 및 외국인 노동자들을 용의선상에 올린 상태'라고 밝혔습니다⋯⋯." 아나운서는 절제된 목소리로 보도를 이어갔다.

"어유, 세상에 별일이 다 있네. 집 앞에 저런 일이 다 있고."

"에이, 별일은? 관악이 '관악'한 거지. 작년에도 도림천에서 시체 세 구나 나온 거 몰라?"

"뭐라고? 작년에 그랬나?" 나는 의아한 표정으로 되물었다. 정말 몰랐다.

"정신을 어디 두고 다니는 거야? 형도 정신 좀 차려야 해. 이거 얼마나 심각한 문젠데. 재작년부터 고시생들 빠지고 외노자들 무더기로 이사 오기 시작하고서부터 쭉 이렇다니까. 신림도 대림처럼 되는 거 얼마 안 남았어. 한 오 년 컷 본다." 동생은 돌연 호들갑을 떨며 말을 늘어놨다.

"아니, 그래도 외노자들이 다 그런 건 아닐 텐데. 전과자야 그렇다 쳐도 외국인이라고 다 용의선상에 올려도 되는 거야?"

"이 형, 진짜 회사만 다니더니 위험한 소리만 골라서 하네? 형, 나 학원 다니는 쪽에 공사 현장 알지? 거기 작업반장인가, 팀장인가, 하여간 한 명만 한국 사람이고 나머지 다 외국에서 온 애들이거든? 걔네가 되게 무서운 게 있지, 해 다 지고 거의 밤 가까운 시간에도 공사를 해 대는데, 가끔씩 학원 옆뜰에 지들끼리 모여 서서 막 담배 피우고 그런단 말이야. 그러면서 지나가는 여학생들 힐끔거리는데 그게 얼마나 소름 돋느냐면…… 어유, 나는 제발 외국인들 좀 구분해서 입국 받아줬으면 좋겠어. 막노동할 사람 없다고 그렇게 질 나쁜 애들 자꾸 들이면 나라 꼬라지가 어떻게 굴러가겠냐고. 내가 진짜, 현장직은 후보에도 안 넣는 이유가 있다니까."

"그래?"

"그럼. 그렇고 말고." 동생은 퍽 유쾌한 듯 고개를 끄덕이며 대답했다. 나는 아무 대꾸도 하지 않고 방으로 들어갔다. 괜히 심경이 복잡해 씻을 의욕이 들지 않았다.

그러다 문득 나잇살 지긋한 회사 건물 경비 할아버지가 머리에 떠올랐다. 내가 로비에서 올라가는 엘리베이터를 기다리는 동안, 인도 또는 동남아시아계로 보이는 젊은 여자 하나가 건물에 들어와 서성거린 적이 있었다. 여자는 키가 작고 피부톤이 까무잡잡했다. 민무늬 스카프를 히잡처럼 머리에 두른 것이 꽤 멀리서 봐도 외국인이라는 걸 알 수 있었다.

안색을 보니 누가 보더라도 화장실을 찾고 있는 모양이었다. 드문 일은 아니었다. 회사 건물 입구부터 지하철역 출입구 바로 앞으로 나 있어서, 회사 관계자가 아닌 사람은 물론 역을 지나치는 행인들까지 수시로 화장실을 찾아 들어오곤 했던 것이다. 오랫동안 이 건물 경비를 보던 할아버지로선 영 탐탁지 않았지만, 그렇다고 해서 완벽하게 제지할 방법이 있는 것도 아니었으므로 어지간하면 용인되는 분위기에 가까웠다.

그런데 그날 따라선 뭐가 그렇게 기분이 나빴는지, 경비 할아버지는 화장실 표식을 찾아 두리번거리던 외국인 여성에게 성큼성큼 다가가선 소리를 빽빽 지르기 시작했다. 그러자 나를 포함해 로비에 있던 열댓 명 쯤의 시선이 같은 방향으로 모여들었다.

"얼른 나가요! 지금 여기가 어디라고 들어와?" 경비가 고함을 내질렀다. 누가 제지할 새도 없었다. 애당초 그 건물에서 '누군가를 제지하는 역할' 자체가 그 경비의 몫이었으므로 당장 경비를 제지할 만한 (혹은 그럴 생각이 있는) 사람은 찾기 어려웠다. 적어도 그때 그 로비에는 단 한 명도 없었다.

결론부터 말하자면 여자는 건물에서 쫓겨났다. 해당 건물에서 십이 년째 근속하고 있던 경비 할아버지도 마찬가지였다. 그 여자는 그날 아침 베이루트에서 내한한 거래처 사장이었기 때문이다. 나라도 그렇게 추레한 차림을 한 여자가 세계적인 대학의 석사 출신에다 모국에 여의도의 몇 배 되는 땅을 놀리는 사업가라는 사실은 쉽사리 떠올릴 수 없었을 것이다.

"정말 겉보기로만 판단하면 안 된다니까." 강 과장의 말이었다. "우리 김 대리도 봐 봐. 뭐 하나도 똑바로 못하게 생겼는데 요즘 친구들 치고 김 대리만큼 일 야무지게 하는 친구가 없어. 안 그래?"

"칭찬입니까, 욕입니까?" 나는 자판기에서 조심스레 종이컵을 빼내며 받아쳤다. 율무차였다.

"둘 다야." 강 과장이 말했다.

· · ·

한동안 나는 야근을 줄이고 집에 일찍 돌아오기를 반복했다. 꼭 변사체가 발견됐다는 소식 때문은 아니었다. 아무렴 야근을 염두에 두고 일을 하다 보면 뭘 하든 제 속도를 내기 어려운 법이다. 빠른 퇴근이라는 목표를 설정하고, 주어진 일을 집중력 있게 처리하는 습관은 장기적인 커리어에도 상당한 도움이 될 것이었다.

"핑계는, 그냥 쫄아서 그런 거잖아." 하고 말하는 동생의 머리를 한 차례 짓이기면서 말했다.

"쫄긴 누가 쫄아? 내가 그래도 학창시절에 유도부도 하고 그랬는데. 외노자들이랑 붙는다고 한두 명도 못 때려눕힐까봐?"

"아, 맞다. 그거 범인 잡혔어."

"뭐? 언제?"

"사흘 쯤 됐을 걸."

"다행이네. 어느 나라 사람이래?" 내가 물었다.

"어느 나라 사람이긴? 대한민국 사람이지."

"그럼 외노자가 한 짓이 아니었던 거네?"

"그러게. 애먼 외국인들 조사하느라 시간 엄청 버렸다잖아. 범인 그놈도 제 발 저려서 필리핀으로 도망치려는 거 직전에 겨우 잡았대."

"정말 겉보기로만 판단하면 안 된다니까." 나도 모르게 중얼거렸다.

실제로 신림동에 거주하는 삼백 명의 외국인 노동자들은 일제히 유전자 검사를 받았고, 모두가 무혐의로 풀려났다고 했다. 그러나 인근 편의점의 점주들이며 식당 아주머니들은 여전히 변사 사건의 주범을 외노자 가운데 한 명이라 여기고 있었다. 누가 용의선상에 올랐다는 소식은 나오기 무섭게 퍼져나가지만, 용의자 신분에서 벗어났다는 사실은 흥미를 끌지 못하기 때문이다.

"가끔 우리 식당에도 밥을 먹으러 온단 말이야, 걔네들이. 어떻게 밥 먹으러 오는 걸 막을 수도 없고. 우리 같은 사람들은 어쩔 수 있나? 돈 주면 밥 퍼서 나르는 게 내 일인데. 무서워 죽겠으면 여기서 일 못하지." 아주머니는 고등어구이 정식을 테이블에 내려놓으면서 호들갑을 떨었다.

"그럴 만도 하네요." 나는 대충 대꾸하고 말았다. 주말에 밥을 먹으면서까지 감정노동 비슷한 일을 하고 싶진 않았다. 내가 대다수 외노자의 입장을 비호해 줄 의무도 없었다. 내가 사회운동가나 인권변호사인 것도 아니니까. 그나마 드는 죄책감은 '그래도 외지 사람들의 범죄율이 높은 건 사실 아닌가?' 하는 생각으로 묻어뒀던 것이다.

．．．

　　발단은 길고양이들의 발정기가 돌아오면서부터였다. 고양이 울음소리가 밤낮을 가리지 않고 사람들의 신경을 긁었다. 주택가는 물론 아파트 단지로 이어지는 골목골목까지 여지없이 울려 퍼졌다. 우리가 사는 오피스텔도 사정은 다르지 않았다. 동생은 어느 날부터 양쪽 귀에 이어폰을 끼우고 잠들었다. 그즈음 나는 만 원쯤 하는 수면용 귀마개를 사서 써 보기도 했지만, 그마저도 완전히 소음을 차단하진 못했다.

　　사나흘 정도 잠 못 드는 밤이 이어진 끝에, 결국은 칼을 뽑기로 했다. 뭐, 엄밀히 말하자면 칼을 뽑은 건 수의사 쪽이었다. 나는 관악구에 있는 길고양이보호협회의 연락처를 알아내 전화를 걸었다. 그리고 내가 사는 건물 앞 고물상 등지에 밤마다 우는 고양이가 있어 제보하노라고 간단히 용건을 전했다. 담당자는 '조만간 출동해 조치를 취해 보겠습니다'하고 전화를 끊었다.

　　협회에서 다시 연락이 온 건 일주일이 더 지난 뒤였다. 일처리가 얼마나 빨랐던 걸까? 그놈의 시끄러운 고양이를 포획한 것은 한참도 더 됐으며, 제휴 동물병원에서 중성화 수술을 마친 다음 살던 곳 근처에 도로 풀어놓은 것이 엊저녁이라는 것이다.

　　"그런데 그 고양이, 어떤 무늬인가요?" 나는 당혹감이 잔뜩 묻은 말투로 담당자에게 물었다.

　　"고등어 무늬에 초록색 눈을 가졌습니다. 제보하신 그 아이 아닌가요?"

　　"아, 그럼 걔가 맞긴 한데……."

　　"무슨 문제라도 있나요?"

"아뇨. 수고 많으셨습니다. 빠르게 대응해주셔서 감사드려요." 나는 더 할 말이 없어지기 전에 전화를 끊기로 했다. 멍하니 화장실에 가서 거울을 쳐다봤다. 깊이 잠들지 못해 퀭한 몰골에 아연실색한 표정이 썩 볼 만했다. 아니, 대관절 이게 무슨 일이란 말인가? 지난 며칠 동안에도 울음소리는 똑같이 허공을 맴돌았다. 저쪽에선 분명 밤새 울던 고양이를 잡아 수술까지 끝마쳤다는데.

며칠 지나서 동네에 소문이 퍼지기 시작했다. 매일 밤 주민들을 괴롭히는 고양이들에게 틈틈이 먹이를 챙겨주는, 이른바 '캣맘'이 있다는 것. 그리고 그 캣맘이 다른 누구도 아닌 외국인 노동자들이라는 것이었다. 출처도 근거도 불분명하니, 두말할 것 없는 뜬소문이었다. 단지 극심한 불면 스트레스에 시달리는 사람들에겐 어떻게든 미워할 대상이 필요했고, 그 대상은 얼마 전 변사사건에 휘말린 바 있던 외노자 그룹이었다.

"……그러면 캣맘이 아니라 '캣파더' 아닌가?" 동생이 말했다. "적어도 내가 알기로는 다 남자인데 말야. 동네 외노자들 전부."

"아, 몰라. 그게 무슨 상관이야?" 나는 부쩍 짜증스런 투로 되받아쳤다.

"왜 나한테 화를 내고 그래?"

"지난번이랑 똑같잖아. 잘 알지도 못하면서, 확실하지도 않으면서 멀쩡한 사람들 몰아세우고……뭐만 하면 외노자, 외노자. 만만하니까 다 덮어씌우는 거지. 먼 나라에 돈 몇 푼 벌어보려고 온 사람들한테 왜 그렇게 못되게들 구는 거야?"

"아니, 형. 그런데 이번 건 나름대로 일리가 있다니까. 알고 보니까 외노자 절반이 중동이랑 터키계라고 하더라고. 그런데 터키쪽에 그런 문화가 있거든. 길고양이들한테 하나같이 친절하게 대하고, 밥도 잘 챙겨 주는…….”

“됐다니까! 사람 몰아넣는 데 그럴듯한 얘기 하나 없겠어?” 나는 소리친 뒤에 방으로 들어가 문을 닫았다. 단순히 잠을 잘 못 자서일까? 주위에 있는 모든 게 지긋지긋하게 느껴졌다. 당장 신림동 구석탱이를 떠나 어디론가 멀리 떠나버리고 싶었다. 참을 수 없이 갑갑한 마음에, 평상복 차림으로 침대에 드러누워 눈을 감았다. 그대로 잠들었다.

잠에서 깨 보니 이른 아침이었다. 절기가 동지에 가까워지면서, 오전 여덟 시에도 해는 겨우 고개를 내미는 중이었다.

난 기분 좋게 기지개를 피며 일어났다. 오랜만에 깊게 잠들었다는 기분이 들었다. 방에서 나와 보니 동생도 소파에 누워 코를 골고 있었다. 배에서 고로록 소리가 났다. 출출한 배도 채울 겸해서 조용히 외투를 챙겨 입고 나갔다.

바깥에 나와 보니 날씨가 무척 싸늘했다. 바람도 불지 않는데 동네 전체에 을씨년스러운 분위기가 감돌았다. 근처 골목길에서 수런거리는 소리가 들려왔다. 금방 낌새가 심상찮다는 걸 알아차렸다. 편의점으로 향하는 길목 옆 건물 입구 쪽에 사람 열댓 명이 모여 웅성거리고 있었던 것이다.

“저기요, 선생님. 무슨 일 있나요?” 나는 개중에 그나마 낯익은 고물상 주인아저씨에게 말을 걸었다. “여기 왜 사람들이 모여 있나요?”

“무슨 일은요? 별 일은 아니예요. 그냥……”

“그냥요?”

"고양이가 죽었어요. 한 열 마리쯤."

"……죽었다고요?" 별안간 떠나가 있던 정신이 되돌아왔다.

"정확히는 누가 죽인 것 같아요. 먹이에 약을 섞었나본데요. 아스피린인가, 타이레놀인가, 사람 약 중에 고양이들이 먹으면 즉사하는 게 있잖아요. 먹이 챙겨주는 척 하면서 거기다 같이 넣어서 준 거죠. 쯧쯧……."

"아……, 그래요……." 더 이상 말을 이을 수 없었다. 어안이 병병한 와중에 사람들이 둘러싸고 서 있는 곳으로 걸어 나갔다. 거기에 고양이들이 있었다. 한때 고양이였던 것들이 쓰레기처럼 바닥에 널브러져 있었다.

내가 알던 고등어 무늬 고양이는 맨 왼쪽에서 두 번째 자리에 누워 있었다. 눈이 초록색인지는 확인할 수 없었지만, 한쪽 귀 끝부분이 잘려 있는 걸 보니 며칠 전 수술을 마치고 풀려났다는 그 아이가 확실해 보였다. 등줄기가 싸해 온몸의 털이 곤두섰다.

"혹시 총각이 챙겨 주던 고양이예요?" 내 안색을 살피던 아주머니 한 분이 물었다. "밤마다 하도 울어 갖고……, 누가 해코지 안 하나 걱정했는데 정말 이렇게 돼 버렸네. 말 못하는 동물이라고 어떻게 이런 짓을……."

"정말요……." 나는 고등어 무늬를 가진 그 고양이 시체를 안아 올리며 말했다. "이 친구는 제가 수습할게요."

"아이고, 총각. 길고양이라 병균이 많을 텐데. 어디 갖고 가려고?"

"근처 어디에 묻어 주려고요. 마음이 너무 아파서……."

"그래요. 그렇게 해요." 아주머니가 말했다.

그 길로 아파트 단지 뒤뜰로 향했다. 화단에 나뒹굴던 모종삽으로 꽤 깊게 흙을 파 냈다. 시간이 지나 건물이 있는 방향으로 햇살이 내리비췄다. 나는 고양이를 가능한 양지바른 곳에 묻어두고 집으로 돌아갔다.

동생은 아직 자고 있었다. 곧장 화장실에 들어가 비누로 손을 문대 씻었다. 거울을 보니 개운하던 아침의 사내는 온데간데없고, 세상 파리한 얼굴의 결벽증 환자만 우두커니 서 있었다. 초라한 아침이었다.

<사라진 울음>

Ex 2

"곱창은 어때?" 민석이 물었다.

"뭐, 곱창?" 지수는 순간 잘못 들은 체하며 되물었다.

"응."

"네가 곱창을 다 먹어?"

"먹지, 왜 못 먹어?"

"아니. 나랑 만난 지 얼마 안 됐을 때는 못 먹었잖아. 2인분 시켜놓고 나 혼자 다 먹고 그랬는데."

"아냐, 나도 몇 개는 집어 먹었어." 민석은 양 손바닥을 내밀 어 보이면서 능청스레 말했다. "너 따라서 깨작깨작 먹다 보니 까 잘 먹게 되더라고. 얼마 전에 친구들이랑 먹어 봤는데 나쁘 지 않더라."

"흠!"

"뭐가 '흠'이야?"

"아니, 그냥. 기분이 묘해서." 지수가 대꾸했다. "오래 사귀다 보면 서로 닮는다잖아. 요즘 그런 걸 많이 느끼거든. 네가 날 닮 아간다는 느낌이 들어. 아주 사소한 것에서부터."

"이건 좀 갑작스러운데……. 예를 들면? 뭐가 있었지? 곱창

먹는 거 빼고."

"너 원래 김밥에 단무지 빼서 먹었잖아."

"네가 하도 뭐라고 해서 그냥 먹기 시작했지. 세상에, 그런 거 가지고 목에 핏대 세워가며 뭐라하는 사람일 줄은…… 사귀기 전까진 미처 몰랐지."

"그래? 그런 것 치곤 즐기는 모양새던데."

"전혀 그렇지 않아." 민석은 딱 잘라 말했다.

"지난번에 김밥천국 갔을 때도 그랬지. 아주머니한테 여긴 단무지 원래 안 넣냐고 뭐라 그랬잖아?"

"그거야 한 줄에 이천 원씩이나 하는 주제에 든 게 너무 없었으니까 그렇지. 있는 걸 안 빼고 먹는 거랑, 없는 걸 이상하다고 느끼는 거랑은 천지 차이야."

"웃기구 있네……. 그럼 커피 마시는 건? 나 만나기 전까진 쓴 커피에 입도 안 댔다며?"

"그건 부분적으로 인정해. 다만 그건 내가 커피의 세계를 잘 몰랐다고나 할까……. 내가 어떤 부분에선 굉장히 보수적인 인간이거든."

"그랬던 놈이 이젠 커피 없으면 하루를 시작하지도 못하는 인간이 돼 버렸네."

"사람은 원래 변하는 법이지." 민석이 말했다. "……너도 나 만나고 나서 담배 끊었잖아."

"……그러게." 지수는 조금 뜸을 들이다 대답했다. "나 혼자 피우는 게 적응이 안 됐단 말이야. 넌 냄새 나는 것도 싫어하는데."

"그래. 네 말이 다 맞아."

"무슨 소리야?"

"그러니까, 서로 닮아간다는 거……." 민석은 멋쩍은 듯 뒷머리를 긁으며 말했다.

"그래도 나는 너처럼 군대는 가기 싫어."

"하긴 그것까지 닮을 필요는 없지? 안심해. 대한민국에서 여성은 전시근로역이라……."

"아니, 그런 게 아니라," 지수가 돌연 말허리를 끊으며 들어왔다. "어디 가버리면 네가 기다려야 하잖아. 내가 2년 동안 그랬던 것처럼."

"아, 그렇지."

"기다려 보니까 정말 못해먹겠더라고."

"그런데도 용케 했구나."

"그렇다고 끊어 버리는 것도 귀찮았어. 달라붙는 남자애들도 죄 파리 같은 것밖에 없었고……."

"젠장." 민석이 중얼거렸다. "소대장님도 얼마나 날 좋아하셨는데. 나보고 군대에 말뚝 박으라고 하더라고. 체질이 타고 났다면서."

"소대장님이 평소에 농담을 잘 하셔?"

"아니." 민석은 계속해서 말을 잇는 대신, 지수를 향해 엷은 미소를 지어 보였다.

"알아, 너도 기다렸다는 거 아냐?"

"응."

"할 말이 있으면 말로 하라고……. 표정으로 대신하지 말고." 지수는 핀잔을 주며 말했다.

"노력하는데, 잘 안 될 때가 있지."

"말은 잘한다니까."

"그럼," 민석이 맞장구쳤다. "곱창이나 먹으러 가자."

• • •

눈 깜짝할 사이에 벌어진 일이었다. 민석은 눈앞에서 스키를 타고 천천히, 아주 천천히 슬로프를 내려갔고, 지수는 양발 끄트머리로 A자를 만든 채 겨우 버티는 모양새였다. 그러다 돌연 뒤에서 바람이 불어 닥쳤다. 인공적인 바람이었다. 고속도로 위에서 지나가는 자동차 뒤로, 전철이 다다르기 직전의 플랫폼으로 불어 닥치는, 정확히 그런 종류의 바람이었다. 제 몸도 가누지 못하는 상황에 뒤로 시선을 돌릴 순 없었다.

커다란 덩치의 고등학생은 쏜살처럼 시야에 나타났다. 그리고 그길로 민석의 뒷모습을 향해 활강하다 소리 없이 들이박았다. 그렇게 두 남자의 모습이 슬로프 아래로 사라져 버렸다. 그럴듯한 비명 한 번 없이.

"아……!" 지수는 별안간 어안이 벙벙해 아무 말도 나오지 않았다. 간신히 고정하고 있던 다리에 맥이 풀렸다. 십일 자로 늘어진 스키가 슬로프를 마주하며 속도를 냈다. 곧 안전선 근처까지 가서 몸을 확 기울였다. 지수가 멈춰서기 위해선 넘어지는 것 이외의 방법이 없었던 것이다.

고등학교에서의 마지막 수학여행에서, 학생들은 으레 하나씩의 객기를 부리기 마련이다. 느닷없이 들이닥쳐 큰 사고를 낸 그 학생으로서도 별반 다르지 않았다. 그 시절의 민석이 물통에 소주를 담아갔듯이, 또 그 시절의 지수가 다른 학교 남학생들과 만나곤 했듯이, 처음 타 보는 스키를 매달고 최상급 코스에 덜컥 내려 봤을 뿐이다.

이따금 그런 종류의 객기들이 안타까운 사건으로 이어지기는 하지만, 따지고 보면 어쩔 수 없는 일이다. 추억이 될 순간 앞에서는 누구나 속력을 내기 때문이다. 멈추는 법을 모르는 것은 젊음의 속성이지 잘못이 아니다. 그 결과가 처참한 비극인지, 동창끼리의 얘깃거리인지는 순전히 그 순간을 넘길 만한 운의 유무에 따라 나뉜다.

두 사람 다 사지가 멀쩡하다는 건 불행 중 다행이었다. 학생이 부러뜨린 제 뼈야 한두 달에 거쳐 도로 붙을 것이고, 피가 나고 쓰린 곳은 그보다 더 빨리 아물 것이었다.

오히려 문제는 피 한 방울 흘리지 않고 쓰러진 민석 쪽에 있었다. 민석은 이틀간 혼수상태에 있다가 겨우 깨어났다. 처음에 의사는 조금 심한 수준의 뇌진탕이라는 소견을 내놓았는데, 얼마지 않아 뇌의 일부분에 상당한 충격이 가해진 것 같다고 말을 바꿨다.

"당장 일상생활에는 문제가 없습니다." 의사가 말했다.

"무슨 말씀인지 잘 모르겠습니다. 일상생활에 문제가 없다는 게……." 민석의 아버지는 무척 조심스럽게 되물었다.

"말 그대로입니다. 걷고 뛰고 심지어 일하는 데에도 김민석 씨한테는 지장이 없어요. 뇌 속에서 상실된 세포가 좀 있을 뿐이라 해야 할까요?"

"다시 한 번 설명해 주시겠습니까? 제가 가방끈이 짧아 놓아서요."

"예를 들면 그런 겁니다. 저희가 쓰는 컴퓨터에도 뇌 역할을 하는 게 있죠. CPU라고 하는…… 중앙처리장치입니다. 일단 이게 멀쩡하면 컴퓨터는 어떻게든 돌아갑니다. 이 상황으로 치면 컴퓨터 본체에 엄청 큰 충격이 가해졌는데 다행히 CPU는 멀쩡한 셈이죠. 컴퓨터가 작동하는 것 자체에는 문제가 없는 겁니다. 대신 다른 부분에 심한 충격이 간 거죠. 이건 컴퓨터로 치면 기억장치나 저장장치 쯤 되지 않을까요?"

"기억이 없어졌다는 말씀입니까?"

"정확히 어떤 기억이 어떻게 없어졌는지는 저희도 모릅니다. 다행스럽게도 부모님과 친척 내외 분들에 대해서는 잘 기억을 하는 것 같고요. 말하자면 과거 기억 곳곳에 구멍이 난 상태예요. 특히 최근의 5년에 대해서는 거의 기억해내지 못하는 것 같습니다. 본인의 경험이든, 주요한 사건이든……."

"그러니까, 우리 아들이 정신적으로 어려졌다는 말씀이신가요? 말씀하신, 5년 정도를요?"

"어려졌다기 보다는 거의 사라졌다고 보시는 게 맞을 겁니다." 의사가 말했다. "본인이 스물여섯 살이라는 건 인지를 하고 있지만, 기억은 스물한 살까지밖에 남지 않은 거죠."

"아……." 민석의 아버지가 천천히 손을 들어 이마에 가져다 댔다. 곧 팔이며 다리가 떨리기 시작했다.

"너무 괘념치 마세요. 기억이 다 사라졌다고도 할 수 없는 노릇이고, 재활하다 보면 문득 되찾는 경우도 제법 있습니다. 환자분 본인도 너무 당황해서 어쩔 줄 모르는 상황입니다. 가능하면 보호자 분께서 이성을 되찾으신 다음에……."

"예, 예." 아버지가 고개를 끄덕이며 말했다.

• • •

대학병원 본관 1층에 위치한 카페는 영업 시간 내내 북적거리는 편이었다. 구내식당이나 편의점 정도를 제외하면 간단한 식사거리를 마련할 곳이 마땅찮았기 때문이다. 병원에서 나오는 식사를 견디지 못한 환자들이 정오부터 쏟아져 나오는가 하면, 하루 종일 카페 벤치에 앉은 채 긴장된 표정으로 대기 의자에 앉아 있는 예비 환자와 보호자들을 쳐다보는 사람도 종종 있었다.

　입원실이 많은 병원은 표면상 면회를 허락하기는 해도 그다지 반기지 않는다. 이런저런 일로 돌아다니기 바쁜 간호사들이야 신경을 쓰지 않는다 쳐도, 그 넓은 병원 건물에 면회를 위한 장소 한두 곳조차 마련돼 있지 않다. 그나마 입구의 프랜차이즈 카페가 아니었다면 병문안 온 사람과 오붓이 대화할 수 있는 곳이라곤 고가의 1인 병실 또는 화장실 칸 정도가 고작일 것이다.

　"그래서, 퇴원일자는 언젠데?" 지수가 마시던 커피잔을 내려놓으며 말했다.

　"당장 퇴원해도 상관은 없대. 검사도 다 했고, 예후도 한 달이나 지켜봤으니까 정기적으로 통원치료만 해도 될 것 같다고 그랬어." 민석이 대답했다. 고개는 지수를 향해 있었지만, 초점은 병원 문을 들락날락거리는 사람들에게 맞춰졌다. 병원 로비에는 적당한 숫자의 사람들이 서거나 앉아 일을 보고 있었다.

　"그래, 그럼 언제 퇴원할 건데?"

　"그걸 잘 모르겠어. 솔직히 말하면 무섭기도 하고." 민석이 꼬고 있던 다리를 풀고 다시 반대로 꼬았다. "내가 일상생활으로 잘 돌아갈 수 있을까 싶어. 나는 아직도 내가 스물한 살인 것 같단 말이야."

"그건 솔직히 부러운데." 지수가 다시 커피잔을 들어 마셨다.

"아니……, 실제로 젊어진 게 아니잖아."

"마음이 젊어지면 뭐, 몸이야 아무래도 상관없는 거 아닐까?"

"내가 너 같은 여자친구를 사귀었다는 것도 잘 안 믿겨져. 내 어디가 좋아서 날 만난 거야?"

"나도 잘 모르겠어. 정신차려 보니 널 만나고 있었거든."

"하하, 그건 지금 내 상황이랑 똑같네." 민석은 너털웃음을 지으며 말했다. "나도 정신차려 보니까 네가 내 여자친구였어."

"그래서 별로라는 거야?"

"음, 별로라기보다는, 정말 모르겠어. 내가 널 좋아하는지, 아니면 좋아하게 되는지 어떨지는."

"아, 그냥 좋게 좀 말해주면 안 돼?" 지수는 조금쯤 짜증을 섞어 물었다.

"그게 무슨 의미가 있어. 거짓말이잖아."

"네 마음인데 왜 네가 얘기를 못 하는 거야?"

"어디 사람 마음이 마음처럼 되나……." 민석이 중얼거렸다. 대답은 아니었다.

지수는 말없이 민석의 얼굴을 쳐다봤다. 그리고 민석에게 '한때 사람을 앞에 두고 중얼거리는 습관'이 있었단 사실을 뒤늦게 기억해 냈다. 몹시 낯선 기분이었다. 이미 죽었던 사람이 다시 나타나 걸어 다니는 것처럼.

· · ·

"잘 안 돼." 민석이 말했다. "너무 어려워. 내가 내 감정을 안다는 게."

"누구나 그래." 지수는 말함과 동시에 침대에서 몸을 일으켰다. 발을 더듬어 바닥에 널브러진 속옷을 찾아 입었다.

"싫어? 다 끝나고 이런 말 한다는 게."

"왜? 나한테 미안한 마음이라도 들어?"

"그렇다기 보단,"

"이상하네. 앞으로 시간이 계속 지나도, 내가 정말 좋아질지도 잘 모르겠다면서."

"그거랑은 별개의 문제야. 이건 어디까지나 사람 대 사람으로의 얘기지⋯⋯."

"사람 마음이 자기 마음처럼 돼? 네가 말한 거잖아." 얼버무리듯 말을 흐리는 민석이 미워서, 지수는 불쑥 말을 끊고 받아쳤다. "그래도 상처받는 건 어쩔 수 없다니까 네가 뭐라 그랬어? 그건 네 알 바 아니라며. 그런 것도 마음대로 안 되는 게 사람 마음이라며?"

"아니, 나한테 왜 그렇게 공격적으로 말하는 거야? 내가 다치고 싶어서 다친 것도 아닌데."

"몰라, 내가 어떻게 알아? 짜증나 죽겠어, 정말⋯⋯." 지수가 중얼거렸다.

"너 지금 나 따라하는 거야?" 민석이 불쑥 자리에서 일어나 따지듯이 물었다.

"내가 왜 널 따라하는데?"

"아니면 뭘 그렇게 중얼거려? 나한테 다 들으라고 하는 거 아냐?"

"아, 넌 평소에 그랬나 보네? 일부러 다 들리도록 중얼거리는 거였구나?" 지수는 지지 않고 받아쳤다.

"짜증나게 하지 마."

"그러다 한 대 치겠다?"

"내가 여자라고 못 때릴 줄 알아?" 민석이 주먹을 바짝 쥐었다.

"위협하지 마. 경찰에 신고하기 전에."

"신고? 뭘 신고하는데? 난 너한테 아무 짓도 안 했는데?"

"그건 모르는 거 아냐? 나 관련해서 기억이 아무 것도 안 난다며? 그동안 날 몇 번이나 때렸는지 네가 알 리가 없지."

"내가 널 때렸다고?"

"글쎄, 어떨 것 같은데? 넌 네가 날 얼마나 때렸을 것 같아? 지금은 어떻게……."

"아, 씨발!" 민석은 별안간 욕을 했다. 그러고 나서 있는 힘껏 지수를 밀어 넘어트렸다.

"아악!" 지수의 몸은 원목 프레임과 협탁에 차례로 부딪히며 큰 소리를 냈다. 지수는 곧 왼쪽 어깻죽지를 감싼 채로 모텔 바닥에 나뒹굴었다.

"살짝 민 것 가지고 난리치기는. 어디 뼈라도 부러졌어? 어휴." 민석은 몸부림치는 지수를 보며 비아냥거렸다. "엄살 좀 피우지 마. 지금 뭐하는 거야? 일어나. 일어나라고."

그러나 지수는 여전히 쓰러진 채 발버둥치고 있었다. 민석은 지긋지긋하다는 표정으로 그 광경을 바라보다가, 옷걸이에 걸려 있던 자켓 안주머니에서 담배를 꺼냈다. 이내 침대 머리맡에 걸터앉아 연기를 뿜기 시작했다.

"아파, 아, 아……." 지수의 몸부림은 좀처럼 멎지 않았다. 생전 느껴본 적 없는 통증이 왼쪽 어깨를 짓누르고 있었다.

다만 민석이 그런 지수의 행동이 엄살이 아니라는 것, 지난 5년 동안 생각 이상으로 자신의 힘이 세졌다는 것, 그래서 겁만 주겠다고 밀친 것이 어깨뼈를 부러트렸다는 것을 깨닫기까진 제법 오랜 시간이 걸렸다.

· · ·

"앞길이 창창한 청년입니다. 제가 민석이 아비로서 대신 사과드리겠습니다. 이번에 선처해주시면, 두 번 다시는 이런 사고 안치고 착실히 살게끔 제가 잘 할테니……."

"쟤 앞길이 창창하다고요? 그럼 저는요? 저는 쟤가 한 짓 때문에 평생 후유증을 안고 살아야 하는데!" 지수가 분에 겨워 소리쳤다. 입원 병동 복도가 술렁거렸다.

"이해합니다. 이해해요. 저도 젊을 때 사고로 다리를 수십 년 동안 절었습니다. 그걸 왜 모르겠어요? 부득이하게 벌어진 사고이니만큼, 수술비든 입원비든 뭐든 제가 책임지겠습니다. 자식 놈 고소만 취하해 주시면 제가 무슨 벌이라도 달게 받겠습니다." 민석 아버지는 병상의 지수에게 애걸하듯 부탁했다. 민석은 그 뒤에 한 발짝 물러나 서서는, 양손을 공손히 몸 앞에다 모아 쥐곤 고개를 떨구고 있었다.

"벌은 법이 정하는 대로 받아야죠. 죗값은 법정에서 결정하는 거니까요." 지수가 말했다.

"아이고, 선생님……."

"제가 왜 아저씨 선생님이에요? 제발 가세요! 더는 할 말 없으니까."

"이놈아. 너도 뭐라도 좀 해라! 빨리 잘못했다고 해! 무릎 꿇고 싹싹 빌어도 모자랄 판에, 멀뚱히 서서 구경이나 하고 있고……."

"쟤랑 할 말은 더더욱 없어요! 그냥 가라니까요!"

"……지수야." 민석은 주저하는 투로 말을 건넸다.

"듣기 싫어!"

"너한테 상처 줘서 미안해. 내가 기억이 없다는 핑계로 널 함부로 대해서 미안해……."

"듣기 싫다니까!" 지수가 재차 소리쳤다.

"그런데, 나 변호사 시험 쳐야 하는 거 알잖아. 그런데 전과가 있으면 몇 년을 더 기다렸다가 해야 해. 나중에 불이익 받을지도 모른다고 하고. 그렇게 되면 나는 인생을……."

"니 인생만 중요해? 내 인생은? 그러게, 그렇게 니 미래가 중요했으면 사람 때려서 병신 만들지 말지 그랬어. 이렇게 되기 전에 좀 더 잘 얘기해 보지 그랬어."

"네 말이 다 맞아. 정말로……."

"어이없네, 진짜. 왜 이제 와서 저자세야? 감옥 가는 게 그렇게 무서워?"

"……나 이제야 기억이 돌아왔어." 민석이 말했다.

"뭐라고?"

"너랑 같이 지냈던 시간들이 다 기억나. 너랑 같이 여행 갔던 것도, 맛있는 거 먹으러 다녔던 것도, 같이 공부했던 것도, 네가 내 군대 기다려준 것도, 다 기억나, 이제……."

"……그래서?" 지수는 다소 누그러진 듯했다.

"지금은 이렇게 돼 버렸지만, 다시는 되돌아갈 수 없는 강을 건너진 않았으면 해. 너는 여전히 나한테 소중하고 중요한 사람이야. 정말 아름다운 추억들을 함께 했었지. 그런 것들이 이렇게 끝나게 되는 게, 나 자신한테 너무 화가 나고 그랬어."

"……."

"가능하다면 너랑 친구로라도 계속 지내고 싶어. 왜냐면, 그렇게 하지 않으면 5년 동안의 기억이 돌아오지 않은 것만 못 할 테니까. 그렇게 친구로 지내다가, 만약 나한테 다시 한 번 기회가 오면 그땐 후회할 행동 절대 하지 않을 거야. 약속해."

"……그래." 한참동안 눈을 감고 있던 지수가 입을 뗐다. "다시 사귀는 건 무리일 것 같고, 그냥 친구로 지내자. 너랑 같이 있었던 시간을 잘 간직하고 싶은 건 나도 마찬가지니까……. 퇴원하고 나면 술이나 한잔해."

"아, 지수야. 고마워, 정말 고마워……. 평생 잊지 않을게. 정말로."

"선처 부분은……내가 조금 생각해 보고 얘기해 줄게. 오늘은 이만 가. 나도 머리가 복잡하니까."

"그래, 그럴게. 아버지, 이제 아무 말 하지 마시고 얼른 가요. 지수가 생각해 보겠다고 했으니까……." 민석이 주저앉아 있던 아버지를 일으켜 세우며 말했다.

"감사합니다, 감사합니다, 선생님. 정말로……잘 부탁드립니다."

"아, 됐어요. 제발 가세요. 머리 아프거든요."

"그래, 지수야. 우리 정말 갈게. 나중에 술 한잔 꼭 하자. 약속해." 민석은 말하면서 공중에다 새끼손가락 거는 시늉을 해 보였다. 지수는 무표정한 얼굴로 그 모습을 바라보다가, 마지못해 새끼손가락을 마주 내밀었다.

"……그래. 꼭 다시 만나." 지수가 말했다. "곱창에 소주 한잔하면서."

"에이, 나 곱창 안 좋아하는 거 알면서 그래." 민석은 얄궂게 웃어 보이곤 뒤돌아 병실을 나갔다.

"……그래, 정말 안녕……. 정말……." 지수는 못내 중얼거리다 말고 이불을 뒤집어썼다. 불 꺼진 503호 병실에 흐느끼는 소리가 가득 찼다.

<사라진 마음>

Ex 3

"이번 정차역은 합정역, 합정역입니다. 내리실 분은 버스가 완전히 정차한 뒤에 질서를 지켜……"

승환은 방송이 다 끝날 무렵에야 뒤늦게 정신을 차렸다. 버스 뒤쪽 좌석 언저리에서 허겁지겁 가방을 챙겨 뛰었다. 차창 밖의 산뜻한 햇발과 그 아래의 정류장이 눈에 밟혔다. 함께 버스에 있던 사람들은 한참 전에 내렸고, 그 너머에서 신호를 기다리며 서 있었다. 때마침 버스는 앞쪽 출입문을 닫고 속도를 낼 참이었다.

"아, 잠시만요! 저도 내릴게요!" 승환이 화들짝 놀라 소리쳤다. 한순간 버스에 남아 있던 십수 명이 고개를 쳐들고 빤한 시선을 쏘아댔다. 다행히 버스는 시동 거는 것을 멈췄다. 하나뿐인 출입문이 도로 열리는 소리가 '치-익'하고 났다.

"다음엔 미리미리 챙겨 놓으세요, 좀!" 버스 기사가 역정을 내며 말했다. "뭐 하는 거야. 다른 사람들 다 내릴 때 안 내리고……."

"죄송합니다……." 승환은 짧게 대답하고 버스에서 내렸다. 뒤로 한 출입문은 보도블록에 발이 닿기 무섭게 닫혔다. 떠나버린 버스에 다시 올라탈 방법은 없다. 막 스무 살이 돼 상경한 승환도 그 정도 사실쯤은 알고 있었다. 다만 알고 있는 것과 직접 경험해 와 닿는 일 사이에는 늘 얼마만큼의 시차가 있었다.

버스 바깥의 날씨는 이제 막 봄에 접어들어 쾌청했다. 완연한 봄까진 아니어도, 제법 산뜻한 기분에 어디론가 산책 나가기 좋은 날이었다.

'하마터면 못 내릴 뻔했네. 다음엔 알람이라도 켜 놓고 자든가 해야지. 이래서 금요일 오전 강의는 골치 아프다니까. 왜 아침 9시에 첫 강의를 하냐고? 우리가 무슨 고등학생이야?'

속으로 투덜거리고 있을 찰나였다. 별안간 등줄기가 싸늘해 소름이 돋았다. 분명 가방을 챙겨 내렸는데 허전한 기분이 들었다. 곧장 손을 뻗어 자켓 양쪽 주머니를 더듬었다.

"어, 어? 어!" 승환은 자신도 모르게 당혹스런 소리를 냈다. 횡단보도의 신호가 바뀌자, 사람들은 "내 휴대폰! 지갑!" 하면서 자켓이며 메고 있던 가방을 휘적거리는 승환을 흔한 구경거리처럼 흘겨보며 지나쳤다. 평소 같았다면 쥐구멍에라도 들어가고 싶은 기분이 들었겠지만, 승환은 당장의 상황을 받아들이기에도 힘이 부치는 모양이었다.

'에이 설마……. 진짜 없어? 진짜? 아니야. 아닐 거야…….' 그렇게 몇 분간을 더 뒤져 봤지만 허탕이었다.

끝내 승환은 지갑과 휴대폰을 함께 잃어버렸다는 사실을 받아들였다. 받아들일 수밖에 없었다. 자켓 어디에도, 가방 속 자그마한 주머니들 속에서도 나타나지 않았으니까. 심장이 덜컹 내려앉았다. 현기증이 나고 머리가 쪼개질 듯이 아파왔다. 아침으로 먹은 김밥이 속에서 부글부글 끓었다.

'대체 어디서 잃어버린 거지? 김밥집? 지하철? 버스? 아니면 아예 집에서 놔두고 온 건가? 아, 차라리 그랬으면 얼마나 좋을까?'

교통수단 안에서의 시간을 잠으로 때우는 습관이 이런 결과로 이어질 줄이야! 일이 다 벌어져 눈앞에 닥치기 전까진 깨닫기 어렵다. 그 와중에 첫 강의가 시작하기까지 얼마 남지 않았다는 사실이 떠올랐다. 승환은 지금 시간이 몇 시인지를 습관처럼 확인하려 했지만 그럴 수 없었다. 휴대폰은 방금 잃어버렸고, 한 달 전까지 차고 있던 수능 시계는 "뭐, 난 재수할 생각은 없으니까."라는 말과 함께 고향집 어딘가에 처박아 놓았기 때문이다. 하는 수 없이 주위를 두리번거렸지만 시간을 확인할 수 있는 방법은 없었다.

그동안 머리 한 부분에선 잃어버린 휴대폰이며 지갑을 반드시 되찾아야 한다는 생각, 그리고 성격이 지랄 맞기로 유명한 그 교수의 강의에 늦을 수 없다는 강박이 서로 부딪혀 갈등을 빚고 있었다. 잃어버린 물건을 찾고자 강의에 빠지면 반 학기 동안 들여온 공이 무너질 것이다. 그렇다고 곧장 강의실에 들어가 수업을 듣는다면, 그동안 휴대폰과 지갑이 어디의 누군가에게 가 있을지 모를 일이었다. 어디서 뭘 잃어버렸든지 간에 시간이 더 지체될수록 되찾기 어려워진다는 건 명확했다.

'잠깐, 만약 버스나 지하철에 두고 내렸다면 어떻게 해야 찾을 수 있는 거지? 버스 회사나 철도 공사에 전화를 해 봐야 하나? 난 휴대폰이 없는데?'

아무리 생각해 봐도 답이 없었다. 휴대폰을 되찾기 위해서는 휴대폰이 필요했고, 지갑을 되찾기 위해서는 지갑이 필요한 상황이었던 것이다. 승환은 눈앞이 깜깜해 머리를 쥐어뜯었다. 이와 별개로 다리는 저절로 움직여 캠퍼스 정문을 향해 걷고 있었으니 사람의 습관이란 실로 무서운 것이었다.

• • •

'어, 여기가 아닌가?'

입구에 붙어 있던 강의실 호수를 몇 번이나 확인했다. 그곳은 분명히 C동 7층에 있는 703호 강의실이었다. 승환으로선 이해가 안 되는 상황이었다. 금요일의 맨 첫 번째 강의는 한 번도 빠짐없이 그 강의실에서 진행돼 왔으며, 강의실 내벽 왼쪽 끝자락에 나 있는 지저분한 얼룩도 정확히 같은 모양을 하고 있었던 것이다.

강의실을 다른 데로 옮겼나? 아니면 어떤 사정이 있어 수업이 뒤로 밀렸나? 누구에게 묻고 싶어도 물을 사람이 없었다. 703호 강의실은 물론 바깥쪽 복도에도 지나가는 사람 한 명 없이 고요했다. 그 널찍한 곳이 얼마나 고요했는지. 쓸쓸한 분위기로는 주말의 초등학교를 방불케 했다. 한때 생기가 넘치고 시끌벅적했던 것들은 내가 오기 한참 전에 떠나갔으며, 이제는 거기에 홀로 서 있는 자신의 존재가 하나의 오류인 것처럼.

내려가는 엘리베이터 앞쪽에는 또 널따란 벽이 나 있었다. 창백한 흰색은 아니고, 조금 옅은 베이지 색을 띤 콘크리트 벽이었다. 그 벽에 시계가 걸려 있었다. 똑바로 선 승환의 시선에서 약간 위쪽에, 못으로 고정돼 있었다. 승환은 그때서야 겨우 시간을 알 수 있었다. 9시 반이었다.

1층으로 향하는 승강기 안에서, 승환은 도서관에 있는 공용 컴퓨터를 쓰면 어떨까 하는 생각에 다다랐다. 인터넷이 되는 컴퓨터라면 메시지 앱이나 SNS로 누구에게든 연락을 할 수 있을 것이다. 판단과 엘리베이터가 동시에 섰다. 남학생 하나가 로비에 내리기 무섭게 중앙도서관을 향해 내달렸다.

　그러나 승환이 놓친 것이 하나 있었다. 중앙도서관에 출입하기 위해선 그 학교의 재학생이라는 사실을 입구에서 증명해야 했고, 따라서 입학 당시 발급받은 학생증이 필요했던 것이다.

　"저 정말 이 학교 학생 맞다니까요? 경영학과 16학번……."

　"어허, 그래도 학생증 없이는 안 된다니까?" 경비원은 중앙도서관의 유일한 출입구를 떡하니 가로막고서 말했다. "입학할 때 학생증 다 받았을 텐데, 학생이면 학생증이 있어야 내가 알아보지."

　"한 번만 믿어 주시면 안 될까요? 다른 거 필요 없고 진짜 컴퓨터 몇 분만 쓰면 되거든요." 승환은 간절한 말투로 부탁했다.

　"미안하지만, 안 돼. 학생증 없이는 총장 할애비가 와도 통과시켜줄 수가 없어요."

　"……그럼 혹시 학교에서 학생증 없이 컴퓨터 쓸 수 있는 곳 아세요?"

　"그건 나는 모르지."

　"……." 승환은 말문이 막혀 그대로 돌아 나왔다.

· · ·

　승환이 캠퍼스를 다 빠져나갈 무렵이었다. 경영학과 재학생으로 보이는 남녀 무리가 떼를 지어 언덕을 오르고 있었다. 하나같이 모르는 얼굴들뿐이었다.

'이럴 줄 알았으면 과에 친구 몇 명이라도 만들어놓는 건데.'

그야 결과론이었다. 승환은 대학에서 친구를 사귈 생각도 없었고, 필요도 느끼지 못했다. 애초에 상경하던 길부터 '철저하게 학점을 관리해 첫 학기부터 장학금을 받겠다'고 부모님께 호언 장담을 했기 때문이기도 했지만, 자신의 말투에 묻어나오는 사투리며 촌스러운 옷차림 때문에 지레 포기한 면도 없지 않았다.

그러고 보면 서울에는 잘 안다고 할 만한 사람이 거의 없었다. 같은 고등학교에 다니던 몇몇 친구들이 서울이나 경기도쪽의 대학에 진학했다는 말은 들었지만 먼저 연락을 하거나 교류해 본 일은 없었다. 어차피 그 친구들 입장에서도 새로운 곳에서 입지를 다지는 편이 낫지, 차로 두세 시간 걸리는 지방의 한 고등학교 동창과 친해질 생각은 없을 것 같았다.

캠퍼스 정문을 뒤로하고 무작정 걸었다. 승환이 아는 길이라곤 그길 뿐이었다. 강의가 시작되기 전에 지나갔다가, 강의가 모두 끝나면 버스에 늦을까 바삐 지나치는 길. 그렇게 터덜터덜 걸으며 주위를 살펴본 것도 생전 처음 있는 일 같았다. 학생들이 자주 찾는 식당가, 복사나 코팅을 해 주는 문구점, 광고 문구가 난잡하게 붙어 있는 유리벽 너머의 편의점과 자그마한 옷집 같은 곳들이 눈에 띄었다. 그러다 문득 발견한 휴대폰 대리점에 문을 열고 들어갔다.

대리점 직원은 '잃어버린 휴대폰을 찾을 수 있게 도와달라'는 승환의 요청에 당황한 기색이 역력했다. 하지만 곧 평정을 되찾고 '휴대폰 번호가 무엇인지' '등록된 통신사가 어디인지'

'어디서 마지막으로 봤는지' 같은 질문으로 손님을 안심시켰다. 결과적으로 승환은 당장이라도 휴대폰을 찾아줄 것 같은 직원의 태도에 적이 감동받아서, 대리점 구석자리에 있는 의자에 한참이나 가만히 앉아 기다렸던 것이다.

"기다리느라 수고 많으셨어요." 꽤 시간이 지났을 즈음 직원이 말을 꺼냈다. "제가 지금 상황에서 도와드릴 수 있는걸 찾아봤는데요."

"아, 고맙습니다. 수고는요…… 도와주셔서 정말 감사드려요. 정말 눈앞이 깜깜했는데." 승환은 말이 끝나기도 전에 감사 인사를 했다.

"음, 저, 이게 그만큼 도움이 될지는 모르겠는데요. 이리로 따라오시겠어요?"

"네." 승환은 대답과 함께 일어나 직원을 따라갔다.

"고객님 휴대폰이 어디 있는지 위치를 추적해 봤거든요?" 직원은 고객 응대 카운터 안쪽의 모니터를 가리키며 말했다.

"네."

"그런데 아까 말씀하셨던 게, 버스에서 잃어버렸다고 하셨죠? 천이백칠십번 광역버스."

"네……, 아마도요." 승환은 침을 꿀걱 삼키며 대답했다. 속이 바싹 마르는 기분이었다.

"근데 여기 보시면 지금 휴대폰 위치가 종로로 잡히거든요."

"종……종로요?" 승환은 아연실색해서 대꾸했다. 종로라는 곳에 서울 어디에 있는 건 알았어도 정확히 어디인지는 몰랐던 것이다.

"네. 그런데 버스 노선이 종로 근처로 가는 노선이 아니더라고요. 지하철도 마찬가지고."

"네. 그럴 거예요."

"……그럼 누가 휴대폰을 주워서 종로로 가져간 것 같은데요. 이러면 찾기가 좀……." 직원은 자못 조심스럽게 말했다. 그래서 승환은 가능한 태연하게 상황을 받아들이는 체했다.

"아뇨, 여기까지 도와주신 걸로도 너무 감사드려요. 이제부터는 제가 알아서 해 볼게요." 승환이 고개를 꾸벅 숙이며 말했다. "일단 그 근처로 가 봐야겠어요."

"아, 아닙니다. 저도 그냥 말단 직원인지라……, 이 정도밖에 못 도와드려서 죄송하네요. 휴대폰 꼭 찾으시길 바랄게요."

"그럼 가 보겠습니다."

"네. 조심히 가세요." 직원이 인사했다. 이어서 승환이 문을 열고 대리점 밖으로 나갔다.

하지만 그로부터 몇 분이나 지났을까, 나가서 대책 없이 걸어가던 승환은 발길을 돌려 대리점 문을 열어 젖혔다.

"저, 죄송한데, 제가 지갑도 잃어버려서요. 혹시…… 택시비를 만 원만 빌려주실 수…… 있을까요?" 승환이 멋쩍게 머리를 긁으며 말했다.

• • •

"동생 같아서 빌려주는 거예요. 안 갚아도 되니까 휴대폰 꼭 찾고, 근처에 오면 연락이라도 한 번 주고……. 아, 대학교 친구 중에 휴대폰 바꾸려는 사람 있으면 딴 데 말고 이리 데려오고." 대리점 직원은 만 원짜리 지폐 세 장을 꺼내 내밀었다.

"아……, 정말 이걸 어떻게 갚으면 좋죠? 정말 너무 감사합니다. 죽을 때까지 안 잊을게요. 정말……." 승환은 눈이 그렁그렁해 더 이상 말을 잇지 못했다.

"됐어요, 됐어. 겨우 3만 원 가지고 죽을 때까지는……. 그냥 나중에 제 입장처럼 누굴 도와줄 수 있는 상황일 때 도와주면 돼요. 저도 한때 그랬거든요."

"네, 네. 꼭 그럴게요." 승환이 대답했다.

큰 길로 나오자마자 잡아탄 택시는 종로로 가 달라는 승환의 말에 지체 없이 속도를 높였다. 금요일 오후의 서울이 창밖으로 휙휙 스쳐지나갔다. 걸어간다면 몇 시간이나 걸렸을 거리였다.

'하여튼 생판 모르는 남에게 이런 도움을 주다니, 아직 세상은 살 만한……, 어……?' 대뜸 생각의 흐름이 끊겼다. 방금 전까지 느끼던 고마움과 택시 뒷좌석의 편안함은 온데간데없이 근본적인 물음에 봉착해 버렸다.

'아니……, 가는 건 좋은데 가서 뭘 어떻게 하지? 다짜고짜 간다고 휴대폰을 찾을 수 있나?'

두말할 필요도, 택도 없었다. 집에서 잃어버린 리모콘도 제때 찾지 못해 엄마를 부르던 승환이었다. 종로가 뉘집 앞마당도 아니고, 갓 스무 살이 된 대학생이 무턱대고 찾아가 본들 잃어버린 휴대폰을 찾을 수 있을 리 만무했다.

현금으로 택시비를 치른 승환은 제 발로 택시 뒷좌석에서 내려섰다. 이내 눈앞에 종로가 펼쳐졌다. 크고 작은 길바닥에 셀 수도 없이 많은 사람들이 지나다녔다. 오른편으로는 서너 평 크기의 상가 십수 군데가 다닥다닥 붙어 있었고, 왼편으로는 높은 빌딩들이 늘어서서 가장 낮은 건물도 십여 층은 될 것 같았다.

승환은 이제 겨우 서울에 도착한 것이다.

• • •

자취방으로 향하는 버스 안에서, 승환은 자신의 실수로 잃어
버린 것들을 하나둘 헤아려 봤다. 일단은 그날 있었던 중요한 강
의 두 개를 통째로 놓쳤다. 놓친 진도를 따라가기 위해서는 누군
가에게 노트를 빌리거나 선배로부터 족보를 공유 받는 수밖에
없는데, 같은 과에 친구는커녕 아는 사람도 하나 없는 처지였다.

'어떻게든 애쓰면 B+ 정도는 받을 수 있겠지만……, 확실히
장학금은 물 건너갔군.'

휴대폰은 또 어떤가. 휴대폰 안에 있던 고향 친구들의 전화
번호는 물론, 여태 사람들과 주고받았던 카카오톡과 메시지 내
역도 초기화될 것이 뻔했다. 틈날 때마다 찍어서 보관했던 사진
들도 다시는 볼 수 없었다. 그렇게 생각하자 그 낡아빠진 스마
트폰이며 베젤 구석탱이에 엉망으로 쪼개진 액정까지도 무척
그리운 물건처럼 느껴졌다.

지갑은? 괜히 뽑아 놓았던 현금 3만 원은 어쩔 수 없다 쳐도,
지갑 자체가 고등학교 입학식 날 엄마에게 선물로 받은 물건이
었다. 어디 그뿐일까? 그 지갑에 꽂혀 있던 주민등록증과 체크
카드, 그리고 그 빌어먹을 도서관 출입을 가능케 하는 학생증까
지 전부 재발급 신청을 해야 했다.

머리가 다시금 지끈거렸다. 대리점 직원이 건네준 현금도 다
써 버려서, 수중에 남은 거라곤 편의점에서 산 새 교통카드 밖
에 없었다. 차창 밖으로 저녁의 경인고속도로가, 조금 전까지

짙게 가라앉아 있던 저녁 땅거미가 흐르며 강물을 이뤘다. 승환은 잠드는 대신 좀 더 나중의 일을 생각하기로, 도착해서 할 일에 대해서 골몰하기로 했다. 지친다고 잠들었다가 또 뭔가 잃어버리면 큰일이니까.

• • •

인천에 있는 원룸에 도착할 즈음 날은 완전히 저물어 저녁이 다 돼 있었다. 날씨가 꽤 풀렸다고는 해도 밤공기며 원룸촌이 있는 언덕배기로 불어 닥치는 바람은 쌀쌀하기 짝이 없었다. 승환은 자켓 앞쪽 지퍼를 끌어올리고, 양손으로 반대쪽 팔을 감싸 안은 채 집으로 향했다.

그렇게 집에 도착했다. 다만 한 달 된 자취방에도 전화나 현금이 없는 건 마찬가지라서, 어쩔 수 없이 밖으로 나갔다. 동네를 떠돌던 끝에 불이 켜져 있던 슈퍼마켓으로 들어가 '혹시 전화 한 통만 쓸 수 있을지'를 부탁했다. 노령의 슈퍼마켓 주인은 "젊은 총각이 휴대폰은 뭘 바꿔먹고 전화를 빌려 달래……." 하고 다 들리도록 중얼대다가 내키지 않는 표정으로 인터넷 전화기를 내밀었다. 승환은 금방 쓰고 돌려드리겠습니다, 하고 고향의 어머니에게 전화를 걸었다.

수화기 너머로 뚜…… 뚜…… 하는 통화 연결음이 잇달아 들려왔다. 승환은 그만큼 간절하게 엄마와의 통화를 바란 적이 없었다. 오래 전 학창시절에는 공중전화로도 집에 전화를 걸곤 했지. 휴대폰이 생기면서부터는 늘 들고 다니는 전화기로도 잘 연락하지 않는 사이가 됐군. 언제든지 연락할 수 있다는 생각 때문에, 언제라도 연락하지 않게 돼 버렸어……. 그 조그마한 기계 하나 없다고 이렇게 불편할 수가 있나?

모바일 기기로 더할 나위 없이 편한 세상이 된 줄 알았지만, 거꾸로 현대인들이 모바일 기기 없이 살아갈 수 없는 존재가 된 것이기도 했다. 누구나 잃어버릴 수 있다. 사람은 매일같이 무언가 잃으며 살아간다. 단지 승환은 나날이 어른이 되어 갈 것이다. 소싯적에는 도저히 이해할 수 없었던 부모님과 그 이웃들의 삶을 직접 경험할 것이다. 무언가를 얻고 쌓아가는 행복보다도, 뭔지도 모르고 잃어버렸을 때 겪을 불행을 생각하면서. 우리가 어른이 돼서야 깨닫는 진짜 어른이 돼서 말이다.

통화가 연결되기까지의 20초가 얼마나 길게 느껴졌는지, 승환은 "여보세요? 누구세요?" 하는 엄마의 목소리에 깜짝 놀랄 정도였다.

"……엄마, 나야. 승환이."

"아, 승환이니? 모르는 번호라 누군가 했네. 왜 휴대폰으로 전화를 안 걸고?" 엄마는 아들의 통화가 새삼스럽다는 듯 말했다. 왜인지 승환에게는 엄마의 그 말이 견딜 수 없이 슬프게 다가왔다.

"그게, 엄마, 있잖아……오늘 무슨 일이 있었느냐면……."

"승환아, 너 우니?" 엄마가 한층 심각해진 목소리로 물었다. "다 큰 애가 왜 울어? 왜?"

"아니, 아니야. 나 안 울어, 엄마." 승환이 대답했다. "그냥 조금 긴 하루였어. 아주 조금……."

<사라진 것들>

501

우리는 느끼고 있는가?

> "우리 세대한테 문학이라는 걸 되찾아 주고 싶다고 할까요?
> 충분히 슬퍼할 수 있도록요……."
>
> – 〈몽유병 환자들〉 중

　이묵돌의 옛 자아인 김리뷰는 글맛이 좋기로 익히 알려져 있다. 그의 포스팅은 우연히 클릭을 시작하면 마지막에 현자타임(?)이 올 때까지 멈출 수 없는 흡인력이 있다. 그의 소셜 계정들을 팔로우해 두고 있었던 나는 언젠가부터 인스타그램에서 보기도 어렵게 빽빽한 글자들을 읽고 있었다. 그런데 글을 읽고 나면 표현하기 어려운 감정이 물처럼 밀려 들어왔다. 그의 글 안에 담겨 있는, 내가 경험하지 못한 세계들에 잠시 발을 들이고 나면 잠시간은 헤어나오기 힘들 때도 많았다.

　2018년 12월 28일 〈반송함〉을 읽고 나는 결국 울고 말았다. 어른은 우는 거 아니라고 했지만, 내게 와 닿은 슬픔은 참을 수준의 것이 아니었다. "…글 읽을 때마다 너무 감정을 들썩이는 킹리뷰…그 재능 무척 부럽습니다. 킹리뷰 단편선 소장하고 싶어요"라고 다이렉트 메시지를 보냈다. 보통 유명인은 디엠을 잘 읽지 않거나 읽더라도 답장을 하지 않기 때문에 보내는 것으로 만족했는데, 몇 시간 지나 답이 왔다.

　"ㅋㅋㅋㅋㅋ…"

　""

　'아니 뭐 이런 사람이……?' 싶었다. 제정신이 아닌 것 같아서 나도 막 나가기로 했다. "혹시 계약 안 했으면 저랑?" 혹 들어온 나의 혹에 당황한 그는 '단편은 계약하지 않았다'고 답했다. 나의 미끼를 문 것이다. 며칠 후 우리는 출판권 설정 계약을 맺었는데, 전직 천재 마케터답게 그는 우리의 단편선 계약에 『역마』까지 끼워팔기로 계약했다. 음, 미끼는 내가 던진 것 같은데…….

　천천히, 차분히 1년이 넘는 기간 동안 글을 쌓았다. 그렇게 기다린 80편에 가까운 글들은 오늘의 책이 되었다. 묵돌은 자신의 글에 작가론적 해석을 붙이기를 원치 않을 가능성이 높지만(〈당부의 말〉, 2019. 4), 편집자이자 팬으로서 이묵돌의 단편(엽편)들이 지나치게 단순한 방식으로 소모되지 않았으면 하는 마음으로 그의 글들에 대해 간략히 적어 보려 한다.

　이묵돌은 우리가 가족, 연인, 친구, 학교나 직장 등 일상생활에서 만나는 다양한 사회관계에서 마주하는 감정들이 오롯이 투영되어 있는 짧은 글을 통해 다양한 상황 속으로 독자들을 데려간다. 너무 현실적이어서 격한 공감을 사는 글(〈90년생의 의문사〉, 〈인어공주〉)도 있으며 세상이 미쳐 돌아가는 듯한 당황스러운 서사(〈끝나지 않는 공사〉, 〈'잠자는 숲속의 공주'로 보는 심폐소생술의 중요성〉)로 독자들에게 충격을 주기도 한다.

　다양한 소재로 쓰는 단편들이 향하는 주된 정서는 '상실'이다. 죽음(〈바다가 보이는 집〉, 〈예후〉, 〈엄마는 외계인〉, 〈반송함〉, 〈아빠의 크레파스〉)이나 이별(〈고양이 키우기〉, 〈선녀와 나무꾼〉)과 같은 확연한 사건뿐 아니라 가난이나 계층의 단절(〈비교우위론〉, 〈트루 엔딩〉, 〈빈곤 속의 풍요〉), 무능력(〈총알, 배송〉, 〈무정〉) 같은 심리적 요소들 역시 상실의 주 요인이 됨을 드러낸다.

묵돌의 글에는 편의점 야간 아르바이트(〈알바, 천국〉), 공무원 시험 수험생(〈닫힌 결말〉) 등 대체로 현실에서 쉽게 만날 수 있는 인물들이 등장한다. 글 속의 사람들은 암담한 현실을 불평하지 않으며 그저 자신의 삶을 살아갈 뿐이다. 삶과 죽음의 언저리에 있을지언정 생의 의지를 쉽게 놓지 않는다. 타인을 함부로 평가하지 않으며(〈비눗방울〉, 〈수원 일가족 투신자살 사건의 전말〉), 무관심하게 지나치던 사람에게 관심 갖기를 요청하며(〈아웃포커스〉, 〈우렁각시〉, 〈귀찮은 변호사〉), 내일은 오늘보다 나은 내가 되길 결심한다(〈동백꽃 질 무렵〉, 〈메아리〉).

묵돌은 화려하거나 현학적 표현을 사용하지 않으면서 독자의 감정을 달궈 낸다. 평범하지만 우리가 일상에서 주로 사용하는 언어의 범주 바깥으로 조금씩 확장해 나가며 다양한 어휘를 구사한다. 앞서 언급한 대로 현실감 있는 소재를 사용한 글이 많고 그의 글에 자주 나타나는 대화체 때문에 독자는 주인공이 된 마냥 글에 몰입하게 된다. 글의 말미에 이르러서는 독자의 생각을 요청한다. 본문을 마치고 나올 때 제시되는 제목은 독자들에게 한번 더 생각할 여지를 주는 의도적 장치다.

묵돌이 사용하는 플랫폼은 주로 페이스북과 인스타그램이다. 묵돌에게 페이스북과 인스타의 좋아요며 댓글, 그림 구매, 디씨 마이너갤러리 등 다양한 형태의 지지를 보내는 사람들은 대체로 20대로 보인다. 20대는 왜 그의 글에 열광할까?

"1994년 11월 16일, 창원에서 외동아들로 출생. …서울 모 대학 경영학과에 입학. 생활고로 인해 아르바이트를 전전하다 학사경고 처분… 휴학 직후 일용직 현장을 전전하다가 대학 자퇴. 취미로 인터넷에 글을 쓰기 시작. 스물두 살, 인터넷에 올리던 글이 반짝 인기를 얻은 것을 계기로 콘텐츠 기반 스타트업에 스카웃…스물네 살, IT 회사를 창업해 대표가 됨. 모벤처 캐피탈로부터 억대의 투자 유치. 바다에 뛰어들어 두 번째 자살을 시도했으나 실패. 스물다섯 살, 재정난으로 인해 회사를 정리. 몇 달간 빚을 청산한 직후 수면제 과다복용으로 세 번째 자살을 시도했으나 실패. 다섯 번째 책 출간. 스물여섯 살 현재, 집에 틀어박혀 장편소설을 작업하던 중, 빈털터리가 된 나머지 이 같은 이력서를 씀…….'' (〈이력서〉)

이는 동시대를 살아가는 저자의 배경과도 맞물린다. 실제와 상상의 경계를 비웃듯 이묵돌은 글에 자신의 경험, 현재 상황, 사랑을 적절하게 녹여 낸다. 독자는 글을 읽으면서 한때 인플루언서로 유명했던 이묵돌을 몰래 훔쳐보는 듯한 기분과 동시에 자신의 이야기인 마냥 공감하게 된다.

1990년대생의 정서는 〈90년생의 의문사〉에서 대표적으로 드러난다. "Latte is horse", "일해라 절해라" 등으로 해석되는 멘토들의 허울 좋은 메시지는 오늘도 남발되지만, '정상성'을 획득하기 위해서는 그저 죽은 듯 살아야, 외롭고 묵묵히 견뎌야 하는 것이다. 이러한 부조리 속에서의 무력감을 공유하는 것은 그의 글을 읽는 사람들에게 많은 위로가 되었을 것이다.

…바람이라는 게 있다면 내 글이 사람들로 하여금 슬프고 기쁜 감정들을 더 온전하게 느끼는 데 티끌만 한 도움이라도 되는 것뿐이다. (〈당부의 말〉)

묵돌은 우리가 살면서 마주하는 여러 상황 속에서 마땅히 느껴야 하는 감정들을 외면하지 말 것을 권유한다. 지금 내가 느끼는 이 기분이 정당한 것인지 스스로 확신하지 못하고 그저 억누르고 마는 우리에게 그는 느끼고 표현함으로써 인간은 더욱 인간다워진다고 말하는 듯하다. 앞으로 그가 써 내려갈 수많은 글이 우리에게 또 어떤 감정과 느낌을 되살려 줄지, 우리를 얼마나 더 인간답게 해 줄지 무척 기대된다.

얼마 전 묵돌이 나에게 영화 "지니어스"를 추천해 주었다. 천재 작가 토머스 울프와 그의 옆 편집자 맥스 퍼킨스의 이야기였다. 영화를 보며 묵돌의 글이 사람들에게 막힘없이 가 닿도록 돕는 사람으로 오래 남고 싶어졌다.

2020년 3월
김미선(편집부)

책에 실린 글 목록(작성 순서)

<고양이 키우기> 18. 8

<비눗방울> 18. 9

<예후> 18. 10

<엄마는 외계인> 18. 10

<시간과 장의사> 18. 10

<가리워진 달>, 18. 10

<거스름> 18. 10

<폰팔이>, 2018. 11

<사과나무> 18. 11

<선녀와 나무꾼> 18. 11

<다음 날> 18. 11

<불가침 조약> 18. 12

<수평적 조직>, 18. 12

<반송함> 18. 12

<청출어람>, 19. 1

<공리주의> 19. 1

<금의야행>, 19. 2

<관악산의 까마귀>, 19. 2

<메아리>, 19. 3

<아웃포커스> 19. 4

<달팽이> 19. 4

<밀랍으로 만든 날개, 그리고 실타래>, 19. 4

<이력서> 19. 4

<해바라기> 19.4

<복지병> 19. 4

<우렁각시> 19. 4

<돌아갈 수 없는 강>, 19. 4

<총알, 배송> 19. 4

<배달불가지역>, 19. 4

<비교우위론> 19. 4

<백색왜성> 19. 4

<나의 프로메테우스> 19. 4

<90년생의 의문사> 19. 5

<여왕 벌>, 19. 5

<빈곤 속의 풍요>, 19. 6

<연극이 끝난 후> 19. 6

<알바, 천국>, 19. 6

<합리적 불평등> 19. 6

<인어 공주> 19. 6

<책임에 관한 첫번째 실험> 19. 6

<닫힌 결말> 19. 6

이묵돌 단편선 01

시간과 장의사

지은이
이묵돌

Copyright © 이묵돌, 2020

초판1쇄 펴냄
2020년 3월 30일

ISBN   979-11-89680-21-3 (04810)
ISBN   979-11-89680-20-6 (세트)

초판3쇄 펴냄
2021년 3월 30일

값   18,800원

편집
김미선

표지/본문그림
moa

제작
(주)상지사P&B

펴낸곳
도서출판 이김

브랜드
냉수

냉수는 도서출판 이김의 문학·에세이·코믹
브랜드입니다.

등록
2015년 12월 2일
(제25100-2015-000094)

잘못된 책은 구입한 곳에서 바꿔 드립니다.

주소
03371
서울시 은평구 통일로 684 22-206

이메일
lhhot@leekimpublishing.com

이 도서의 국립중앙도서관 출판예정도서목록
(CIP)은 서지정보유통지원시스템 홈페이지
(http://seoji.nl.go.kr)와 국가자료공동
목록시스템(http://www.nl.go.kr/kolisnet)
에서 이용하실 수 있습니다.
(CIP제어번호 : CIP2020007341)